전남대학교한국어문학연구소총서4

범대순의 시와 시론

김동근 외

국학자료원

이 책은 2016년도 한국연구재단 대학 인문역량 강화사업(CORE) 지원에 의해 출판되었음.

This study was financially supported by Initiative for College of Humanities' Research and Education of National Research Foundation of Korea, 2016.

전남대학교한국어문학연구소총서4

범대순의 시와 시론

김동근 외

서문

> 나는 나의 오랜 여행의 귀소(歸巢)를 기쁘게 생각하며 나의 중요한 관심과 사상이 서양을 거쳐 동양에서 마침내 그 결실을 얻고 있음을 스스로 자랑스럽게 생각한다. 나의 백조(白鳥)의 노래 시집은 이미 계획이 다 되어 있다. 그것은 말하자면 가장 열리고 가장 닫힌, 그래서 가장 '트인' 나의 백지시집(白紙詩集)이다.
>
> 범대순 시집 『아름다운 가난』 발문에서

이는 범대순 시인이 평생의 시업을 통해 그리고자 했던 시의 모습이자 시론의 정화를 담고 있는 말이다. 그가 마지막으로 계획했던 백지 시집은 과연 어디에 있을까? 그것은 '지금' 우리 곁에 있다. 그의 말처럼 가장 열리고 가장 닫힌 상태로, 그래서 쓰이지 않고 보이지 않은 무궁한 언어로 '여기' 존재한다.

범대순은 시인이자 영문학자였다. 그는 시인으로서 자신의 시에 끊임없이 질문을 하고, 학자로서 그 질문에 스스로 답을 찾으려 했다. 그리고 2014년 타계할 때까지 유고시집 포함 열여섯 권의 시집과 세 권의 시론집, 그리고 수많은 번역서와 연구서, 산문집 등을 우리 곁에 남기고 떠났다. 이런 점이 우리에게 그를 문제적 시인으로 바라보게 한다. 그동안 범대순의 시세계, 즉 시와 시론에 대한 언급은 주로 시집평이나 단평 형식으로 이루어져왔다. 그리고 이러한 글들을 다시 모아 1주기 추모 문집 『범대순논총』(문학들, 2015)이 발간된 바 있다.

이를 단초로 범대순의 시와 시론에 대한 본격적이고 학술적인 연구가 시작된 것은 전남대학교 한국어문학연구소에서 범대순 특집호로 발간한 『어문논총』28호(2015. 12)에서 부터라 할 수 있다. 범대순 시인은 전남대학교 영어영문학과 교수로 후진을 양성했던 학자이기도 하다. 따라서 범대순 시인의 시세계를 조명하고 이를 학술 담론의 장으로 확장하는 것도 전남대학교가 해야 할 일이었던 셈이다. 이 책은 『어문논총』에 수록한 기존의 논문에 더해 여러 차례의 자체 세미나 과정을 통해 축적된 연구 논문들을 수록하고 있다.

글의 수록 순서는 범대순 시인의 시와 시론이 메타시 또는 창작과정 시론의 성격이 짙어서 이를 따로 떼어 연구하기 어려운 점이 있으나, 편집의 편의상 범대순 시인의 시세계 전반이나 시집별 의미구조를 중심으로 연구한 논문들을 먼저 배치하고, 기계시론, 백지시론, 기승전결시론 등 그의 창작시론에 관한 연구 논문들을 뒤에 배치하였다. 이 책은 범대순 시와 시론에 대한 연구 지형도의 첫 등고선을 그렸을 뿐이다. 앞으로 많은 후속 연구들을 통해서 그의 시와 시론이 더 깊이 있게 해명되고, 한국 현대시 담론의 장으로 더 다양하게 확장되기를 기대한다.

끝으로, 옥고의 재수록을 허락해주신 필자들과, 오랜 세미나 과정을 통해 새 논문을 집필해주신 연구자들께 감사드리고, 이 책의 출판을 위해 큰 도움을 준 전남대학교 인문역량강화사업단 단장 겸 인문대학 학장이신 김양현 교수님, 한 번의 망설임도 없이 흔쾌하게 출판을 맡아주신 국학자료원의 정찬용 원장님과 정구형 대표님을 비롯한 편집부 식구들에게도 머리 숙여 감사의 말씀을 드린다.

2017년 12월
전남대학교 한국어문학연구소장 김동근

차 례

| 제2부 | 범대순의 작품 세계

| 제3부 | **범대순의 비평 세계**

| 제1부 |

이범순의 시와 시론 연구

범대순 시와 시론의 연구 지형

김동근

I

범대순은 1965년 첫 시집 『흑인고수 루이의 북』을 상재한 이래 2014년 작고하기까지 『연가 I II 기타』(1971), 『이방에서 노자를 읽다』(1986), *Selected Poems of Bom Dae-Soon*(1989, 영문시집), 『기승전결』(1993), 『백의 세계를 보는 하나의 눈』(1994), 『유아원에서』(1994), 『아름다운 가난』(1996), 『세기말 길들이기』(1997), 『북창서재』(1999), 『파안대소』(2002), 『나는 디오니소스의 거시氣다』(2005), 『산하』(2010), 『가난에 대하여』(2011), 『무등산』(2013), 『백년』(2015, 유고시집) 등 열여섯 권의 시집을 출간하였다. 또 시론집 『백지와 기계의 시학』(1987), 『현대시론고』(1994), 평론집 『트임의 미학』(1998)을 집필하였으며, 그밖에도 여러 권의 연구서와 번역시집, 수상록 및 에세이집을 세상에 선보였다.

이처럼 방대한 량의 저작을 남겼다는 사실에서 알 수 있듯이 범대순은 남다른 열정과 재능을 가진 시인이었으며, 한편으로는 영문학 교수로서 그의 시력 내내 새로운 시의 가능성과 자신의 시학을 탐색하고 연구해온 학자이기도 했다. 이러한 점은 그의 시세계가 여러 충위에서 서로 다른 양 끝단에 닿아 있으며, 동시에 그 사이에서 진자운동 하였음을 짐작하게 한다. 서정과 실험 사이에서, 노자와 스펜더 사이에서, 당시(唐詩)와 영시(英詩) 사이에서 끊임없이 길항하면서 새로운 시론을 개진하고, 그 시론을 시 창작에 실천하고자 하였던 것이다. 시적 의미는 시인 고유의 이념이나 세계관에서 발아한다. 그런 점에서 시인들은 모두 고유한 저마다의 시론을 갖는다고 할 수 있다. 그 중에서도 범대순은 자신의 시론을 적극적으로 펼치면서 그에 입각해 시를 창작한 시인이다. 이처럼 시와 시론이 밀접하게 상호작용한다는 점에서 그의 시론을 창작시론이라 할 수 있으며, 그것은 창작 과정에 따라 기계시론, 백지시론, 기승전결, 트임의 미학, 야성론 등으로 변모한다. 50여년의 창작 기간 동안 다양하게 개진된 범대순의 시론들은 매 시기에 가치를 부여하고 위상을 정립하는 데 이념적인 기능을 해왔다. 다시 말해 구체적인 창작적 실천과 연계되어 있는 그의 시론들은 당대의 시대적 추이와 개인적인 세계관의 변화를 아우르면서, 시적 존재에 대해 새로운 가치를 부여하고자 했던 자신의 의지와 맞물려 있었던 셈이다.

　　범대순의 시와 시론은 이제 본격적인 학술 연구의 대상이 되고 있다. 지난날 시집평이나 단평 중심으로 이루어지던 범대순에 대한 관심이 그의 타계를 기점으로 종합적이고 구체적인 학술 담론으로 재조명되고 있는 것이다. 그것은 그의 시와 시론이 한국 현대시의 전개 과정에서 범상치 않은 문제의식을 제기하고 있기 때문일 것이며, 좁게는 호남의 시인이자 학자로서 문화시학적 측면에서의 무게가 적지 않기 때문이기도 할 것이다. 그러나 현 단계에서의 범대순 시와 시론에 대한 연구 지형은 이제 막 그 터를 잡기 시작했다 해도 과언이 아니다. 이 책은 바로 그 터 잡기의 한 과정이라 할 수 있겠다. 이제 이 책에 수록한 연구 논문들을 개관하여 소개하면서 앞으로 진행될 범대순의 시와 시론에 대한 학술 연구의 지형을 가늠해보기로 한다.

Ⅱ

범대순의 시와 시론은 긴밀한 상관관계에 있다. 열여섯 권의 시집은 어쩌면 그의 시론을 실천해보이기 위한 담론의 장이었는지도 모를 일이다. 이런 점에서 그의 시 텍스트는 메타시의 성격을 가지며, 그의 시론을 창작과정의 시론이라 부를 수 있을 것이다. 여기서는 먼저 이러한 실천태로서의 범대순의 시세계 흐름과 각각의 시집별 작품 특성에 대해 연구한 글들을 그 핵심 논지로 압축하여 살피기로 한다.

범대순의 전반적인 시세계 변모 양상을 시집 발간 순서에 따라 통시적으로 개관하고 있는 글에는 「경험의 질서와 원시적 생명력」(임환모)이 대표적이다. 이 글에서 임환모는 범대순의 시를 관류하고 있는 본질을 '경험의 세계'라고 갈파한다. 범대순은 자신이 경험했던 삶을 중시하고, 그 삶의 내용과 체험에서 가치를 창조하려고 하였다는 것이다. 나아가 범대순의 시가 '경험에 대한 그 자신의 신뢰를 표현하려는 노력'의 결정체에 다름 아니며, 시라는 양식이 범대순 시인에게는 생명의 근원이자 인격적 완성의 그릇으로서 존재한다고 설명한다.

임환모에 따르면, 범대순의 시는 기계가 보여주는 역동적인 힘과 미래에 대한 낭만적 환상에서 출발한다. 그러나 첫 시집 『흑인고수 루이의 북』에서 보이는 이런 문명 예찬은 세계의 문화사가 보여주듯이 자칫 파시즘에의 경사를 갖지 않을 수 없는 함정이 도사리고 있음을 지적한다. 오히려 시인의 관심은 그 개발 논리에 함몰되는 인간성의 상실과 원시성의 상실을 복원하는 일에 집중되어야 할 것이라는 이유에서다. 나아가 제5시집 『기승전결』을 전후로 하여 '짐승'의 이미지를 통한 원시적 생명력의 추구가 '잡초'의 이미지를 통한 원시성 추구로 바뀌게 된 점에 주목하면서 기계와 원시(자연), 서

양[이방異邦]과 동양[노자老子], 과거와 현재, 탐구와 회귀, 시작과 끝, 창조
와 파괴, 있음과 없음을 한눈에, 동시에 봐버리려는 의도에서 탐구된 것이
'기승전결'과 '절구' 형태라는 탁견을 내 놓는다. 또 제12시집 『나는 디오니
소스의 거시기氣다』와 같이 고희를 넘긴 2000년 이후의 시집에서부터 시인
은 알몸의 원시 그대로를 대면하면서 현존재에 대한 심각한 의문을 제기한
다고 본다. 임환모는 이 시집에서 '자색'이미지를 발견하면서, 이러한 자색
의 이미지가 곧 시인이 전 생애를 통해 경험하고 깨달은 '헤아릴 수 없는 삶/
멀고 아득한 마음'이며, 이를 통해 범대순 시인이 걸어왔던 시작의 과정이
청빈하고 아름다운 자성적 삶의 실천이었음을 논하고 있다. 이러한 논의는
범대순의 시정신에 대한 해명이면서 또한 그 성과에 대한 사적 검토라 할 것
이다. 임환모의 글이 범대순의 시세계 전반을 관통하고 있다면, 앞으로 살필
글들은 각 시집별 의미구조를 분석적으로 해명하고자 한 연구 성과물이다.

「경험의 여과를 통한 순수성 회복」(정병필)은 제6시집 『백의 세계를 보는
하나의 눈』에 드러나는 '경험'의 개념을 단절이 아닌 연속적인 매개로서의
요소, 단절로 인한 치유로서의 순수성, 미래지향적인 가치, 인간 존재로서
의 보편적인 가치로 나누어 그에 해당하는 시 작품들을 해석한 글이다.
정병필은 이 글에서 시적화자의 '경험'이 크게 두 가지로 드러난다고 본
다. 첫 번째는 시간적 흐름상 현재에서 과거를 바라보는 시각에서의 기
억이며, 두 번째는 타국이라는 낯선 곳 즉, 공간의 변화에서 드러나는 기
억이다. 이를 토대로 범대순 시의 경우, 시적화자의 '경험'이 단순히 하
나의 행동이 아닌 이성과 관념을 통한 하나의 '경험'으로 나아가면서 이
질적 '경험'이 아닌 공감이 이뤄지게 되고 하나의 연속선상으로 파악되
는 시적 의미를 산출한다고 논한다. 즉, 경험이라는 것이 한 순간에 머무
는 것이 아니라, 단절을 매개하는 주요한 요인이 될 때 단절로 인한 문제

의식을 풀어갈 수 있다고 한다. 『백의 세계를 보는 하나의 눈』에서는 이러한 지점을 신화를 차용한 시로 보여주는데, 범대순의 시가 신화라는 원형적이고, 원시적인 상징성을 통해 좀 더 객관적인 상황에서의 문제의식을 형상화한다는 것이다.

「범대순 시의 '광기' 형상화 방식에 관한 연구」(김청우)는 제12시집 『나는 디오니소스의 거시기氣다』의 시 텍스트를 정치하게 분석하면서 그 언어구조와 시적 의미를 해명하고 있다. 이 글은 먼저 범대순이 자기부정을 위해 백지시라는 매우 극단적인 실험을 했던 것을 환기한다. 언어와 문자를 부정하고 더 나아가 시를 언어와 문자로부터 '완전히' 해방시키려는 시도, 부정성으로서의 시를 곧 자기부정, 고착화된 세계에 대한 부정 등과 동일시했던 백지시의 이러한 실험은 범대순이 시쓰기와 '자아'가 상호 밀접한 관계라고 생각한다는 것을 증명한다고 전제한다. 그러나 범대순의 이 시집은 '느낌의 언술'을 통한 추상화 작업으로 '광기'를 형상화함으로써 근본적으로 일회성일 수밖에 없는 백지시와 달리 지속 가능한 형태를 찾아내는 데 일조했다고 본다.

김청우는 범대순이 이 시집에 와서 '광기'의 형상화를 통한 '자기부정성'과 '무한'을 시화했으며, 그리고 그것이 범대순 시의 미학적 전략의 결과라는 입장을 취한다. 나아가 '디오니소스의 거시기'의 '기(氣)'는 동양철학에서 "만물을 구성하는 물질인 동시에 자기운동하는 원리"로 규정되며, 이는 곧 '아무것도 아니면서' 동시에 '전부'라는 의미로 받아들여질 수 있다는 점에서 범대순이 '기'를 언술하려는 시도야말로 시에 대한 부정, 더 나아가 자아에 대한 부정의 초석이 될 수 있다고 설명한다. 그것은 곧 자기부정과 무한과의 조우를 위한 또 하나의 축으로 '거시기'의 불확실성을 극대화하는 추상화 작업이었던 셈이다. 김청우에 의하면,

범대순 시에 있어서 디오니소스는 그 저변에 깔린 시정신의 이름이라고 할 수 있다. 그는 범대순의 '광기'와 '디오니소스'를 니체적인 것으로 보고 니체의 실존 개념을 토대로 범대순 시의 디오니스를 읽어낸다.

「범대순 시의 존재론적 아포리즘」(전동진)은 범대순의 시를 언어의 고양과 확장이라는 측면에서 살핀 글이다. 전동진은 단어의 발견, 문장의 발견, 시적 표현의 새로운 발견이 서정시의 언어적 전략이라는 점을 들어, 범대순이 시적 의미의 장에 새로운 언어를 공급하는 대신 기존의 언어를 텍스트에서 해방함으로써 '경계'를 넓히고 '사이'를 심화시키는 전략을 구사한다고 말한다. 그는 제12시집 『나는 디오니소스의 거시기 氣다』에서 의미의 결정을 지속적으로 '연기'하고 있는 시어 '거시기'를 그 대표적인 경우로 상정하고, '거시기'의 의미를 *nothing, anything, something*의 관계 속에서 살핌으로써 이 시집의 시세계에 다가가고자 한다.

이어서 전동진은 제5시집 『기승전결』에서 범대순이 시도하고 있는 인식 방법과 구조로서의 '기승전결'을 서사와 구별되는 시적 플롯으로 규정하고 있다. 라임도 음수율도 음보율도 벗어나 있다는 점에서 범대순의 기승전결은 기존 정형시의 정형율과는 다르며, 서정적 사유와 인식을 건져 올릴 수 있는 일종의 그물과 같은 플롯이라는 것이다. 또한 이 플롯은 사유와 인식을 건져 올릴 뿐만 아니라 현존재의 언어가 기억으로 떨어질 때 자신의 흔적을 남길 수 있는 좌표와 같은 역할도 담당하고 있다고 한다. 따라서 범대순의 '기승전결'은 단순한 창작 방법이 아니라 사유의 방식이며, 인식의 구조이며, 정서적 소통의 맥락을 이룰 수 있게 된다는 것이 이 글의 주요 논지이다.

「범대순 시의 '무등산' 은유 연구」(김민지)는 범대순이 타계하기 전 마지막으로 간행한 제15시집 『무등산』의 세계를 해명하기위해 인지언어학의 개념적 은유 분석의 방법론으로 접근하고 있는 글이다. 김민지는 범대순이 무등산 산행을 숙명적 고행, 시지프스의 상황으로 비유한다는 점에 착안하여 원시의 공간으로 무등산을 바라본 그의 관점과, 그가 추구하는 삶의 방식이 무등산에 어떻게 투사되었는지를 분석해간다. 범대순이 '원시에의 추구'라는 관점으로 무등산에서 생명 탄생의 순간이나 거대한 자연의 힘이라는 원시적 생명력을 발견하고, 본래 무등산이 갖고 있는 속성들에서 다시 그의 원시적 생명력에 대한 의미의 지평을 확장시켜 나갔다는 것이 이 글의 주된 요지이다. '무등산' 은유를 통해 드러나는 범대순의 원시 지향 의식은 그의 삶의 한 축을 담당하고 있는데, 이 지향 의식이 "저주 같은 광기"와 연결되고 "죽음에 이를"(「셀프 문화」) 병으로 표현된다고 본다. 나아가 자신의 무등산 산행을 요산요수(樂山樂水)가 아닌 고산고수(苦山苦水)라 칭한다는 점에서, 범대순의 원시 지향 의식은 스스로의 정신과 육체만으로 고행을 자처하며 계속되는 반복을 경험하는 방식을 통해 실현된다고 설명한다.

이 글에서 분석해낸 무등산 시의 특징 중 하나가 언술 내용의 주체와 언술 행위의 주체가 상당 부분 동일시되고 있다는 것이다. 언술 행위 주체로서의 시인 범대순이 무등산과 무등산 산행을 각각 원시, 삶의 방식과 연결 지을 때 무등산은 범대순의 관점으로 재 정의된다. '무등산'은 무등산으로 이름 붙여진 사물에 불과하지만, 언술 행위 주체의 관점에 의해서 그것이 가지고 있던 속성들이 재배치되는 것이다. 이 글은 범대순의 언술 행위를 통해 무등산이 일정한 의미망을 획득하였고, 언술 내용에 따르는 의미망을 벗어나지 않는 선에서 '무등산'의 지평을 확장시켜 나간다는 또 다른 분석 결과를 보여준다. 일관된 관점에 따라 '무등산'은 또 다시 그 의미망의 지평을 얻어가고, 그 의미 범주 안에서 범대순은 '무등산'을 자신이 동일시할 시적 대상으로 인식한다는 것이다.

III

앞서 언급했듯이 범대순의 시론은 창작과정의 시론이라 할 만큼 그의 시적 실천을 끊임없이 견인해 왔다. 여기서는 그의 대표시론인 기계시론, 백지시론, 기승전결시론 등이 지향하는 바가 무엇인지, 또 그 의미가 무엇인지 탐색하고 있는 글들을 개관하여 살피기로 한다.

먼저 범대순 시론의 전개 과정에 따라 시에 대한 시인의 태도와 의미를 시기별로 탐색한 글로는 「'불도오자'와 '불기둥' 사이」(임동확)가 있다. 임동확은 범대순이 '기계시론', '백지시론', '기승전결', '트임의 미학', '야성론' 등 다양한 시론을 선보인 것은 시의 존재에 대한 그의 새로운 이해와 판단이 작용한 결과이며, 자신의 시에 대한 새로운 가치부여와 위상정립이 이뤄지면서 자연스레 일어난 시관의 변화라고 설명한다. 따라서 적지 않은 수의 메타시를 통해 거시적인 기존의 시론에서 놓친 부분을 보완하거나 확장하면서 또 다른 의미의 시론을 전개하고 있다는데 주목한다. 특히 그것들이 동양의 시론과 깊게 관련되어 있으며, 그가 생의 후반기에 제기한 광기론 또는 야생론을 뒷받침한다는 점에서 결코 소홀히 지나칠 수 없다고 말한다.

임동확에 따르면, 범대순이 개방적이고 진취적인 사고로 서양사상이나 문화를 수용하면서도 거기에 일방적으로 경도되지 않은 채 자연친화적인 동양사상을 접목하여 마침내 그에 대한 적절한 대응논리와 새로운 양식을 창출하였으며, 그 노력의 결과가 그의 시와 시론인 셈이라고 한다. 임동확은 범대순이 생의 후반기에 시적 광기와 야생을 강조한 바 있지만, 그 역시도 첫 시집 『흑인고수 루이의 북』에 그 뿌리를 두고 있는데, 예컨대 '불도우저'나 '사이렌' 같은 현대문명의 상징을 '황소'와 '수탉' 같은 동물이나 자연에 이유하는 점에 비추어 처음부터 끝까지 자연세계의 야생적인 에너지에 대한 믿음과 경외심을 갖고 있었던 시인이었다고 평가한다. 또 이 시기 범대순의 시가 '무등산의 시원'에 대한 애착과 그리움을 보여주고 있는데, 무등산을 통한 고대적인 것과 시원적인 것으로의 이러한 회귀가 포스트모더니즘의 시원주의와 맞닿아 있음을 논한다.

한편, 첫 시집 『흑인고수 루이의 북』을 중심으로 '기계시' 또는 '기계시론'이란 무엇인지 해명하고 있는 글에는 「범대순의 기계시학 연구」(정민구)와 「기계 이후, 자율적인 인간의 행복 찾기」(최혜경)가 있다. 정민구는 범대순의 기계시가 시집이 출판된 1960년대 작품이 아니라 1950년대 전후 복구 상황과 4·19혁명이라는 사회적 격변기에 쓰인 작품이라는 점에 주목한다. 즉 범대순은 시적 대상이 된 기계에 대하여 그것이 담보한 잔인하고 파괴적인 전쟁 괴물의 이미지를 벗겨내고 그 자리에 국토 건설의 의무를 실천하는 순수한 재건 주체의 이미지를 새롭게 기입하려 했다는 것이다. 따라서 이 글은 범대순의 구체적인 작품 속에서 기계가 내적-현실의 재건 주체로서 어떻게 형상화되고 있는가를 밝히고, 다음으로 기계시의 이론적 토대가 되는 기계시학의 입각점을 분석하여, 그것이 기계를 통한 전쟁의 결과로서 황폐화된 외적-현실을 다시 기계 자체를 통해 극복하려는 역동적인 시적 논리의 제출 행위임을 규명하고자 한다.

정민구는 당시 전지구적으로 유행하던 실존주의나 휴머니즘의 시대적/문학적 상황 속에서 범대순이 기계를 옹호하는 시 쓰기를 수행한 것을 당시의 상황에 대한 저항의 제스처로 읽어낸다. 그에 따르면, 범대순은 실존주의나 휴머니즘에서 보인 기계에 대한 부정의 논리를 거부하면서, 반대로 긍정의 논리 안에서 기계를 새롭게 인식하려 했으며, 이는 당시 등장했던 실험시 계열의 시인들과는 사뭇 다른 관점에서 또 하나의 전위적 실험을 수행하려 했다는 것이다. 테러리즘의 표상인 기계 안에서 그것을 재발견하고 반-지배적이고 반-현대적인 기계 개념을 통해 전위적인 기계시학을 정립함으로써 시적 인식의 전환을 도모했다는 것이다. 결국 범대순에게 있어서 기계가 지니는 시적 대상으로서의 의의는 바로 현대적인 예술적 태만에 대한 거부의 연장선 상에 놓이게 된다. 그렇게 볼 때, 기계시학의 방점은 기계의 대상적 본질을 규정하려는 데에 있는 것이 아니라 기계라는 대상의 재인식 과정에서 이루어지는 시적 성찰을 실천하는 데에 있다는 것이 이 글의 주요 논지가 된다.

「기계 이후, 자율적인 인간의 행복 찾기」에서 최혜경은 '인간의 본원적 통찰력으로서 감성의 자율성'에 관한 연구라는 큰 틀 속에서, 범대순을 서구 전위예술의 기원으로서 미래주의의 기계미를 수용하면서도 당대에 필요한 기계주의 세계관의 변용에 대해 고심해왔던 시인으로 파악한다. 범대순의 기계시론은 인간의 존재감과 사물의 유용성을 동시에 강화하기 위해 필요한 실천적 탐색의 예로 적절할 것이며, 거기에는 기계주의를 통한 초월성이나 저항성보다 기계미를 반추하는 인간의 낭만성이 두드러진다고 본다는 점에서 정민구의 견해와는 다른 입장을 취하고 있다. 그러나 기계시론에 나타난 낭만성이 인간성이나 인간정신에 방점이 있는 나머지 기계가 없는 삶으로 회귀하려고 하는 기계 저항적 세계관이 아니라는 점에는 동의하고 있다. 최혜경에 의하면 범대순의 기계시론은 무감-성의 한계를 지치지 않는 통렬한 사유와 '힘 있는 인간'의 주체적 변용으로 극복할 것을 제언한 결과물이다. 그의 제언은 단지 대안적 메시지 혹은 경험적 결과라기보다, 이후 사회가 인간으로 초점을 되가져와야 하는 필요와 가치를 나타내는 '기계 이후 인간'에 대한 새로운 쟁점의 전초로 읽혀야 한다는 것이다.

기계시론 이후 범대순의 시적 관심은 백지시론으로 전환된다. 1973년 『현대시학』 10월호에 발표한 작품 '「 」'와 여기에 부기한 '시작노트'에서부터 백지시에 대한 관심을 드러냈으며, 이를 그만의 시적 논리로 정립해가는 과정이 시론집 『백지와 기계의 시학』(1987)과 평론집 『트임의 미학』(1998)이라 할 수 있다. 이처럼 백지시론은 그 이후의 시론들에 수렴되고 또 확장되면서 오랫동안 범대순 시세계의 저변을 이루게 된다. 시 텍스트로서의 백지시는 1973년의 '「 」' 단 한 편으로 그치지만, 상대적으로 그가 심혈을 기울였던 백지시 담론은 범대순 시론의 요체를 이루고 있는 것이다. 이 백지시론을 통해 범대순의 시의식을 밝히고자 한 글이 「백지(白紙)'의 의미」(김형중)이다. 이 글의 논지는 범대순 자신의 시도와 달리 "그 시는 백지 그대로"가 아니었고, "타이틀도 문자들도 없으며 완전히 아무 것도" 없지 않았던 것이 아닐까라는 역추론으로 시작한다. 왜냐하면 1970년대의 문학장에 속한 채로 그 문학장의 이러저러한 의식적/무의식적 규약에 따라 그것을 읽게 되는 독자들에게는 틀림없이 문장부호 '「 」'이 시 작품을 지시하는 식별 기호이기 때문이라는 것이다.

김형중은 문학장 및 제도의 규약과 출판상의 관례, 서명과 제목 및 그에 따른 저작권을 두루 갖추었으므로 범대순의 백지가 시가 되었다고 본다. 그렇다면 그 '시'의 의미는 어떻게 해석해야 하는가? 백지에서 어떤 의미를 찾을 수 있을까? 이 물음에 답하기 위해 김형중은 데리다의 용어 '에르곤(*ergon*)'과 '파레르곤(*parergon*)'을 도입한다. 에르곤이 완성된 작품의 중심이라면 파레르곤은 그 가장자리, 곧 경계다. 이에 따라 범대순의 백지시 의미는 정작 백지 내부(에르곤)가 아니라, 백지 바깥(파레르곤)에 마치 대수롭지 않은 읽을거리라도 되는 듯이 '시작노트'의 형태로 존재한다는 점을 갈파한다. 김형중은 이 시작노트가 없었다면 백지시는 '의미 없는 시'의 다른 이름이 되고 말았을 것이라고 말한다. 시적 의미의 중심이 시의 바깥, 곧 해석 행위에 있다는 역설을 범대순의 백지시와 시작노트가 여실히 보여준다는 점, 그리고 이 시작노트야 말로 외부에서 백지시에 부여된 최초의 의미라는 점을 이 글의 논리구조로 삼고 있다. 그는 이 논리구조 속에서 범대순의 백지시 의미를 크게 두 가지로 규정한다. 하나는 자기파괴 욕구의 소산이란 것이고, 다른 하나는 언어를 포함한 모든 구속으로부터 시의 해방이다.

범대순은 그의 생의 후반기이자 가장 활발한 창작 활동을 보여줬던 1990년대 이후에는 시적 방법론이 가장 명징하게 드러나는 '기승전결'시론과 자신이 '트임의 미학'이라 이름 붙인 절구시론을 펼친다. 1993년 출간한 시집 『기승전결』의 발문을 대신해서 '시론'이라 제하여 붙인 「기승전결에 대하여」가 그 출발점이라 할 것인데, 이 기승전결의 시집과 시론을 담론차원에서 연구한 글이 「범대순 '기승전결'의 시적 담론」(최호진)이다. 이 글은 범대순이 택한 기승전결을 일종의 담론 형식이라고 보고 논의를 시작한다. 최호진은 범대순이 기승전결에 관심을 갖게 된 직접적인 동기를 선친의 한 시집 『취강유고(翠崗遺稿)』(1991)를 간행한 사실에서 찾으며, 당시와 영시의 운문형식을 현대로 소환하기 위해 동양과 서양의 전통 운문형식이면서 공통적인 지배소인 기승전결의 물질적 조직체를 시의 형식으로 선택했을 것으로 추론한다.

최호진에 따르면, 범대순이 동양적 시문의 전통적인 구성법인 기승전결을 통해 현대시가 상실한 시적 구성에 완벽성을 가져올 수 있다고 보았으며, 서구지향의 현대시 또는 자유시에 대한 일정한 반감과 저항의 세계인식을 보여주고자 시도하였다는 것이다. 즉 기승전결의 시도는 서양적 개념인 '열림'에 대한 대항담론의 일종으로서 서구문학 또는 서구문화에 대한 주체적이고 자각적인 수용태도와 연결되어 있다는 것이다. 나아가 이러한 시적 태도가 지배문화를 형성하고 있는 서양문화에 맞서 인식주체이자 창작주체의 능동성과 적극성을 강조하는 그의 '트임의 미학'으로 자연스럽게 연결된 것으로 보고 있다. 그러나 최호진은 기승전결이란 그릇이 범대순의 시론을 정립하는 데는 성공했으나, 경험에서 우러난 자연스러운 서정을 형상화하는 데는 실패한 것으로 본다. 특히 8행 4절 8음보 20음절로 된 자수 정형시인 '절구시'로 가면서 더 정제되고 규격화된 형식실험의 정점을 찍으며, 역설적으로 그 이후의 야성과 광기에 대한 시의 변화를 예고한다는 것이 이 글의 주된 논지이다.

경험의 질서와 원시적 생명력 – 범대순론

임환모

I

범대순(1930~2014)은 시를 쓰는 시인이면서도 여전히 영향력 있는 영문학자이다. 우리가 그의 시를 읽으면서 학문과 예술이 여기저기에서 갈등하고 있는 양상을 자주 만나게 되는 것은 이 때문일 것이다. 그가 1950년대 후반부터 시를 써왔지만 1980년대에 이르러 제3시집 『異邦에서 老子를 읽다』를 상재할 무렵부터 본격적으로 시인의 길을 갔다고 보이므로 우리는 학자로서의 범대순과 시인으로서의 범대순 사이에서 주춤거리지 않을 수 없다. 따라서 시인으로서의 범대순을 살피고자 하는 이글은, 전자와의 상관성 속에서 시 텍스트에 실현되어 있는 내포 작가(*implied author*)로서의 범대순을 드러내는 작업으로 연결될 수밖에 없다. 왜냐하면 작가란 단지 작품을 쓴 자가 아니라 작품이 창조되는 과정에서 서서히 생겨나는 임시적인 존재(*implied being*)이기 때문이다.

그러나 서정시의 주관성은 어떤 경우이든 실제 시인의 그것과는 다른 가상적 주관성(*virtual subjective*)이기 때문에 경험적 자아가 시적 자아로 변용될 수밖에 없다. 이로 말미암아 우리는 그의 시 텍스트를 읽어내면 서 시인의 무의식을 해명하거나 가능의 세계를 찾아낼 수 있는 것이다. 따라서 '허구'의 독자에게 '허구'의 주인공으로 이야기하는 퍼소나 (*persona*)가 실제 시인과 너무도 닮아 있는 그의 시에서 내포작가로서의 범대순을 실제 시인과 따로 떼어서 설명한다는 것이 무의미한 일이 될 여지가 있음에도 불구하고, 분석의 가치를 제고하게 하는 것은 경험적 자아와 시적 자아가 빚어내는 긴장과 진정성의 아름다움이다.

II

범대순의 시를 관류하고 있는 것은 경험의 세계이다. 범대순은 시인이기보 다 먼저 한 사람의 진실한 인간이기를 선언했던(『生命의 書』서문) 유치환처 럼 자신이 경험했던 삶을 중시하고, 그 삶의 내용과 체험에서 가치를 창조하 려고 하였다. 그는 1994년 제5시집 『백의 세계를 보는 하나의 눈』을 상재하 면서 「독자를 위하여」라는 머리글을 빌어, 이성이나 관념보다는 자신의 경험 을 더 신뢰한다고 언명하고 있다. 자신을 궁극적으로 지배하는 것은 이성이 나 관념보다 경험을 통해서 형성된 자기 자신이라고 믿기 때문에 그의 경험 의 세계가 그의 사상과 인생이라는 것, 그래서 경험에 대한 그 자신의 신뢰를 표현하려는 노력이 그의 시가 되었다는 것이다. 따라서 그의 시는 '경험에 대 한 그 자신의 신뢰를 표현하려는 노력'의 결정체에 다름 아니다. 이 지점에서 우리는 범대순의 삶 텍스트와 그의 시 텍스트가 일정한 평행선을 그어가면서 어떤 울림을 만들어갈 것이라는 기대를 갖게 된다. 시라는 양식이 범대순 시 인에게는 생명의 근원이며 인격적 완성의 그릇으로서 존재하게 된다.

자를 가지고 있으면 재고 싶고
되를 가지고 있으면 담고 싶듯이
마음을 먹고 있으면 갖고 싶듯이
손이 손을 만나면 쥐고 싶듯이.

시도 담을 그릇을 가지고 있으면
무엇이고 가득 채우고 싶어진다.
살아 있는 곡식으로도 채우고 싶고
금 같은 아이들로도 채우고 싶어진다.

그러나 시의 그릇 안에 담는 으뜸은
바람같이 담지 않고 가득한 느낌
담지 않고 때로 더러 담고
때로 빈 그대로 다만 가득 담는 것.

나도 그런 그릇이 하나 있긴 하지만
너무 큰 그릇이라 반 차기가 힘들다.
대대로 써서 많이 닳아 버렸지마는
스스로 들어 알몸으로 살고 싶다.

「그릇」 전문

위의 시는 제4시집 『起承轉結』(1993)에 실려 있는 것으로 시인의 시관을 가
장 잘 반영하고 있다. 1, 2연은 시인이 시의 구성 원리로서 기승전결이라는 그
릇을 발견함으로써 생활의 양식('살아 있는 곡식')이나 안락과 희망('금 같은 아
이들')으로 시를 가득가득 채우고 싶어 하는 경험적 자아의 조급성을 보인다.

3연에 오면 경험적 자아는 시적 자아로 변용된다. 경험적 자아가 새로운
방법을 발견하고 그것을 실용적 목적으로 유용하고자 하지만 변용·창조된 시
적 자아는 경험적 자아와 일정한 거리를 유지하면서 반성적으로 자기인식을

시도한다. '시의 그릇 안에 담는 으뜸은' '빈 그릇 그대로 다만 가득 담는 것'이라는 역설이다. 여기에서 우리는 화광동진(和光同塵)을 포함한 노자의 '허(虛)'의 개념을 만나게 된다. 이 '허'의 개념은 "담지 않고 때로 더러 담고 / 때로 빈 그릇 그대로 다만 가득 담는 것"이라는 표현 속에 완벽하게 담긴다. 특히 '때로 더러 담다'라는 표현은 가히 시인다운 면모를 보여주는 부분이다. '더러'라는 의미가 양을 나타내는 부사 '얼마만큼'과 때를 나타내는 부사 '이따금'을 의미하기도 하지만 동시에 타동사로서 '일정한 수량이나 정도에서 얼마를 떼어 줄이다'는 의미를 함축하기도 한다. 이 '더러'라는 어휘만큼 노자적인 말도 흔하지 않을 것이다.

4연에 이르면 있고 없음이 상보적 관계에서 허(虛)와 실(實)의 온전한 전일체를 이루는 기승전결이라는 시의 그릇에 "스스로 들어 알몸으로 살고 싶다"는 염원을 드러낸다. 시의 그릇에 알몸으로 담기고 싶어 하는 바람은 풀어서 말하면, 시인이 노자의 세계에 들어 노자처럼 살고 싶다는 뜻이며, 더 나아가서 온몸으로 시 텍스트를 쓰겠다는 스스로의 다짐인 것이다. 따라서 범대순의 시는 1965년 제1시집 『黑人鼓手 루이의 북』에서부터 1999년 제9시집 『北窓書齋』에 이르기까지 실제 시인의 삶과 깨달음의 과정을 그대로 보여준다.

아침 건널목에서 지나가는 기차를 만난다. 우연한 일로 나는 큰 사건같이 설레었다. 예쁘다 기차도 예쁘고 탄 사람들도 예쁘게 때맞추어 일어나는 햇빛 닮은 소리로 간다. 열 살 때 처음으로 읍내 나들이를 따라갔다. 건널목에 서서 넋을 잃고 기차를 보았을 때 산 너머 기적 소리와 꿈으로 살아 있었던 것이 눈앞에 검고 길게 오래 맨발 앞을 지나갔었다. 있고 없음이 마음속에 있다고 배운 뒤에도 마음 밖에서 다만 거품을 구하고 사는 속에 나이를 먹으면서 나는 기차를 잃어버렸다. 날마다 가까이 만나는 것이 이미 거기 없다. 지금 나는 부처와 예수의 가르침을 지고 있다. 런던 하이게이트 칼 마르크스

의 묘지도 믿는다. 그들이 버리고 부린 욕심나라고 먼 산이랴만 아침 햇빛을
타고 가는 예쁜 기차 같이 않구나.

「아침 햇빛을 타고 가는 기차」 전문

최근의 시집 『北窓書齋』에 실린 이 시는 시인의 지향점이 어디에 있는가
를 극명하게 보여준다. 범대순의 시정신의 지형도를 그리는 데는 이 시 만한
것도 드물 것이다. 시인은 어느 날 건널목에서 아침 햇살 속에서 햇빛을 타
고 가는 기차를 보면서 어린 시절(열살 때) 기차를 처음 보고 꿈을 키웠던 충
격을 회상한다. 시인에게 있어, 그것은 미지의 세계에 대한 동경과 문명 세
계에 대한 선망을 심어주기에 충분한 것이었다. 그가 처녀 시집 『黑人鼓手
루이의 북』의 후기에서 "처음으로 汽車를 본 그때의 感激을 좀체 놓지 못한
다."고 쓰고 있는 것이라든지, 제3시집 『異邦에서 老子를 읽다』(1986)에서
"먼 산 어느 모롱이 뒤로 / 기적이 상기 메아리로 서서 있다."(「落葉」)고 표
현한 점으로 미루어보면 시인에게 기차는 하나의 이상향이거나 꿈이다. 그
러나 시인은 이성적으로 사유할 때 모든 것은 마음에 달렸다는 일체유심조
(一切唯心造)를 배웠지만 이를 실천하지 못하고 오직 물질세계의 허상만을
쫓아 살다가 그 기차를 잃어버렸다. 그래서 '날마다 가까이 만나는 것'이지
만 그것은 어린 시절 꿈의 기차가 아니다. 시인은 부처와 예수와 마르크스를
찾아 배우고 그 가르침을 믿지만 그 가르침이 '아침 햇빛을 타고 가는 예쁜
기차'와 같지 않음을 새삼스러이 깨닫는다. 자신이 의식적으로 배우고 익힌
모든 철학과 사상이 어린 시절 체험을 통해 꿈을 꾸게 하는 초심(初心)만 못
하다는 깨달음에 이른 것이다.

위의 시에서 우리는 다음 몇 가지 사실을 확인할 수 있다. 먼저 앞에서 언
급했다시피 시인은 경험의 세계에 절대적 가치를 부여하고 있다는 점이다.
그리고 그 경험의 세계 중에서도 유년의 체험이 중요하기 때문에 시인에게

는 그때 경험한 검은 기차로서의 원시적 생명력이 중요한 시의 지향점으로 남아 있음을 알 수 있다. 이러한 과정 속에서 위의 시는 그 생명력으로서의 기계문명에 대한 동경과 강인함에의 의지를 드러내게 되었다. 그리고 그러한 서구적 기계문명과 동양적 정신문명을 조화롭게 끌어안으면서 자족적인 삶을 살고자 하는시적 자아의 독특한 세계관과 조우하게 될 때 독자는 이 시인의 시를 이해할 수 있는 단서를 발견하게 된다. 이러한 단서가 기계문명과 정신문명의 어우러짐을 꿈꾸는 시인 범대순의 시세계에 한발 더 접근하는 통로를 제시해 줄 것이기 때문이다.

III

범대순 시인의 시는 기계가 보여주는 역동적인 힘과 미래에 대한 낭만적 환상에서 출발한다. 어린 시절 '아침 햇빛을 타고 가는 예쁜 기차'로 상징되는 꿈의 세계가 심어준 환상은 시인으로 하여금 기계문명이 인간의 꿈과 이성을 실현시켜 줄 것이라는 믿음을 갖게 했다. 그는 자신의 시론에서 밝혔던 바대로 열등의식에 대한 강력한 반발에서 오는 강인함에의 의지를 가지고 있다. 이 강인함에의 의지가 기계시를 쓰게 하고 원시적 생명력을 형상화하려는 근본적 동기를 이루었다.

처음에는 女王처럼 조심스레 주위를 살피다가
스스로 울린 청명한 나팔에 氣球는 비둘기
꼬리 쳐들고 뿔을 세우면 洪水처럼 신음이 밀려 이윽고 바위 돌 뚝이 무너지고.

그것은 희열

사뭇 미친 瀑布같은 것
　짐승 소리 지르며 목이고 가슴이고 물려 뜯긴 新婦의 남쪽 그 뜨거운 나
라 사내의 이빨 같은 것.

　그리하여 슬그머니 두어 발 물러서며
　뿔을 고쳐　세움은
　또 적이 스스로 무너짐을 기다리는 知慧의 자세이라.

「불도오자」부분

　시인은 불도저가 작업하는 모습에서 사납고 힘센 '부사리' 황소와 상씨름
꾼인 사촌 형의 이미지를 본다. 그 불도저는 여왕처럼 우아하고 꼬리를 쳐든
황소처럼 당당하며 상대가 스스로 무너지기를 기다리는 아량과 지혜까지 겸
비하고 있다. 그가 하는 작업은 젊은 남녀의 육체적 열락처럼 격정적인 희열
을 동반한다. 시인은 불도저에 매료되어 오래도록 서서 지켜보면서 "어느 화
사한 마을 너와 더불어 찬란한 화원 / 찔려서 또 기쁜 薔薇의 茂盛을 꿈꾸고
있"다. 불도저의 작업이 이루어낼 미래의 문명, 그것은 찬란한 화원일 터인
데 그 화원에서 시인은 가시에 찔리는 아픔을 감수하면서 장미의 무성한 아
름다움을 만끽할 수 있을 것이라는 꿈을 꾸고 있는 것이다. 무의식적일망정
시인은 기계문명이 가져올 아픔과 부작용을 직관적으로 보아내고 있으면서
도 문명 세계로의 동경과 유혹을 전위로 드러내려고 한다.
　이러한 문명에 대한 예찬은 마리네티를 중심으로 한 미래파 운동에서 쉽게
볼 수 있고, 시인이 연구한 스펜더의 시에서도 접할 수 있다. 우리의 경우는
1930년대 주지주의 시를 쓰려고 했던 김기림의 「기상도」에서 기계문명에 대
한 예찬을 읽어낼 수 있다. 그러나 이런 문명 예찬은 세계의 문화사가 보여주
듯이 자칫 파시즘에의 경사를 갖지 않을 수 없는 함정이 도사리고 있다.

하늘이 고우니 입이 달다.

위로 팔뚝과 나의 시가
낭랑한 깃발처럼 뜰에 선다.

거리의 움직임은 어느 개선의 엔진
간간 산새가 날아 또 미더웁다.
아 어젯밤 나는 보람찬 제왕
폭풍에 몰리던 파도의 행렬.

아침은 유유한 솔개의 행차
아침은 기적소리 잡종 수탉의 혼례.

인간은 알로 자연을 딛고
뒤로 영광을 더불고

아 화려한 출발을 동자에 심자.
그리하여 하늘을 풀어 벼룻곁에 앉히고
역사를 닮은 하나의 회상을 새겨놓자.

「아침의 印象」 전문

시인의 이성은 '개선의 엔진'으로 상징되는 기계문명과 '산새'로 상징되는 자연이 공존하는 것을 이상으로 한다. 그런데 시적 자아는 어젯밤의 '보람'처럼 문명으로서의 '기적소리'와 자연으로서의 '잡종 수탉'을 갈등 없이 혼례 시킨다. 인간은 아래로 자연을 딛고 정복하여 영광스러운 미래를 설계해야 한다는 이러한 논리는 철저하게 서구적 진보 사관에 따른 문명관으로 (이런 인식은 뒷날 노자를 읽으면서 동양적 세계관으로 회귀하는 모습을 보인다.), 1960년대 이후 '잘살아 보자'는 개발 논리와 맞닿아 있다. 그러나 이것은 운명 공동체의 역사에서 드러나는 열등의식을 기계론적 사유로 극복하려는 것에 지나지 않는다. 시인은 개인의 열등의식과 민족의 열등의식을 극복하기 위해 정신적·물질적 강인함을 길러야 하다는 사유체계 속에서 기계를 노래하면서 상승지향적 의지를 키우며(「안테나」), '싸이렌처럼' 울던 황소와 그 황소를 닮은 아버지를 형상화하면서 힘찬 도약으로서의 개발 논리를 폈던 것이다(「부사리 畵像」).

여기에서 문제가 되는 것은 서구적 진보 사관에 의한 개발 논리가 아니라 그것을 너무 쉽게 긍정하는 시인의 자세이다. 인간다운 삶을 영위하기 위해서는 문명의 진보가 불가피하다. 그러나 그것은 시에서가 아니라 과학으로서의 학문과 정치, 경제 분야에서 문제 삼아야 할 일이다. 오히려 시인의 관심은 그 개발 논리에 함몰되는 인간성의 상실과 원시성의 상실을 복원하는 일에 집중되어야 할 것이다. 시인이 개발 논리를 긍정하는 태도는 체질적 병약함에 대한 반작용일 개연성이 높다.

범대순 시인의 산문과 시들을 보면 어린 시절 병약한 아이로서 겪었던 물리적 힘에 대한 열등의식을 여기저기에서 만날 수 있다. 예를 들면, 시인이 자신의 "애기들이 욕하는 것을 / 착한 어린이가 아니라고 나무라는 것이지만, / 속으론 실은 이놈들아 조금 더 큰 것을 / 조금 더 큰 놈들에게 / 아프리카의 어느 사건 만큼이나 그렇게 크게 해보라고 / 속으로 실은 그렇게 희망하고 있는 것"(「辱說考」)은 열등의식의 반작용으로서 자식들이 강인하게 자라기를 바라는 염원이다. 그 염원이 자기 자신에게 미칠 때는 자기반성을 수반한다.

> 그러나 나 또한 보잘것없이 흔들고 흔들리는 것
> 가까운 사람의 변두리에 서성거리며
> 눈은 작은 것에 까다롭다

그러나 정말로 내가 흔들고 싶은 것은
죄없는 자식이나 아내의 순한 마음이 아니고
애잔한 이웃이나 벗의 시새움이 아니고
한 여름 시골길 어느 연못
소나기에 연잎 물방울이 흔들리듯
멀리 섬이 서서 큰 바다를 흔들듯
주먹이 멱사릴 흔들듯
오 나도 한번 천지를 흔들고 싶다

「나도 한번 天地를」 부분

일상의 삶에서 보잘것없는 것에 흔들리고 작은 것에 까다로워서 죄 없는 자식과 순한 아내와 애잔한 이웃과 벗들을 귀찮게 흔들어 왔다는 자기반성이 수반됨으로써 시인은 이제 자연과의 교감을 통해 근원에 접근하면서 천지를 흔들고 싶어 한다. 자기반성을 통해 그 열등의식을 강인함에의 의지로 승화시킨 것이다. 그러나 그 의지만으로는 천지를 뒤흔들 수 없다. 시인이 자신의 '원시'를 회복했을 때만 천지를 흔들 수 있는 잠재력이 발동한다.

차가웁고 순수한 것이
나의 가슴 속에서
어린 시절을 흐르더니
이윽고 나의 원시에 닿는다.

그때다 기가 난 것은
맑은 무엇이 나의 원시와 닿는 순간
불 속을 달리는 들소같이
나는 소나기 속에서 크게 넘쳤다.
내가 넘치자
번개가 따라온다.
번개에 놀란 숲이 움추리는 가운데

나와 천둥은 마음껏 세계를 웃었다.

「소나기」 부분

시인이 미국의 숲 속에서 기세 좋게 쏟아지는 소나기를 흠뻑 맞고 어린 시절을 회상하면서 자신의 원시라고 할 수 있는 생명의 근원을 되살려 낸다. 이것을 쉽게 뒤집어 말하면 어린 시절을 통해서 원시의 근원과 본질에 도달할 수 있다는 이런 생각은, 시인이 자신의 마음 안에서 "불보다 더욱 안에 있고 / 뿌리보다 더욱 오래 있는 / 끊임없는 하나의 바람과 같은 / 그것이 일어서고 있음을"(「바람」) 자기 성찰을 통하여 명징하게 들여다보고 있기 때문에 생겨난 것이다. 따라서 "먼 나라 숲 속에서 / 소나기 속을 달리면서 / 천둥과 번개를 거느리고 / 나는 비로소 나의 원시를 회복하였다."는 것은 결국 천둥과 함께 마음껏 세계를 웃어줄 수 있는 힘과 능력을 갖추었다는 말이며, 소나기로 대표되는 자연까지를 '다스리는' 것으로 그 힘이 넘치고 더욱 가득하면서 찬란하다는 의미까지를 포함한다. 시인은 어린 시절을 통해서만 생명력의 근원에 도달할 수 있다는 믿음을 가졌던바, 초기부터 최근의 시집에 이르기까지 아름답게 가난한 어린 시절과 처음 시를 배우던 '목포 오거리'를 시의 주조적 내용으로 삼는 요인의 근거도 여기에 있다.

어떻든 시인의 열등의식은 강인함에의 의지로 바뀌고 이 의지가 서구적 이성과 만나면서 기계시가 탄생하게 된 것이지만 그 의지가 내면의 성찰로 이어질 때는 원시적 생명력의 추구로 이어지지만, 그 원시성에도 자연을 정복하려고 하는 서구적 이성이 짙은 음영을 드리우고 있다.

그렇다면 그의 시에서 '원시'란 무엇인가? 범대순 시인은 초기 기계에 대해 관심을 가지고 시작할 때부터 '짐승'의 이미지와 아프리카의 검은 이미지를 기계와 병치시키려고 하였다. 따라서 이성에 의한 학자로서의 지향점과 함께, 아프리카의 검은 색깔에 대한 이미지와 동물적 원시성을 추구하는 시인으로서의 지향점이 맞닿은 곳에서 시인의 시는 긴장을 얻는다.

　　짐승 소리 지르며 목이고 가슴이고 물려 뜯긴 新婦의 남쪽 그 뜨거운 나라 사내의 이빨같은 것.

「불도오자」

　　그리하여 太陽과 密林과 검은 빛깔이 / 아아 이 靑春의 祖國되게 할 // 당신은 아뜨라스 / 검은 손이 불꽃처럼 밝다.

「黑人鼓手 루이의 북」

　　짐승이 풀과 더불어 사람과 더불어 이웃하여 있을건가 나의 103號 硏究室.

「103號 硏究室」

　　짐승이 신화처럼 가까운 그런 벌판을 우리는 기대하였다.

「四월에 우리가 期待하였던 것은」

　　언젠간 지구를 엎는 파도이고자 하였더니 / 새빨간 혀가 수도 없이 천공을 향하여 움직이는 / 이 짐승의 소망이었더니.

「龍舌蘭」

　　창백한 오늘을 울어라 짐승이여

「黑」

　　손바닥과 손바닥을 대고 / 조용히 땀을 흘리고 있는 짐승 // 그 짐승이 되기까지는 / 아직도 먼 平壤 221키로의 물소리

「통일로 종점」

　　당신이 불같이 울며 / 짐승처럼 소리치며 / 그 속에서 기뻐 날뛰며 / 내가 살고 있음을 / 비로소 깨닫게 될 것만 같아

「詩人 로버트 크릴리에게」

오 소나기 원시의 해와 숲 / 그리고 검은 머슴새 할 것 없이 / 더운 맨살의
그 몸짓 몸짓이여

　　　　　　　　　　　　　　　「아프리카의 印象」

순수한 짐승이 되어라. / 어금니와 소리와 발톱과 / 사나움을 보면 더욱
사나운 / 아이야, 나는 너무 허약하였다.

　　　　　　　　　　　　　　　「복중기」

　이러한 시들에서 보이는 짐승의 이미지는 때 묻지 않은 순수성과 길들
여지지 않은 야성적 활력과 열정, 그리고 절대자의 신성(神聖)과 자연에
투시된 신성(神性), 또는 온전한 유기적 생명체 등을 의미한다. 이 같은
의미를 얻고 깨닫기 위해서 시인은 자신의 어린 시절로 되돌아가서 원시
성을 회복하는 일이 무엇보다 중요했던 것이다. 그런데 "세월의 물레를
거꾸로 거꾸로 돌리면 / 짐승도 나무도 같이 물이 되고 불이 되고 / 바람
과 같은 별과 별 같은 하늘과 / 그리하여 마침내 다만 검은빛이 되었다."
(「검은 빛」)고 기술하고 있는 이 시에서 보듯이 자신의 근원을 찾아 어린
시절로 되돌아가고, 더욱 세월을 되돌리면 마침내 짐승이미지와 별과 하
늘이 모두 검은빛으로 변하고 만다. 그래서 아프리카의 검은 색깔로 표
현되는 검은 이미지는 생명의 원천이라는 뜻을 함축하기에 이른다.

　제4시집 『起承轉結』(1993)을 전후로 하여 이 짐승의 이미지를 통한
원시적 생명력의 추구가 잡초의 이미지를 통한 원시성 추구로 바뀌게 된
다. 원시적 생명력이 교육이라는 현실과 만나게 됨으로써 학생들이 잡초
처럼 강인하게 자라주기를 바라는 염원을 잡초에 투사한 것이다. 범대순
시인은 1986년 「雜草考」라는 수필을 통해 시만 야성의 땅에서 자라는
것이 아니라 큰 인물도 꽃밭이 아닌 거칠고 모진 잡초밭에서 나온다는
믿음을 설파한 바 있다. 그는 여기에서는 1950년대 시인이 몸담고 있는

초등학교장의 반대로 자신이 만든 어린이 신문의 제호가 '잡초'가 되지
못하고 '꽃밭'이 되고 말았기 때문에 오래도록 미련이 남았다는 사실을
보여준다. 그런데 그의 시「잡초고 6」에서는 그러한 사실들이 시의 내용
을 이루지만 의미가 약간 변형되어 있다. 수필에서는 '꽃밭'이라는 이름
으로 어린이 신문이 발간된 것으로 되어 있는데 시에서는 시인이 제호를
'잡초'라고 우기는 바람에 결국 쓸모없이 버려지게 되고 사십 년이 지난
"지금도 생각하면 피가 선다"고 되어 있다. 이런 차이에서 우리는 시인
의 무의식의 내면세계를 엿볼 수 있다. 시인은 어떤 신념을 가지고 있으
면서도 그것을 실제의 삶에서는 끝까지 밀고 나가는 힘이 부족하여 현실
과 일정하게 타협하고야마는 나약함을 가지고 있다는 것을 암묵적으로
시인하고 있다. 그러나 시속에서는 그 신념을 원시적 생명력으로서의 잡
초에 투사하여 끝까지 밀고 나가 시적 긴장과 형상을 얻는다.

그의 시「잡초고」와「잡초고 1∼6」에 실린 내용들은 모두 시인의 어
린 시절, 잡초처럼 살아왔던 기록들이다. 여기에는 잡초처럼 살았던 야성
적 힘이 오늘날 자신의 삶을 건강하게 유지시켜 주는 원동력이라는 인식
이 밑바탕에 깔려 있다. 이 어린 시절의 체험이 그의 제7시집으로 '절구
시'라고 이름하는『아름다운 가난』(1996)의 내용을 이룬다. 범 시인에게
시를 쓴다는 것은 자신의 근원을 찾아 떠나는 길고 험난한 여정이었다.

IV

우리는 그의 시에서 이성과 감성, 또는 개발과 원시 사이에서 고뇌하는 학
자 시인의 모습을 담아내려는 처절한 몸부림을 만나게 된다. 그가 시인이면

서 영문학자라는 신분상의 모순과 그의 사고방식이 서구적 이분법에 익숙해 있기 때문일지도 모른다. 기계와 원시(자연), 서양(異邦)과 동양(老子), 과거와 현재, 탐구와 회귀, 시작과 끝, 창조와 파괴, 있음과 없음을 한눈에, 동시에 봐버리려는 의도에서 탐구된 것이 '기승전결'과 '절구'라는 시의 형태이다. 이 양극단을 거시적으로 통합하려고 할 때 학자의 자아와 시인의 자아는 물과 기름처럼 겉돌기 십상이다. 시인이 미국과 유럽과 아프리카를 여행하면서 끊임없이 배우고 익히지만 언제나 이 양극단 사이에서 방황하는 모습을 보인다. "예이츠의 깨달음을 알 만한 나이 / 이렇게 보면 지혜의 나이가 좋지마는 / 저렇게 보면 푸른 젊음이 귀하고 / 지혜의 비잔티움에서 하루내 헤매었다."(「헤매임」)는 진술 속에 그러한 시인의 태도가 잘 나타난다.

앞장에서 살펴본 원시적 생명력을 추구한 시들은 대체로 후자의 입장을 취하지만 다음과 같은 시는 철저하게 전자의 입장을 고수한다.

> 고래잡이가 고래를 잡는 것이
> 작살질이 뛰어나서가 아니듯
> 사냥꾼이 호랑이를 잡는 것이
> 불질이 세상 없어서가 아니듯.
>
> 만 리 험한 바다에 나아가서
> 고래가 아닌 자기와 싸우듯이
> 시베리아에 닿는 장백산 깊은 골에
> 호랑이 아닌 자기가 적이듯이
>
> 시인이 싸워서 무찌르고 이기는 일은
> 사나운 호랑이도 고래도 아닌
> 한 줌의 흙으로 된 자기의 뼈 안에
> 수없이 작살을 꽂고 불을 놓는 일.

수도 없이 작살을 맞고 불을 맞고
안간힘으로 도망치는 짐승을 향하여
다시는 못 일어나도록 마지막 순간의 한 대를
심장을 향하여 힘껏 내꽂는 일.

「시정신」 전문

　작살질이 뛰어나거나 불질을 잘해서 고래나 호랑이를 잡는 것이 아니듯
이 시를 잘 쓰는 일은 언어를 다루는 기교에 있지 않다는 것, 오직 자기 안
에 있는 짐승의 심장을 더 이상 도망치지 못하도록 꿰뚫어 버려야 한다는
것, 그것이 바로 그의 시정신이다. 다시 말하면 철저한 자아성찰을 통하여
자기 안에 있는 적을 무찌르는 것만이 진정한 시가 솟아나게 되는 통로라
는 것이다. 따라서 이 경우에는 앞에서 살펴본 바와는 대조적으로, 원시적
생명력의 원천인 짐승의 속성을 철저하게 버림으로써 인격을 수양하고 인
격체가 되는 것이 그의 시정신의 목적이 된다. 대단히 규범적인 이 같은 시
정신에서는 훌륭한 인간 정신만을 문제 삼기 때문에 그것을 어떻게 예술화
할 것인가에 대해서는 눈을 감지 않을 수 없다. 예를 들면 2연 같은 경우는
오히려 3연으로 넘어가서 만들어지는 긴장을 미리 흩뜨리는 군더더기 진
술에 가깝다. 차라리 2연을 빼버리면 시적 긴장이 견고해진다. 이런 현상은
굳이 시인이 기승전결이라는 규범적인 시 형식을 고집하기 때문에 생기는
오류일 가능성이 크다.

　따라서 이처럼 규범적인 시인에게 있어 "아름다움은 스스로 있는 것이
아니라 / 숨어 누군가 애써 만드는 것"(「아름다움은」)이 된다. "애기가 일
어나 아침 해를 만들 듯 / 수평선 멀리 누군가 낙조를 만들 듯 / 눈 내려서
피는 매화의 아름다움은 / 차고 외로운 마음이 만드는 것이 아니랴."는 표
현에서 우리는 시인이 믿는 아름다움의 실체를 읽어낼 수 있다. 시인 안에

있는 '차고 외로운 마음'이 없다면 어떤 것도 아름다움은 만들어내지 못한다. '차고 외로운 마음'은 자연 그대로가 아니라 자연과 인간이 합일하는 격물치지(格物致知)의 경지가 아니고서는 불가능하다.

물론 여기(餘技)로서 예술을 했던 전통적인 시인들에게는 시를 쓰는 행위가 인격완성을 위한 한 과정으로서 중요한 의미를 가질 것이다. 그러나 오늘의 시는 그러한 고귀한 인간 정신이 아니라 그것의 형상화에서 참다운 시 정신을 구하는 것이 바람직하다고 믿고 있다. 그래서 시인도 그의 시정신과 시가 서로 상반된 모순을 보인다는 것을 냉정하게 인식하고 있다.

> 뒤부터 먼저 굴에 드는 짐승같이
> 나의 씨름판은 뒤씨름이 먼저다.
> 결판을 내고 처음부터 다시 붙는다.
> 상씨름은 처음부터 정해져 있다.
>
> 씨름판 뒤에는 꼭 싸움이 난다.
> 그리고 흥분하고 아쉽고 즐거웁다.
> 나의 시는 때가 없이 서는 씨름판
> 모래 밖에서 언제나 나는 장사이다.

「씨름판」 부분

시인에게는 자신의 시(씨름판)에서 마지막(뒤씨름)이 중요하다. 결(結)을 마무리하고 나서 그에 따라 처음인 기(起)부터 시작하여 승(承)과 전(轉)을 다시 구성하는 방식이 그가 생각하는 가장 적합한 시의 구성원리이자 양식이었다. 그래서 좋은 시(상씨름)는 처음과 끝이 동시에 보이기 때문에 처음부터 정해져 있을 수밖에 없다. 그러나 시는 시도때도없이 시인의 마음에서 씨름을 하지만 정작 시인은 그 씨름판의 모래 밖에서만 장사이다. 어린 시절

어른들에 밀려 뒤에서 '어 어 소리'만 듣고 마음속으로 씨름판을 그렸듯이, 지금도 시인은 시의 한가운데 들어가지 못하고 그 밖에서 생각만으로 장사인 것이다. 이러한 자기인식은 시인이 시 쓰는 행위와 학문하는 행위 사이에서 갈등하는 자신의 모습을 객관화할 때 가능한 것이다. 이런 진솔함이 이 시인의 매력이고 강점일 것이다.

V

범대순 시를 읽는 재미는 어디에 있는 것인가? 그것은 아마도 천진난만하고 악동 같은 시적 화자의 역설에 있을 게다. 애란인 젊은 여자와의 추억을 노래한, 첫 시집에 실린 「解剖學 教室에서 생긴 일」에서 보여주는 언어유희와 재치는 우리를 즐겁게 한다. 또 천장에 사는 쥐와 자신의 삶을 비교하는 「쥐」가 보여주는 골계미와 해학도 우리를 즐겁게 한다. 또 젊은 아낙이 들에서 말이 사랑하는 것을 보고 "콩 소승 한 말이 다 취해버렸다"(「님」)고 표현한 것에서 넘쳐나는 재기와 여유도 예사롭지 않다.

무슨 텐트가 이리 시원찮은 건지 일어서기가 바쁘게 무너졌다. 나의 빨갛고 귀여운 일인용 텐트 석양에 풍선처럼 바람이 빠졌다. 트로이전쟁 때 그리스 군의 텐트엔 투구를 쓴 총사령관 아가멤논 장군이 유럽을 석권하던 몽고인의 텐트엔 짐승보다 사나운 징기스칸이 앉아 있었다. 나도 텐트 안에서 아가멤논 장군이나 징기스칸의 몽고 텐트를 꿈꾸었다. 큰 칼과 활 그리고 호랑이를 옆으로 텐트 앞에는 전차가 발을 굴렀다. 무너지는 텐트에 깔리는 나의 꿈이여. 나의 새벽이여 나의 젊음이여 인생이여 땅에 엎드려 새벽에 석양을 통곡하노니 돌아오라 바람이여 일어서라 나의 텐트여.

「텐드 유희」 전문

이 시는 새벽이면 태양의 양기를 받아 아가멤논과 징기스칸의 텐트처럼 위풍당당하던 것이 이제는 바람 빠진 풍선처럼 무너졌다는 처절한 통곡을 지적 유회와 언어적 해학 및 역설어법으로 재미있게 보여준다. 이런 어법 뒤에는 퇴락과 죽음에 대한 무의식적인 거부가 가슴 쓰리게 밀려온다.

진술하고 담백하며 역설적인 시어 구사가 그의 시적 조사(*poetic diction*) 라고 한다면 그의 시 형식은 기승전결이다. 기승전결은 시의 구성 원리 이기도 하지만 자연의 법칙으로서의 삶과 생명의 원리이기도 하다. 이것 은 시인이 '트인 시학'으로 주장한 "담장이 실해야 이웃간에 사이가 좋 다"는 믿음에서 오는 전통 지향적 경향의 산물이다. 그의 전 시기의 시에 걸쳐 작용하는 이 원리가 얼마나 성과를 거두었는지는 미지수이다. 왜냐 하면 그릇이 문제가 아니라 가치 있는 인간의 체험이 얼마나 예술적 형 상성을 얻어내고 있는가를 심각하게 문제 삼아야 할 것이기 때문이다.

특히 8행 4절 8음보 20음절로 된 자수 정형시인 '절구시'는 새롭게 억 지로 짜 맞추어진 전통 가구 같은 느낌을 지울 수 없다. 마치 요즘 유행하 는 상들리에가 있는 물레방아 커피숍 같다. 물론 "가시 / 다음에 // 가시로 / 드는 // 가난 / 가시길 // 가는 / 꽃가마."(「아름다운 가난 110」)와 같이 작 위적이긴 하지만 가시밭 같은 인생길에서 가난의 가시에 찔려 꽃가마 타 고 죽음의 길을 가는 슬픔을 유려한 리듬에 실어 자수를 맞춘 시가 없는 것은 아니나, 오히려 짧은 시 중 자수에 얽매이지 않는 "무등산 / 스님 // 장작불 / 앞에 // 동짓달 / 눈보라 // 춘삼월 / 꽃보라."(「장작불」)가 훨씬 자 연스럽고 정제되어 있다고 느껴진다.

또 '백지시'도 마찬가지이다. 『서경(書經)』에서 시언지(詩言志)하고 가 영언(歌永言)이라 하였고, 20세기 서구의 시학에서도 시는 언어의 예술이 라는 대전제가 무엇보다 중요했다. 언어를 떠난 백지의 세계나 깨달음과 같은 도(道)의 세계는 더 이상 시가 아니다. 백지로서 무엇인가를 전달하고 가득 채우려는 범 시인의 '백지시'와 '백지시론'은 다만 새로움과 전위를 추구하는 시정신으로서의 의의만을 가질 수밖에 없다.

이러한 일정한 한계에도 불구하고 우리가 범대순의 시를 즐겨 읽는 것은 그의 시가 시인의 삶 텍스트를 건강하게 붙들어주는 구실을 할뿐 아니라 우리에게 어떻게 사는 것이 바람직한 삶인가를 끊임없이 질문하기 때문일 것이다.

> 모래밭을 온 사람이 뒤돌아보면서
> 스스로 흐트러지지 않는 한결같음을 찾듯
> 산길을 가는 사람이 고개 앞에 쉬면서
> 가파른 길 앞으로 하얗게 있음을 구하듯.
>
> 관목을 쪄 말리는 작업을 거들면서
> 묘를 미리 준비해둔 할머니가
> 곱게 접어 장안에 넣어두고
> 가끔씩 만족스레 수의를 꺼내보듯.
>
> 전집을 엮고 짜는 일로 일하다가
> 고개를 들어 순간 눈을 감고 바라노니
> 글 하나 하나가 살아온 흔적이기보다는
> 살고 난 뒤 앞으로 먼 보람이기를.
>
> 하늘에 구름이거나 푸름이거나
> 석양 너머 빛나는 어둠이거나
> 백의 세계를 보는 하나의 눈
> 나의 처음 다음 그 다음이듯.

「그 다음」 전문

Ⅵ

범대순의 시가 야성을 추구하면서도 그에 못지않은 관심의 영역은 인간 존재에 대한 탐구이다. 그의 시에서 '짐승'의 이미지만큼이나 많이 등장하는 또 다른 이미지는 '자색'이다. 범대순 시인은 자색의 이미지를 통해서 시라는 울타리를 넘어 인간 존재에 대한 탐색을 게을리 하지 않는다.

내가 무등산에 가는 것은
이미 캠퍼스를 벗어난 화가같이

저주 같은 광기로
태초의 야성을 향하는 일

환상과 현실이 어지럽게
피를 흘리며 공존하고 있음을 만나고

때로 맨발로 정막과 침묵이
원시 그대로의 동작에 취하고

어디서 왔는가 어디로 가는가
오늘 여기 나는 무엇인가

조숙한 소년의 화두철학같이
산이 싫어하는 질문을 던지면서
자연의 깊은 곳을 파헤치고 들어가
아름답고 무서운 자색을 구하는 일

『무등산』,「혼자 가는 산」 전문

이 시에는 범대순 시인의 시력 50여년이 고스란히 담겨 있다. 무등산 정상을 1,000회 이상을 오르면서 무등산과의 물아일체를 경험하기도 하고(「땀」), 언어의 세계를 넘어서 자연의 본질을 보거나 깨달음에 이르기도 하며, 자신의 속된 삶을 자성하고 무등산이라는 책에서 '연월의 높이'를 읽어낸다(「입석대」). 시인에게 무등산은 '죽음에 이르는 병'이다(『무등산』 권두의 「시인의 말」). 시인이 무등산을 가는 것은 이미 시의 영역을 벗어난 일이다. 『나는 디오니소스의 거시기氣다』에서부터 본격화된 '광기'는 무등산에서 '태초의 야성'을 탐색하고 실천하는 일이며, 거기에서 환상과 현실이 공존하는 화광동진의 세계를 만나고 나서 알몸의 원시 그대로를 대면해서 시인은 현존재에 대한 심각한 의문을 제기한다. 나는 누구인가? 무등산이 이런 이성적 의문에서 벗어난 절대적 존재이기에 시인은 그곳에서 '아름답고 무서운 자색을 구하는 일'에 몰두하는 것이다.

그렇다면 그의 시에 끊임없이 등장하는 '자색'이란 무엇인가? 시인은 '자색'과 '보라색'을 분명하게 구별하여 쓰고 있다. 「80」(『산하』)이라는 시에서는 "산에 가면 보라색 그 작은 꽃이 왜 예쁜지"처럼 '보라색'이 단순한 색채의 의미만을 지닌다. 그런데 제6시집(『유아원에서』의 「석양」)에서부터 자주 등장하는 시어 '자색'은 단순한 색채가 아니라 인생이나 자연의 깊이와 연관되어 있다. 범대순 시인에게 자색은 '멀고 아득한 마음'의 세계이다. 시인에게 있어 "아름다움은 스스로 있는 것이 아니라/ 숨어 누군가 애써 만드는 것"(「아름다움은」)이기 때문에 "눈 내려서 피는 매화의 아름다움은/ 차고 외로운 마음이 만드는 것"이다. '차고 외로운 마음'은 자연 그대로가 아니라 자연의 대상과 인간이 합일하는 격물치지(格物致知)의 경지에서 만들어지는 것이다. 그의 '자색'도 역시 그러한 '차고 외로운 마음'의 세계를 다르게 변주한 것이다. 이러한 마음의 세계는 시문학파의 영랑이나 현구의 시세계와 크게 다르지 않다.

자색의 이미지는 범대순 시인이 고희를 넘긴 2000년 이후의 시집에 집중적으로 나타난다. 시인은 석양녘 새인봉 바위에 앉아 겨울 누운 햇빛을 받고 '숨어 사는 바위 앉은 모습'에서 자색을 본다. 다만 생각까지도 쉬고 있을 때에만 마음의 눈에 바위가 자색으로 보이는 것이다(「혼자 가는 길」). 또 국회의사당 앞에서 우루과이라운드 반대 농성을 했던 배인수 노인, 50년 전 인민공화국 시절 광주에서 만났던 그를 우연히 다시 만난 자리에서 서로가 '자색의 느낌'을 나누었다면(「배인수 노인」) 이때의 자색은 인생의 황혼기에 갖추고 있는 인간다운 삶의 향기에 가깝다. 이밖에도 시인의 마음의 세계에서 자색을 느끼고 보는 것은 '진도 소치의 여름 산과 물', '윤동주의 오늘과 하늘', '대영 박물관에 누워 사는 미라', '아침에 일어서는 참새소리' 등이다(「자색단장」). 광기를 형상화한 시집 『나는 디오니소스의 거시기氣다』에는 한 번도 시어로 '자색'이 등장하지 않는다는 점을 고려해본다면 그 '자색' 이미지는 시인의 지향점이나 의지보다는 경험의 세계에서 오는 인간다운 삶과 어떤 대상과의 아름다운 합일에 가깝다. 범박하게 말하면 '자색'은 인생의 황혼기에 시인의 마음속에서 만들어지는 인간다움의 향기이거나 그가 깨달은 자연 순환의 이법이라고 할 것이다.

> 기가 먹구름같이 사납다 바다에 가고 산에 가는 까닭이다 이 안에서 그러나 어지러움은 자색을 원한다 고비사막의 지평선에 닿은 장성의 끝자락에 지면서 대정정같이 일어서는 진하게 미친 해 미친 바람으로 대륙 깊은 안을 물들이는 자색 우연한 사람의 순간을 발견하였다 아 당장 실성하는 대륙이고 싶다
>
> 『산하』, 「자색의 순간」 전문

봄에는 큰 바위 옆에 서서 천둥의 꿈을 꾸었다 여름 산 구름 아래서 돌 하
나가 우주를 꿈꾸듯 그리고 그의 천둥은 평양성같이 노랗게 물들었다 그렇
게 꿈꾸는 하나의 생애는 저물어간다 지금은 자색 늘 비겁하였던 천둥의 꿈
이 거기 있다

『산하』, 「자색 유회」 전문

나는 바위가 무엇을 생각하는지 안다 마을을 멀리 산에 석양이 가까울 때
힘겹게 올라온 산 그 옆에 아직 작게 있으면서 나도 바위같이 다만 푸른 머
리 위로 일월성신의 자색을 향하고 싶다

『가난에 대하여』, 「자색의 꿈」 전문

무등산 솔바람은
헤아릴 수 없는 삶
멀고 아득한 마음 그 자색을 분다

『무등산』, 「무등산 솔바람」 부분

먹구름같이 사나운 기를 다스리기 위해 산이나 바다에 가듯이 시인은 만리장
성의 끝자락 고비사막에서 대륙을 물들이는 '미친 해 미친 바람'의 자색에서
'사람의 순간'을 발견하고 그 자신 역시 그런 대륙을 꿈꾼다. 누구나 생성과 소
멸의 법칙에서 자유로울 수 없는 자연의 이법, 그러나 인생의 황혼기에 접어들
었을지라도 대륙의 장엄함처럼 역동적인 삶의 과정을 거치고 싶다고 시인은 바
란다. 이것이 '자색의 순간'에 시인의 마음속에 만들어지는 전율이고 울림이다.

그러나 젊은 시절부터 천둥을 꿈꾸어왔지만 평양성이 노랗게 물들 듯 시
인의 생애 역시 저물어 지금은 자색의 시기에 접어들었다. 노년의 시인에게
는 비겁하였던 천둥의 꿈이 아직도 거기 그대로 남아 있다. 설령 비겁했을지
라도 애련에 물들지 않고 세사에 흔들리지 않는 바위처럼 일월성신의 자색,
다시 말하면 비장하고 냉혹한 자연의 이법으로서의 자색을 향하고 싶어 하

는 시인의 마음은 인간사의 욕망에서 벗어나 있다.

　이러한 자색의 이미지는 곧 시인이 전 생애를 통해 경험하고 깨달은 '헤아릴 수 없는 삶/ 멀고 아득한 마음'이다. 이러한 자색 앞에 무릎을 꿇는 시인의 겸허가 "오솔길 같은/ 팔십의 나이가/ 스스로 향기롭다"(「국화제」)고 말하는 것을 가능하게 하고, 여기에서 우리는 시인의 삶과 시적 진정성에 공감하게 된다. 범대순 시인 걸어왔던 시작의 과정이 청빈하고 아름다운 자성적 삶의 실천이었다는 점에서 그의 생애가 스스로 향기롭다.

'경험'의 여과를 통한 순수성 회복

『백의 세계를 보는 하나의 눈』을 중심으로

정병필

I. 들어가기

시집에서의 제목과 서문은 시인의 의도를 어느 정도 반영한다고 볼 때, 범대순(范大錞, 1930~2014)의 제 6시집인 『백의 세계를 보는 하나의 눈』(1994)은 시집의 제목에서부터 매우 강한 시인의 의도를 담고 있다. 숫자 백(百)과 숫자 하나(一)의 대조를 통해 수많은 다양한 세계관을 하나의 시선으로 읽어내겠다는 시인의 의도이다. 이에 본고는 그 하나의 시선을 이 시집에서 어떻게 구체화해 담아내고 있는지에 대한 물음에서부터 시작하려고 한다.

서문(독자를 위하여)에서 시인은 시선에 관한 물음에 대해 한 가지 흥미로운 관점을 전개하고 있다.

> 나는 이성이나 관념보다는 자신의 경험을 더 신뢰하고 있다. (중략) 나의 경험을 통과한 이성과 관념을 더 신뢰한다. (중략) 이 시집에서 나는 경험에 대한 나 자신의 신뢰를 표현하려고 노력하였다.[1]

위의 서문에 따를 때, 이성이나 관념이라는 것은 두 가지로 나눠진다. 하나는 그저 주어진 이성이나 관념이며, 다른 하나는 경험을 통과한 이성과 관념이다. 일반적으로 경험이란 그 사전적 정의2)에 비춰봤을 때, 매우 주관적이기에 이런 경험을 통과한 이성이나 관념은 보편적이고 공통적이며 통일성을 갖는 것으로 해석하기 어렵다. 그렇다면 이 시인의 시선은 자신의 주관적인 시선이 곧 독자의 공감을 불러 올수 있다는 자만과 허세에 빠져있는 시선이라 할 수 밖에 없다.

그런데, 위의 서문에서 흥미로운 점은 경험이 단지 그 자체로서 규정되지 않고, 이성과 관념이라는 사유로서의 지점에 매개체로 설정되어 있다는 점이다.

여기서 하나의 추론을 할 수 있다. 즉, 하나의 시선은 단순히 주관성을 강조하는 의도를 넘어 독자와 같이 공유할 수 있는 지점을 갖고 있는데 그 지점을 서문에서 언급하는 이성과 관념을 통과시킨 틀로서의 '경험'에서 살필수 있다는 가정이다.

그렇다면 이 가정에 따라 다시 한 번 시집 제목을 보자. 백(百)이라는 여러 개별성을 하나(一)의 시선으로 묶어내는 것에서 '백(百)'이 중요한 것이 아니고, '하나(一)'가 중요한 것도 아니다. 바로 묶어내는 '경험'이라는 화자의 가치가 중요한 것이다. 그것이 매우 특수한 상황이며, 개인적인 상황이라 하더라도 이른바 '경험'이라 명시한 눈[目]이라는 틀을 거쳐서 시인의 사유 지점을 독자와 소통할 수 있는 보편적인 가치로 치환하고자 하는 것이다.

본고는 이러한 전제 아래 서문에서 제시한 '경험'이라는 틀이 매우 중요한 요소라 보고, 시집 전체에서 '경험'이 어떻게 주관적인 시선을 독자들과 소통할 수 있는 상황으로 나아가게 하는지를 소목차별로 살펴보고자 한다.3)

---

1) 범대순, 『范大錞全集』 제1권, 전남대학교출판부, 1994, 439쪽. 이후 같은 책에서 인용된 부분은 본문에 쪽수만 표기함.
2) 경험이란 자신이 실제로 해 보거나 겪어 보거나 또는 거기서 얻은 지식이나 기능을 말한다. 철학적으로는 객관적 대상에 대한 감각이나 지각 작용에 의하여 깨닫게 되는 내용을 일컫는다. 국립국어원 표준국어대사전 참조. http://stdweb2.korean.go.kr/main.jsp

Ⅱ. '경험'의 단절과 매개

서문에서 언급하는 '경험'이라는 게 하나로 정의하기 어려운 추상적인 의미이다 보니, 이를 잘 표현하기 위해서『백의 세계를 보는 하나의 눈』에서는 마치 시인이 경험담처럼 1인칭 시적화자의 독백과 회상이 주로 사용된다. 하지만 자신이 경험한 이야기가 공감을 얻기 위해서는 시적화자의 정서를 통해 독자가 간접적으로 경험해야 하는데, 아래의 시는 이런 독자와의 공감을 얻기 위한 그 과정이 단절되어 있다.

> 언제부터선가 나는 옛날을 잃어버리고
> 문득 옛날에 있었던 일을 생각하면서
> 그러나 무엇이 그렇게 달라지는가
> 그래서 어떻다는 것인가 생각한다.
>
> 가득하였던 밤하늘에 별도 사라지고
> 푸른 하늘도 구름도 멀리 가버렸다.
> 울을 넘는 꽃뱀도 귀신도 죽어버리고
> 옛날도 나의 맨발도 다 가버렸다.

「옛날」(457쪽)

위 시에서 시적화자는 회상이라는 시점을 자주 사용한다. 회상의 시점을 통해 시적화자는 과거를 경험하고 있는 화자와 회상을 하고 있는 현재의 화자로 병치된다. 분명 동일 화자임에도 두 시공간의 화자는 변별되고 괴리된다. 마치 이상(李箱, 1910~1937)의 시「거울」에서처럼 거울 속의 자신과 악수하고 있는 모습처럼 두 시공간이 단절된다.

---

3)『백의 세계를 보는 하나의 눈』은 총 4개의 소목차(「다시 기승전결」, 「시지프스에게」, 「참새」, 「그 다음」)로 구성되어 있다. 본 논문은 이 소목차의 구성에 따라 '경험'의 설명이 가능하다고 보고, 소목차의 구성 순서대로 본 논문 목차를 대입시켜 살펴보고자 한다.

시간의 연속선상에 있는 삶의 과정에서 과거와 현재는 서로 면밀히 소통되고 있을 법함에도 "나는 옛날을 잃어"버린다. 상실이라는 이유가 구체적으로 명시되지 않았지만, "사리지고", "가버렸다", "죽어버리고", "가버렸다"의 시행의 종결만 봤을 때, 그 상황은 몹시 우울하다. 이런 정서는 단지 시적화자의 독백으로 남겨질 뿐, 공감에 대한 지점은 단절되어 있다. 그럼에도 시적화자는 그 단절에 대한 모색에 있어서도 회의적이다. "그러나 무엇이 그렇게 달라지겠는가", "그래서 어떻다는 것인가"에서 느껴지는 시적화자의 고백은 체념의 상태, 앞으로 아무런 희망도 생각할 수 없는 망연자실함, 그 자체이다.

> 한 겨울 깊고 깊은 둥지같이
> 동전은 나의 품 속을 파고 들었다.
> 며칠이고 가슴 속에 품고 있으면
> 병아리로 태어나 노래하였다.
>
> 방바닥이나 때로 길가에서
> 지금도 가끔 동전을 줍는다.
> 주워서 동전 단지에 넣는다.
> 그러나 동전은 안에서 죽어 버렸다.
>
> 「동전」(458쪽)

위의 시에서는 회의적이고 우울할 수밖에 없는 현재의 화자가 과거에 지녔던 따뜻함이 어렴풋하게나마 남겨져 있다. 동전을 가슴 속에 품고 있던 과거의 행동처럼 현재 화자가 동전을 주어 저금통에 넣는 행동의 발단은 유사하다. 그럼에도 행위 결과에 대한 시적 화자의 태도는 정반대로 달라진다.

특히 과거의 태도와 극명하게 대조될 정도로 시적화자의 현재 상황에 대한 회의적인 태도는 소목차 「다시 기승전결」의 전체적인 시를 아우르는 분위기다. 우울과 체념으로 볼 수 있다. 문제는 이 부정적인 태도가 현재의 시적 화자가 시간상의 과거로 되돌아가는 방법으로는 문제를 해결할 수 있는 실마리가 보이지 않는다는 것이다. 다시 말해서 문제는 단순히 시간이라는 물리적인 차원의 거리감이 아니라는 점이다.

> 젊은이들이 산같고 바다같은
> 젊음을 낙엽으로 바꾼 시간에
> 나는 벗어나 호머를 읽으면서
> 남의 이야기 장님의 눈 안에 있었다.
>
> (중략)
>
> 범동무 같이 올라가 싸웁시다.
> 비범하고 눈이 불같은 사나이가
> 떠나면서 덥게 권하였지만
> 따라나서지 못한 것이 구름이었다.
>
> 직전마을 어설픈 직전에 가려
> 젊은 골짜기도 물소리도 핏빛도 없는
> 쇠 사륜과 사람과 소란 속에
> 풀같은 젊은 옛날의 내 죽음을 본다.
>
> 「피아골」(464쪽)

시적화자에게 현재의 나는 과거의 나와 변별된 나로 인식된다. "풀같은 젊은 옛날의 내 죽음을 본다"에서 과거의 나는 이미 죽어버린 나이다. 이러한 원인을 현재의 시적화자는 앞선 시와 달리 회의적인 태도에서 그치지 않고, 원인을 모색해 나간다. 과거에 책만 읽고, 같이 참여해서 싸우지 못하고 못내 미적거리고만 지난 시간의 행동이 그것이다. 이러한 행동은 시적화자에게 있어 주요한 부끄러움, 나아가 과거의 나에 대한 죽음으로 귀속된다.

광장히 주관적인 마치 시인의 자서전과 같은 시적 배경만 제시한다면, 무엇이 문제이고 해결책인지 시인이 아니고는 아무도 모를 것이다. 그럼에도 이 시가 결과로 귀속된 현재에서 이 주관적인 경험을 독자가 느끼고 같이 모색할 수 있는 이유는 과거와 현재의 단절된 지점에서 모색된 '경험'이라는 매개체, 그 하나의 특별한 행동, 나아가 사고에서 출발한다.

여러 사건들 속에서 그러한 하나의 행위가 과거와 현재를 이어주는 매개가 되는 이유는 물리적인 시간 차원을 넘어 하나의 '경험'으로 변화됨에 있다. '경험'은 서문에서 강조했던 것처럼 단순한 행위가 아닌 이성과 관념의 사유로 나아간다. 그러기에 책만 읽고, 같이 참여하지 못한 하나의 행위라는 경험을 통해 이성과 관념으로 나아간 사유가 다양한 방식으로 시대에 참여하지 못한 당대 독자들의 사유와 접목되어 진다. 이로써 시간상 변별된 시적화자의 단절된 지점이 시적화자의 사유, 나아가 독자의 사유의 공감을 통해 현재의 나와 과거의 나를 이어주는 주요한 사건이 된다. '경험'은 그 물리적인 시간선상에 나열할 수 없지만, 그 시간을 증폭시키는 가장 큰 매개가 되기에 '경험'은 하나의 사건을 넘어 과거와 현재의 중요한 지점에 위치하게 된다.

> 당신이 세상을 떠나면서
> 더딘 세월을 위하여 헤매였던 괴로움이요 기쁨 끊임없는 것
> 그리면서 빈 주먹을 남기었다.
>   (중략)
> 이방에 와 또 혼자 살면서
> 어언 예순이 되는 날 아침
> 유난하게 새 한 마리가 창 안에서
> 넘치는 소리를 들으면서 생각한다.

아 그렇다. 바로 저 소리였다.
아버지의 빈 주먹 그 안을 본 것이다.
당신의 시작과 당신의 끝맺음 사이
당신의 인생은 다만 기승전결이었다.

「다시 기승전결」(447쪽)

　　과거와 현재의 괴리감이나 단절은 세대 간의 단절의 문제와도 연결되며, 나와 타인과의 괴리의 문제와도 마찬가지다. 이 시에서는 이러한 괴리, 단절의 지점을 시간적 연속선상 위에 구축시킨다. 마치 자연스럽게 흘러온 삶의 과정처럼 말이다. 하지만 불연 듯 들은 새소리에서 느낀 일각의 깨달음처럼 구체적으로 설명할 수 없는, 지극히 개인적인 것으로 비춰질 수 있는 추상적인 사건이 '경험'으로 드러난다. 가끔 어린 시절을 회상하면서 말로 표현할 수 없는 뭉클한 감정에 사로잡히는 것처럼 어린 시절 아주 소중한 이 '경험'이 매개되면서 이 시집에서 표현되고 있는 '새', '해', '푸른 하늘', '별' 등의 소재가 보편적인 어린 시절의 '순수함', '꿈', '희망'으로 치환돼 버린다. 이로써 현재의 나와 대조되는 어린 시절의 순수함은 추상적이지만 태초, 순수함이라는 원형적인 상징성을 통해 그리움이라는 정서를 '경험'의 사유로 전달할 수 있게 되는 것이다.

그 때 푸른 하늘에 날아가는 비행기
노래 부르다 말고 모두 쳐다보았다.
보름날 훨씬 지난 연 하나가
비행기 뒤를 한사코 따라갔다.

「또 하나의 풍경」(460쪽)

　　"비행기 뒤를 한사코 따라가"는 시적화자에게 하늘의 비행기를 쳐다보는 행동은 어수룩함에 그치지 않고 미래에 대한 희망과 기대감으로 가득 차 있다. 이런 행동은 단순한 그리움의 정서의 전달에 그치지 않고 현재로까지 방향성을 지향하며 무엇인가 영향력을 미치려고 하는 하나의 사건으로 그려진다. 물론 그 기대감이 현재에 단절됐다하더라도 화자가 지속적으로 어린 시절의 '경험'으로 회귀하려 하면서 그 단절이 매개된다. '경험'은 단지 정서의 전달에만 그치는 것이 아니라 '경험'의 사유를 통해 공감을 지향해 나간다. 단순히 어린 시절로 다시 돌아가려는 정서적 표현이 아니라 현재에서 그 단절의 이유를 통해 현재의 방향성, 나아가 미래 지향적인 지점을 되짚어 보려는 것이다.

Ⅲ. '경험'의 속성

앞선 소목차 「다시 기승전결」이 시적화자의 개인적인 체험에서 진행된 단절, 그리고 그 단절을 매개하는 '경험'이었다면, 아래의 시에서는 이 '경험'의 범위가 이국적이고 낯선 곳으로 나아간다.

옛날을 여행하면서 짚시를 만난다.
일손을 놓고 쳐다보는 까만 눈
옥스퍼드의 이름이 아닌 눈 속에
인생이 흐르는 강물이 있었다.

스카라 짚시나 십 구세기 가지고는
수심이 너무 깊고 너무 까만 눈
그리이스와 인생과 아름다운
검고 빛나는 강물이 있었다.

「짚시의 인상」(478쪽)

이국적이고 낯선 집시에게서 보이는 "인생이 흐르는 강물"이란 그 자체로 이질적이지만 그 의미를 공감하기에는 어렵지 않다. 집시의 인상을 그리고 있는 위 시에서 집시의 외모와 관계되지 않는 "그리이스"와 "옥스퍼드", "십구세기"라는 시어를 언급하고 있는데, 이 시어는 서양에서 과거와 현재의 시간선상의 주요한 시대적 시공간들이다. 각각 단절돼 보이는 이 시공간들은 매 시대에 존재했던 집시를 통해 시간적 연속선상 위에 재구축된다.

앞선 시들에서 '경험'은 과거의 나와 현재의 나가 단절을 통해 어긋나 있는 지점을 '경험'을 통해 매개시켰다. 반면에 위 시에서는 시대적인 단절 위에서 이를 매개해 주는 속성에 대해 보여주고 있다. 집시에게서 느껴지는 시간을 통해 깊이 빛나고 있는 시선은 현재를 살아가는 데 있어 시대적인 것을 담아내면서 순수함을 유지하는 것이다. 이 순수함이야말로 '경험'을 통한 사유로서 공감될 수 있는 '경험'의 속성이다.

이처럼 과거와 현재의 단절을 매개한 '경험'의 속성과 가치를 좀 더 보편적으로 살펴보기 위해서는 개인의 과거와 현재를 넘어 '경험'이 좀 더 공감을 가질 수 있는 객관적인 상황[4]으로 더 폭넓게 바라보고 있다.

> 프로메테우스는 지혜없는 녀석이었다.
> 푸른 불은 다만 하늘에 있으면 되었었다.
> 사람에게 불이 간 뒤로 불행이 잦고
> 사람들은 저렇게 불길을 가야 했었다.

---

4) 여기에서 객관적인 상황이란 주관성을 모두 배재한 상황을 말하는 것이 아니라, 자신의 주관성 위에서 이를 공감시킬 수 있게 만든 상황이다. 임환모는 『백의 세계를 보는 하나의 눈』이 자신이 경험했던 삶의 내용과 체험에서의 가치 창조의 시집이라 보고, 이 시집의 주요 시에서 시인 자신의 근원을 찾아 어린 시절로 되돌아가고, 원시적 생명력의 추구를 통해 원시적 생명력으로서의 시적 긴장과 형상을 언급한다. 임환모, 「경험의 질서와 원시적 생명력」, 『한국 현대시의 형상성과 풍경의 깊이』, 전남대학교출판부, 2007, 178-185쪽 참조.

녀석의 비극은 사람의 비극이었다.
녀석의 희생은 피할 수 없었지만
사람이야 더 괴롭힐 것이 있느냐
사람에게서 불을 거두어 들여야지.

불의 환상도 점차 가시겠지
물은 자석처럼 사람에게 잘 묻는다.
그래서 물은 하늘에서 가지고 있던 것
간이 없는 녀석이 돌아오고 있다.

「화신」(482쪽)

「짚시의 인상」에서 '경험'이 고전적인 가치를 담아내는 순수함이었다면, 이 시는 프로메테우스 신화를 통해 '경험'의 고전적이고 원형적인 가치를 강조한다. 그러면서도 그 '경험'이 매개뿐 아니라 변화와 상실이라는 단절의 지점을 치유하는 속성도 가지고 있음을 함께 보여준다.

'프로메테우스'가 신계에 있던 불을 인간에게 전달함으로 인간은 창조적인 혁명을 이뤄낼 수 있었다. 하지만 이러한 불이 인간에게 간 후로 인간은 "불행이 잦고", "비극이"며, "괴롭"다. 이는 과거의 프로메테우스의 원형적인 불이 아닌 현재의 인간의 '불의 환상' 때문인데, 이는 인간의 욕심으로 변질된 파괴의 도구로서 불의 이미지이다. 인간의 생존에 있어서 필수적인 불이 원형적인 이미지의 불에서 점차 변질된 불로 불행을 가져온 거라면 과연 불을 불행의 원인이라고 말할 수 있을까. 시적화자는 이를 통해 인간이 겪게 되는 비극에 대한 단절의 지점을 인간의 환상이라는 욕심으로 본다. 단절의 원인은 물리적인 시간에 있는 것이 아니라, 원형적인 순수함을 잃어버린 욕심으로부터 시작되었음을 보여준다.

흥미로운 점은 시적화자가 이런 단절의 해소를 "불을 거두어 들여야지"라는 '불'의 원형성 상실을 언급하며 원 신화와는 다른 상황을 전개한다는 것이다. 물론 이는 원형성에 대한 궁극적인 상실을 의미하는 것보다는 현재의 문제에 대한 치유의 모색이라 볼 수 있다. 현재의 불을 거두어들이는 행동이 근원적인 해결이 되지 않더라도 "간이 없는 녀석이 돌아오고 있다"는 부분처럼 원 신화의 프로메테우스처럼 고통을 반복하지 않을 새로운 문제 해결의 시작으로 전환시킨다.

물론 이러한 해결방법이 원형성이라는 '불'에 대한 극복 및 회복을 제시하는 것은 아니지만, 현실의 문제점에 새로운 상황을 창조하게 된다. 이처럼 이성과 관념의 사유로서의 '경험'의 원형적 가치는 현실에서의 치유의 의미, 나아가 새로운 상황 제시가 될 수 있다.

> 굴러내리는 바위를 다시 올리는
> 고난의 일은 나의 일이기도 하였다.
> 저주의 큰 뜻을 받은 탓으로
> 절망을 산다고 나는 믿었었다.
>
> 당신은 그러나 아니었다.
> 당신은 온몸을 벗고 있었지만
> 당신은 사랑하며 노래부르며
> 당신의 일을 즐기고 있지 않는가.
>
> 「시지프스에게」(480쪽)

또 하나의 신화를 배경으로 한 이 시는 '시지프스' 신화의 '시지프스'와 이질적인 시적화자의 태도와의 관계에서 '경험'의 치유로서의 속성이 드러난다.

"고난", "절망"으로 단절된 시적상황은 '시지프스'의 긍정적이고 담대한 태도로의 전환을 통해 '경험'의 지점이 모색된다. '시지프스'에게 형벌은 고통이 아닌 "사랑하며 노래 부르며", "일을 즐기고" 있는 것이다. 인간으로서 죽음이라는 형벌을 피하지 못하고 결국 마지막에는 높은 언덕까지

돌을 밀고 올리는 상황을 무한으로 반복하는 '시지프스'는 인간 존재의 한계이기도 하지만, 무거운 돌을 끝까지 올렸을 때의 상황에서는 전혀 다른 존재적 가치를 지니게 된다. 그 돌이 다시 떨어지더라도 그 순간 느끼게 되는 희열은 신이 느낄 수 없는 인간 존재의 가치이며, 치유의 하나이다.

시적화자가 바라보는 '시지프스'의 모습은 죽음의 단절 이전에 삶과 죽음의 경계를 넘는 인간으로서의 존재의 가치에서 좌절하지 않고 희망을 보며 나아가려는 미래지향적인 치유의 의미를 담아내고 있다.

'프로메테우스'와 '시지프스'의 공통점이 있다면 그들이 개인의 의지와 용기로 형벌을 기꺼이 받아들였다고 볼 때, 이러한 신화의 차용은 문제의식의 해결 과정에 있어서 매우 중요한 지점이다. 단절의 발단이 현실에서의 비극이었다면, 이러한 문제의 매개체로서의 신화의 차용은 비극의 해소 과정을 보편적으로 보여준다. 원형적인 신화의 보편성에 기대어 현실의 비극이라는 단절을 어떻게 해결하는지에 대해 구체적 극복 방안은 아니더라도 결단을 내리는 시각을 보여준다. 이러한 결단은 현실을 수용하기 위한 노력과 대안으로서, 거부가 아닌 한계수용의 측면에서 바라보고 있는 것이다. 나아가 새로운 상황 제시는 현실에 대한 치유의 성격을 드러낸다.

> 기 죽고 자부심이 삼류인 사람들
> 기를 쓰고 장에 촌닭같이
> 다하지 않은 수평선의 안쪽에서
> 돛이 아니라 닻이고 싶은 사람들.
>
> 남태평양에 표류하는 나일론 실낱을
> 나의 꿈은 아슬아슬하게 비켜갔다.
> 아니었다.
> 아이오와는 나의 날개를 재우지 못했다.
>
> 「1989년의 기항지」(494쪽)

기항지는 정박하고, 머무르고, 쉬어가고 싶은 배들이 모여든다. 반면에 기항지는 새롭게 항해를 시작하는 배들이 나아가는 곳이기도 하다. 이런 이중적인 장소에서 시적화자는 기항지에서 '돛'이 아닌 '닻'이 되고 싶은 사람들을 "기 죽고 자부심이 삼류인", "장에 온 촌닭같이"라는 표현처럼 군중을 안타깝게 바라본다. 시적화자에게 '돛'은 바람을 타고 전진하는 진취적인 이미지로, '닻'은 머물러 있기 위해 물에 던져진 고정된 이미지로 드러난다. 상대적인 이미지를 통해 바다로 나아가려는 시적 화자의 의지와는 상반된 군중들의 모습에서 이 시의 단절의 지점이 생긴다.

앞선 시들에서 순수함이나 원형적 이미지를 보편적으로 형성될 수 있을 때 단절의 지점이 매개된 것처럼, 이 시에서는 한 걸음 나아가 '경험'의 속성을 '꿈', 미래의 지향성으로 넓혀 놓는다. 시적화자는 단절의 지점을 과거로 돌이키거나 안타깝거나 그리워하기보다는 그런 군중들의 모습과는 다른 방향으로 단절의 지점을 사유해 나간다. "아니었다", "재우지 못했다"처럼 현실의 단절을 부정하면서, 한 걸음 내딛고 나아가는 진취적이고 지향적인 '꿈'의 시각을 보여준다. 부정적인 현실에서 역설적인 꿈에 대한 갈망에 대해 '경험'의 사유는 이렇듯 낯섦을 새로움으로 각인시켜 단절의 지점을 새롭게 살피게 한다.

Ⅳ. 단절과 매개의 순환 - 순수성 회복

앞선 시적 상황에서의 단절과 그 단절을 매개하는 '경험'의 과정에서 볼 때, '경험'을 통과한 순수성과 보편성의 가치는 하나의 의미망을 형성한다. 개인에게 있어 이런 의미망은 그 개인의 가치관을 보여준다.

눈짓 어깨짓 하며
노란 빛 목소리 그대로 너무도 잘 섞이어 놀고 있다.

어미는 어디에 있었느냐
어미의 맘인들 오죽하랴마는
원컨대 크면 공자를 읽어다오

「노란 아이」(501쪽)

노란 아이에게 현재는 큰 어려움이 없는 듯하다. "잘 섞이어 놀고" 있다. 적응하고 있다. 단절의 문제는 현재에 발생한 것이 아니라 노란 아이가 경험하지 않은 '어미'의 과거에서 지속되어 오는 문제로 등장한다. '어미의 맘'에서 오는 단절은 하나의 사건에서 머물지 않는다. "어미의 맘"은 노란 아이의 가치관에 그대로 반영된다.

가치관의 문제가 '경험'의 과정에서 중요한 점은 개인의 선택 이전에 문화와 관습적인 학습에 영향을 받는다는 점이다. 어느 누구에게나 인간 본질의 보편성 이면에는 잠재된 가치관에 대한 혼란이 있다. 가치관은 단순한 배경지식이 아니라 수많은 과거와 현재와의 흐름을 통해 형성되기에 이러한 잠재된 의미망은 시간선상에 위치해 '경험'의 역할을 이행한다.

특히 문화와 관습의 차이는 때론 본질적인 가치에 대한 인식의 변별을 가져온다. 위의 시에서 시적화자가 "공자를 읽어다오"라 하는 부분처럼 차별로 대변할 수 있는 단절의 지점을 시적화자의 가치관으로 반영된 '경험'으로 매개함으로써 노란 아이는 차별로 인해 닥칠 어려움에 대한 단절을 극복할 수 있는 치유의 대안을 보여준다.

하지만 이는 또 다른 차별을 가져올 수 있다. '공자'를 공유하지 못하는 가치관이 다른 사람들과 변별되며, "노란 아이"의 치유가 그들에겐 차별로 그려질 수 있다. 즉, '경험'의 틀로의 형성된 의미망이 가치관으로 작용할 때,

이는 또 하나의 단절 지점을 발생시킨다.

　앞서 살펴본 '경험'의 속성들은 단절을 매개해주는 원형적이고, 순수하고, 인간존재의 본질적 가치였다. 하지만 이 시에서는 '경험'의 결과로써 형성된 가치관에 다시 단절의 문제가 발생된다. 가치관은 현실의 문제에 대한 판단을 보여주기에 고착화되고 고정화된 상황이 마치 본질적인 가치인 듯 잘못된 이성적 관념적 사유를 동반하게 만들 수 있다. 이런 가치관은 때론 대립적인 의미망으로 본질적 가치와 대결할 수 있는 문제가 존재함을 부인하긴 어렵다.

> 다른 나라의 산에 든 짐승같이
> 골짜기도 물도 같이 낯설다
> 그 속에 혼자 묻힐 것을 생각하니
> 소리지르고 싶도록 정말 싫구나.
>
> 나는 지금 어디만큼 있는 것이랴
> 달로 치면 어디쯤 떠 있는 것이랴
> (중략)
> 생각하면 까닭도 없이 멀리 있으면서
> 대낮에 한밤의 시간인 아내를 불렀다.
> 다시 만나 우리가 사랑한다 하더라도
> 이젠 팔 하나 발 하나라고 말하였다.
>
> 「교통사고」(502쪽)

　이 시는 교통사고라는 하나의 사건에서 시작된다. 이 시의 단절은 시적화자의 "나는 지금 어디만큼 있는 것이랴", "어디쯤 떠 있는 것이랴"는 허탈한 감정으로 대변된다. 특히 단절의 문제는 "팔 하나", "발 하나"라고 하며 하나의 존재로서의 인식에 비판적 시각을 보여준다.

　하지만 이 단절은 교통사고로 인해 발생한 단절이 아니라, 교통사고와

별 관계가 없다고 할 수 있는 정서적 낯섦이 주요한 단절로 드러난다. 이는 교통사고로 손과 발이 다친 상황에 대한 불편함의 인식에서 출발하지 못하고, 외국 생활에서 느꼈던 과거와 현재의 수많은 사건들의 연속선상에서 출발하기 때문이다. 이 의미망에서 "팔 하나", "발 하나"의 인식은 지속적으로 잠재돼 있던 현실이라는 외국에서의 변별되고 차별받는 자아로서의 형성된 가치관의 문제이다. '경험'으로 형성된 의미망, 이 의미망으로 드러나는 개인의 가치관에서 다시 단절의 문제에 부딪히는 것이다.

> 서부로 도망간 자식은 총명하였다.
> 글도 배우고 돈도 모으고 난 사람이었다.
> 큰 마음을 먹고 고향에 돌아왔다.
> 돌아와 흑인을 내세우다 그도 죽는다.
>
> 손자 하나는 전쟁에서 또 하나는 거리에서
> 모진 검은 빛 때문에 차례로 죽어갔다.
> 사대를 죽이고 뻐꾸기는 도가 텄다.
> 기를 쓰고 더 죽어야 한다고 외쳤다.
>
> 「검은 뻐꾸기의 자서전」(506쪽)

앞선 시처럼 이 시도 인종차별에 대한 학습된 가치관의 범주에 있지만, 앞선 시가 인종차별에 대한 개인의 가치관이 단절에 문제에 부딪힌 반면, 이 시는 개인을 넘어 보편적인 시각을 통해 가치관의 문제를 바라보면서 그 단절의 지점을 매개하고 있다.

시적화자는 인종차별에 대한 논쟁을 떠나 검은 뻐꾸기로 점철되는 4대의 비극을 통해 현실 세계의 차별에 대한 비판의식도 보여주고 있다. 과거 4대째 차별로 인해 죽어가는 이 비극에 시적화자로 대변되는 검은 뻐꾸기는 현재에서 '기를 쓰고 더 죽어야 한다'고 외친다. 4대째 이어지는 그 순환의 과정에서 검은 뻐꾸기가 선택한 지점은 타협이나 종속이 아닌 철저한 저항의 선택이다. 단절의 매개로서의 '경험'의 사유가 단지 순수성, 보편성을 넘어 극복하려는 의지의 지향성으로 형성될 때, 순환되는 그 단절의 지점을 다시 한 번 매개할 수 있다. 물론 이런 순환이 결과적으로 계속될 수도 있지만, 그런 현실을 부정하거나 안타까워하기보다 그 단절을 매개할 수 있다는 의지가 삽입될 수 있다는 부분은 '경험'에 있어 매우 중요한 부분이다. 이는 다음 시에서도 확인할 수 있다.

> 가마귀도 나도 여름엔 혼자 놀았다.
> 고개 너머로 심부름 갈 때도 혼자였고
> 흙놀이 할 때 우두커니 서서 먼 산 볼 때
> 혼자이면서 혼자인 가마귀와 같이 있었다.
>
> 하늘 가득한 검고 검은 바람과 같이
> 하늘을 가리는 빛은 어디 있느냐
> 눈보라에 가마귀가 날고 있을 때
> 나는 겨울에도 더운 하늘이 있었다.
>
> 「가마귀」(525쪽)

모두가 기피하고 가까이가면 돌을 던지던 까마귀를 시적화자는 자신의 가치관과 동일시하고 있다. 앞선 「노란 아이」, 「교통사고」에서처럼 이 시도 개인의 가치관이 시적 상황에 깊숙이 반영되어 있다. 그럼에도 「노란 아이」나 「교통사고」에서 시적화자의 가치관처럼 가치관 내에서의 단절의 지점이 발생하지 않는 것은 가치관의 실현이 현실에서 어렵다는 것을 인정한 뒤 오는 안타까움의 정서에서 그치지 않고, 현실의 어려움을 변화시킬 수 있다는 의지의 지향이 드러나기 때문이다.

이 시에서 시적 대상인 까마귀를 동일시함은 처량한 까마귀의 모습에서 보이는 단절을 개별적인 문제가 아닌 보편적인 문제로 전이시키는 역할을 한다. 이와 맞물려 "겨울에도 더운 하늘"이라는 표현처럼 시적화자의 의지의 지향은 보편적인 단절의 문제를 매개하게 된다. 그러기에 까마귀가 가지고 있던 부정적 측면뿐 아니라 시적화자의 극복 의지가 가치관이라는 의미망에 새로운 해결방법으로 지향되는 것이다.

이처럼 시적 상황에서 단절을 매개하는 '경험'이 다시 단절의 상황에 부딪히는 반복적 현상은 좀 더 보편적인 영역에서, 현실의 어려움에 맞선 의지의 영역에서 살필 때 단절을 지속적으로 매개할 수 있지 않나 싶다. 그렇다고 이런 의지의 영역이 그 자체로서의 의미를 갖는 것은 아니다. 앞선 의지 속에서 찾아야 하는 어떤 지향성, 그 지향성을 통해 매개되는 것이다. 이런 지향성의 관점을 마지막 소목차 「그 다음」을 통해 미루어 짐작할 수 있지 않나 싶다.

> 시지프스를 만난 그리스도 있었다.
> 시작이면서 끝을 다시 끝에서 시작하듯
> 사람은 무엇이고 나라는 무엇이고
> 살고 죽는 짐승의 이치는 무엇인가.
>
> 나는 지금 무엇을 달리고 있는가
> 죽어서 보람이 아니었음을 어찌 살아남아
> 무등산도 어머니도 아닌 까닭을 달리면서
> 푸르고 어디고 맑은 그러나 아침을 본다.
>
> 「아침운동」(539쪽)

이 시에서는 앞선 의지 속에서 찾아야 하는, 찾고자 하는 어떤 지향성을 드러낸다. "시작이면서 끝을 다시 끝에서 시작하듯"에서 연상되듯이 현재에서 나아가는 그 다음에 대한 시적화자의 생각을 넘어, 그 다음이라는 지향성이 '경험'으로 귀결되는 점을 보이는 데 있다.

자신의 가치관에 대한 여러 물음의 해답은 "푸르고 어디고 맑은 그러나 아침을 본다" 라는 하나의 시행으로 마무리 된다. "무엇이고", "무엇인가"에서처럼 아직 규정되지 않은 삶에서 맞이하는 추상적인 '아침'이지만, 이는 시적화자의 '경험'을 통과한 이성적, 관념적 판단에서 규정되어진다. 물론 이런 판단이 구체적으로 언급되지는 않았지만, 이 '경험'이 삶의 흐름의 연장선상에서 단절되어져선 안 된다는 의지에 기반 되어 있다.

"시작이면서 끝을 다시 끝에서 시작하듯"하는 가장 근원적인 문제에 대한 물음과 그 물음에서 보이는 그곳을 향한 달려가는 지향성의 '아침'은 노을의 저 건너의 석양의 그림자를 지니고 있을 만큼 삶의 흐름의 연장선상에서 구축된 '경험'으로서의 순수의 가치이다. 이 순수성의 회복에 대한 지향은 과거의 단절에서 매개된 순수와 연속적인 흐름에서 놓아야 하기에 '경험'은 단절을 가져다주는 원인이 됨과 동시에 이를 잇는 하나의 지향점으로 맞닿게 된다.

> 혼자 남아 다시없는 아쉬움에 잠긴다.
> 하나 꽃이 어찌 지는 시각을 가리랴
> 화초의 일도 사람의 일도 다같이
> 허망한 것은 끝이 아니랴.
>
> 아쉬움이 남는 강의를 생각하면서
> 아쉬움 속에 나는 나를 보았다.
> 그렇지 이 캠브리지 대학도 꽃같이
> 그렇게 끝나면서 내일을 보는 것이지

「종강」(542쪽)

이 시에서 드러나는 아쉬움과 그리움의 단절은 현재의 시적화자에게 부딪힌 또 다른 단절이다. 현재 시적화자는 과거의 단절을 매개한 '경험'을 통해 또 다른 '경험'을 묶어내 "내일을 보는 것"과 같은 지향성으로 이어나가게 된다. 그러기에 '내일'이란 단순히 수용하고 받아들이는 지향성이 아니라 '경험'이라는 틀에서 획득된 가치관이 또 다른 시각으로 나아가는 지점이다. 물론 이 지향성은 그 끝을 알 수 없으며, 모호하다. 마치 앞선 「짚시의 인상」에서 순수한 집시의 검은 눈 같이 신비롭고 깊이를 알 수 없는 인상처럼 낯설고 모호하지만 그 의미를 공감하기에는 어렵지 않은 것처럼 말이다.

이러한 '경험'의 과정은 서론에서 결론에 이르는 직선의 논리에서 벗어나, 처음은 끝과 다르지 않지만 끝은 처음과 달라져 있고, 끝은 처음이 되어 다르지 않은 끝을 향해 나아가는 순환적 구조를 취하고 있다.[5]

결국 '경험'의 사유로서의 미래지향적인 가치, 인간 존재로서의 가치는 단절 지점에서 드러나는 아쉬움, 그리움의 정서는 순수성 위에 놓여 있다. 달리 말하면, 과거와 현재의 시공간에서 지속되어 온 단절의 지점들이 다르더라도, 그 상황에 매몰되지 않고, 꾸준히 지켜갈 수 있었던 것은 수없이 반복되는 단절과 매개의 상황에서도 순수성에 대한 회복이 미래지향적인 의지, 인간 존재의 가치에 바탕에 두었기 때문이다. 경험이란 다분히 매우 추상적인 것이며 주관적인 것이지만, 앞선 가치에 바탕을 둔다면, 서문에서 언급한 것처럼 이성과 관념보다 더 신뢰할 수 있는 '경험'으로 나아갈 수 있을 것이다.

---

5) 전동진, 「범대순 시의 존재론적 아포리즘」, 『어문논총』 28호, 2015, 106쪽.

V. 나가기

첫 번째 소목차 「다시 기승전결」에서는 과거와 현재의 단절로 인한 문제의식을 살피면서 시적화자의 행동이나 사고가 단순히 하나의 행위가 아닌 이성과 관념을 통한 하나의 '경험'으로 나아갈 때 그 단절의 결합이 이뤄지고 하나의 연속선상에서 파악될 수 있는 지점을 살펴보았다. '경험'이라는 것이 한 순간의 행위나 감정에서 머무르는 것이 아니라, 과거와 현재를 매개하는 증폭을 가지는 주요한 사건이 될 때 단절을 매개할 수 있었다.

두 번째 소목차 「시지프스에게」에서는 단절의 매개로서의 '경험'의 속성들을 살펴보았다. 고전적이고 원형적인 순수의 가치이면서 욕심이나 이기심에서부터 벗어나 지속적이고 꾸준히 발전시켜나가려는 노력, 진취적이고 미래지향적이며, 좌절하지 않는 인간 존재로서의 가치였다.

세 번째 소목차 「참새」에서는 단절의 매개를 통해 '경험'으로 이행된 가치관을 통해 다시 한 번 단절의 지점이 발생함을 살펴보았다. 본질적이고 보편적인 가치관의 이면에서는 문화적 관습적이며, 나아가 개인적인 가치관의 사유에서 독자와 공감되지 못하는 단절을 보편적인 인간 본성, 시적화자와의 의지 지향성을 통해 새로운 방향으로 매개하는 '경험'을 살펴보았다.

네 번째 소목차 「그 다음」은 시간선상의 과거와 현재라는 단절 지점의 논리에서 벗어나, 단절과 매개가 처음과 끝이 순환적으로 연결된 것처럼 반복되어질 때, 미래지향적인 가치관의 지향을 통해 단절을 매개하는 '경험'에 대한 궁극적인 지향점이 제시되고 있다. 현재에서 나아가는 미래에 대한 시적화자의 '경험'이 과거에 단절로서의 '경험'과 동일하게 귀결되는 점 또한 어린 시절의 순수했던 경험이 과거와 현재를 연속적인 흐름에서 가져다주는 원인이 됨과 동시에 이를 잇는 하나의 지향점으로 맞닿게 되어 있기 때문이다. 앞선 단절로 인한 문제의식이 순수로서의 지향이라면, 이 지점에서 한 걸음 더 나아가 그 의지 속에서 찾아야 하는 순수성 회복에 대한 지향성을 드러낸다.

본고에서는 『백의 세계를 보는 하나의 눈』에서 언급된 '경험'의 개념을 단절이 아닌 연속적인 매개로 보고, 단절로 인한 치유로서의 순수성, 미래지향적인 가치, 인간 존재로서의 보편적인 가치로 살펴보았다. 단절과 매개로 이행된 '경험'이더라도 다시 단절과 매개의 상황을 거치면서 궁극적으로는 보편적이고 순수로의 회복에 대한 의지 지향성을 보여주었다. 물론 이러한 '경험'의 지점들이 매우 추상적이며, 여과지로서의 '경험'의 특징들을 세세하게 살피지 못했지만, 주관적인 '경험'적 요소들, 개인의 어린 시절에 대한 회상과 유학시절에 대한 내용으로 다뤄진 이 시집이 독자에게 어떻게 보편적인 가치로 공감될 수 있는지 설명할 수 있지 않나 싶다.

<참고문헌>

범대순, 『范大錞全集』 제1권, 전남대학교출판부, 1994.
임환모, 「경험의 질서와 원시적 생명력」, 『한국 현대시의 형상성과 풍경의 깊이』, 전남대학교출판부, 2007.
전동진, 「범대순 시의 존재론적 아포리즘」, 『어문논총』 28호, 2015.

범대순 시의 '광기' 형상화 방식에 관한 연구

『나는 디오니소스의 거시기氣다』를 중심으로

김청우

Ⅰ. 서론

범대순은 1965년 첫 시집 『흑인 고수 루이의 북』을 상재한 이래 2014년 작고하기까지 열권을 훌쩍 넘는 많은 시집을 상재하면서도, 매 시집마다 하나의 방향성을 새롭게 설정했을 뿐만 아니라 나름대로의 성과를 거두었을 정도로 남다른 열정과 재능을 가진 시인이었다. 그럼에도 불구하고 다른 시인들처럼 기성시인의 추천이나 신춘문예 등으로 등단하지 않았다는 점, 아울러 소위 '중앙문단'이 아닌 '지역문단'에서 활동했다는 이유 등으로 그는 문단의 이렇다 할 주목을 받지 못했고, 따라서 그 업적에 비해 그에 대한 연구 또한 그리 활발하게 진행되지 않았다. 본 연구는 여전히 베일에 싸여 있는 범대순의 시세계에 접근하기 위한 한 시도로서, 특히 범대순의 시집 중 매우 독특한 세계를 보여준다고 판단되는 『나는 디오니소스의 거시기氣다』(이하 『디오니소스』로 표기)에 대해 다루고자 한다.

『디오니소스』는 2005년에 발간된 범대순의 열 번째 시집에 해당한다. 범대순은 초기 '기계시'로 지칭되는 시로부터 '백지시(白紙詩)'에 이르게 되는데,[1] 이때 '백지시'가 노렸던 효과들을 '시'라는 범주의 한계 안에서 갱신하고 지속시킬 필요성에 직면한다. 그리하여 그는 이 시집을 기점으로 또 한 번의 새로운 경향으로 진입하면서, 아울러 원시적 생명력을 강조했던 시작 초기로 회귀하는 것이다. 이러한 사정은 이 시집의 머리말에 잘 드러나 있다. 여기서 범대순은 '백지시' 이후의 시집, 즉 『기승전결』과 『백의 세계를 보는 하나의 눈』, 『아름다운 가난』 등을 상재하는 동안 시 구성에 관해 여러 가지 실험을 해왔지만 이내 그것이 하나의 '패턴'이 되고 말았던 점을 지적하고 있다. 그는 이 패턴을 "구속"이라 여기고 거기서 벗어나기 위해 고심했지만 매번 실패했으며, 그러한 실패의 결과물이 다름 아닌 아홉 번째 시집 『파안대소』라고 말하고 있다.[2] 물론 이러한 '격하'는 새 시집을 돋보이게 만들기 위한 일종의 수사일 수도 있겠지만, 이는 한편으로 『디오니소스』가 그간의 시 작업과 차별화된 시세계를 보여주는 데 얼마간 성공했으며 또한 시인 스스로 만족했음을 보여주는 말이기도 하다.

범대순은 이미 「백지가 한 편의 시가 되기까지」라는 일종의 시작 노트에

---

1) 범대순이 '궁극적으로' 도달하고자 한 경지는 다름 아닌 '백지'로서의 시라고 할 수 있다. 그것은 '아무것도 말하지 않으면서 모든 것을 말하는' 경지이기 때문에, '시인'으로서 상상할 수 있는 최종 형태의 시(무형태의 형태)다. 그는 일찍이 『현대시학』에 백지시인 「「　」」를 '한 번' 선보인 바 있다. 그것은 '텅 비어' 있지만 그 자체가 '제목'임을 알려주는 '「」' 표시 안에 묶여 있으며 동시에 『현대시학』이라는 시 문예지, 즉 '제도' 안에서 제시됨으로써 '시/비시' 사이의 경계에 대해 묻는 식으로 작동한다.
2) 범대순, 『나는 디오니소스의 거시기다』, 전남대학교출판부, 2005, 5쪽.

서, '윤리적이고 실존적인 자각'에 입각한 사고의 결과로 "지금 가지고 있는 생명뿐 아니라 살아온 온갖 과거의 흔적을 일시에 폭파해 버렸으면 좋겠다"고 말한 바 있다.[3] 그러한 생각은 시인 자신이 소위 '백지시'라고 명명한, 말 그대로 작품이라는 표지(「　」)만 있고 '제목'—저 '표지'를 제목 자체로 볼 수도 있다—과 '본문'이 텅 비어 있는 '시를 부정하는 시'의 바탕이 되었다. 말하자면 범대순은 '자기부정'을 위해 '백지시'라는 매우 극단적인 실험을 했던 것이다. 즉 언어와 문자를 부정하고, 더 나아가 시를 언어와 문자로부터 '완전히' 해방시키는 일이, 자신과 세계가 "치명적인 한계를 벗어나 무한한 가능성을 가짐으로써 새로운 출발을 모색할 수 있"게 도와준다는 것이다.[4] 부정성으로서의 시가 곧 자기부정, 더 나아가 고착화된 세계에 대한 부정 등과 동일시되는 이러한 상황은, 범대순이 시쓰기와 '자아'가 상호 밀접한 관계라고 생각한다는 것을 증명한다.

문제는 애초에 '백지시'가 그 성격상 근본적으로 일회적일 수밖에 없는 데다, 그와 더불어 '백지시'가 시 자체로 그러한 부정성을 보여주는 것이 아니라 오히려 그 '맥락', 즉 '백지시' 관련 시작 노트나 시론을 통해 보여준다는 데 있다. 이는 곧 부정성으로서의 시가 자기부정으로 연결되는 (시인이 추구하는) 시적 논리 상황에서 더 이상 자기부정의 수행이 불가능함을 의미하게 되는 것이다. '0=∞', 즉 '영(零)은 무한'이라는[5] 그의 의도를 더는 진척시킬 수 없는 이러한 상황에 직면하여, 범대순은 다시금 언어를 통해 무한의 시화를 모색할 수밖에 없게 된 셈이다. 『디오니소스』는 바로 이 지점에 위치해 있다고 할 수 있다. 본고는 범대순의 시세계를 이해하기 위한 한 시도로, 그의 시사상 새로운 경향을 보여주는 『디오니소스』의 시적 방법론을

---

3) 범대순, 「백지가 한 편의 시가 되기까지」, 『백지와 기계의 시학』, 사사연, 1987, 13쪽.
4) 위의 글, 14쪽.
5) 위의 글, 14쪽.

분석해내고자 한다. 특히 이 시집은 '광기'의 형상화를 통해 '자기부정성'과 '무한'을 시화했다고 생각되는데, 따라서 본고는 그의 시에 나타난 광기의 형상화 방식에 대해 살펴보고자 한다.

Ⅱ. 자아에 대한 정의와 불확실성의 언술

'광기'는 현대시에 일종의 '돌파구'로서 기대되어 왔다. 어떤 외부 대상을 전제하고 그것을 재현(representation)하려는 것은 상상력을 제한할 뿐만 아니라 모종의 틀을 강요하는 것으로 귀결될 수 있다. 그런 이유로 '재현'보다는 내면 감정의 '표현(expression)'을 중시하는 입장이 생기는 것이다. 낭만주의의 전통을 잇는 이러한 입장은 그 극단에서 광기를 접하고 그것을 시의 미학으로 끌어내는 데 집중한다. '광기'로 대변되는 '디오니소스적 도취'를 맞아들이는 배경이다.

범대순은 『파안대소』 상재 후 시의 방향에 대한 고민에 직면한다. 자기부정과 무한에 대한 시화의 방안에 대해 고민하던 그는, "뒤로 몇 해를 방황하다가 어느 날 대낮 얼핏 꿈속에 '디오니소스의 거시기氣'를 만나"게 된다.[6] 말하자면 '광기'의 발견인 셈이다. 범대순은 이 '언어-이미지' 결합체에서 이전의 시들이 도달하지 못한 한 지평을 발견했다고 여기고, 이를 토대로 『나는 디오니소스의 거시기』를 꾸리는 데 이른다. 여기서 우리는 시인이 이 시집에서 발견한 '성공'이 '디오니소스'와 '거시기'라는 단어에 결부되어 있음을 확인할 수 있다. 물론 이와 같은 시인의 자서(自序)가 아니더라도 이미 시집의 제목 또한 그렇기 때문에 여기에는 의심의 여지가 없다. 따라서 『디오니소스』의 시적 방법론을 드러내는 첩경은 '디오니소스'와 '거시기'에 있다고 해도

---

6) 범대순, 『나는 디오니소스의 거시기다』, 5쪽.

결코 과언이 아닌 셈이다. 다음은 시집 제목과 동명의 제목을 가진 시인 「나
는 디오니소스의 거시기다」부분이다.

> 나는 디오니소스의 거시기다.
> 나는 뿔 달린 디오니소스의 거시기다.
> 나는 머리카락이 춤추는 디오니소스의 거시기다.
> 나는 털이 늘 파안대소로 일어서는
> 디오니소스의 거시기다.
> 나는 부글부글 용소같이 속이 미친
> 디오니소스의 거시기다.
>
> 「나는 디오니소스의 거시기다」부분7)

이 시를 이루는 문장들은 'A'의 자리에 화자 자신을 가리키는 '나'가
오고, 'B'의 자리에 그것을 수식하는 절("~는(은) 디오니소스의 거시기
다")이 부가되어 있는 형태다. 따라서 이 시는 구성상 'A는 B다'와 같은
형식의 문장이 반복됨을 알 수 있다. 맨 처음 문장은 그 '기본형'이며, 두
번째부터 열다섯 번째 행까지는 기본형의 "디오니소스의 거시기"를 수식
하는 절을 추가한 형태인 것이다. 무엇보다 'A는 B다' 형식의 문장(은유)
은 A에 대한 '정의(*definition*)'의 기능을 가지게 마련이다. 그렇다면 이 시
에서와 같이 각 행 별로 상이한 정의가 연거푸 등장할 때 주어의 위치에
자리한 A에는 과연 어떤 효과가 발생하게 되는지 물어볼 필요가 있다.

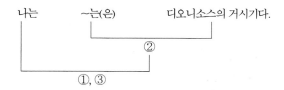

---

7) 위의 책, 17쪽. 이하 시를 인용할 때는 쪽수만 병기함.

문장이 "나는"으로 시작되기 때문에 독자는 먼저 주어를 접하게(①번 과정)된다. 그리고 이어서 나오는 절("~는/은")이 "디오니소스의 거시기"를 수식하고 있는 것을 보고 이를 하나의 단위로 묶게(②번 과정) 된다. 문장 독해 직후 다시금 ②번 절이 주어를 수식하는 관계가 성립되고, 이에 따라 ③번 과정으로 이행함으로써 주어인 '나'에게는 ②번 절의 내용이 일종의 '속성'으로 제시된다.

그러나 이때 만들어진 절은 결코 명확한 이미지를 형성하지 않는다. 여기에는 두 가지 이유가 있다. 즉 수식어구가 "디오니소스"를 가리키는지, 아니면 "거시기"를 가리키는지도 명확하지 않을뿐더러, 애초에 "거시기"라는 말부터 화자와 청자가 서로 알고 있다는 전제하에서 해당하는 사물을 지칭하는 단어가 바로 생각나지 않거나 입 밖으로 꺼내기 어려운 단어를 말하려고 할 때 사용하는 것이라는 데 있다. 그렇기 때문에 "뿔 달린", "머리카락이 춤추는", "털이 늘 파안대소로 일어서는" 등의 수식어구가 그 이미지 차원의 구체성에도 불구하고 추상화(abstraction)되는 것이다.8) 이러한 추상화로 구성된 절들이 다양하게 변주되면서 주어인 '나' 역시도 추상화된다.

---

8) 이때 '추상화'는 사물의 특징을 추출하여 범주화하는 과정과 결부된 것으로 이해되는 일반적인 의미에서의 그것이 아니다. 이는 '구상미술(figurative art)'에 대립적 위치를 차지하고 있는 '추상회화(abstract Painting)'의 '추상'이다. 구상미술은 재현되는 대상에 초점을 맞추는 반면, 추상회화에서는 재현의 수단으로 취급되는 점, 선, 면 등 순수조형요소 자체에 초점을 맞춘다. 그런 점에서 본다면 구상미술이라고 해도 구체성(조형적 구체성)을 갖추지 못할 수 있으며, 추상회화라고 해서 구체성(표현적 구체성)을 결여하는 것도 아닌 것이다. '구체성'은 별개의 문제다. 또한 추상회화는 재현의 수단에 초점을 맞추기 때문에 이외의 다른 특징도 갖춘다. 예를 들어 액션페인팅(action painting)은 그러한 특성에 입각하여 '작품'을 캔버스 위에 구현된 물리적 결과물에만 국한시키지 않고 그림을 그리는 '행위' 차원까지 아울러 해석의 지평에 녹여낸다.

한편의 시 가운데 작자의 '나'는 반드시 살아 있어야 한다고 생각한다. 그 가운데 '내'가 죽어 있거나 '우리' 속에 묻혀 있거나 다른 인칭, 가령 '그'라든가 '너'와 자리가 바뀌어서는 안 된다고 생각한다. 나는 시가 자서전적이어야 한다고 주장하는 것은 아니다. 다만 시 속에서 작자가 살아 있는 자기의 의미를 가져야 한다는 것을 주장하고 있는 것이다. 현대시는 구체적이지 않으면 안된다고 한다. 시가 구체적이기 위해서는 주어는 있어야 하고 그 주어도 '나'일 때 우리는 그 시를 신임하게 된다.9)

일찍이 범대순은 시가 화자인 '나'와 관련하여 "살아 있는 자기의 의미"를 가져야 한다고 강조한 바 있다. 특히 그는 영미의 자서전 전통을 소개한 후, "시 속에서 보다 더 솔직한 자기가 표현됐으면 좋겠다"고 말하면서 저와 같이 언급한다. 하지만 그러면서도 그는 "시가 자서전적이어야 한다고 주장하는 것은 아니"라고 선을 긋는데, 그렇지 않으면 시가 갖는 또 하나의 효과, 즉 시적 화자를 내세워 언술하는 '언술행위의 주체(*subject of the enunciation*)'인 시인이 화자로부터 얻는 효과―이를테면 다짐이나 소망, 자기암시 등―를 부정하게 되기 때문이다.10) '시를 자서전적으로 써야 한다'는 주장에는 시인과 시적 화자가 전적으로 동일하다는 견해, 그리고 시인의 언술하고자 하는 의미는 이미 시인의 '내부'에 완성되어 있으며 화자는 단순히 대변('시인→화자')하는 행위자(*agent*)라는 견해 등이 전제되어 있다. 이에 반해 범대순은 시가 '완성된' 자아의 '회고'나 '감상'의 결과로서 존재하는 것이 아니라, 어떤 지향점을 제시함으로써 시인을 이끌어주는 매개체로 보는 것이다.

그렇다면 범대순의 시에 있어 그러한 지향점은 무엇인가. 그는 이에 관해 "'나'는 반드시 살아 있어야"하고, "죽어 있거나" 다른 인칭과 자리가 바뀌어서는 안 된다고 말한다. 이것은 '생(生)/사(死)'의 틀로 '자아'를

---

9) 범대순, 「시에 있어서 '나'의 의미」, 『백지와 기계의 시학』, 158쪽.
10) 앤터니 이스톱, 박인기 역, 『시와 담론』, 지식산업사, 1994, 74쪽 참조.

인지한 결과인데, 이때 '살아 있는 자기'는 시인에게 있어 '죽어 있는 자기'에 반해 전형성을 탈피한 것, 즉 '고정'되지 않는 것이라고 할 수 있다. 이러한 생각은 그의 시력 전반에 걸쳐 추구된 '전위(前衛)에의 열망'과 상통한다. 물론 처음부터 범대순 시에서 '살아 있음'이라는 지향점이 '불확실'과 연결되었다고 단정 짓기는 곤란하다. 그러나 적어도 이 시기에 이르러서는 "나는 코스모스에 지쳤다"(「나를 불확실하게 하라」), 즉 '질서'에 지쳤다고 말하며 오히려 자아란 끊임없는 구성의 과정 속에 있어야 비로소 살아 있음이 가능해진다는 생각을 품게 되었음은 확실하다. "나를 불확실하게 하라. / 나의 생각을 불확실하게 하라. (중략) 나를 밀림이게 하라. / 나를 늪이게 하라"와 같은 반복은 마치 주문(呪文)처럼 시에 의해 감화되고자 하는 시인의 모습을 보여준다.

따라서 '나'에 대해 정의하는 문장의 이러한 중첩적 구성 및 '유동성'이라는 의미로 해석되는 시어들의 선택은, 바로 그와 같은 "살아 있는 자기의 의미"를 극대화하기 위한, "나를 불확실하게 하"기 위한 시적 장치로서 기능한다고 볼 수 있다. 이러한 문장을 사용함으로써 시는 많은 말을 하고는 있지만 결국 아무것도 말하지 않는 역설적 상황에 놓이게 되는 것이다. 이는 앞서 언급한대로 '시의 파괴'라고 할 수 있다. 이러한 파괴는 다름 아닌 '광기의 언술'로써 이루어지며, 시인으로 하여금 자기부정과 무한을 접할 수 있게끔 유도한다. 물론 이후 3장에서 더 자세히 언급하겠지만, 자기부정과 무한에의 만남(아무것도 말하지 않는 상황)이 단순히 '의미 없음'으로 귀결되는 것은 아니라 새로운 가능성의 세계로 이어진다는 점은 강조할 필요가 있어 보인다. 지금까지 다룬 구성과 관련하여 특기할 만한 또 다른 시는 「잡초여 맨발이여 천둥이여」다.

쉽게 말하면 잡초는 거시기다.
　잎이 칼날인 사방으로 날이 선 시뻘건 칼날이다.
　때문에 사나운 짐승이 쿵쿵 넘어지는 거시기다.
　때문에 거시기는 잡식성이다.
　산도 먹고 들도 먹고 강도 먹는다.
　가리지 않고 사람도 먹고 사랑도 먹는다.

「잡초여 맨발이여 천둥이여」 부분(33쪽)

　이 시 역시 마찬가지로 'A는 B다'라는 문장을 토대로 전개되는 것을 볼 수 있다. "잡초"를 수식하는 것은 다름 아닌 "거시기"다. "잡초"는 "시뻘건 칼날" 같은 잎을 가졌으며, 때문에 사나운 짐승도 넘어뜨린다. 이는 잡초의 의미적 이미지—'잡초'는 통상적으로 '경작물 외의 식물'을 통틀어 부를 때 사용하는 명칭이기 때문에 '야성성'이라는 의미를 형성한다—가 시각적 이미지로 변형된 것인데, 이러한 이미지는 환유가 되어 잡초를 '짐승'의 환유(칼날=짐승의 이빨)로서 개념화하게 만든다. 그리하여 잡초는 "산도 먹고 들도 먹고 강도 먹"고, "사람도 먹고 사랑도 먹"게 되는 것이다. 여기서 연상할 수 있는 것은 짐승의 이미지다. 방금 나열한 요소들, 특히 '먹는다'는 것은 '짐승'이라는 범주를 이루기 때문이다. 즉 '잡초=거시기=짐승'이라는 등식이 성립되고, 여기에 앞서 살펴 본 관계(나=거시기)를 더하면 다음과 같은 등식이 성립될 수 있을 것이다.

$$'나' \quad = \quad 거시기$$
$$\| \qquad\qquad \|$$
$$짐승 \quad = \quad 잡초$$

그렇기 때문에 결국 '나'의 추상화는 곧 '짐승'(야성성)으로 이행하게 된다. 그리하여 이제 이러한 등식을 성립하게 한 "거시기"가 범대순의 시에서 어떻게 나타나는지, 또한 그것이 무엇인지가 문제된다.

Ⅲ. '거시기'의 사용과 '헛소리'의 무늬

앞서 살펴본 시에서 화자인 '나'에 대한 정의를 통해 '나'의 비결정성을 시화했다면, 아래 인용한 「미운 일곱 살이 물었다」에서는 "거시기"에 대한 정의를 내린다.

> 미운 일곱 살이 물었다.
> 일곱 살은 거시기가 무엇이냐고 물었다.
> 이 놈아 그것도 모르느냐 거시기는 머시기다.
>
> 그러면 머시기는 무어냐고 다시 묻는다.
> 머시기는 거시기로 송아지 송아지 얼룩 송아지
> (중략)
> 거시기는 광기 히말라야
> 거시기는 태평양 사막이 있는 대륙
> 거시기는 미친 돌 살아 있는 구름 하늘을 나는 이끼 긴 바위
> 거시기는 용소 터지는 화산같이 용솟음치는 물
> 「미운 일곱 살이 물었다」 부분(24~25쪽)

"거시기"가 지칭하는 것은 매우 다양하다. 후반부에서 반복적으로 제시되는 'A는 B다' 형식의 문장들은, 'A' 자리에 놓인 "거시기"를 앞서의 경우와 마찬가지로 비결정적인 대상으로 만든다. 범대순의 시에서 이 'B'의 자리에

대입되는 대상은 주로 '짐승'의 이미지들이며, 'A'는 그렇게 동물의 관점에서 개념화된다. 여기서는 그 자리에 보다 다양하게 "광기 히말라야", "태평양 사막이 있는 대륙" 등, 인간적 감각의 수용 범위를 넘어서는 규모를 지닌 대상이나, "미친 돌", "살아 있는 구름" 등 동물의 관점에서 이해되는 대상, 그리고 "하늘을 나는 이끼 낀 바위" 등 융합적 상상력을 통해 만들어낸 대상들이 동원되어 위치한다. 이러한 대상들은 기실 '대상'이라고 인지하는 순간 그 인지의 범위를 미끄러져 벗어나는 특성을 지닌다. 그리하여 이것들은 우리에게 '카오스적 질서'라는 의미로 받아들여 질 수 있게 된다.

이러한 '정의 내리기'가 시도된 배경에 대해, 범대순은 「미운 일곱 살이 물었다」에서 매우 인상적으로 풀어낸다. 그것은 "미운 일곱 살"이 거시기의 의미를 묻는 데서 비롯된다. 이때 일곱 살 난 아이에게 '미운'이라는 수식어를 붙이는 이유는 '어른들의 입장'에서 '미운' 행동을 하기 때문이다. 하지만 그 '미운' 행동은 단지 아이들이 어른들의 편의를 위해 '부역'하지 않는다는 데서, 이를테면 진지하고 성실한 행동을 하지 않는 데 붙여진 것에 불과하다. 그러나 아이는 결코 어른의 편의를 위해 행동해야만 하는 존재가 아니다. 이 시의 화자는 아이의 질문에 "거시기는 머시기다"라고, 다시 "머시기는 거시기"라고 무한히 순환하는 대답을 내놓는다. 이는 한편으로는 '진지하고 성실한' 대답을 하지 않는 것이라고 할 수 있다. 거기다 화자는 "머시기는 거시기로 송아지 송아지 얼룩 송아지"와 같이 아이처럼 유희(언어유희)함으로써, 오히려 아이의 행동을 대하는 일상적인 편견 자체에 질문을 던진다. 이는 특히 "이 놈아 그것도 모르느냐"고 짐짓 점잖은 말투로 이르는 데서 아이러니한 방식으로 강조된다.

말하자면 화자는 '헛짓'을 함으로써, 다시 말해 타박 당하는 '미운' 일곱 살 아이에게 '헛소리'를 함으로써 그러한 '헛짓'과 '헛소리'가 결코 '헛것'이 아니라는 인식적 전환을 노리는 것이다. 헛소리 속에서, 다시 말해 아래 인용한 시 「거시기는 원래 그런 것이다」에서도 볼 수 있는 것과 같은 "못된 소리" 속에서 화자 자신이 그런 '미운' 일곱 살이 되기 때문이다. 범대순은 이러한 의미를 담보하기 위해서는 통상적인, 즉 '형식 논리적' 진술이 아닌 '느낌'의 언술이 필요하다고 생각한 듯하다. 한편으로 생각하면 형식 논리적 진술을 통해 상기 의미를 담아내는 것은 애초에 불가능하거나, 아니면 적어도 기만의 소지가 다분해질 수 있다. 그에 반해 '헛것이 헛것이 아니라'는 말은 '헛소리'로 발화될 때 미학적 진정성을 얻을 수 있다. 그렇기 때문에 범대순의 이러한 '헛소리'는 앞서 언급한 인식적 전환에 유효한 방법으로 보인다.

> 거시기는 원래 그런 것이다.
> 내가 말이 안 되는 헛소리만 한다고
> 비가 안 와도 실성실성 한다고
> 근래에 알게 머리가 돌았다고
> 양기가 기생충같이 머리에 올랐다고
> 내가 못된 소리만 한다고
>
> 「거시기는 원래 그런 것이다」 부분(38쪽)

단적으로 말해 이와 같은 추상화가 범대순 시의 방법론의 특징이라고 할 수 있다. 한국시문학사에서 '구체성'이란 하나의 전범처럼 기능해왔지만, 그것은 어디까지나 리얼리즘의 전통이 상대적으로 강한 한국의 문학적 풍토 때문이다. 더군다나 리얼리즘의 미학적 방법론인 '형상화(figuration)'에서의 '구체성'이란 '핍진성(verisimilitude)'과는 구분되어야 한다. 즉 리얼리즘적 구체성이 꼭 사실적 묘사인 핍진성일 필요는 없다는 것이다. 이러한 사정을 생각할 때, 범대순 시의 추상화 작업은 시의 미학적 전략의 결과로서 받아들

여겨야 한다. 그것은 이른바 '느낌의 언술'을 통한 전략이라고 할 수 있다. 이 '느낌의 언술'은 시집의 제목이 의미하는 바와 맞닿는데, "디오니소스의 거시기"에서 특히 "거시기"의 '기'가 (시인이 명시한 것처럼) 기운을 의미하는 '氣'라는 점에서 그렇다고 할 수 있다. '氣'는 동양의 담론 안에서, 특히『역(易)』의 계사전(繫辭傳)에서 정립된 개념을 토대로 '기의 철학'을 만든 송(宋)대의 학자 장횡거(張橫渠)에 따르면 "만물을 구성하는 물질인 동시에 자기운동하는 원리"로서 등장한다.11) 기는 '태허(太虛)', 즉 '크나큰 터'를 본체로 생성하지도, 또한 소멸하지도 않으며, 만물의 생성과 소멸은 태허의 기가 이합집산(離合集散)한 결과라는 점이 여기 부가되어 있는 생각이다.

> 나는 없음이다.
> 나는 사막이고 장강이고 없음이다.
> 나는 물이고 돌이고 꽃이고
> 나는 보이는 시간이고 어둠이 가슴인 빛이고
> 죽음까지도 사는 생명이요 없음의 있음이다.
>
> 무엇이 그런 것이 있느냐고 너희가 묻는다면
> 나는 대답하리라.
> 거시기는 원래 그런 것이다.
>
> 「거시기는 말했다」 부분(37쪽)

범대순의 이러한 시적 전략은 동양적 의미의 '기'를 언술하는 작업을 극대화하려는 것이라고 할 수 있다. 방금 말한 것처럼, '기'란 그 자신은 생성과 소멸에서 벗어나 있으면서도 만물의 생성과 소멸에는 관여하기 때문에, '아무것도 아니면서' 동시에 '전부'라는 의미를 형성할 수 있다. 물론 '아무

---

11) 임석진 외 편저, 『철학사전』, 중원문화, 2009, 표제어 '기(氣)' 참조. 범대순은 한학에도 관심이 많았던 것으로 알려져 있다.

것도 아니면서 동시에 전부'라는 의미는 논리적으로는 모순인 데다 일상적 차원에서는 그에 상응하는 사물을 찾는 것 또한 불가능하다. 하지만 그럼에도 불구하고 우리는 그것을 상상할 수 있다. '있다'고도 할 수 없고 동시에 '없다'고도 할 수 없는, 그렇게 '유무'처럼 이항대립을 넘어선 '유령'과 같은 존재를 상상할 수 있듯이 말이다. 그래서 범대순에게 있어서 기를 언술하려는 시도는 시에 대한 부정, 더 나아가 자아에 대한 부정의 초석이 될 수 있는 것이다. 위에 인용한 「거시기는 말했다」에서 이와 같은 경우를 볼 수 있다. 화자는 "나는 사막이고 장강"(대립적 관계)이면서 동시에 "없음"이라고 말한다. 또 거기에 "물이고 돌이고 꽃"이라고 하면서 다양한 사물들을 등장시키고, 아울러 관계 짓고 있다. 그러나 무엇보다 형식 논리적으로 접근했을 때 "죽음까지도 사는 생명이요 없음의 있음이다"라고 말하는 부분이 가장 문제가 될 공산이 크다. '시적' 논리에 의한 것이라고밖에 명명할 수 없는 이와 같은 언술은 위에서 언급한 '느낌의 언술'에 해당한다고 말할 수 있다.

형식논리에 따르면 한 사물이 있으면서 동시에 없는 상태, 혹은 한 사물이 A인 동시에 B인 상태는 '모순'이며, 단지 '의미 없음'일 뿐이다. 형식논리는 참과 거짓을 판별할 수 없는 문장을 '무의미'한 것으로—그래서 이러한 문장은 '명제'도 아니다—보기 때문이다. 그런데 화자는 그러한 상태가 당연하다는 듯 언술한다. 화자의 입장에서 만물의 생성과 소멸은 기의 이합집산, 즉 본질적으로 같은 것의 다른 형태일 뿐이다. 그렇다면 기 자체는 생성도, 소멸도 아니면서 동시에 생성이자 소멸이어야 한다. 다시 말해 기는 모순으로서 존재하는 셈이다. 물론 화자 역시 그것의 모순성을 의식하며 "무엇이 그런 것이 있느냐고" 반문하는 상황을 가정하는데, 이때 그 대답이 "거시기는 원래 그런 것", 즉 "거시기"로 수렴된다는 점이 특기할 만하다. 정리하자면, 2장에서 자아의 불확실성을 시화하는 방식에서도 보았듯이, 자기부정과 무한과의 조우를 위한 또 하나의 축으로 '거시기'의 불확실성을 극대화하는 추상화 작업을 '느낌의 언술'로서 수행하는 것이다.

Ⅳ. 반복의 효과와 디오니소스적 도취

느낌의 언술을 통한 추상화 작업은 결국 '광기'를 형상화하는 방식이라고 말할 수 있다. 따라서 이 장에서는 "나는 디오니소스의 거시기다"에서 마지막 키워드인 '디오니소스'에 대해 다루고자 한다. 범대순 시에 있어서 디오니소스는 그 저변에 깔린 시정신의 이름이라고 할 수 있다. 물론 디오니소스 역시 '나'와 '거시기'에 결부되어서 나타나고 있음은 강조될 필요가 있다. 범대순이 말하는 광기와 디오니소스는 다분히 니체(F. Nietzsche)의 그것을 연상시킨다. 실제로 시집 『디오니소스』에서는 '니체'가 시어로서 등장하는 대목도 있으며, 찾기도 그리 어렵지 않다.

그렇다면 니체에게 있어 디오니소스는 무엇인가. 그것은 '아폴론'과 더불어 예술의 한 축을 차지하는 원리로서, 한 마디로 말하자면 '삶'이자 삶을 추동하는 '원동력'이라고 할 수 있다. 삶은 실제로 들여다보면 형식적 합리성과는 거리가 멂을 알 수 있다. 니체가 말했듯이 "우리는 항상 우리가 존재하는 방식으로 행동하지, 결코 존재해야할 방식으로 행동하지는 않"는다.[12] 그렇기 때문에 결국 '합리성'이란 우리의 삶을 염가로 넘겨주는 대가로 얻은 '억압', 다시 말해 "삶의 부정에의 의지, 감추어진 파괴 본능, 몰락과 비난과 비방의 원리, 종말의 시작"에 불과한 것이다. 니체가 보기에 삶은 오히려 "가상, 예술, 기만, 광학, 관점적인 것과 오류의 필연성에 토대"[13]를 두고 있다.

---

12) 프리드리히 니체, 최상욱 역, 「6=U I 1. 1870년 말」, 『KGW Ⅲ 3. 유고(1869년 가을~1872년 가을)』, 책세상, 2001, 172쪽.

진정한 삶은 '삶'에서 오는 것이지 독단적 관념의 설정에서 오는 것이 아니다. 니체는 비극 문학에서 이 도취를 끌어올렸다. 그러나 그럼에도 불구하고 '합리성'은 삶 위에 군림하고 있다.

비극과 같은 문학예술은 억압된 육체를 부활, 실존에 정면으로 부딪히게 해준다. 니체가 비극을 중시했던 이유는, 비극을 통해 실존적 상황을 인식함으로써 진정한 삶과 자유로 연결되는 통로를 얻을 수 있게 되기 때문이다. 그러나 플라톤처럼 '부정의 부정'의 계기성을 통해 해결을 제시하는 것은, 부정을 해결로 이끌어주는 배후, 다시 말해 '절대적 진리'를 상정하지 않고서는 불가능하다. 니체는 그처럼 의심스러운 배후를 상정하지 않기 위해 현실에 있는 그대로의 모든 것을 예술적으로 긍정함으로써 삶을 극복하는 법을 제시한다. 이는 세계의 다양성과 상이성—부정한다고 해서 부정되지 않는, 이른바 '실상'인—들을 긍정하는 것이다. 그는 다음과 같이 고대 그리스인들의 예술과 '피부의 철학'에 대해 언급한다.

> 오, 그리스인들이여! 그들은 산다는 것이 무엇인지를 알고 있었다. 살기 위해서는 표피, 주름, 피부에 용감하게 머물며 가상을 숭배하고 형태, 음, 말 등 가상의 올림포스 전체를 믿어야 할 필요가 있었다. 그리스인들은 피상적이었지만— 그것은 깊이에서 나온 것이었다. 현대사상의 가장 높고 위험한 정상에 올라 주위를 둘러보고 밑을 내려다본 우리들 정신의 모험가들도 바로 그곳으로 돌아가야 하지 않을까? 이점에서 우리도 그리스인들이 아닐까? 그러므로 형식과 음과 말의 숭배자가 아닐까? 그러므로 예술가가 아닐까?[14]

니체에 의하면 실존과 세계는 오직 미적 현상으로서만 그 존재가 정당화될 수 있다.[15] 따라서 세계의 전부가 예술이므로 예술은 더 이상 모방이 아

---

13) 니체, 이진우 역, 「비극의 탄생」, 『KGW III 1. 비극의 탄생 외』, 책세상, 2005, 18쪽.
14) 니체, 안성찬·홍사현 역, 『KGW V 2. 즐거운 학문 외』, 책세상, 2005, 31~32쪽.

닌 '행위'가 되는 것이다.16) 이러한 생각은 시화의 국면에서 일차적으로는 현실적 문장의 파괴나 모순적 상황의 묘사, 혹은 현실적으로 이해되지 않는 행위들을 대상으로 삼아 말하는 것 등으로 실현된다. 이러한 시적 논리와 방법론은 아래 시에서 잘 드러난다.

> 금남로 분수대를 남들이 안한 꿰댕이 벗고 빙빙 돌았더니 나더러 미쳤다
> 고 말한다.

> 서석초등학교 운동장 어린이들이 하는 대로 따라서 할아버지 할머니 하
> 고 인사했더니 나더러 미쳤다고 말한다.
>
> (중략)
> 300년 대를 이어 간직한 금성 범씨 족보 10권, 학교 선생하면서 모은 책
> 5000권 골방에 싸놓은 나의 책 나의 전집 그리고 사진첩 모두 꼬실라 버리
> 면서 잘 탄다고 시원하다고 말했더니 나더러 미쳤다고 말한다.
>
> 「모두들 나더러 미쳤다고 말한다」 부분(50~51쪽)

다음 인용한 「절규」에서, 화자는 "다만 하나의 목소리는 이것뿐이다"라고 말하며 그것이 "지구의 폭발"임을 강조한다. 즉 지구의 입장에서 유일하게 가능한 것은 오직 자신의 폭발이라는 것이다. "나는 저들을 믿다가 망했"으며 "나는 꼭 다시 일어나야 한다"는 것이 화자의 바램이다. '망함'과 '일어남'은 대립된다. 전자는 '하강', '쓰러짐' 등으로 개념화되는데, 이는 절망이나 절규와 관계된 신체적 움직임, 즉 넘어지거나 쓰러지는 자세와 연관되어 있기 때문이다.17) 이러한 대립관계에 비추어 볼 때 '희망'은 곧 '일어남', 즉

---

15) 니체, 「비극의 탄생」, 『KGW Ⅲ 1』, 175쪽.
16) 예술을 '모방'으로 본다면 '원본'을 인정할 수밖에 없게 된다. 이것은 곧 이분법의 시작이다.
17) 이러한 지향적 은유(orientational metaphor)에 관련된 보다 자세한 내용은 조지 레이

'rise'의 의미를 띠게 되며, 그렇기 때문에 상승의 움직임을 갖는 (사납게 일어난다는 뜻을 지닌) '폭발(爆發)'은 자연스러운 연상 작용의 과정에 놓여 있는 이미지인 셈이다. 그리하여 다음과 같이 점층식(漸層式)으로 구성되는 역설적 문장들이 도출된다.

> 지구여 나를 살려다오.
> 지구여 폭발로 나를 살려다오.
> 지구여 너의 폭발로 나를 살려다오.
> 지구여 흔적도 없이 시원한 폭발로 나를 살려다오.
> 지구여 흔적도 없이 온통 시원한 폭발로 나를 살려다오.
> 지구여 흔적도 없이 온통 통째로 시원한 폭발로
> 나를 살려다오.
> 지구여 나를 살려다오.
> 통째로 니가 시원하게 죽어서 나를 살려다오.
> 　　　　　　　　　　　　　　　　「절규」 부분(20쪽)

　　앞서 살펴본 대로, '망함'은 하강의 이미지를 갖기 때문에 그 반대인 상승은 곧 '살아남'이 된다. 그리하여 '폭발'은 '살아남'이 되는 것이다. 그런데 지구의 폭발은 곧 지구의 소멸이고 지구상의 생명체의 죽음이기 때문에, 이것이 지구에 사는 인간인 화자의 발화라고 한다면 아무래도 역설적인 상황이 만들어지게 된다. 따라서 이러한 내용을 곧이곧대로 받아들일 수 없으며, 그리하여 이른바 '시적 진술'이 만들어진다. 이것이 범대순 시가 느낌의 차원에 자리한다는 말의 의미다.

　　"나는 너무 갇혀 있었다"로 시작하며 "나의 신장에", "나의 체중에", 급기야는 "그들의 신들에" 갇혀 있었다고 말하는 「나는 너무 갇혀 있었다」에서,

---

코프 · 마크 존슨, 노양진 · 나익주 역, 『삶으로서의 은유』, 박이정, 2006, 37쪽 이하 제4장의 내용 참조.

'광기'는 하나의 출구처럼 화자 앞에 놓여 있다. 범대순 시의 화자에게 있어서 그 광기는 불과 별("낮에도 분명히 잘 보이는 별 속에서 나는 불타고 있다" -「나는 불타고 있다」), 홍수("큰불 난 거리 홍수로 넘치는 강을 가면서 즐겁다" -「나는 즐겁다」) 등의 이미지들로 구성된다. 그리고 이러한 상승적 이미지들은 '즐거운' "패망"(「나는 즐겁다」)으로 귀결된다. 그런데 여기서 등장하는 '패망'이 앞서 다룬 "저들을 믿다가 망했"다는 진술과 다르지 않게 보인다는 점이 문제로 거론될 수 있다. 분명히 「절규」에서 명시되는 것은 '망함/일어남'의 대립관계이며, 화자 또한 "나는 꼭 다시 일어나야 한다"고 말하므로 '망함'을 거부하는 것은 의심의 여지가 없다. 하지만 「나는 즐겁다」에서는 반대로 "패망"을 바란다고 말하기 때문에 문제가 되는 것이다. 이러한 모순을 해석하기 위해서는 다른 시를 참조해야 한다.

> 지난 한 달 내내 바그너를 듣다가 결국은 바그너는 똥이라고 생각했다.
> 나는 똥을 누면서 그렇게 생각했다.
> 똥 속에서 바그너를 만나면서 까닭도 없이 화가 났다.
> 바그너의 죽음과 파멸을 향한 동경의 헛소리를 확인했다.
> 몰락과 죽음은 얼마나 환희이고 똥이고 태양이고 탄생이냐.
> 얼마나 디오니소스냐.
>
> 「바그너는 똥이었다」 부분(52쪽)

이 시에서 전경화 되는 것은 광기와 디오니소스라고 할 수 있다. 화자는 바그너의 음악에서 "죽음과 파멸을 향한 동경의 헛소리"를 감지하며 "똥"이라고 칭한다. 똥을 누면서 바그너를 똥이라고 생각했다는 구절은, 화자가 그렇게 두 행위를 동일선상에 놓음으로써 똥이 지닌 통상적인 의미, 즉 '하찮은 것으로서의 똥'이라는 의미를 재고하도록 유도한다. 그러나 화자는 바그너를 미치기는 미쳤으되 "덜 미친" 자로 부르면서 "어설프게 미친 똥"이라고 말한다. 그리고 후반부에서 그보다 '더 미친', 그래서 스스로를 증명한 니체와 히틀러를 언급한다. 범대순 시에서 광기는 스스로를 증명하는 문제적 의식으로 등장한다. 이는 다음 시에서 두드러지게 나타난다. "미치지 않은 태양이 태양이냐. / 미치지 않은 거시기가 거시기냐. (중략) 미치지 않은 디오니소스가 디오니소스냐. / 미치지 않은 칼 마르크스가 칼 마르크스냐. / 미치지 않은 니체가 니체냐."(「미치지 않은 태양이 태양이냐」)

이에 따르면 '미치지 않은 A'는 'A'가 아니며, 'A'가 'A'일 수 있으려면 미쳐야 한다. 광기는 곧 존재함의 근거인 셈이다. 존재함의 근거를 논구한 결과로 제시된 명제로는 데카르트의 '코기토', 즉 '나는 생각한다, 고로 존재한다(cogito ergo sum)'가 유명하다. 데카르트는 '생각함'을 존재함의 근거로 삼은 것이다. 범대순은 이를 다음과 같이 변용한다.

> 서울은 국제공항으로 달리는 맨발 서울은 하늘에 닿는 욕설의 시장 그리고 분수 공원에 건립된 영웅의 토라진 뒷모습 서울은 밤을 지배하는 헛소리의 질주 (중략) 서울은 짐승의 자유 사람의 동물원 그 에베레스트 그리고 사랑 광기 추락 그 사막 절망 나의 피 묻은 파안대소 아 그리고 나의 죽음. 나는 서울을 사랑한다. 고로 나는 존재한다.
>
> 「고로 나는 존재한다」 부분(56쪽)

이 시에서 화자는 "서울"이라는 공간을 두고 여러 가지 장면이나 수식어들, 특히 "헛소리의 질주"나 "짐승의 자유", "사랑 광기 추락" 등과 같이 "엉망진창"이라는 말로 귀결되는 장면이나 수식어들에 관여시킴으로써 그곳이 "카오스"(「나를 불확실하게 하라」)로 인식된다는 것을 명기한다. 마찬가지로 'A는 B다'라는 은유의 형식이 주된 구성법인 이 시는, "코스모스에 지쳤다"(「나를 불확실하게 하라」)고 언술하는 화자로서는 "나는 서울을 사랑한다"고 말할 수밖에 없는 충분한 이유가 된다. 서울은 광기의 공간이고, 그러한 공간을 사랑한다는 것은 곧 화자가 '미쳤음'을 의미하기 때문이다.

Ⅳ. 결론

범대순은 작고하기까지 결코 적지 않은 시집을 상재하면서도, 매 시집마다 하나의 방향성을 새롭게 설정했을 뿐만 아니라 매번 나름대로의 성과를 거둘 정도로 남다른 열정과 재능을 가진 시인이었다. 그럼에도 불구하고 그의 시는 활동 무대가 지역이라는 데 더해, 소위 '중앙' 문단의 주류적 흐름에 부합하지 않는 독립적인 실험을 계속했기에 크게 주목을 받지 못했고, 따라서 그 업적에 비해 연구 또한 그리 활발하게 진행되지 않아 왔다. 실제로 지금도 문단의 몇몇 단평들 외에 작품의 학술적·문학사적 가치를 밝히는 논문들은 거의 찾아보기 힘든 상황이다. 본 연구는 이러한 상황을 일신하기 위한 한 시도로서, 특히 범대순의 시집 중 매우 독특한 세계를 보여주는 『디오니소스』에 주목했다. 본 연구는 이 시집이 '광기'의 형상화를 통해, '백지시'와 그것을 뒷받침하는 시론이 당초 목표로 한 '자기부정'과 '무한에의 조우'를, 근본적으로 일회성일 수밖에 없는 백지시와는 달리 '시'라는 범주 안에서 그 범주의 경계에 대해 묻는 데 성공함으로써 그러한 급진적 질문의 지속 가능한 형태를 찾아낼 수 있었다고 본다. 본고는 범대순의 『디오니소스』에 수록된 시들이 다름 아닌 '느낌의 언술'을 통한 추상화 작업('거시기' 등을 통한 기의 언술화)으로 광기를 형상화함으로써 이를 이루어냈다고 보았다.

<참고문헌>

범대순,『나는 디오니소스의 거시기다』, 전남대학교출판부, 2005.

_____,『백지와 기계의 시학』, 사사연, 1987.

앤터니 이스톱,『시와 담론』, 박인기 역, 지식산업사, 1994.

임석진 외 편저,『철학사전』, 중원문화, 2009.

조지 레이코프 · 마크 존슨, 노양진 · 나익주 역,『삶으로서의 은유』, 박이정, 2006.

프리드리히 니체, 최상욱 역,『KGW III 3. 유고(1869년 가을~1872년 가을)』,
　　　　　　책세상, 2001.

_____, 이진우 역,「비극의 탄생」,『KGW III 1. 비극의 탄생 외』,
　　　　　　책세상, 2005.

_____, 안성찬 · 홍사현 역,『KGW V 2. 즐거운 학문 외』,
　　　　　　책세상, 2005.

범대순 시의 존재론적 아포리즘

전동진

Ⅰ. 서론

사물(~하는 것, ~인 것)의 내적 특성을 속성이라고 한다. 겉으로 드러난 특성이 비슷하면 존재는 쉽게 친밀한 관계를 맺는다. 이런 관계가 좀 더 내밀하게 발전하면 우정이나 사랑에 도달한다. 서로의 시선으로만 파악할 수 있는 속성의 연결이 필요한 대목이다. 사회·정치적 관계의 유사성은 그 사람 자체의 속성보다는 환경적(외적)인 것이 지배한다. 사회 관계망의 후진성을 대표하는 것이 바로 학연, 혈연, 지연이다.

문학계 혹은 문단 역시 사회적 관계, 사회적 담론 혹은 권력이 작동하는 방식에서 자유로울 수 없다. 서울의 문단은 스스로 중심을 자처할 필요가 없을 정도로 오랫동안 중심 문단이었다. 지역 문단은 상대적으로 소외를 받고 있다고 느낀다. 그러나 서울 역시 세계문학의 변방으로서 느끼는 소외감에서 자유롭지는 못하다.

세계의 문학이 한국문학을 주목한다면 그것은 세계 문학으로부터 소외된 서울 문학이 아니라 그 자장 바깥에 있는 지역의 문학일 것이다. 아직까지 지역의 언어로 지역성을 담아 지역에서 창작·발표된 작품이 큰 성과를 거두었다는 소식을 접하지 못했다. 그 원인은 작품의 한계 때문만은 아닐 것이다.

세계의 문학으로서의 가능성을 점치는 것 역시 서울 중심으로 이루어지고 있는 것이 현실이다. 지역에서 이루어지는 문학은 지역의 문학이라는 전제로 두고 평가가 이루어지는 것도 현실이다. 그렇다면 좀 더 다른 시선, 서울을 거치지 않은 지역의 시선으로 작품을 보면 좀 더 특별한 것을 볼 수 있지 않을까. 한국에서 한국인들에게 최고로 인정받는 시인이 세계적인 시인의 반열에 올라야 하는 것은 아닐 것이다. 야구나 축구에서도 한국에서 통하는 선수가 있고, 일본에서 통하는 선수가 있고, 유럽에서 통하는 선수가 있다. 하물며 사상과 정서가 다르고, 그 표현하는 언어마저 다른 문학 그것도 예술성의 강밀도가 가장 높은 시에서 있어서라면 더 말할 것이 없다.

시는 첫째도 언어고, 둘째도 언어다. 산문은 언어의 지평(품)을 넓히는 데 제 역할이 있다. 시는 최초의 언어가 도래하는 곳이다. 시인 중에는 하나의 주제를 잡고 최초의 언어를 끝내 자신의 마지막 어휘로 추구하는 이들이 있다. 그런 어휘들로 구성된 시를 잴 비평적 잣대가 마련되어 있을 리 만무하다.

한국 시단에서 '존재'의 문제에 가장 오랫동안, 다양하게, 깊게 천착한 시인을 단연 범대순 시인이다. 넓게 파고들지 않고서도 깊게 도달하기 위해서는 자체에 추동할 수 있는 힘을 가져야 한다. 여기에 그쳐서는 안 된다. 시인의 붓은 미지의 언어를 캐는 드릴과 같아야 한다. 단순히 언어를 그려가는 것이 아니라 강력한 회전을 통해 파들어 가야 한다.

범대순 시인은 아주 미세하게 시작하게 가장 깊게 들어갈 수 있는 힘을 인간 존재의 순수성과 비순수성이 이루는 나선에서 찾았다. 언어의 순수성과 비순수성의 아포리즘을 통해 그는 존재의 언어를 천착해 들어갔다.

II. 표현의 첨단(尖端)으로서 '거시기'

범대순 시인은 '나'는 '디오니소스의 거시기氣'다고 선언적으로 자기 정체성을 밝힌다. 불확실성을 인정한다고 하더라도 주체의 정체성을 단단하고 명확하게 하고자 한다면 '거시기'라고 하면 될 것이다. 시인은 대신 '거시氣'라고 말한다. '氣'의 형체는 분명하지 않다. 이미지나 에너지의 상태로 남는다. '거시기'는 한 편으로는 단단해지는 형상을 지향하고, 다른 한편에서는 흩어지고 발산하는 에너지를 지향한다. 여기에는 아포리즘이 담겨 있다. 『나는 디오니소스의 거시氣다』의 해설에서 김준태 시인은 다음과 같이 쓰고 있다.

> 거시기란 어느 것을 특정적으로 부르는 말이 아니라 우리 사람들을 포함해서 이 세상 모든 것을 지칭할 때 쓰인 암시적인 말로 굳이 영어로 옮긴다면 *anything, anybody, something, somebody, nothing, nobody*, 알파와 오메가, 손가락으로 짚어낼 수 없는 그 모든 진리나 혹은 아무것도 아닌 것(*dada*)을 칭하는 말이다. 그 뜻을 족집게로 집어낼 수 없는 말이지만 상황에 따라 상호간에 서로 통하게(의사소통을 충분히 가능케 하는) 하는 어휘로 그것은 바로 무한정으로 쓸 수 있는 보편적인 말인 것이다. 이것을 시로 만든 범대순 시인의 실험적이고 파격적이고 통찰력 있는 창의력을 나는 경이롭게 생각한다.[1]

세계에서 인사말로 쓰는 말 중에서 가장 많은 의미를 포함하고 있는 것이 '알로하'일 것이다. 하와이에서 쓰는 이 말은 '사랑, 자비, 동정, 친절, 안부, 참다, 기억한다, 안녕, 잘 가, 어머나!' 등의 뜻이 상황에 펼쳐진다. '*Aloha*'는 '존재하다', '실체'를 의미하는 '알로(*Alo*)'와 '생명'을 의미하는 '*Ha*'가 합쳐진 말이다.

---

[1] 김준태, 「해설」, 범대순, 『나는 디오니소스의 거시기氣다』, 전남대출판부, 2005.

사람을 처음 만났을 때 '알로하'하면 의미를 고정시킬 수 없지만 "존재의 인정"을 동기로 삼아서 의미를 확장한다. 인사로서 '알로하'는 환영의 의미인 동시에 상대방과의 교감을 의미한다. 이 말은 상황에 따라서 '미안하다, 사랑하다, 안녕, 안녕히 가세요, 잘 가, 등등' 말하는 사람의 의도보다는 듣는 사람의 의의가 더 강하게 작용한다. 즉 맥락 안에서 자신이 위치하고 싶은 의미의 장 언저리에서 이 말은 해석된다.

언어적 측면에서 보면 남도는 '거시기'라는 말이다. 이 말을 영화의 소재로 사용하는 것이 이준익 감독의 '황산벌'이다. 나당 연합군은 백제 장수들의 작전회의에서 '거시기해 불어'라는 말을 해독하지 못해 공격을 감행하지 못한다. 결국 '거시기'는 옷과 갑옷을 하나로 꿰매는 것을 의미한다는 것을 알게 된다. 남도를 '거시기 공동체'라고 말한다. 거시기라는 말은 공동체의 정보를 지키는 역할과 함께 공동체 성원의 소속감을 높이는 데도 효과를 발현한다. 그런데 범대순 시인은 거시기에 술과 축제의 신 '디오니소스'를 호출한다. 디오니소스의 거시기로서 '나'를 다양하게 변주하고 있다.

나는 디오니소스의 거시기다.
나는 뿔 달린 디오니소스의 거시기다.
나는 머리카락이 춤추는 디오니소스의 거시기다.
나는 털이 늘 파안대소로 일어서는
디오니소스의 거시기다.
나는 대낮에 청천하늘을 나는 용 같은
디오니소스의 거시기다.
나는 맨발로 사하라 사막의 밤낮을 가는 디오니소스의 거시기다.
나는 물구나무로 히말라야를 올라가는
디오니소스의 거시기다.
나는 때로는 등대의 거시기 때로는
구름 너머 꿈인 날개의 거시기

나는 바다의 끝에 닿는 하늘의 거시기
천둥의 거시기 벼락의 거시기
적도를 가르는 화산의 거시기 안에서
살아있는 극점 빙하의 거시기
태양을 향하여 짓는 잡초의 거시기
블랙홀을 찾아가는 짐승의 거시기
아 늪에서 헤맨 거시기가 아닌
땅 위에 올라온 두더지의 거시기가 아닌
나는 절대를 위하여 절대로 존재하는 절대의 거시기
아 거시기의 거시기
　　「나는 디오니소스의 거시기다」, 『나는 디오니소스의 거시기氣다』

　　존재로서의 거시기는 '~인 것'으로서의 *thing*이고, 행위 혹은 과정으로서의 존재는 '~하는 것'이다. 존재는 *Nothing, Anything, Something* 사이에서 펼쳐지고, 접힌다. 존재의 변화무쌍을 나타내는 '거시기의 거시기'는 *Nothing*의 *Anything/Anything*의 *Nothing, Something*의 *Nothing/Nothing*의 *Something, Anything*의 *Something, Something*의 *Anything*로 번역 가능하다.

거시기가 고만하면
나라도 짊어지것다.
새인봉도 짊어지것다.
무등산 지리산 백두산도 짊어지것다.

거시기가 고만하면 세계도 지구도 짊어지것다.
거시기가 고만하면 태평양도 건너가것다.
거시기가 고만하면 남극까지 고래같이 건너가것다.
거시기가 고만하면 수평선도 말아먹것다
수평선을 실타래같이 감아서 잡아먹것다.

거시기가 고만하면
사하라사막도 순식간에 기어가겄다.
모래 산 바위산을 밀고 가겄다
거시기가 고만하면
오아시스도 말려버리겄다.
화날 때 사막의 모래를 다 불어버리겄다
밤도 해로 만들겄다. 해를 별로 만들고 은하수도 만들겄다.

거시기가 고만하면
천년쯤은 쉽게 불러오겄다.
광개토왕도 불러들이겄다.
로마도 징기스칸도 부리겄다.
중국도 미국도 거느리겄다.
오! 거시기가 고만하면
내가 안심하고 죽어도 좋겄다.
　　　　　　「거시기가 고만하면」, 『나는 디오니소스의 거시기氣다』

　　이 시의 '거시기'의 의미는 확정되어 있지 않다. 그러나 존재마저 애매모호
한 것은 아니다. "거시기가 고만하면"이라는 시구에서 '고만하면'은 양적인 측
면과 질적인 측면에서 평가를 모두 담고 있다. 거시기를 *anything*으로 인지 혹
은 의식하고 있는 것이다. 그리고 그러한 거시기는 구체적인 순간들과 만나 특
별한 사건 즉 *something*을 예비하고 있다. 그 *something*은 지상 최대, 최고, 최
초의 것들이다. 가령 기(起) 연에서는 "나라도 거느리겠다"고 한다. 결(結) 연에
서는 "중국도 미국도 거느리겠다". 이것은 가장 강력한 힘, 인간적·민족적 욕
망의 최대치의 발현이다. 승(昇) 연에서는 '태평양, 남극, 고래, 세계' 등 공간적
지평의 확장으로 이어진다. 여기에 그치지 않는다. 결(結)연에서 볼 수 있는 바
와 같이 '천년' 정도의 시간은 쉽게 현재화 할 수 있는 특별함도 지니고 있다.

내가 아닌 것은
내가 하늘이고 땅이고 태양이고 밤하늘에 별이고
내가 천둥이고 내가 우주인 것은

이외에도
내가 하늘이 아니고 땅이 아니고 태양이 아니고 밤 하늘에
별이 아니고 내가 천둥이 아니고 우주가 아니기 때문.

내가 나인 까닭은
내가 초목 사이에서 짐승 사이에서
천상천하에 나인 까닭은

신비하게도
내가 산천 내가 명암
내가 유무 천상천하에 사람이 아니기 때문이구나.

하늘이여 땅이여 태양이여 밤하늘에 별이여
천둥이여 우주여
그리고 사람이여
너희와 더불어
아 나를 위대하다는 착각 속에서 그대로 죽게 하여다오.
　　　「내가 아닌 것은」,『나는 디오니소스의 거시기氣다』

　　이 시에서 '거시기'로서의 화자는 'Nothing의 Something, Something의 Nothing'
사이에서 경계를 확장하고 사이를 깊게 하고 있다. 나는 어떤 것이 아닌 비존
재이다. 나의 정체는 분명하지 않다. 나는 특별한 것들 사이에 아무것도 아닌
'경계'로 존재한다. 나는 내가 아닐 때 하늘이고 땅이고 태양이고 별이며, 내가

하늘, 땅, 태양, 별이 아닐 때도 나는 내가 아니다. 이 둘의 아포리즘을 통해서 나는 비로소 "초목사이에서 짐승 사이에서" 아무것도 아닌 것으로 존재한다. 그러나 이것 역시 곧 부정된다. 나는 위대하다는 즉 'Something'의 존재라는 착각 속에 있는 Nothing의 존재이다. 이 Nothing은 아무것도 아닌 존재가 아니다. '하늘', '땅', '태양', '별', '천둥', '우주', '너희들'과 나란히 더불어 있는 비존재이다. 거기시인 나는 이런 특별한 것들, 우주적인 것들도 지나쳐온 것으로서 Nothing인 것이다.

> 너희가 사막을 아느냐.
> 지평선까지 모래와 바람만 있는 사막을 아느냐.
> 거기 바위같이 잡초 하나가 사는 까닭을 아느냐.
> 끊임없이 산이 되고 달이 되는 사막을 아느냐.
> 거기 꽃같이 물이 사는 까닭을 아느냐.
>
> 나는 사막이다.
> 너희가 장강을 아느냐.
> 억만년 홍수같이 고산을 흐르는 물을 아느냐.
> 바다에서 고래가 함대같이 거슬러 오는 장강을 아느냐.
> 거기 부초같이 하나 돛배가 사는 까닭을 아느냐.
>
> 나는 장강이다.
> 너희가 없음을 아느냐.
> 너희가 없음을 보았을거나.
> 자지 않는 태양을 알거나.
> 그치지 않는 광년의 시간을 아느냐.
> 빛과 어둠 그리고 크고 작음을 아느냐.
>
> 나는 없음이다.
> 나는 사막이고 장강이고 없음이다.

나는 물이고 돌이고 꽃이고
나는 보이는 시간이고 어둠이 가슴인 빛이고
죽음까지도 사는 생명이요 없음의 있음이다.

무엇이 그런 것이 있느냐고 너희가 묻는다면
나는 대답하리라.
거시기는 원래 그런 것이다.

「거시기는 말했다」, 『나는 디오니소스의 거시기氣다』

사막이나 장강은 규정되어 있는 것이 아니다. 사막은 바람에 의해 끊임
없이 변모한다. 강 역시 물줄기에 의해 그 흐름을 늘 새롭게 한다. *Anything*
의 속성은 변모하는 것이다. 변모하는 규정으로서 강이나 사막을 이루는
것은 전체가 아니다. 사막은 하나의 덩어리가 아니다. 헤아릴 수 없는 수
많은 모래알로 이루어져 있다. 장강 역시 마찬가지이다. 한 덩어리의 물이
흐르는 것이 아니라 인간의 숫자로 나타내기 어려울 만큼의 물 분자들이
밀고 당기면서 흘러가는 것이 장강이다. 한 알의 모래알, 한 방울의 물은
*Anything*을 이루는 없는 거나 마찬가지인 그러나 없는 것은 아닌 *Nothing*이
다. 이 시에서 '나'는 *Anything*의 *Nothing*/*Nothing*의 *Anything*의 혼용 속에서
일렁인다. 딱히 포착할 수 없는 것으로 존재한다. 이 시의 마지막 행처럼
"거시기는 원래 그런 것이다."는 말 이외에 달리 할 말이 없다.

Ⅲ. 시적 플롯으로서 '기승전결(起承轉結)'

고유한 정형시형을 가지고 있는지 아닌지는 그 민족의 문화적 수준을 가
늠하는 잣대로 삼기도 한다. 유럽은 소네트 형식을 앞세운다. 중국에는 한시

가 있다. 소네트는 라임을 중시한다. 한시는 글자 수와 라임을 동시에 강조한다. 일본의 정형시인 하이쿠는 글자 수에 초점이 맞춰져 있다. 하이쿠의 정형은 곧 음수인 셈이다. 우리는 시(詩)로는 한시를 써 왔다. 시조나 가사는 시형식이라기보다는 노래의 형식이다. 따라서 라임이나 음수율보다는 박자 곧 음보율이 핵심이었다.

일제 강점기 현대시의 형성 과정에는 두 가지 지향을 동시에 추구한다. 하나는 극단적인 산문화 경향이고, 다른 하나는 새로운 정형시의 탐색이었다. 한국 현대시는 이 둘의 변증법의 지향을 통해 형성되었다. 새로운 정형시의 탐색은 문화민족되기의 연장선에서 이루어졌다. 최남선에 의해 시도된 신체시는 4·4조의 음보를 변형해 자수와 음보가 상보적으로 어울린 7·5조의 율격을 시도한다. 7·5조는 김소월의 시를 통해 완성에 이른다.

한국적인 정형시를 극단으로까지 끌어올리고자 한 이는 안서 김억이다. 1930년에 들어 김억은 『동아일보』에 「격조시형론」을 연재한다. 격조는 창작 방법과 독서 방법 모두에 적용할 수 있는 것이다. 가령 4·4조나 4·3조는 안정적인 분위기를 형성하기에 좋다. 7·5조나 8·5조는 동요하는 정서를 실기에 적합하다. 시를 읽을 때도 격조는 적용된다. 같은 시라고 하더라도 7·5조로 읽을 때와 3·4·5조로 읽을 때는 정서적 울림이 다르다. 이것을 체계적으로 정리하고, 쓰고 읽기에 적용해 국민 누구다 시를 쓰고 읽기에 불편함이 없도록 하고자 한 것이 김억의 '격조시형'의 요체이다.

정형율에 의한 시창작은 김소월이 정점을 찍는다. 이론적 탐색이 가장 면밀하게 이루어진 것은 김억의 '격조시형론'이었지만, 그것은 시대의 거대한 흐름과 같은 '자유시'의 파고를 넘지 못한다. 그로부터 60여 년이 훌쩍 지나서, 범대순 시인이 '기승전결'을 들고 나온다.

기승전결은 위대한 사상입니다. 이것은 철학이며 종교이고 과학입니다. 만일 문학이 이 사상을 잘 표현한다면 그 문학은 위대한 문학입니다. 동양에서는 흔히 기승전결을 시의 기법으로 생각하는 경우가 많습니다만 그는 시의 습작 과정을 말하고 있는 것에 불과합니다.

(「기승전결(起承轉結)」에 대하여, 『기승전결』, 문학세계사, 1993, 115쪽.)

기승전결을 시의 기법, 시의 습작 과정으로 보는 견해도 있다. 이미 형식이 정형화된 동양의 시에 내용의 전개까지도 '기승전결(起承轉結)'하는 것은 시적 의미를 형성하는 데 효과적이지 않다. 시간은 강처럼 흐르지만, 시의 의미는 누구나 예상하는 길로 흘러서는 강처럼 흐르지 않는다. 시는 논리가 아니다. 범대순 시인도 '기승전결'을 아리스토텔레스의 삼분법에 대비시키고 있다.

범대순 시인은 서양의 삼분과 동양의 사분을 단순한 형식의 차이로 보지 않는다. 그는 "기승전결(起承轉結)은 우리를 있게 하는 원리이고 사상이고 생명이라는 인식을 토로하고 싶다."며 시집 『기승전결』의 책머리에 밝히고 있다. 기승전결은 단순한 창작 방법이 아니라 원리고, 사상이고, 생명이기 때문에 '품'을 품고 있어야 한다. 범대순 시인의 '기승전결'은 두 겹으로 전개된다. 이 시집의 시는 4연으로 구성되어 있다. 그리고 각 연은 모두 4행으로 구성되어 있다. 범대순 시인은 시 속에 기승전결의 정체를 다음과 같이 밝히고 있다.

지리산 화엄사 사 사자지
종소리 한 가닥은 노고단에 오르고
바른 가닥은 골에 따라 섬진강에 든다.
범종 소리 앞서 해도 서로 가고 있다.

소리는 지면서 다시 돌아와 일고
소리는 일면서 다시 돌아 멀리 갔다.
산 석양 일고 자는 종소리 속에
시작이면서 맺는 끝을 같이 본다.

어디로 갈거나
어디로 가야 나의 글머리에 닿으냐
글머리이면서 다시 이는 종같이
겨울을 가다 다시 이는 소리로 살 수 있으랴.

석양 화엄사 사 사자지에 서서
산과 같이 일고 자는 범종 멀리
어디선가 동이 트는 새벽을 본다.
아, 당신의 기승전결을 본다.

「사 사자지(四 獅子址)」

품을 품기 위해서는 먼저 지평을 확장할 필요가 있다. 1연은 두 개의
줄이 짜이면서 텍스트의 지평을 연다. 한 줄은 종소리의 가닥으로 지리
산 노고단에서 섬진강으로 펼쳐지며 날줄이 된다. 해는 동에서 서를 오
가며 씨줄이 된다. 그렇게 직조된 텍스트를 범종 소리가 채운다. 소리는
'시작과 끝'을 순환하는 나선의 운동을 통해 텍스트의 품을 넓힌다.

이 시의 제목에는 사(四)라는 말이 들어가 있다. 이것은 범대순 시인도 언
급한 것처럼 공간으로는 '동서남북'을, 시간으로는 '봄, 여름, 가을, 겨울'을
가리킨다. 공간과 시간으로 짜인 평면의 텍스트가 품으로 확장하기 위해서
필요한 것은 '인간적인 것'을 품을 수 있는 '사(四)'다. 이것이 나의 '기승전
결'이다. 시간의 4와 공간의 4, 그리고 인간의 4가 조화를 이루는 시간에 우리
는 가장 거대한 품으로서 "당신의 기승전결"과 조우할 수 있게 되는 것이다.

분 안에 앉은 소나무 하나가
천년을 더 흉내내고 있다.
하늘과 구름과 별과 같이
역사와 사람도 안에 있었다.

아프리카 어느 거리에선가
분재로 만든 사람을 만났었다.
혀가 희고 팔만큼 길었다.
사람을 벗어나려고 애를 썼었다.

옛날엔 신이 사람을 분에 넣고
지금은 사람이 신을 그 안에 넣는다.
스스로 울에 드는 짐승같이
사람도 신도 그 안에 살고 있다.

아프리카의 긴 혀 하나가
입술 밖에서 사리고 행복하듯
푸른 하늘과 바람과 새와 같이
분 안에서 소나무는 아름답다.

「분재」, 『기승전결』

'기승전결'은 시의 '자유'를 저해하는 것처럼 느껴진다. '울'은 인간의 삶을 외부와 외부세계와 분리시킨다. 집을 두르고 있는 '울'은 부정적이지 않다. 그 안에서 인간은 비로소 스스로 말미암은 '자유'의 삶을 누릴 수 있게 된다. 공적 존재로서의 자유와 사적 존재로서의 자유는 구분되어야 한다. 인간은 "스스로 울에 드는 짐승"과도 같이 스스로 만든 문화 속에 최선의 자유를 누리고자 한다.

기(起) 연의 기(起) 행의 "분 안에 앉은 소나무 하나"를 처음 대할 때 독자는 안쓰러운 마음이 든다. 독자는 화자를 따라 아프리카에서 분재로 만들어진 사람도 만난다. "스스로 울에 드는 짐승같이/사람도 신도 그 안에 살고 있다"는 인식에 이르게 된다. 이러한 과정을 거쳐서 독자와 화자 모두 "분 안에서 소나무는 아름답다"는 인식에 이르게 된다. 범대순의 '기승전결'은 서론에서 결론에 이르는 직선의 논리에서 벗어나 있다. 처음은 끝과 다르지 않지만 끝은 처음과 달라져 있다. 그리고 끝은 처음이 되어 다르지 않는 끝을 향해 나아가는 순환적 구조를 취하고 있다.

범대순의 기승전결은 기존 정형시의 정형율과는 다르다. 라임도 음수율도 음보율도 벗어나 있다. 기승전결은 서정적 사유, 인식을 건져 올릴 수 있는 일종의 그물과 같은 플롯이다. 이 플롯은 건져 올리는 그물만이 아니라 현존재의 언어가 기억으로 떨어질 때 자신의 흔적을 남길 수 있는 좌표와 같은 역할도 담당하고 있다.

> 서사는 인류가 시간에 대한 이해를 구조화하는 가장 중요한 방법이다. 바로 이것이 서사의 여러 가지 이로움 중에서도 가장 근원적인 축복이 아닐까 싶다. 그리고 인간이야말로 언어와 시간을 의식적으로 이해하는 지구상의 유일한 종이라는 점을 고려해 본다면, 우리가 이러한 인식을 표현할 수 있는 메커니즘을 갖고 있는 것은 당연하다.[2]

서사는 객관적인 시간, 세계의 시간을 구조화해 인식을 표현하는 매커니즘이라고 애벗은 말한다. 우리는 객관적인 시간과는 다른 주관적인 시간, 세계의 시간과는 다른 본질적인 시간을 통해 의식의 삶을 살아간다. 서사와는 다른 플롯을 통해 주관적 시간, 본질적인 시간을 구성함으로써 우리의 의식 구조를 탐색할 수 있다. 본질적인 시간은 표현이 불가능하기 때문에, 공간화·인간화를 거쳐 우회할 수밖에 없다. 시간에 대한 이해를 바탕으로 한 서사와 달리 시적 플롯은 공간, 인간에 대한 이해를 바탕으로 한다는 점에서 근원적인 차이가 있다. 이를 통해 시적 플롯이라고 할 수 있는 범대순의 '기승전결'은 단순한 창작 방법이 아니라 사유의 방식이며, 인식의 구조이며, 정서적 소통의 맥락을 이룰 수 있게 되는 것이다.

---

2) H. 포터 애벗, 우찬제 외 역, 『서사학 강의』, 문학과지성사, 2010, 22쪽.

IV. 결론을 대신하여

존재에 대한 사유는 크게 두 가지의 지향을 갖는다. 하나는 존재를 실체로 본다. 다른 하나는 사이, 경계 혹은 과정 즉 비실체로 본다. 전자의 경우 주체의 정체성을 형성하는 원리를 차이와 반복으로 본다. 후자의 경우에는 생성과 소멸의 경계, 사이를 비존재의 존재로 상정한다. 현존재와 시적 존재 사이에서, 표현의 언어와 플롯의 언어 사이에서 다채로운 아포리즘이 이루어진다.

현존재는 차이와 반복을 통해 지속적으로 자기 정체성을 명석판명하게 하고자 한다. 동시에 시적 존재는 자신의 정체성을 애매모호하게 하면서 생성과 소멸 사이의 지평을 확장하게 경계를 심화, 고양하고자 한다. 시적 존재는 존재가 아니라 현존재가 아니라 비존재이다. (비)존재의 의의는 정체성을 확립하는 것이 아니라 비존재의 영역을 확장하는 것이다.

존재는 소멸하면서 마지막 말로 남는다. 시적 존재는 현존재의 소멸을 연기하면서 마지막 말에 근접하는 '표현의 언어'를 생성하고자 한다. 사회·역사적 존재로서 현존재는 역사 이래 축적된 기억의 언어를 통해 끊임없이 새롭게 생성한다. 이러한 주체의 생성을 연기하면서 기존의 언어를 반복하는 대신 '플롯'을 확장한다.

언어적 아포리즘은 주체의 아포리즘을 이면으로 삼는다. 즉 언어의 소멸을 연기함으로써 플롯의 주체, 문화적 주체는 최대치로 지평을 확장한다. 확장하는 지평의 한 극단 즉 의미의 첨단에서는 언어의 생성을 연기함으로서 표현의 주체, 시적 주체는 날카롭게 날을 세운다.

한국 현대시의 다른 이름은 서정시가 아니라 '자유시'다. 형식적인 측면에서 자유시는 정형시의 대척점에 선다. 내용적인 측면에서는 불가침의 영역을 상정하지 않는다는 의미도 지니고 있다. 현존재로서 자유인은 봉건적

인간, 근대적 인간상과 구별해 주는 현대적 인간의 정체성을 나타낸다.

'自由'는 바깥으로부터가 아니라 스스로 비롯함이다. 인간존재는 '스스로 말미암은 것'을 마음껏 표현할 수 있을 때 자유를 성취할 수 있다. 인간 존재는 언어를 매개로 자유에 도달할 수 있다. 이렇게 성취한 자유는 새로운 자유를 향한 출발점이 된다. 인간 존재는 언어를 수단으로 삼아 자유의 영역에 도달한다.

시 텍스트는 그 자체가 곧 '자유'의 구현이다. 텍스트 바깥과 연결된 맥락을 끊고, 온전히 텍스트 내부만을 지향하며, 그 내부로부터 의미를 형성한다. 시 텍스트는 새로운 언어가 태어나는 자궁이면서 동시에 언어가 소멸하는 무덤이기도 하다. 이러한 극단적인 양면성(양가성)을 오가면 시적 존재 역시 생성과 소멸 사이를 진동하면서 의미의 영역을 확장한다.

자궁과 무덤을 함께 내장하고 있는 텍스트의 의미 모형은 나선형의 원뿔을 닮는다. 원뿔의 첨단은 날카롭게 미지의 영역을 파고들어 새로운 언어를 의미의 장으로 수혈한다. 원뿔의 밑면은 더욱 넓게 확장하면서 기존의 언어적 의미를 기억으로 던져 넣으면서 흔적을 남긴다. 또 기억으로부터 새로운 의미를 호출해 의미의 장을 풍성하게 확장한다. 이러한 구조를 지닌 텍스트는 고양·승화와 지평의 확장이 동시에 가능하다. 우리가 늘상 보는 원뿔형은 다른 아닌 산이다.

장소는 공간을 바탕으로 삼기 때문에 공간의 일종으로, 공간의 다른 이름으로 삼기도 한다. 엄밀하게 보자면 공간(空間)은 절대 무(無)에 해당한다. 그 공간을 사물이 채우고 있다. 인간에게 특별한 의미를 주지 않은 사물은 공간에 가깝다. 그러나 그 사물은 자체의 기억을 가지고 있다. 기억을 지닌 모든 존재는, 존재 자체는 시간의 표지를 담고 있다. 공간에 가까운 것처럼 보이는 사물에 인간의 기억이 더해지면 장소가 된다.

장소는 사물의 기억과 그 사물에 대한 인간의 기억이 중첩된 시공이다. 시간으로서의 장소는 이렇게 기억이 중첩됨으로써 선조성(線條性)에서 벗어나 품을 가진다. 품은 꽉 찬 공간이며, 선적으로 흐르던 시간이 무화된 텅 빈 시간으로서의 장소가 된다.

동시대 전체를, 동시대의 삶을 전부 품을 수 있는 거대한 장소가 산이다. 그 산을 온몸으로 온 생애로 품으려 했고 결국 안길 수 있게 된 시인이 무등산의 시인 범대순이다. 범대순 시인은 무등산을 닮은 시인이다. 시인의 무등산 사랑은 일방의 사랑이 아니라 최초로 산과 사람의 서로 사랑이 되었지 않나 싶을 만큼 집요하고도 깊다. 시인에게 무등산은 자신을 태우는 일종의 불이다.

불은 가장 강렬하게 타오르는 장소이며, 하나의 장소를 '절대적인 공간'으로 되돌리는 소멸의 힘을 지니고 있다. 절대 공간으로 소멸하기 위해서는 '자발적'이되 철저히 '수동적'이지 않으면 안 된다. 불에 온전히 온몸을 맡길 수 있어야 한다. 리처드 로티는 수동성의 위력을 다음과 같이 말한다.

> 그리고 − 그의 삶이 종말에 가까워질 무렵 − 그는 존재의 역사에 대한 그의 내러티브를 치워질 수 있는 단순한 사다리로, "기초적인 단어"에 우리의 주의를 집중시키는 데 필요한 고안물로 취급함으로써 그들의 빠졌던 함정을 피하길 원했다. 그는 우리의 존재를 만들고 있는 단어에 귀 기울이는 것을 돕고자 했다. 그의 최종적인 결단에 의하면, 우리가 이런 일을 해야 하는 것은 어떤 것 − 예를 들어 "서양의 존재론"이나 혹은 우리 자신 − 을 극복하기 위해서가 아니라 오히려, <방념>을 위해서, 권력을 추구하지 않을 수 있는 능력을 위해서, 극복을 희망하지 <않을 수 있는> 능력을 위해서이다.[3]

우리가 아무리 능동적인 삶을 살더라도 역사의 큰 흐름 속에서 각자의 이야기로 남을 수 없다. 아무리 특별한 삶이라고 하더라도 그것은 해변에 밀려

---

3) 리처드 로티, 김동식 역, 『우연성, 아이러니, 연대성』, 민음사, 1996, 221쪽.

오는 한 차례의 파도와 다르지 않다. 그러나 그 하찮은 파도의 무수한 반복이 오늘의 해산을 그린 장본인들이다. 범대순의 기승전결은 "극복을 희망하지 <않을 수 있는> 능력"을 발현하기 위한 보루와 같이 작용한다.

우리는 반복 불가능한 생을 살고 있다. 불에 온전히 온몸을 맡길 수는 있겠지만, 그 이후가 없다면 아무런 의미도 없다. 시인은 불의 시원, 가장 거대한 불을 만날 수 있는 곳으로 향한다. 그곳은 무지개를 뿜어 올리는, 빛나는 돌 서석(瑞石)의 산, 무등이다.

> 새해 아침 무등산 서석대 정상
> 1,100고지가 불타는 까닭이 있었다.
>
> 검은 밤의 영하까지도
> 불타는 까닭이 있었다.
>
> 입석대 바위가 서서 춤을 추는 까닭
> 온 산이 일어서면서 불타는 까닭이 있었다.
>
> 무등산 서석대 하늘에 불이 나는 그 시각
> 때맞춰 산 아래 고을이 불타는 까닭
> 산과 사람이 같이 원시가 되는 까닭
> 나의 꿈이 불이 되는 까닭이 있었다.
>
> 「불타는 무등산」, 『무등산』

이 시의 핵심적인 의미를 담고 있는 시어는 '불'이다. 그리고 불의 기억을 불러일으키는 시어는 '까닭'이다. 하나는 명약관화한 것이고, 까닭은 백일하에 드러나지 않는다. 사물로서 무등산이 '불타는 까닭' 그리고 '나의 꿈이 불이 되는 까닭'이 시의 시작이고 끝이다. 그런데 이 시에는 그 까닭이 드러나 있지 않다.

없어서 드러나지 않은 것이 아니라 너무도 강렬하게 내재해 있지만 드러낼 수가 없다. 그 까닭은 "산과 사람이 같이 원시가 되는 까닭"과 맥을 같이한다. '원시'는 언어 이전이면서 언어 이후이다. 그러니 까닭은 언어로 드러낼 수가 없는 것이다. 그래서 그 까닭은 알 수는 없고 느낄 수만 있다. 그것을 온전히 온몸으로 느껴보고 싶은 사람은 불타볼 일이다. 무등산을 불 자체이다. 가장 강렬한 불이다. 그 산을 시인은 자신을 소지(燒紙)하면서 오른다.

<참고문헌>

범대순,『기승전결』, 문학세계사, 1993.
_____,『나는 디오니소스의 거시기氣다』, 전남대출판부, 2005.
_____,『무등산』, 문학들 2013.
리처드 로티, 김동식 역,『우연성 아이러니 연대성』, 민음사, 1996.
H. 포터 애벗, 우찬제 외 역,『서사학 강의』, 문학과지성사, 2010.

범대순 시의 '무등산' 은유 연구

『무등산』을 중심으로

김민지

Ⅰ. 서론

시의 은유는 주로 시 구절, 문장 차원에서 발견된다. 그리고 그 문장 차원의 은유를 찾고 연결 지어 해석함으로써 시의 주제는 밝혀진다. 하나의 시주제는, 그 시를 쓴 시인의 여러 시 주제들과 함께 분석되어 시인의 주제 의식을 이루는 요소가 되기도 한다. 또한 이 주제 의식은 하나의 소재를 중심으로 추출되어 시인의 일관된 시 세계를 보여줄 수 있다. 이러한 시인과 시의 관계는 은유적인 관계라고 할 수 있을 것이다. 어떤 제목을 가진 시에서 찾아낸 주제와 그 시는 개념적 은유(*conceptual metaphor*) 관계에 있으며, 여러 시들의 통합적 주제 의식과 시인의 시 세계 역시 같은 맥락에 있다. 결국 시하나가 시인의 시 세계에 대한 은유라고 할 때, 시인은 자신의 생각을 시에 사상(*mapping*)시키는 시쓰기를 행하는 것이다.

범대순[1]은 2013년 『무등산』이라는 제목의 시집을 간행하면서 "Ⅰ, Ⅱ

부 56편은 신작이고 III, IV부 45편은 이미 다른 시집에 산재한 작품이지만 '무등산'이란 제목의 새 책에 과감하게 같이 묶었다. 시집『무등산』을 새롭고 크게 생각하는 뜻을 강조하고 싶은 것"[2]이라고 밝혔다. 이 구절을 통해『무등산』을 펴냄에 있어서 '무등산'이라는 소재를 인식하며 시를 수록했음을 알 수 있다. 수록된 시 대부분이 무등산의 지명이나 산을 소재로 하고 있는 것 역시 이를 증명한다. 그리고 "새롭고 크게 생각하는 뜻"에서는 이 시집을 간행하기까지의 그가 구축해 온 시 세계에 일관성을 부여 할 의도가『무등산』에 포함되어 있음을 추측해 볼 수 있다.

그는 시 창작 활동과 시론을 개진해오는 과정에서 원시와 광기 또는 그와 결부되는 삶의 방식에 대해 이야기해왔다. 그의 대표작인「불도오자」에서도 기계와 인간의 대립 구도에서 탈피하여 기계 문명의 상징인 '불도오자'를 "황소의 난폭" 또는 "해일에 대한 기억"과 홍수의 "신음 소리"[3]와 연결되는 원시적 힘으로 표현한 바 있다. 한편 그는 기승전결과 트임의 미학을 제시함과 동시에 절구(絶句) 형식의 시 창작을 시도한 시집『아름다운 가난』에서 그가 지향하는 삶의 방식을 잘 드러냈다. 그는 이 시집에서 "간결함과 단순성의 아름다움을 표현"[4]하고자 했으며, "도덕에 얽

---

1) 범대순 시인은 1930년 전남 광주 출생으로 1968년부터 1994년까지 전남대학교 영문학과 강사 및 교수로 활동하였고, 퇴임 후 명예교수를 역임하였다. 1965년 시집『흑인고수 루이의 북』을 발간하면서 등단하였고, 그 이후『연가 1, 2 기타』(1971),『이방에서 노자를 읽다』(1986),『파안대소』(2002),『무등산』(2013) 등 시집 16권을 펴냈다. 또한『백지와 기계의 시학』(1987),『1930년대 영시연구』(1986)의 평론집도 간행하는 등 시 창작 외의 문학 활동도 활발히 하였다. 2014년『무등산』(2013)으로 영랑시문학상을 수상하였으며 그 후로부터 얼마 지나지 않은 2014년 5월 타계하였다.

2) 범대순,『무등산』, 문학들, 2013, 7쪽.

3) 범대순,「기계시에 대하여」,『범대순논총』, 범대순유고집편찬위원회 편, 문학들, 2015, 297쪽.

4) 범대순,「트임의 미학-절구(絶句) 시집 -『아름다운 가난』을 위한 담론」, 위의 책, 362쪽.

매임 없이 자유"⁵⁾로운 정신세계를 담고자 하였다. 그는 이와 같이 자신이 지향하는 삶의 방식을 시에 드러내왔다.

그가 타계하기 전 마지막으로 간행한 『무등산』에는 한평생 무등산을 바라보며 인생의 의미와 목표를 다져온 흔적들이 어렵지 않게 발견된다. 그가 '호남 시인'이라는 타이틀과 함께 '무등산 시인'으로 불리는 것은 그가 생전에 어느 정도로 '무등산'을 호명해왔는지 짐작하게끔 한다. 그 스스로 "1,100회니, 서석대 등정 160회니 하는 숫자는 어설픈 기록이지만 나에게 그것은 숫자가 아니라 스토리다"라고 말하고 있듯이, 그의 등산에 대한 애정은 남달랐다. 그가 『무등산』 서문에서 무등산 산행을 숙명적 고행, 다시 말해 시시포스의 상황으로 비유하는 만큼 그에게 있어 무등산 또는 무등산 산행은 상당한 정도로 삶을 이해하는 방식과 밀접하게 연관되기도 한 것이다.

본고에서는 『무등산』이라는 표제로 시집이 간행된 데 있어, '무등산'이 범대순의 시 세계와 삶의 방식을 종합·수렴시켜주는 시적 대상으로 전유되었음이 그 바탕에 있다고 본다. 따라서 『무등산』에 수록된 시들을 대상으로 범대순이 '무등산'을 어떻게 이해하며 전유하고 있는지 그 방식을 추적해가는 작업은 그의 세계를 보는 관점과 시 의식을 두루 살펴볼 기회가 될 것이다. 이를 위해 본고는 원시의 공간으로 무등산을 바라본 그의 관점과, 그가 추구하는 삶의 방식이 무등산에 어떻게 투사되었는지를 나눠 분석하고자 한다. 분석 방법론으로는 레이코프를 위시한 인지언어학자들이 제시한 방법론 중 개념적 은유를 빌리고자 한다.⁶⁾

---

5) 위의 글, 364쪽.

6) 전통적으로 은유는 두 가지 사물이나 개념 사이에 어떤 유사성이 성립할 때 한쪽 형식으로 다른 한쪽을 표현하는 것으로 생각되어왔다. 아리스토텔레스 이래 수사학적 전통에서 은유는 일상언어의 사용법에서 일탈한 언어적 차원의 문제로 여겨졌다. 그러나 레이코프와 존슨은 아리스토텔레스의 입장과 달리 은유를 단순히 언어의 문제가 아니라 어떤 개념영역을 다른 개념영역으로 이해하는 우리의 인지 차원의 문제

II. 원시의 공간으로서 무등산

범대순이 '원시'를 의식하면서 전개한 시 창작 활동은 초기부터 일관되게 유지해 온 것이라 말할 수 있다. 그의 시작 활동 중 초기에 해당하는 '기계시'[7]들의 집성체인『흑인고수 루이의 북』(1965) 이후로 그에 비견할 만한 '기계시'를 보기가 어려운데, 이는 오히려 "기계에 대한 관심과 열정이 자연성 또는 동물성의 확대 차원에서"[8] 그의 기계시들이 창작되었으며, 이때부터 이미 그의 관심이 원시적 힘에 있었음을 짐작할 수 있는 근거가 된다. 범대순의 원시 지향 의식은『나는 디오니소스의 거시기 氣다』(2005)에서 구체화되고 보다 직접적으로 표현된다. 그의 이러한 원시를 추구하는 의식은 무등산을 바라보는 하나의 관점이기도 하였다. '원시'에 대한 지향성이『무등산』에도 투영된 것이다.

로 여긴다. 또한 그들은 우리 개념 체계의 많은 부분이 은유로 구성되어 있으며 이것이 언어적 표현을 가능하게 만듦으로써 세계를 해석하는 데도 영향을 미친다고 주장한다. '무등산'은 추상적인 개념이다. 추상적인 것을 이해하려면 구체적인 것에 빗댈 수밖에 없다. 가령 추상적인 대상이 'A'를 이해하려고 'B'를 동원할 수 있는데, 이때 가장 기본적인 형태인 'A는 B다'는 은유에 해당한다. 따라서 무등산을 이해하는 데 동원된 표현들은 본질적으로 은유에 해당하며, 그렇기 때문에 개념적 은유 이론으로 범대순의 무등산 관련 시를 해석하는 것은 타당하다고 본다. 개념적 은유에 대한 보다 자세한 내용은 G. 레이코프 · M. 터너, 이기우 · 양병호 역,『시와 인지』, 한국문화사, 1996, 3~4쪽 참조. G. 레이코프 · M. 존슨, 노양진 · 나익주 역,『삶으로서의 은유』, 박이정, 2006, 22쪽 이하 참조.

7) 기계를 주제로 한 시. "이 말은『이호근, 조용만 양교수 회갑기념 논문집』(1969, 고대 영문학회간)에 수록하기 위하여 내가 기고한 논문의 제목이「기계를 주제로 한 시에 대하여 - Stephen Spender의 'The Express'를 중심으로」라고 되어 있던 것을 그 편집의 책임자였던 김종길이「기계시에 대하여」로 게재해 버린 명칭에서 유래함"이라고 범대순이 밝힌 바 있다.(범대순,「기계시에 대하여」,『범대순논총』, 앞의 책, 296쪽) 범대순의 '기계시'는 기계의 역동적인 힘을 예찬하며 기계와 예술의 관계를 대립 구도가 아닌 협력적인 관계로 바라본다는 특징을 갖는다.

8) 임동확,「'불도오자'와 '불기둥' 사이 -범대순의 시와 시론-」,『語文論叢』28, 전남대학교 한국어문학연구소, 2015, 10쪽.

새해 아침 무등산 서석대 정상
1,100고지가 불타는 까닭이 있었다

검은 밤의 영하까지도
불타는 까닭이 있었다

입석대 바위가 서서 춤을 추는 까닭
온 산이 일어서면서 불타는 까닭이 있었다

무등산 서석대 하늘에 불이 나는 그 시각
때맞춰 산 아래 고을이 불타는 까닭

산과 사람이 같이 원시가 되는 까닭
나의 꿈이 불이 되는 까닭이 있었다

「불타는 무등산」 전문

"불타는 까닭"이 있는 "서석대"는 **사건은 행위이다** 은유에 따른 동작주다. '불이 나는 사건'을 동작주 "서석대"에 의한 행위로 바라보고 있으며, 여기에는 어떤 "까닭"이 있다. 이 "까닭"에 대해서 구체적인 언급이 없으나 "까닭이 있다"를 통해 시 전반에서 나타나는 사건은 모두 인과를 보유한 행위로 거듭난다. 물론 '불'의 발생 요인은 과학적으로 설명할 수 있고, 그것은 은유가 아닐 수 있다. 하지만 이 시에서 나타나는 '불'은 **인생은 불이다, 생명은 불이다** 은유의 결과로, "불타는 무등산"은 생명력이 충만한 원시적 장면을 의미한다.

　생명은 불이다 은유를 더욱 강화시켜주는 것은 "새해"와 "아침"이 갖는 **일생은 일 년이다, 일생은 하루이다**와 같은 개념적 은유다. "새해 아침"의 산 "정상"은 일출을 떠올리게도 하는데, 이는 모두 새로운 시작이나 발생의 순간을 가리킨다. 그리고 "검은 밤의 영하"는 낮은 온도를 강조하는 이미지를 형성하고, 특히 영하의 온도에서 불이 일어난다는 표현을 통해 그 생명력의 정도를 설명하고 있다고 볼 수 있다.

한편, 무등산은 수직적 이미지의 지향적 은유를 보유함으로써 동작주 은유의 강화를 획득한다. "정상"은 높은 위치를 점유하여 '대표성'을 의미하고, "입석대 바위가 서서 춤을 추는" 구절은 "입석대 바위"의 모습을 '서 있는' 행위로 포착, 이어 생동감 있게 춤을 추는 동작주로 묘사하고 있다. 마찬가지로 화자는 "온 산이 일어서"거나 "무등산 서석대 하늘에" 불이 난다고 표현함으로써 무등산의 '높은' '생명력'을 드러낸다. "때맞춰 산 아래 고을이 불타는" 것은 산이 고을의 기준점임을 내포하고 있으며, 산은 하늘, 고을은 땅 또는 인간이라는 도식에 의한 구절이다. 그것은 "산과 사람이 같이 원시가 되는 까닭"에서 두드러진다.

> 무등산에 눈 내린다 첫눈이 내린다
> 서석대에 내린다 입석대에 내린다 규봉에 내린다
> 무등산에 내리는 첫눈 11만 5,000년
> 돌기둥의 원시가 젖는다
>
> 무등산에 첫눈 내리면
> 일어서는 너덜겅 5만 년
> 지공너덜겅 덕산너덜겅
> 생성의 동작을 회복하는 바위들
>
> 「무등산에 눈 내린다」 부분

위 인용한 시도 앞선 작품들처럼 무등산의 생명력에 대한 내용을 담고 있다. 그러나 **일생은 일 년이다, 생명은 불이다** 은유를 상기할 때, 「무등산에 눈 내린다」에서 나타나는 "눈"의 이미지와 "생성의 동작"은 언뜻 보기에 모순되는 것 같다. 하지만 화자는 "눈"에서 "첫눈"을 추출함으로써 "생성"과 "눈"을 연결 짓는다. "첫눈"은 '그해 겨울에 처음으로 내리는 눈'(국립국어원)이라는 사전적 의미를 갖고, 이 사전적 의미에서는 겨울을 비롯한 계절은 처음과 끝의 경계로 서로 구분되고, 그 경계 안에서 (지역에 따라) 처음 내리는 눈을 따로 '첫눈'이라 말할 수 있음을 파악할 수 있다. 이 기본적인 의미를 토대로 "첫눈"은 "11만 5,000년" 전 형성된 입석대 "돌기둥"에 매해 겨울 내린 눈이다. 그것은 "새해 아침"(「불타는 무등산」에서처럼 **일생은 일 년이다** 은유를 포함하고 있는 것이다. 원시를 언급하는 시에서 원시는 주로 광기와 생명력으로 표현되는데, 이들은 범대순이 긍정적으로 평가하는 가치들이며, 이상향이다. '원시'가 가지고 있는 사전적인 정의는 '시작하는 처음', '처음 시작된 그대로 있어 발달하지 아니한 상태'이지만, '무등산' 은유에서 '원시'는 생명력에 대한 긍정적 입장 자체를 포함한다.

'불'로 은유되는 무등산은 한편으로 범대순 시의 한 특성이기도 하다. 『가난에 대하여』에 이미 실렸던 적이 있는 「무등산이 불이었을 때」9)는 이를 잘 보여주는 작품이다.

> 그때 다시 너덜경이 다시 불로 돌아가면
> 봉우리가 절벽이 골이 불로 돌아가면
> 분노한 화산이여 다시 불로 일어서라
> 광기의 무등산이여 다만 시로 있어라
>
> 「무등산이 불이었을 때」 부분

---

9) 범대순이 서문에서 3부와 4부에 무등산과 관련된 기발표작을 모았다고 밝힌 사실과 일치한다. 4부 '무등산이 불이었을 때'에 수록되어 있으며 시집 『가난에 대하여』 (2011)에 수록된 바 있다.

"무등산이 불이었을 때"는 과거형 언술로, 무등산이 불로부터 탄생했음을 함의한다. 그때로 돌아가길 바라는 화자의 언술은 그 '회귀'의 속성이 이상(理想)적 자질을 가지고 있음을 추측하도록 한다. 이는 "너덜경이 불로 살아있을 때"와 "숨결이 하늘에 닿았을 때/ 먼 바다에 대륙을 일으키고" 구절, 그리고 "분노한 화산이여 다시 불로 일어서라"라는 구절 등을 살펴보면 알 수 있다. 이 구절들은 모두 생성의 작용과 생명의 탄생에로의 '지향'을 의미한다. 불 또는 원시에 대한 이상적 자질, 그리고 지향적 자세는 무등산을 통해 발현되기도 하면서, 한편으로 무등산을 정의하는 하나의 관점으로 작동한다는 것을 주목할 필요가 있다.

'무등산이 불이다'라고 언술하는 순간, 무등산은 화자를 통해 불이 된다. 시 창작 활동에서 꾸준히 원시를 언급하고 추구해 온 '언술행위의 주체'인 시인 범대순을 상기할 때 화자인 '언술내용의 주체'는 '언술행위의 주체'와 동일시되어있다 말할 수 있다. 다시 말해 시적 대상인 '무등산'은 '언술행위의 주체'인 범대순에 의해 원시로 회귀한다. 그러나 염두에 두어야 할 점은 범대순의 관점에서 '무등산'을 원시의 공간으로 정의한다는 행위와 '무등산'의 무한한 속성 사이에서 원시가 발견되는 현상이 동시적으로 이뤄진다는 것이다.

그가 무등산을 원시적 생명력으로 정의하는 데에는 기존의 언술행위 주체의 관점이 전제된다. 범대순은 그의 시 창작 활동 초기부터 원시에 대한 관심을 보여 왔으며 이에 따라 무등산이 전유되는 것이다. 그러나 한편으로 무등산은 분명히 원시라는 의미망에 속하는 속성들을 이미 가지고 있다. 생태적인 의미에서 무등산은 '산'이라는 범주에 속한다. 무등산의 너덜경이나 서석대, 입석대 등은 지질학적인 발생 연원을 갖고 있고, 이 점에서 무등산은 생명 탄생의 순간이나 거대한 자연의 힘이라는 원시적 생명력과 맞닿게 된다. 따라서 범대순의 원시 지향 의식은 무등산을 시적 대상으로 하여 표현되기도 하면서, 무등산을 경험함으로써 확정되고 구축되기도 한 것이다. 이와 같은 맥락에서 범대순은 무등산에서 그가 추구하는 삶의 방식을 발견하거나 확인한다.

III. 시적 화자의 자아상과 무등산 산행

범대순의 시에서 무등산은 범대순이 사상한 특정 개념들을 가지고 있는 것으로, 독자에게 무등산은 하나의 개체로서 인식된다. 이 하나의 개체는 범대순이 긍정적으로 생각하는 산의 가치나 자연의 가치, 그리고 세계의 가치에 대응하는 것들로 사상된 '무등산'이며, 이는 곧 범대순의 지향점이자 범대순이 독자들에게 권하려고 하는 지향점이다.

> 그리하여 새처럼 멀리 날고
> 짐승처럼 크게 울게 하여다오
> 때로 천둥을 일으키며
> 화산으로 무등산으로 꽃피게 하여다오
>
> 「해와 뿌리를 위한 추상」 부분

위 작품은 무등산을 빌려 삶에서 추구해야 하는 것들을 말하고 있다. "멀리 날고" "짐승처럼 크게" 울거나 "천둥을 일으키"는 행동들은 자유로운 삶의 형태이기도 하고 그가 추구하는 원시를 실현하는 자세이기도 하다. 이러한 자세들은 "무등산으로 꽃피"는 것으로 수렴되면서 완성된다고 할 수 있다. "무등산으로 꽃피게 하여다오"에서 직접적으로 파악할 수 있는 것은, 무등산이 **사람은 식물이다** 은유에 따른 '꽃피다'의 긍정적 의미에 도달하고 있는 지향점이라는 것이다. '꽃피다'는 인생에 있어 하나의 성공적인 결실을 묘사하는 데 사용되기도 하고, 낯빛이 생기 있어 보이는 것을 표현할 때 종종 사용되는 표현이라는 점을 상기시켜보면 이해 가능하다. 「해와 뿌리를 위한 추상」에 전반적으로 흐르고 있는 해와 뿌리에 대한 이상적인 이미지를 포괄하는 시어가 '무등산'이 됨으로써 무등산 역시 이상향의 개념을 갖게 된다.

범대순이 무등산을 통해 삶의 방식과 세계를 보는 관점을 획득하는 과정은 달리 말해 인생의 과정이면서, '산행의 과정'이다. 그의 무등산 은유에는 '산행'과 관련한 은유가 다수 발견된다는 것이 특징이다.

> 때로 맨발과 적막과 침묵이
> 원시 그대로의 동작에 취하고
>
> 어디서 왔는가 어디로 가는가
> 오늘 여기 나는 무엇인가
>
> 조숙한 소년의 화두철학같이
> 산이 싫어하는 질문을 던지면서
>
> 자연의 깊은 곳을 파헤치고 들어가
> 아름답고 무서운 자색을 구하는 일
>
> 「혼자가는 산」 부분

「혼자 가는 산」의 기저를 이루고 있는 은유는 일반적으로 통용되는 **인생은 산행이다** 라고 말할 수 있다. 화자는 "무등산에 가는 것"을 "자색을 구하는 일"로 선택(언술)한 것이며, 이는 바꿔 말해 "자색을 구하는 일"을 "무등산에 가는 것"에서 찾고 있는 것과 같다. 그렇다고 볼 때, 산행을 통해 표현되는 인생의 의미는 궁극적인 목표가 아닌 '도정'의 의미에 보다 가까운 것이다. 다시 말해 무등산 산행이 은유하는 것은 삶을 살아가는 방식과 삶을 대하는 자세다. 이 자세는 시에서도 언술되고 있는 바와 같이 원시와 만나는 "맨발과 적막과 침묵", 태초의 야성을 향하는 "저주 같은 광기"(「혼자가는 산」)로 설명된다.

"맨발"은 "혼자 가는 산"이라는 제목에서도 확인할 수 있듯이 어떤 부가적인 수단 없이 직접 제 발로 걸어가겠다는 의지의 표현인 "맨발"(「산하(山下)」,『산하』(2010))이다. 그리고 소리 없는 "적막과 침묵"은 "대륙같이 소리 높이 침묵"(「무등산 규봉」)하고 "침묵이 바로 함성인 큰사람"(「무등산 송」)과 같은 맥락에서 '목소리만 큰 주장'이 아니라 윤리적인 가치와 내용을 담은 제언(提言)을 지향하는 자세를 함의한다. 범대순 시에서 무등산을 통한 이와 같은 표현은 드물지 않게 발견된다. 시「구석참」에서 "구석참 한 사람"은 "세상일 넘치"는 "푸짐한 말잔치"에 그저 "무등산 야생화처럼 웃고" 있다. 그러나 "구석참 한 사람"은 말하지 못해 웃고 있는 것이 아니라, "산에 고개 많고/ 강에 굽이 많고// 숲을 보라는 말/ 바다를 보라는 말" 모두를 익숙히 잘 알고 있기에 굳이 입을 열지 않는다. 이는 언술행위의 측면에 있어 위와 같은 사항들을 언술했다는 것 자체(언술행위를 통해 증명되는 차원), 그리고 "할 말 어찌 없으랴", "낄 틈 없지 않으련만"이라는 구절을 통해 드러난다. "구석참 한 사람"은 '이야기하지 않음'으로써 '앎'에 대한 지평을 확장하고자 하며, 언술행위의 주체는 이를 지향한다고 할 수 있다.

"저주 같은 광기"는 범대순의 원시 지향 의식과 연관된다. 그의 원시 지향 의식은 그의 삶의 한 축을 담당하고 있는데, 이 지향 의식은 "저주 같은 광기"와 연결되고 "죽음에 이를"(「셀프 문화」) 병으로 표현된다. 그의 삶의 방식에는 이 원시를 지향하는 자세 역시 포함된다. 그는 자신의 무등산 산행을 '고산고수(苦山苦水)'라 칭한다. 그리고 선인들의 요산요수(樂山樂水)와 차별화하는데, 이는 그만이 가지고 있는 삶의 방식을 제안하는 것과 다르지 않다. 그가 관철하는 고산고수의 산행은 "셀프"(「셀프 문화」)로 "염을 초월한 수행"(「우중(雨中) 산」)이다. 정리하면, 그의 원시 지향 의식은 스스로의 정신과 육체만으로 고행을 자처하며 계속되는 반복을 경험하는 방식을 통해 실현된다고 할 수 있다. 이러한 산행을 통한 원시에의 추구는 '무등산'을 통해서 더욱 극대화되고 있음을 다음 시를 통해 확인할 수 있다.

알프스 푸른 심장
무등산 불타는 서석대

알프스와 무등산이 다른 것은
알프스에서는 밤중에 나는 멘사뎅이로
무등산에서는 그것으로 대낮에도 논다는 것

알프스와 무등산이 같은 것은
알프스에서나 무등산에서나
밤낮으로 나의 멘사뎅이가 절망한다는 것

「알프스 산 한밤중」 부분

「알프스 산 한밤중」에서는 알프스의 푸른(차가운) 이미지와 무등산의 붉은(뜨거운) 이미지가 병치되고 있다. 이 병치된 이미지는 화자가 "거기에서나 여기에서나/ 내가 다소 미쳤다는 것"이라 밝힘으로써 '광기'로 연결된다. 그리고 이 '광기'로 연결된 두 이미지는 다시 "무등산에서는 그것으로 대낮에도 논다는 것"이라는 비교를 통해, '광기'의 정도에 차이를 갖게 된다. 밤에 "멘사뎅이" 상태로 있는 것은 **낮은 이성적이다** 은유에 의해 그 광기는 일반적인 정도로 이해되는 반면, 이 은유에 반하는 "그것으로 대낮에도 논다는 것"은 보통의 수준을 넘어서는 '광기'로 다가온다. 그로 인해 "무등산"은 "알프스"에 비해 보다 높은 가치로 설정된다.

하지만 그는 다시 두 장소 모두 "멘사뎅이가 절망"하는 장소라 말한다. 이 것은 그의 광기의 소멸이라 이해되기 쉽지만, 오히려 광기의 연쇄 작용을 의 미한다고 보아야 한다. 「무등산 백마능선」에서 백마능선은 장불재에서 안 양산 일대의 능선을 가리키는 지명인데, 화자는 이를 "아름다움은 절망/ 백 마이면서 젊음이었다"라고 표현하며 "아름다움"과 "절망", "젊음"으로 모두 연결한다. "길고 큰 사상(思想)"(백마능선)을 "타지 못하고 하산"한다고 표현 하는 시 구절 속에서 그의 원시를 향한 소망의 좌절, 즉 광기에 대한 온전한 획득이 이루어지지 못했음을 추측할 수 있다. 하지만 원시에 대한 그의 소망 은 여전히 "아름다움"으로 남아있다. 그것이 비록 "절망"으로 끝날지라도 '시작한 데서 끝이 나는 증감의 사이클'[10] 인지 모델에 의해 "젊음"의 과정에 포섭되고, "밤낮으로" 반복하고 순환되는 원시 또는 광기를 찾는 행위의 가 치는 유효한 것이다. 이미 범대순은 '기승전결 시론'을 통해 생성과 소멸을 하나로 보는 인식을 밝힌 바 있다.

> 기승전결은 사계절의 원형에서 착안된 것으로 짐작됩니다. 왜냐하면 춘 하추동과 그 원리가 같기 때문입니다. 그러나 이 생성과 사멸의 원리는 계절 의 순환이 상징하듯이 멸망과 재생의 원리를 동시에 상징하고 있으며, 시작 은 끝이고 끝이 시작인 우주의 종합적인 섭리를 상징하고 있습니다.[11]

---

10) G. 레이코프 · M. 터너, 이기우 · 양병호 역, 『시와 인지』, 한국문화사, 1996, 119쪽 참조.
11) 범대순, 「기승전결에 대하여」, 『범대순논총』, 앞의 책, 345쪽.

그의 산행이 고산고수이되 시시포스의 상황으로 비유 가능한 이유를 이 '기승전결 시론'에서 짐작할 수 있다. "멸망과 재생의 원리를 동시에 상징" 하는 "우주의 종합적인 섭리를 획득"하고자 하는 그의 열망과, 그 앞에서 끝 내 획득되지 않는 자연의 숭고함으로부터 오는 절망이 엮어내는 메타포가 자연의 섭리를 향해있기 때문이다.

Ⅳ. 시쓰기를 통한 무등산 되기

2장과 3장에서 화자에게 있어 무등산은 원시를 발견하거나 확인받는 공간이면서 삶의 방식을 구성하고 실현하는 행위를 가능케 하는 공간임 을 확인하였다. 그런데 한 가지 특기할 것은 무등산 시에서 드러나는 화 자는 대부분 시인 범대순과 동일시를 이루고 있다는 점이다.

화자는 무등산과 동일시되기도 하고, 원시의 광기를 몸소 체험 또는 발현 하는 존재로 등장한다. 『무등산』에 수록된 시들에 등장하는 화자는 이처럼 일관된 자세를 취함으로써 하나의 목소리로 들린다. 이를 통해 볼 때, 범대 순은 시적 화자와 자신 사이의 동일시를 지향한다는 사실을 알 수 있다. 그 는 "여든의 나이"나 "나"라는 일인칭의 화자를 내세우면서 쉽게 시인을 연 상하게끔 하였고, 그가 시집 서문에 남긴 무등산에 대한 애착 또한 그러한 판단을 하는 데 근거가 되어준다. 이는 거꾸로 말하면, 범대순 스스로가 화 자를 자신으로 바라보기를 원해서였다고 할 수 있다. 무등산과 동일시되고, 원시를 향하는 화자는 바로 범대순이다.

> 그 자락에 작게 태어나
> 천둥소리를 듣고 자라면서

의로움을 이웃으로
여든의 나이에 또 외로움을 만났으니

사람이면서
하늘이면서 땅이면서 있는 산
그 안에 한 줌 흙으로 살아
오래 큰 바위의 꿈을 꿀 거나

「큰 바위의 꿈을」 부분

「큰 바위의 꿈을」은 "사람들" 사이의 "의로움"과 "외로움"의 긍정적인 면모를 비추면서 그 속에서 함께 생성을 반복해 온 무등산을 자연의 위대함으로 노래하는 시다. 화자가 "의로움"과 "외로움"을 함께 말하는 것은 무등산이 "의로움"의 문화적 의미와 더불어 산행에서 오롯이 혼자("외로움")가 됨으로써 자아 성찰의 기회를 주기 때문이다. 주목되는 것은 "여든의 나이에"라는 구절이다. 이는 시인인 범대순의 나이와 일치하여 화자와 시인의 동일시를 유도하는 구절이면서 무등산의 "억만년의 생성"과 화자의 출생으로부터 "여든의 나이"에 이르기까지의 시간이 동일시되고 있는 점을 엿볼 수 있는 부분이다. 무등산은 지질학적으로 화자보다는 비교할 수 없을 정도의 긴 세월을 겪어왔다고 할 수 있으나, 화자에게 있어서 무등산은 실제적으로 80년의 세월을 지닌 개체다. 80세 나이의 화자가 보는 무등산은 곧 화자의 시각, 관점과 일치하는 것이며 이 시에서 말하고 있는 무등산 역시 여든의 나이에 화자가 볼 수 있는 무등산이다.

본고는 2장과 3장에 걸쳐, 시인인 범대순이 무등산에서 '원시'와 '삶의 방식'을 발견하거나 확인받는 것이라 주장하였다. 범대순의 무등산 시의 특징 중 하나가 언술내용의 주체와 언술행위의 주체가 상당 부분 동일시되고 있으며 그 동일시의 과정에서 언술내용의 주체와 언술행위의 주체가 서로 상호작용하고 있다는 점을 지적하기 위해서다. 은유의 특징은 하나의 관점을 전제한다는 것이다. 언술행위 주체로서의 시인 범대순이 무등산과 무등산 산행을 각각 원시, 삶의 방식과 연결 지을 때 무등산은 범대순의 관점으로 재정의 된다. '무등산은 무등산으로 이름 붙여진 사물에 불과하지만, 언술행위 주체의 관점에 의해서 그것이 가지고 있던 속성들이 재배치되는 것이다. 따라서 언술내용은 언술행위 주체에 의해 재배치된 사물의 속성에 부합한다. 언술내용의 주체와 언술행위의 주체가 '무등산' 시를 통해서 동일시를 이루고, 언술행위 주체에 의해 재배치된 언술내용이 언술행위 주체로 하여금 그 자신을 '무등산'에 은유하기에 이르는 것이다.

> 한겨울 땀의 까닭으로
> 비로소 나는 무등산이구나
>
> 「땀」 부분

> 산행 천 번만 가지고는 아니구나
> 무등산과 나는 아직 알몸이 아니다
>
> 「태풍고」 부분

> 무등산에서 흐르고 춤추고 노래 부르고
> 자연이 다 된 나에게 시와 시간은 무의미하다
>
> 「무등산 장마」 부분

위 인용된 시에서 화자는 무엇인가가 '된다'. 「땀」에서 화자는 "한겨울 땀의 까닭"으로 무등산이 된다. 여기서 "한겨울 땀"은 고산고수의 산행으로부터 얻어지는 것이고, 이는 다르게 말하면 고행 끝에 우주의 섭리를 깨닫게 되는 상황을 비유하는 것이라 할 수 있다. 그러나 이어 인용한 「태풍고」에서는 "무등산과 나는 아직 알몸이 아니다"라고 언술함으로써 앞의 언술과 다소 모순되어 보인다. 하지만 중요한 점은 여기에서도 '무등산'과 화자는 동일시되어 있다는 점이다. '무등산'은 원시로 돌아가야 하며 '나' 역시 원시를 지향하고 있으며, 따라서 "무등산과 나는" "알몸"이 되어야 하는 같은 처지에 있다. 그러나 "산행 천번"으로 '무등산과 화자가 "알몸"이 될 수 있다는 이 구절을 심층적으로 들여다보면, '무등산'이 "알몸"이 되는 데에는 화자의 산행이 전적으로 불가피하며 화자가 "알몸"이 되어야 '무등산' 또한 "알몸"이 될 수 있음을 전제하고 있다. 그렇게 '무등산과 통일감을 느끼는 화자는 "장마"라는 기후적 고행에서 속세의 가치 기준에서 벗어나 자연과의 일체감을 극적으로 경험한다.(「무등산 장마」)

범대순에게 '무등산'은 '범대순의 무등산'이라 할 수 있다. 범대순의 언술 행위를 통해 무등산은 일정한 의미망을 획득하였고, 언술내용에 따르는 의미망을 벗어나지 않는 선에서 범대순은 '무등산'의 지평을 확장시켜 나간다. 일관된 관점에 따라 '무등산'은 또 다시 그 의미망의 지평을 얻어가고, 그 의미 범주 안에서 범대순은 '무등산'을 자신이 동일시할 시적 대상으로 인식하는 것이다.

V. 결론

본고에서는 『무등산』이라는 표제의 시집 아래, 시적 대상인 '무등산'이 범대순의 시 세계와 삶의 방식을 종합·수렴시켜주는 시적 대상으로 전유되었다고 보았다. 이를 위해 『무등산』에 수록된 시들을 대상으로 그가 '무등산'을 어떻게 전유하는지 그 방식을 '원시'와 관련한 무등산과 '삶의 방식'과 관련한 무등산, 그리고 이것이 범대순으로 다시 수렴되는 사안들로 나눠 살펴보았다.

범대순은 그의 시 창작 활동 초기부터 원시에 대한 관심을 보여 왔으며 이에 따라 무등산은 전유되었다. 또 한편으로 무등산은 생태적인 의미에서 '산'이라는 범주에 속하여 무등산의 너덜겅이나 서석대, 입석대 등이 지질학적인 발생 연원을 갖는다는 점에서 원시라는 의미망에 속하는 속성들을 가지고 있다. 범대순은 '원시에의 추구'라는 관점으로 무등산에서 생명 탄생의 순간이나 거대한 자연의 힘이라는 원시적 생명력을 발견하고, 본래 무등산이 갖고 있는 속성들에서 다시 그의 원시적 생명력에 대한 의미의 지평을 확장시켜 나간 것이다. 이와 같은 맥락에서 그가 추구하는 삶의 방식 또한 '무등산' 은유를 통해 잘 드러나고 있다. 궁극적으로 그의 산행은 고산고수와 시시포스의 상황을 의미한다고 할 수 있다. 이 비유가 가능한 것은 생성과 소멸이 동시에 작동하는 우주의 섭리를 획득하고자 하는 그의 열망과, 그 앞에서 끝내 획득되지 않는 자연의 숭고함으로부터 오는 절망이 엮어내는 메타포가 획득하고자 했던 예의 우주 섭리를 향해있기 때문이다.

은유의 본질은 하나의 대상을 이해하는 데 어떤 관점을 전제한다는 것이다. 언술행위 주체로서의 시인 범대순이 무등산과 무등산 산행을 각각 원시, 삶의 방식과 연결 지을 때 무등산은 범대순의 관점으로 재정의된다. '무등산'은 무등산으로 이름 붙여진 사물에 불과하지만, 언술행위 주체의 관점에 의해서 그것이 가지고 있던 속성들이 재배치되는 것이다. 범대순의 시쓰기 행위는 언술내용의 주체와 언술행위의 주체가 '무등산' 시를 통해서 동일시를 이루는 작업과 다르지 않다. 동일화가 전면화된 '무등산' 은유 시쓰기에서는 언술내용과 언술행위의 상호작용으로 인해 언술행위 주체 그 자신을 '무등산'에 연결하기에 이른 것이다.

범대순의 『무등산』은 '무등산'이라는 하나의 일관된 시적 대상으로 인해 그가 관철해 온 시론적 측면과 일상적 측면을 모두 아우르고 있는 것으로 확인하였다. 그리고 이와 같은 사실은 그의 시쓰기 행위가 언술행위로서 그의 자아를 형성하는 데 기여했음을 함께 살펴보았다. 이와 같은 시도는 범대순을 이해하는 데 있어 그의 세계를 보는 관점과 시 의식을 두루 살펴보는 기회를 제공하고 더 나아가 무등산의 지역적 문화 가치를 읽어내는 데 일정 부분 기여할 것으로 기대한다.

<참고문헌>

범대순, 『무등산』, 문학들, 2013.
_____, 『문림소요』 1, 2, 3, 문학들, 2015.
임동확, 「'불도오자'와 '불기둥' 사이-범대순의 시와 시론-」, 『語文論叢』 28, 전남대학교 한국어문학연구소, 2015.
범대순유고집편찬위원회, 『범대순 논총』, 문학들, 2015.
G. 레이코프 · M. 존슨, 노양진 · 나익주 역, 『삶으로서의 은유』, 박이정, 2006.
G. 레이코프 · M. 터너, 이기우 · 양병호 역, 『시와 인지』, 한국문화사, 1996.

'불도오자'와 '불기둥' 사이

범대순의 시와 시론

임동확

Ⅰ. 시와 시론

한 시인에게 시론은 필요충분조건이 아니다. 굳이 내세울 만한 자신의 시론이 없는 경우가 더 많은 형편이다. 특히 시론의 유무 여부가 한 시인의 세계를 평가하는 데 있어 장애가 되지 않는다. 문제는 설령 그만의 시론을 개진해온 시인이라고 해도, 자신의 시론에 맞춰 시를 쓰지는 않는다. 모든 시론들은 다름 아닌 시인 자신에 의해 배반당할 처지에 놓여 있다. 시가 개념화되거나 논리화되기 이전의 정감이나 정동에 관계되어 있기 때문이다. 올바른 의미의 시인은 오직 자신의 시로 말하고 설명할 뿐이기 때문이라 할 수 있다.

하지만 시인들이 특별히 자신만의 시론을 내세우지 않았다고 해서, 그들이 어느 시론도 갖지 않았다고 단정할 수 없다. 비록 문자화되지 않았다고 하더라도, 그들의 시들은 당대의 지배적인 시 관념이나 시관(詩觀)을 암묵적으로 받아들이고 있을 가능성이 크다. 시적 의미가 자신만의 이념이나 세계관에서 발생한다는 점에서 모든 시인들은 어떤 형태로든 저마다의 시론을 갖고 있다고 할 수 있다. 비록 시론이 각자의 시인들에게 만족할 만한 창작적 성과를 보장해 주는 것은 아니지만, 그들의 시를 추동하는 원동력이라는 점에서 시론 없는 시 쓰기는 거의 불가능하다.

범대순 시인의 경우 이와 다르다. 처음부터 그는 자신만의 시론을 개진하며 시를 써온 보기 드문 시인 중의 한 명이다. 특별한 시론을 내세우지 않은 채 시 창작에 임한 여타의 시인들과 달리, 그의 작품세계는 시와 시론이 상호작용하면서 구축된 것이 큰 특징이다. 그의 시와 시론들은 끊임없는 도전정신과 실험의식을 바탕으로 자신만의 시세계를 개척해 가는 과정과 함께 한다. 동서양을 넘나드는 그의 다양하고 폭넓은 문학세계는 다분히 그가 살았던 세계의 변화와 더불어 시작된 끝없는 시론의 갱신과 함께 이루어진 것이라 할 수 있다.

하지만 그의 시와 시론은 단지 한 시인의 시 창작을 위한 시론의 성격에 그치지 않는다. 당대의 지배적인 시론과의 대결의식을 넘어 일종의 대항담론의 성격이 강하다. 동·서양의 시론과의 길항작용 속에서 그의 주요 시론이 탄생한다. 전기적인 관점에서 볼 때도 그의 문학은 유년기의 유교교육 체험과 더불어 영문학자로서 서양문학이 서로 충돌하거나 교섭하는 가운데 얻어진 성과물의 하나다. 그의 시론을 형성하는 데서 시인이자 영문학자라는 두 가지 정체성이 크게 영향을 미쳤음을 쉽게 짐작할 수 있다

그는 이른바 '기계시론'을 필두로 '백지시론', '기승전결', '트임의 미학', '야성론' 등 다양한 시론을 선보이고 있다. 그리고 이러한 다양한 시론의 변화는 시의 존재에 대한 그의 새로운 이해와 판단의 결과였다. 끊임없이 새로운 시적 모험과 시의 영역을 개척하는 과정에서 기존의 시관(詩觀)의 갱신과 더불어 새로운 시론이 출현했다. 하나의 시론에 만족하지 않은 채 늘 시적 변화를 모색하는 가운데 자신의 시에 대한 새로운 가치부여와 위상정립이

이뤄지면서 자연스레 등장한 것이 그의 시론이라고 할 수 있다.

하지만 그의 시론은 딱히 일정한 담론의 형태로만 제시되지 않는다. 이른바 시에 관한 시라고 할 수 있는 메타-시(meta-poetry)들을 통해서도 제시된다. 그의 시론만으로 충족될 수 없는 시적 욕구를 메타시를 통해 해소하고 있다. 적지 않은 수의 메타시를 통해 기존의 거시적인 시적 담론에서 놓친 부분을 보완하거나 확장하고 있다.

따라서 본고에서는 먼저 그의 시와 시론의 전개과정을 살펴보고, 각 시론과 시의 관계를 살펴보고자 한다. 또한 그의 메타시의 분석을 통해 그의 또 다른 의미의 시론 가능성과 그 의의를 살펴보고자 한다. 특히 그의 시론이 포스트모던과 각별한 관계에 있다는 점에 주목, 그의 현대적 의의를 살펴보고자 한다.

Ⅱ. 시론의 전개와 시적 변화 양상

범대순 시인의 시론을 편의상 분류하면, 첫 시집 『黑人鼓手 루이의 북』에서 그 맹아를 보인 이른바 '기계시론', '백지시론', '기승전결 시론', '트임의 미학' 혹은 '절구 시론' 등으로 나눠진다. 특히 여기에 생의 후반기에 집중했던 '야성 시론' 또는 '광기의 시론'을 포함하면 그는 50여 년 간 펼친 시작 활동기간 동안 다양한 시론의 변화를 보여준 시인으로 기억될 만하다. 그리고 이러한 다양한 시론의 전개와 개진은 시의 존재에 대한 새로운 이해와 판단이 크게 작용할 때마다 새롭게 제기되었을 시론들과 밀접한 관계를 맺고 있다. 특히 구체적인 창작적 실천과 연계되어 있는 그의 시론들은, 당대의 시대적 변화와 그의 개인적 세계관 변화에 따른 시적 존재에 대한 새로운 가치부여의 의지와 맞물려 있다고 할 수 있다.

하지만 그의 시와 시론은 '기계시론'이나 '야성시론' 등 내용 위주의 시론에 국한되지 않는다. 형식 또는 양식의 변화와 동시에 진행된다는 점이 그의 시론의 또 다른 특징이다. 예컨대 '기승전결 시론'과 '절구'에 관련한 시적 담론 등이 그렇다. 물론 동양의 시문 전통에 기반한 '기승전결'이나 '절구'의 양식 차용이 내용의 변화를 동반한다는 점에서 결코 형식 중심의 시론이라고 할 수 없다. 하지만 형식의 변화를 통한 내용의 확보라는 점에서 내용 위주의 시론들과 일정한 차별성을 갖고 있다.

따라서 이 장에서는 편의상 내용과 형식적인 측면으로 나누어 그의 시와 시론의 전개 양상과 그 의미를 살펴보고자 한다.

1. 기계시론과 자연성의 추구

범대순의 스승격인 조지훈 시인은 그의 첫 시집 『흑인고수 루이의 북』(1965) 서문에서 "범대순의 시는 기계와 문명과 사회에 대한 관심으로 충일되어 있다"고 말하면서 그가 "숨어서 시를 쓰기"에는 "지나칠 정도로 격정적"이라고 평하고 있다. 또한 그의 시 속엔 "저항과 절규와 저주의 세찬 호흡"[1]이 담겨져 있다고 말하고 있다. 조지훈이 보기에 그는 기계문명 또는 서구 문화의 본격적인 도입에 대한 그의 태도가 이지적이고 분석적이기보다는 지나치게 열정적이고 낭만적인 시인이었던 셈이다.

기계문명에 대한 적의나 부정의식보다 호의와 긍정의식을 시적 출발로 삼은 그의 시적 비밀의 일단은 여기에서 드러난다. 그의 시들은 조지훈의 지적대로 기계문명에 대해 객관적이고 주지적인 태도를 취하지 않는다. 새로

---

1) 범대순, 「『黑人鼓手 루이의 북』序」, 『范大錞全集』제1권, 전남대학교출판부, 1994, v 참조.

운 문물로서 기계 자체나 모더니티 추구로서 기술문명에 대한 그의 관심은 객관적이고 주지적인 접근 방식이 아니라 오히려 낭만주의적인 격정과 주관적인 열정을 동반하고 있다.

먼저 그의 데뷔작이자 대표작 가운데 하나인 「불도오자」를 살펴보자.

다이나마이트 폭발의 5월 아침은 快晴
아까시아 꽃 香氣 그 微風의 언덕 아래
황소 한 마리 入場式이 鬪牛士보다 오만하다

처음에는 女王처럼 조심스레 주위를 살피다가
스스로 울린 청명한 나팔에 氣球는 비둘기
꼬리 처들고 뿔을 세우면 洪水처럼 신음이 밀려 이윽고 바위돌 뚝이 무너지고.

그것은 희열
사뭇 미친 瀑布같은 것
짐승 소리 지르며 목이고 가슴이고 물려 뜯긴 新婦의 남쪽 그 뜨거운 나라 사내의 이빨 같은 것.
그리하여 슬그머니 두어 발 물러서며
뿔을 고쳐 세움은
또 적이 스스로 무너짐을 기다리는 智惠의 자세이라.

波濤같은 것이여
바다 아득한 바위 산 휩쓸고 부서지고 또 부서지며 봄 가을 여름 내내 波濤 같은 것이여.

BULLDOZER.

正午되어사 한판 호탕히 웃으며 멈춰 선 휴식 속에

진정 검은 大陸의 그 발목은 화롯불처럼 더우리라.

다이나마이트 폭발의 숲으로하여 하늘의 환희가 자욱한데
내 오래도록 너를 사랑하여 이렇게 서서있음은,
어느 화사한 마을 너와 더불어 찬란한 화원
찔려서 또 기쁜 薔薇의 茂盛을 꿈꾸고 있음이여.

범대순은 그의 '기계시론'을 통해 근대과학의 성과들이 비판의 대상이 아니라 인류 역사상 예수의 탄생에 비견할 만한 일이라고 말하고 있다. 하지만 그는 오늘날의 시인들이 이에 대해 무관심하거나 적대적인 태도를 보여 왔다고 주장한다. 현대시가 안고 있는 신념의 상실과 예술가의 소외가 과학발전과 밀접한 관계를 갖고 있음에도 불구하고 기계문명에 대한 성찰을 게을리 했다는 생각이다. 그가 볼 때 인간과 기술문명은 결코 대립적인 것이 아니다. 오히려 인류 발전과 함께 해왔다는 점에서 인간과 기계는 상호보완적인 관계에 놓여 있을 뿐이다.2)

기계문명을 대표하는 상징인 '불도오자'를 일단 "꼬리 쳐들고 뿔을 세우면 洪水처럼" 포효하는 "한 마리 황소"로 비유하고 있는 점이 그걸 대표적으로 보여준다. 처음부터 그에게 기계와 기계문명은 "사뭇 미친 폭포"나 "짐승 소리 지르며 목이고 가슴이고 물"어 "뜯"는 "사내의 이빨 같은" 동물적 야성이나 광기와 결합되어 있다. 달리 말해, 문명의 이기인 "불도오자"는 "검은 대륙"으로 표상되는 원시적 자연의 힘과 대립적인 관계에 있지 않다. "불도오자"의 또 다른 이름인 "다이나마이트"의 "폭발"력은 "바다"와 "산"을 "휩쓸고 부"수는 "파도 같은" 자연의 위력과 상보적인 관계에 놓여 있다.

범대순이 "기계"문명을 "외국어"처럼 "밋밋한 음향과 화려한 색채"를 가

2) 범대순, 「기계시에 대하여」, 범대순유고집편찬위원회, 『범대순 논총』, 문학들, 2015, 293~301쪽 참조.

졌지만 "손잡고 거리에 나서기 가"볍다고 생각되기에 "같이 자리하기"엔 "까스러운 여인"(「機械는 外國語」)으로 은유화하고 있는 것도 이와 무관하지 않다. 그에게 있어 현대적인 문명세계는 결코 합리적이거나 이성적인 남성적 존재가 아니다. 원초적 자연의 거대함이나 불가지성(不可知性)을 포함하는 원지적(原地的 chthonian)인 여성에 가깝다.[3] 모든 문명은 자연과의 대립과 투쟁에서 나온 것이 아니라 그걸 포용하고 감싸 안는 여성적인 자연의 산물이다.

근대문명의 상징의 하나인 "싸야렌"을 굳이 "하늘을 향해 울고 있"는 "잡종 수탉"(「싸야렌」)로 형상화하고 있는 것도 역시 그렇다. 그에게 인간의 발명품 중의 하나인 사이렌의 소리는 단지 하나의 기계음 차원에 그치지 않는다. 마치 그 소리마저 '수탉'이 우는 것처럼 들릴 뿐이다. 인류 전체의 생명을 한꺼번에 위협할 수 있는 파괴력을 지닌 "죽음의 재"로서 '핵분열'의 사태조차 "사화산"의 "폭발"(「核分裂事件에 부치는 序詩」)에 지나지 않는다. 굳이 방송국 '안테나' 송신"탑"을 "내 청춘의 높이"(「안테나」)에 비교할 정도로 그의 의식 속에서 인간과 기계, 자연과 문명은 결코 대립 상태에 놓여 있지 않다. 모든 문명의 발명품이나 구조물들은 그 본성에 있어 동물적이거나 자연의 연장에 불과하다.

제3부로 구성된 제1시집 『흑인고수 루이의 북』에서 기계 관련한 시들이 총 30편의 시 가운데 제1부에 실린 8편에 그치고 있으며, 무엇보다도 제1시집 이후 이른바 '기계 시편'들이 거의 눈에 띄지 않는 것도 바로 그 때문이다. 후일 여러 편의 '기계 시론'을 발표한 것과는 달리, 첫 시집 이후 그가 기계

---

3) 아폴론적인 것과 대비되는 디오니소스적인 것을 의미하는 원지성(chthonian nature)은 의식에서 추방한 지하적인 지저분함이나 더러움, 암흑이나 흡입력을 의미하며, 특히 자연적이고 여성적이며 신비적인 것 등을 포괄하는 개념이라고 할 수 있다. 캐밀 파야, 이종인 역, 『성의 페르소나』, 예경, 2003, 18쪽 참조.

문명과 관련된 이렇다 할 시들을 보여주지 못한 것은, 그의 기계에 대한 관심과 열정이 자연성 또는 동물성의 확대 차원에서 이뤄졌다는 것을 의미한다. 야심차게도 그가 기계문명에 대한 호감과 긍정의식을 시적 출발점으로 삼았지만, 그의 무의식 속에서 '불도저'나 '사이렌'은 단지 황소나 수탉과 같은 동물성 또는 자연성의 변형에 불과했던 것이다.

그런 만큼 주로 생애 후반기에 집중되는 그의 '야성 시학' 또는 '광기론'이 제기된 것은 결코 우연일 수 없다. 그가 초기에 제기한 이러한 그의 '기계 시론'의 변형이자 귀결이라 할 만하다. 예컨대 그가 '야성 시학'과 관련하여 "이는 원시 그리고 짐승, 또는 익은 것이 아닌 생것과 같은 단순하고 원색적인 공감 위에 자리 잡고 있다"[4] 고 말하고 있는 것이 그 직접적인 증거다. 마치 '불도저'나 '사이렌'이 '황소'이자 '잡종 수탉'처럼 다가왔듯이 그에게 당시 첨단 문명을 상징하는 "방송탑"은 "낯선 키의 神父"처럼 다가올 뿐이다. 특히 그것은 또한 "사랑하는 가슴처럼 부풀어" 오는 "金色의 波濤 소리" 또는 "푸른 5月의 속삼임"(「放送塔」)과 같은 자연의 힘을 나타낸다. 기계문명에 대한 그의 관심과 호감 속엔 자신도 모르게 거대하고 불가사의한 자연의 야생적 힘에 대한 경외나 호의가 배어들어 있었던 셈이다.

문득 그가 "천상천하의 태초에" "있었"던 "거시기" 또는 만물을 지배하는 우주의 근본원리로서 아르케(arche)가 "빛"이나 "말씀"이 아니라고 선언하고 나선 것도 이 때문이다. 대신 그동안 배척되고 죄악시되었던 "어둠"이고 "카오스"(「천상천하의 태초에」)에 주목한 것은, 그의 시가 처음부터 대지적이고 디오니소스적인 힘에 근거하고 있었다는 것을 반증한다. 돌연 "위대"하거나 "영원한 것"이 "아름다운 것"이 아니라 되레 "더러운 것"이자 "찰나"(「

---

4) 범대순, 「시적 진실인 나의 야성」, 『문학의 집·서울』 강연 원고, 2014년 4월호, 8쪽. 참고로 그는 그의 시집 『가난에 대하여』를 통해 "나의 시 삼백을 일언이폐지(詩三百一言以蔽之)하면 그것은 야성이다"라고 말하고 있다.

그것은 거짓이었다」)적인 것이 아름다움이라고 주장하고 나선 것은, 그의 시적 뿌리가 결코 정식화하고 개념화할 수 없는 생명의 충동 또는 존재의 목소리에 있었다는 것을 나타낸다.

달리 말해, 그가 볼 때 우리가 살고 있는 세계를 지배하는 것은 사물을 명명하고 분류하면서 지배하고자 했던 과학정신이나 기계문명이 아니다. 겉보기에 안정되고 아름답게 보이는 것들의 이면에 들어 있는, 인간의 의식에서 추방시켰던 지저분함과 더러움이 세상을 구성하는 근원적인 것이자 그의 주된 시적 질료이다. 지배되거나 지배할 수 없는 어떤 예측 불가능한 자연이나 광기가 그가 지지하고자 하는 시적 세계다.

> 나를 불확실하게 하라.
> 나의 생각을 불확실하게 하라.
> 나의 높이를 거리를 시간을 불확실하게 하라.
> 나의 길을 사람을 삶을 불확실하게 하라.
> 나의 사랑을 불확실하게 하라.
> 나를 밀림이게 하라.
> 나를 늪이게 하라.
> 나를 벼락이게 하라.
> 나를 회오리바람이게 하라.
>   (중략)
> 나를 엉망진창이게 하라.
> 나를 미치게 하라.
> 나를 카오스이게 하라.
> 나는 코스모스에 지쳤다.
>
> 「나를 불확실하게 하라」 부분

여기서 "나"는 자신의 정체성이나 "생각"을 명증하게 확립하고 통합하려

하지 않는다. 오히려 그 반대로 "나"는 "나의 높이"와 "시간"들을 "불확실"하고 불투명하게 만들고자 한다. 동시에 "나"는 "나의 사랑"을 비롯한 모든 것들이 "불확실"한 "시간"의 상태에 머무르기를 고대한다. 특히 그러한 "나"의 기반은 무너져 내리지 않는 단단한 공간이 아니라 "밀림"이나 "늪" 같은 허약한 지반이다. 그리고 이처럼 "나"를 "엉망진창"이거나 "카오스" 상태로 놓아두고자 하는 이유는 다름 아니다. 궁극적으로 불가해하고 정복 불가능한 자연에 승리하거나 굴복시키려 했던 아폴론적인 정신 또는 모든 카오스를 죄악시한 서구적 "코스모스에 지쳤"던 까닭이다.

하지만 "나"의 이러한 "불확실"성에 대한 열망은 단지 어떤 단어도 고정된 의미를 가질 수 없다는 서구적 해체주의와 무관하다. 또한 "나"의 "불확실"성에 대한 옹호가 스스로를 절대시하며 타자들을 이단시하고 차별했던 서구문화나 서구인의 반성만을 겨냥한 것이 아니다. 문득 그가 세계와 인간 내부의 모호성을 인정하고 나선 것은, 세계에 존재하는 모든 것들을 이론적인 명료함으로 해석하고 환원하려는 시도가 더 이상 불가능하다는 자각과 맞물려 있다. 무엇보다도 거대한 자연의 세계를 명확하게 인식하고 객관화할 수 있다는 서구인과 달리, 그가 거기에 순응하거나 합일할 수밖에 없다는 깨달음이 그로 하여금 명증성이나 확실성보다 모호함이나 불확실성에 더 주목하도록 했다고 할 수 있다.[5]

---

5) 범대순이 말하는 '불확실성'은 인간의 실존의 모호성과 더불어 삶과 역사와 세계가 지닌 복합적 의미를 가리킨다는 점에서 일견 메를로 퐁티의 모호성(*Ambiguité*)의 개념과 닮아 있다. 정화열, 『몸의 정치』, 민음사, 1999, 137쪽 참조. 하지만 그의 야생 또는 광기의 시론이 보여주듯이 세상에 존재하는 모든 사물들과 생명체들이 내뿜는 생명의 기운이나 혼돈스런 잡음을 의미한다는 점에서 그가 옹호하고자하는 '불확실성'은 다분히 도가적인 개념의 '혼돈'에 가깝다. 모든 것이 해체되는 지점이자 새로운 생명의 창조가 이뤄지는 기반이 바로 그가 말하는 '불확실성'이라고 할 수 있다. 이성희, 『미학으로 동아시아를 읽다』, 실천문학사, 2012, 175쪽 참조.

2. 형식 실험으로서 기승전결과 절구의 시론

범대순은 제5시집 『기승전결』을 통해 동명(同名)의 시론(詩論)을 제기하면서 동양적 시문의 전통적인 구성법의 하나인 '기승전결'이 현대시가 상실한 시적 구성에 완벽성을 가져올 수 있다고 주장한 바 있다. 특히 이러한 기승전결이 내용적인 측면에서도 안정성을 준다고 강조하고 있다.[6] 하지만 전통의 양식인 '기승전결'이나 '절구'에 대한 그의 관심은 결코 우연히 출현한 것이 아니다. 먼저 시 형식에 대한 그의 투철한 인식과 자각의 결과다. 특히 이는 '시를 어떻게 만들 것인가'와 직결되어 있는 문제로서 비정형의 현대시에 대한 치열한 반성과 성찰이 개입되어 있다.

그러니까 그에게 시형식이나 문학적 양식은 단지 내용을 담은 그릇의 역할에 그치지 않는다. 오히려 의미 형성 활동의 장이자 형성 과정의 역동성이 간직되어 있는 문학적 형식이다. 즉 '기승전결'과 '절구'에 대한 그의 관심과 현대적 변용의지는 단지 새로운 형식 실험이나 양식의 도입 문제를 넘어선다. 어쩌면 퇴행적으로 보이는 이러한 한시 양식에 대한 그의 주목은, 형식이 단지 내용을 표상하는 하나의 수단이 아니라 예술의 본질로서 형식을 통한 문명 비판 또는 사회비판과 그 맥을 같이 하고 있다.[7]

> 자를 가지고 있으면 재고 싶고
> 되를 가지고 있으면 담고 싶듯이
> 마음을 먹고 있으면 갖고 싶듯이
> 손이 손을 만나면 쥐고 싶듯이.

---

6) 범대순, 「기승전결(起承轉結)에 대하여」, 『범대순 논총』, 346쪽 참조.
7) 아도르노는 "예술은 자체의 개별적 존재를 통해 문명을 비판하기도 하지만 그 형식을 통해 문명에 관여하고, 그 문명을 예술은 형식의 존재를 통하여 비판한다"고 말함으로써 형식의 중요성을 강조하고 있다. T.W. 아도르노, 홍승용 역, 『미학 이론』, 문학과지성사, 1985, 230쪽 참조.

시도 담을 그릇을 가지고 있으면
무엇이고 가득 채우고 싶어진다.
살아 있는 곡식으로도 채우고 싶고
금 같은 아이들로도 채우고 싶어진다.

그러나 시의 그릇 안에 담는 으뜸은
바람같이 담지 않고 가득한 느낌
담지 않고 때로 더러 담고
때로 빈 그대로 다만 가득 담는 것.

나도 그런 그릇이 하나 있긴 하지만
너무 큰 그릇이라 반 차기가 힘들다.
대대로 써서 많이 닳아 버렸지마는
스스로 들어 알몸으로 살고 싶다.

「그릇」 전문

일차적으로 시의 형식은 "자"나 "되"의 일종으로서 질료나 소재에 따른 형태의 구성에 참여한다. "자를 가지고 있으면" 뭔가 "재고 싶"고 "되를 가지고 있으면 담고 싶듯이" "무엇"인가를 "담"거나 "가득 채우고 싶어"지도록 만드는 "그릇"의 성격을 하고 있는 게 시적 형식이다. "마음을 먹고 있으면 갖고 싶"고 "손이 손을 만나면 쥐고 싶듯이" 문학예술에서 형식은 "담을 그릇"으로서 "살아 있는 곡식"이나 "금 같은 아이들" 같은 내용을 "채우"는 기능을 담당하고 있다.

하지만 그가 "대대로 써서 많이 닳아 버"린 "그릇"이라고 할 수 있는 '기승전결' 또는 '절구'를 들고 나선 것은, 단지 이러한 시적 양식의 기능이나 형식과 내용의 관계를 재정의하기 위해서만이 아니다. 어쩌면 시대적 역할을 다해 폐기된 바 있는 전통 양식으로의 귀환은 "바람같이 담지 않고 가득한 느낌", 또는 "담지 않고 때로 더러 담고/때로 빈 그대로 다만 가득 담는"

동양적인 사유의 세계에 접근하기 위함이다. "동양의 시"가 지향하는 "이상"인 "전통적인 담(淡)의 사상"8)의 구현에 그 초점이 맞춰져 있다.

그가 '기승전결'이나 '절구'의 형식들을 자신의 새로운 시세계를 펼쳐가는 원동력으로 삼은 것은 바로 그 때문이다. 시적 형식 또는 문학적 양식은 단지 시적 내용이나 의미 추구를 위한 '그릇' 역할에 그치지 않는다. 그가 미국에 유학하는 동안 이뤄진 '기승전결(起承轉結)'에 대한 관심은 "동양에 있어서" "시문의 다른 이름"이자 "시문의 전통적인 구성"법으로서 "시문의 체제와 품위를 유지하는 시문의 기본적인 표준이며 견고한 가르침"과 연결되어 있다. 특히 "기승전결은 사계절의 원형에서 착안된 것"으로 "우주의 종합적인 섭리를 상징하고 있으며" "동양의 시를 형성하고 발전시키는 기본적인 정신"9)과 맞물려 있다.

이러한 '기승전결'의 연장선상에 놓여있는 '절구론' 역시 그렇다. 동양적인 시문 양식에 대한 그의 새로운 관심은, "서양문화" 또는 "과학문명에 대한 비판"과 더불어 "자연"을 파괴하기보다 "수호"하는 "우리의 정신"10)에 대한 자각과 일치한다. 서구의 시학에 대한 일종의 대항담론으로서 제시된 그의 '기승전결' 또는 '절구의 시론'은 안정감보다는 변화를 절대시하되 그 변화에 대한 책임과 윤리성이 결여되어 있다고 보았던 미국사회 또는 서양의 근대사회에 대한 대결의지가 크게 작용하고 있다.11)

---

8) 범대순, 「기승전결에 대하여」, 『범대순 논총』, 348쪽. 참고로 범대순의 '담의 사상'이 가장 극단화된 형태가 1974년 『현대시학』에 발표된 이른바 '백지시'와 그와 관련한 시론이라고 할 수 있다. 하지만 그의 '백지시'가 결국 언어(시론)를 통해 주장될 수밖에 없었던 것이 보여주듯, 그가 지향하고자 하는 '담의 사상'은 8행 8음보 20절의 '절구' 형식을 통한 최소한의 이미지와 의미를 제시하고 있는, 그의 시집 『아름다운 가난』과 『세기말 길들이기』에 구체화되고 집중되어 있다고 할 수 있다.

9) 위의 글, 345쪽.

10) 범대순, 「트임의 미학─절구(絶句)시집」, 『범대순 논총』, 360쪽.

11) 범대순, 「기승전결에 대하여」, 위의 책, 345~347쪽 참조.

당신들과 내가 다른 것은
당신들은 검은 빛을 보는 눈이 없다.
검은 빛을 담는 그릇이 없었다.
검은 빛을 거짓말로 가렸었다.

태초에 검은 빛이 있었다.
언제나 맑고 둥글고 예쁜
태초를 나는 아침에도 보았다.
밤에도 나는 태초와 같이 있었다.

아프리카의 바다에서 내가 본 것은
아프리카의 짐승과 같은 그리움
그리움으로 물구나무선 어머니
늘 검게 입고 검게 벗었었다.
하늘이 크다는 생각은 같지마는

당신들과 내가 생각이 다른 것은
나는 하늘에서 검은 태초를 보고
당신들은 큰 거짓말을 보았었다.

「당신들 서양사람」 전문

그가 볼 때 동서양인 간의 인식 차이는 "검은 빛을 보는 눈이 없"느냐
있느냐에 따라 달라진다. 검은 색을 완벽한 색으로 보는가, 불온한 것으
로 볼 것인가의 차이가 서로 다른 세계인식으로 이어진다. 곧 "당신들"로
지칭된 "서양사람"들은 "검은 빛"은 혼돈이자 물리쳐야할 악의 근원으로
보고 있다. 반면에 동양인인 "나"에게 그 "검은 빛"은 "태초"에 존재했던
색으로서 모든 생명의 근원인 "어머니"를 나타낸다. 동서양인들 모두 "하
늘이 크다고 생각"하는 데는 일치하지만, 그것을 우주의 실재로 보느냐,

이데아의 허상으로 보느냐와 깊게 관련되어 있는 것이 검은 색이다.

　다시 강조하자면, 그가 '기승전결'을 통해 말하고자 하는 바는 시의 형식적이고 구성적인 문제의 차원에 머무르지 않는다. 끝없는 변화를 추구하는 서양문명 또는 서구지향의 현대시 또는 자유시에 대한 일정한 반감과 저항감이 크게 작용하고 있다. '기승전결'이라는 시양식과 구성방식을 통해 "한국"이나 "미국"의 "시"들이 "소홀히 하고 있는" "형식"[12]적인 면의 바로 잡음과 동시에 동양인으로서 서양인과 다른 세계인식을 보여주고자 함이다.

　'다시 기승전결'이라는 부제(副題)가 붙어있는 제6시집 『백의 세계를 보는 하나의 눈』(1994) 이 그 증거다. 그는 미국이나 영국 등 외국 생활과 외국 문화와의 영향과 긴장, 도전과 한계체험 속에서 자기만의 각자성 또는 고유성을 추구하고자 '기승전결'에 주목하고자 했다. 이른바 "록키산"으로 대변되는 미"대륙" 문화와 그 문명의 충격에 대응하고자 그는 자신이 태어나고 자란 원초적 "고향"(「황갑주 시인에게」)과 그 동양의 전통문화에 접근했다고 할 수 있다.

　예컨대 프로이트는 그가 볼 때 "우리"가 "맞을 형편이 아니었는데" "과분하게" "대접"하거나 수용한 서양사상가의 한 명이다. 특히 프로이트는 동양사상을 "우리의 공자도 자"운 인물로서 그는 "크게 살면서 크게 괴로운 마음"의 세계를 "밝혀"주는 데 이바지했다. 하지만 그의 관점에서 볼 때 프로이트는 "작게 살면서 크게 괴로운 마음" "밝"(「프로이드의 흉상 앞에서」)혀 주지 못한 인물이다. 동양과 서양, 미국인과 한국인 사이엔 어쩔 수 없는 세계인식의 차이가 있으며, 그에 대한 새로운 대안 모색의 하나가 '기승전결'의 시 양식이었으며, 그걸 바탕으로 한 새로운 의미와 내용 추구가 그가 목표한 바였다고 할 수 있다.

　한시(漢詩)의 근체시(近體詩) 형식의 하나로 역시 '기승전결'의 원리가 바탕

---

12) 위의 글, 350쪽.

이 된 그의 제7시집 『아름다운 가난』(1996) 역시 그렇다. 2행 1연으로 총 4연으로 구성된 이른바 '절구(絶句)시집'은 일단 앞선 시집에서 선보인 '기승전결'의 연장선상에 놓여 있다. 하지만 8음보 20음절만으로 구성된 이른바 '절구(絶句) 시편'들은 단지 시의 다양한 내용과 이미지를 하나로 통합하는 원리만 의미하지는 않는다. 이른바 포스트모던으로 대변되는 서양의 '열람'문화가 가져오는 범속화와 무질서에 대한 길항의식 내지 대항의지가 들어 있다.

봄날	아닌	고추
앞마당	우박에	잠자리
쌀뉘	수탉이	은빛
가리는	놀라	날개를
할머니	알낳는	타는
옆에	암탉	석양빛
의좋은	불러	하늘
암탉.	다스림.	흔들림.

그의 말에 따르면, 한 행이 2음절 또는 3음절로 이루어진 '절구' 형식의 시들은 번다한 내용보다 간결하고 단순한 아름다움을 표현하는 데 효과적이다. 특히 이러한 '절구' 형식은 단숨에 읽히는 효과와 더불어, 하나의 생각이나 사상을 순간적으로 제시하는 새로운 시 형식이 될 수 있다.[13] 하지만 그가 중요시하는 건 이러한 '절구 형식'이 갖는 효과나 그 의미가 아니다. 매우 간결하고 단순한 이미지나 사건의 제시를 통한 서양 사상이나 서구문화에 대한 대결의지

13) 범대순, 「트임의 미학—절구 시집—『아름다운 가난』을 위한 담론」, 위의 책, 362쪽 참조.

이다. 형식과 내용의 간결함이나 단순함으로 통한 의미 비우기 또는 문학양식의 변형의지라고 할 수 있다.

결과적으로 그가 20여 년 동안 구상하고 실험하며 내놓은 222편의 '절구시편'들은 단지 형식과 내용의 일치 또는 그 변화양상에 그치지 않는다. 오늘날 서구 문학의 대표적인 문학이론과 문화현상을 대표하는 포스트모더니즘과 해체주의가 주장하는 '열림' 또는 '탈중심'에 대한 반격 또는 응전의 성격을 띠고 있다. 특히 그가 '절구시편'을 관통하는 '트임의 미학'은 서양적인 개념인 '열림'에 대한 대항담론의 일종으로서 서구 문학 또는 서구문화에 대한 주체적이고 자각적인 수용태도와 연결되어 있다. 지배문화를 형성하고 있는 서양문화에 맞서 인식주체이자 창작주체의 능동성과 적극성을 강조하는 게 그의 '트임의 미학'의 핵심이라 할 수 있다.

III. 메타시와 동양의 시론

앞에서도 잠깐 언급했듯이 범대순의 시론은 딱히 담론의 형태로만 전개되지 않는다. 자기 반영성을 바탕으로 하는 메타시 형태를 통해서도 전개된다. 특히 특정한 시론이 연작시 형태로 구현되는 과정에서조차 문득 자신의 시와 시의 본질에 대해 성찰하는 자의식적인 시들을 통해서도 개진된다. 자신의 시 쓰기에 대한 자의식을 통해 그때마다 시인의 존재 의의를 살펴보거나 기존의 시인상을 재정립하는 등 메타시들이 또 하나의 시론을 형성하고 있다.

특히 그의 시에 대한 시 쓰기는 일단 그가 야심차게 전개한 시론들을 보완하는 성격을 지니고 있다. 자의식적이고 자기 비판적인 이러한 그의 메타시들은 일정한 논리를 갖춘 그의 시론들로 충족될 수 없는 어떤 부분들을 겨냥

하고 있는 셈이다. 하지만 그의 이러한 메타시들이, 자신이 느낀 정서나 관념을 형상화해 가는 과정 중에서도 자신의 시와 시론 자체를 반성적으로 되돌아보는 데 그치지 않는다. 그의 시세계를 총체적으로 이해하도록 하는 또 다른 통로역할을 하고 있다. 특히 그것들이 동양의 시론과 깊게 관련되어 있으며, 그가 생의 후반기에 제기한 광기론 또는 야생론을 뒷받침한다는 점에서 결코 소홀히 지나칠 수 없다고 할 수 있다.

1. 제작론과 성정론(性情論)

일반적으로 서구의 시학에서 시는 '포이에시스*poiesis*'(*making*)에 의해 결정된다. 시 예술이 여타의 철학(신학)이나 윤리도덕의 '*theoria*(*theory*)'나 '*praxis*(*doing*)'과 결별해 독립적인 범주로 분류될 수 있었던 사정엔 이러한 '제작행위(*making-activity*)'가 작용하고 있다.[14] 즉 서구적 의미에서 시는 인간의 적극적인 창조행위의 결과이며, 이로써 인간은 자연의 모방이나 신의 권능에서 자유로울 수 있었다. 시적 대상의 반영이나 재현을 강조하는 서구예술론은 대체로 이러한 '제작론'의 입장에서 서 있으며, 그런 관점에서 볼 때 시인(*poet*)은 곧 제작자(*maker*) 중의 한 부류다.[15]

이와 달리, 범대순에게 시는 현실과 인간사를 질료로 제작되거나 모방되는 것이 아니다. 특히 시의 주인은 결코 시인이 아니라 시인 밖의 타자이다.

> 1) 시는 기다린다고 오는 것이 아니다.
>   시는 오고 싶을 때 온다.
>
> 「시 한 수」 부분
>
> 2) 시는 빗방울 같이 하나의 말로

---

14) 윤재근, 『시론』, 둥지, 1990, xxviii 참조.
15) 김학동·조용훈, 『현대시론』, 새문사, 1997, 13쪽 참조.

반이 겨우 살아 있는 목숨에게만 온다.

「하나의 말」 부분

범대순에게 이제 "시는 기다린다고 오는" 성질의 것이 "아니다". 그리고 시 창작에 있어 시인이 시적 주체가 아니라 사물들의 현전이 먼저다. 시적 주체의 표상작용보다 사물들의 부름이 앞선다. 자신 밖의 영감이나 망아상태가 시인의 의지나 이성보다 더 중요하다. 하지만 그러한 시는 무작정 기다린다고 오지 않는다. "겨우" "반"만 "살아 있는 목숨"이라고 할 정도로 온 주의와 정성을 다 기울일 때 겨우 "빗방울 같이" 미미한 "하나의 말"을 던져주는 게 고작이다. 시인의 의지나 노력에 따라 좌우되는 것이 아니라 시인 자신이 통제할 수 없는 힘에 의존하는 게 시다.

그래서 "한나절을 쓰다듬고 타이르다가" 자포자기의 심정으로 "할테면 하고 말테면 말라"는 심정으로 "홧김에 사정없이 후려 갈"긴 "시는 쓰나마나다". 저절로 다가오도록 인내하지 못한 채 조급증이나 강박감에 내쫓겨 완성한 시 역시 그저 "밑이 무거"운 "등짐"에 불과하다. 어떤 대상이나 사물에 대한 이끌림이나 사로잡힘 없이 창작된 시는 설령 완성작으로 내놓았다고 해도 어딘지 모르게 만족스럽지 않게 느껴지기 마련이다. 어떤 식으로든 그 속에 인위적인 조작이나 부자연스런 작위가 들어가기 때문이다.

따라서 제대로 된 한 편의 시를 얻기 위해서 시인은 "온통" 모든 일들을 제치고 "빈 속"에 이르는 단계를 거쳐야 한다. 마치 "도둑"이 남의 집에 들어 "뱃속 창자까지" "시원하게" "똥을 누듯"(「고심(苦心)」) 했을 때 최상의 만족을 주는 시가 탄생한다. 자아나 의식의 수고나 노력 없이 사물들이 스스로 말 걸어오거나 영감의 상태에서 있는 그대로 받아 적는 시가 그가 생각하는 최상의 시다.

그렇다고 범대순이 시인의 창조력에 기반한 시의 제작성을 전면적으로

부정했던 것은 아니다. 실상 그의 거의 모든 작품들이 의식적이고 지성적인 창작의 결과다. 하지만 서구적 제작론이나 시적 주체를 시인 당사자로 보는 입장에 서 있을 경우, 불가피하게 시와 시인의 인격은 일치되기보다 분리된다. 특히 시와 시인의 관계를 분리해서 보려는 태도는 시를 대상에 대한 지시작용과 무관한 것으로 보려는 사고로 이어지기 십상이다.

그러니까 그에게 시는 천부적인 재질이나 기술(*techné*)의 산물이 아니다. 모든 시에는 시인의 자연스런 감정이나 성정이 반영되어 있다. 시인의 인격과 타고난 성품과 분리해서 생각할 수 없는 게 한 편의 시다.

> 김지하 시인은
> 쓸 만한 시인이지만
> 사람이 마음에 안 든다
>
> 미당 서정주가
> 괜찮은 시인이지만
> 사람이 마음에 안들 듯
>
> 그러나 역사는
> 사람보다
> 시로 시인을 더 오래 기억하였다
>
> 에드거 앨런 포가 그렇고
> 니체가 그렇고
> 이상이 그러하였다
>
> 아니다 나는
> 시보다
> 사람으로 더 마음에 들게 하여다오

평생 시를 가까이
백 년 천 번 백지가 그렇듯
다만 사람으로 마음에 들게 하여다오

「역사와 시인」 전문

그가 볼 때 "김지하"이나 "미당 서정주"는 그들이 보여준 시적인 꽤 "쓸 만"하거나 "괜찮은" 업적을 남긴 "시인"들이다. 또 그들보다 선배격인 "에드거 앨런 포"나 "니체"와 "이상" 역시 동서양의 경계를 넘어 뚜렷한 문학사적 위치를 차지한 인물들이다. 특히 "역사는" 그런 "사람"들이 보여준 인격성 "보다" 작품성을 더 높이 평가하면서 그러한 "시인"들의 "시"를 "더 오래 기억"하고 있다. 하지만 그는 각기 시인들이 생전에 보여준 인간적인 과오나 인격적인 결함과 분리하여 시적 성패를 평가하는 것에 반대한다. 그보다는 동양의 오랜 전통의 하나인 '문여기인(文如其人)의 전통, 즉 한 "사람'의 품행이나 인격수양의 정도와 연결시켜 한 시인의 시세계를 평가하고자 한다.

그가 생각하는 "큰 시인" 역시 이와 같은 성정론의 연장이다. "큰 사람은 다 시인"이자 "큰 시를 남긴 사람이었다"(「젊은 시인에게」)는 그의 진술 속엔 미와 선의 통일을 요구했던 동양 전통의 예술관이 반영되어 있다. 즉 그가 볼 때 "장님이었"던 "호머"와 "술꾼이었"던 "이백", 그리고 "고난"의 연속이었던 "두보"는 기교나 재능이 뛰어났던 시인이 아니다. 그것보다 자신이 가진 장애나 개인적 고통을 승화시키는 가운데서 인격적 성숙과 문학적 성취를 이룬 시인들이다. '마음이 참되면 겉으로 드러난다'거나 '글은 도를 싣는 그릇이다'라는 유가적(儒家的)인 우주론 내지 동양적인 시문의 전통에 따른 자들이 그가 생각하는 참된 시인상이었다고 할 수 있다.

하지만 시인이 자기극복 또는 자기 승화를 위해 노력하는 것만으로 부족하다. 인간의 본질은 도덕성에 있으며, 그걸 일상적으로 실천할 수 있을 때 올바른 시정신과 그에 합당한 표현력을 확보할 수 있다.

> 고래잡이가 고래를 잡는 것이
> 작살질이 뛰어나서가 아니듯
> 사냥꾼이 호랑이를 잡는 것이
> 불질이 세상에 없어서가 아니듯.
>
> 만 리 험한 바다에 나아가서
> 고래가 아닌 자기와 싸우듯이
> 시베리아에 닿는 장백산 깊은 골에
> 호랑이 아닌 자기가 적이듯이.
>
> 시인이 싸워서 무찌르고 이기는 일은
> 사나운 호랑이도 고래도 아닌
> 한 줌의 흙으로 된 자기의 뼈 안에
> 수없이 작살을 꽂고 불을 놓는 일.
>
> 수도 없이 작살을 맞고 불을 맞고
> 안간힘으로 도망치는 짐승을 향하여
> 다시는 못 일어나도록 마지막 순간의 한 대를
> 심장을 향해 힘껏 내꽂는 일.

「시 정신」 전문

그가 볼 때 고래잡이나 사냥꾼이 거대한 고래나 사나운 호랑이를 포획할 수 있는 것은 오래된 경험이나 노련한 기술 때문만이 아니다. 물리적 악조건과 상황의 불리함보다 자기 자신과의 싸움이 더 중요하다. "자기의 뼈 안에/ 수없이 작살을 꽂고 불을 놓는" 것 같은 자발적 자기희생 또는 각고의 자기

수양이 필수적이다. "수도 없이 작살"이나 "불을 맞고"도 "안간힘으로 도망치는 짐승"의 "심장"을 향해 결정적인 "한 대"를 "내 꽂"기 위해선 "만 리 험한 바다"의 "고래"나 "장백산 깊은 골" "호랑이"보다 더 무섭고 힘겨운 "적"인 "자기"와의 싸움에 승리하는 게 가장 중요하다.

하지만 적확하고 결정적인 표현을 얻기 위해선 단지 시적 기교의 숙련이나 천재적 영감만이 중요한 것이 아니다. 그야말로 뼈를 깎는 인격수양과 더불어 하늘과 땅 사이에 가득 찬 넓고 큰 원기(元氣)를 뜻하는 '호연지기(浩然之氣)'가 요구된다. 자주 변하고 배신하기 쉬운 인심(人心)보다 도의(道義)에 그 근거를 둔 공명정대하고 공평무사한 도덕적 용기가 더 먼저다. 단순히 어떤 기술이나 기교의 산물이 아니라 인격 수양이나 도야에 따른 자기활력 또는 초월력이 필수적이다. 올바른 시정신을 바탕으로 한 시 쓰기는 필연적으로 순수하고 고상한 윤리의식과 분리될 수 없다고 보았던 게 그의 성정론의 핵심이었다고 할 수 있다.

2. 근대세계와 광기의 시론

범대순 시인이 "시의 소재"로 삼거나 추구한 것은 결코 위대한 역사적 사실이나 어마어마한 형이상학적 진실이 아니다. 그저 한낱 "낙엽 한 잎"이나 "흙 한줌" 만큼의 의미도 갖지 "못한 것들"이다. "고샅길 한 덩이 개똥만도 못"하거나 "없어"도 결코 "서운치 않은" 지극히 하찮고 보잘 것 없는 것들이 그를 "괴롭"(「시의 소재 가운데」)혀 왔던 것들이다. 가치론적이고 인식론적인 차원에서 결코 평가의 대상이나 존재감을 쉽게 인정받지 못하는 것들이 그가 즐겨 찾는 시적 소재 내지 주제들이다.

하지만 그가 말하는 미미하거나 하찮은 존재들은 단지 시적 소재나 제재의 차원만을 가리키는 것이 아니다. 엄밀히 말해, 그것들은 이성중심주의 시각에서 결코 보이지 않는 것들을 의미한다. 오랫동안 근대성의 이름으로 이 세계 밖으로 추방된 것들이 여기에 해당한다. 특히 그가 생애 후반기에 집착했던 '광기' 또는 '야성'은 육체와 욕망, 꿈과 환상, 터부와 금기 등과 더불어 근대사회의 바깥에 떠밀려난 것들을 의미한다.

> 시인이 한편의 시를 쓰면 폭풍이 불 줄 알았다
> 시인이 한편의 시를 쓰면 벼락이 칠 줄 알았다
> 시인이 한편의 시를 쓰면 하늘이 울 줄 알았다
> 지심이 갈리고 태평양이 일어설 줄 알았다
>
> 너무 조용하고나 이것은 비극이다
> 내가 시를 썼는데 너무 조용하다니 이것은 비극이다
> 폭풍도 벼락도 우는 하늘도 지진도 없구나
> 하늘에 구름도 우는 참새도 하염없구나
>
> 「시를 쓰면 폭풍이 불 줄 알았다」 일부

예컨대 그가 "한편의 시를 쓰면" "불 줄 알았"던 "폭풍"은 이성의 상실과 더불어 시작되는 광기의 상태, 합리성이나 과학성의 이름으로 근대세계에서 배제하거나 불온시된 것을 상징한다. 그러니까 그가 "한편의 시"를 통해 기대했던 것은 다른 것이 아니다. 그야말로 "벼락"이 치고 "하늘"이 우는 광기의 상태이다. 마치 "지심이 갈라지고 태평양이 일어설" 만큼의 폭발력과 강렬함이다. 하지만 그의 기대와 달리 "내가" "한 편의 시"를 "썼는데"도 아무런 변화나 움직임도 일어나지 않은 채 세상이 "너무 조용"하다. 의식적이고 이성적인 창조보다 급작스레 의식이 단절되거나 마비되는 상태에서 출현하는 시적 광기의 위대함이나 폭발력을 확인할 수 없는 데서 '나와 근대세계의 "비극"이 시작되었다고 할 수 있다.

　이성의 적대자인 격정(*thumos*)을 일으킨다는 이유로 '시인 추방론'을 주장한 바 있는 플라톤을 일단 옹호하고 나선 것은 그 때문이다.16) 그가 볼 때 플라톤이 '시인 추방론'을 주장하며 경계하고 염려했던 시인들의 격정이나 파격들은 다름 아닌 한 시인의 시를 추동하는 근본적인 힘이다. 또한 이성적인 관점에서 볼 때 "어긋나"거나 더러 "엉망"(「김지하 시인에게」)은 모던사회가 비합리적이고 비과학적이라는 이유로 추방하고 배제한 것들이다. "스스로 미치지 않고/쓴 시는 다 무효"(「미친 사람이 있어」)라는 선언 속엔 이성적 인간이나 인간의 인식에 의해 실재를 계량화하고 합목적적으로 구성하려했던 현대사회에 대한 반발이 들어 있었던 셈이다.17)

　따라서 그에게 시인들의 광기는 플라톤처럼 금기나 추방의 대상이 아니다. 바로 그것은 한 시인을 시인답게 만드는 요소일 뿐만 아니라 모더니티의 위기와 그 극복 방안과 맞물려 있다.

　　　　내가 플라톤이 좋은 것은
　　　　그가 시인을 옳게 보았기 때문

　　　　건방지고 어긋나고
　　　　배신하고 헛소리치고

　　　　그의 공화국을 우습게 아는
　　　　시인을 바로 보았기 때문
　　　　공화국은 꽃이지만
　　　　시인은 잡초처럼

---

16) Michael Kelly, *Encyclopedia of Aesthetics 4*, Oxford, 1998, p.8.
17) 윤평중, 『포스트모더니즘 철학과 포스트 마르크스주의』, 서광사, 1992, 21쪽 참조.

작게 있으면서
오래 질기게 있고

나라보다 사람을
사랑한다는 것을 그가 알고 있었기 때문.

「다시 시인」 전문

플라톤이 생각했던 것처럼 일단의 "시인"들은 사회적 규범이나 질서 차원에서 볼 때 "건방지고 어긋나" 있는 존재들이다. 또한 정직하거나 신뢰할 만한 존재가 아니라 "배신하고 헛소리"나 치는 자들에 불과하다. 질서정연한 모습을 보여야 할 "공화국을 우습게" 알 뿐만 아니라 때로 주체할 수 없는 파토스($pathos$)로 이성적이고 합리적인 사고로 다스려야 할 통치체제를 뒤흔드는 반체제적 인물들이다. 따라서 지혜와 이성을 바탕으로 한 철인(哲人)이 지배해야 할 "공화국"에서 "시인"은 결코 환영받을 수 있는 존재가 아니다. 소중히 가꾸고 존중해야 할 "꽃"이 아니라 언제가 제거되거나 뽑혀 나가야 할 "잡초" 같은 존재에 불과하다.

하지만 그럼에도 불구하고 이러한 "시인"들이 다른 사회적 존재들보다 "오래" 끈 "질기게" 살아남을 수 있는 이유는 무엇 때문인가. 바로 그건 그들이 공동체의 질서나 이익을 중시하는 "나라보다" 각기 다른 꿈과 희망을 안고 살아가는 "사람을/사랑한다"는 점 때문이다. 또한 사회적이고 집단적인 요구보다 어느 누구도 대신할 수 없는 개별자들의 슬픔과 기쁨을 함께 하기 때문이라 할 수 있다. 곧 여타의 사회구성인자들과 다른 "시인"들의 존재감은 "헛소리"로 대변되는 광기 또는 망아(忘我) 상태의 언어에서 발생한다. 그리고 어떠한 합리적 지식이나 유용성 차원으로 환원될 수 없는 시인들의 "헛소리"는, 점점 개별화되고 소외되어 가는 현대사회 속에서 타인들과 연대하고 공감하게 만드는 가장 효과적이고 강력한 구원 수단으로 작용할 수 있다.

그러나 이러한 광기나 '야생'의 상태는 인위적인 노력이나 의지에서 오지 않는다. 특히 제아무리 천부적인 재능이나 천재적인 상상력을 가진 자라도 결코 자신의 자아의 외부나 바깥에서 끌어들일 수 없다. 자신의 의지나 이성의 개입 없이 이미 각자의 내면이나 무의식 속에 내재되어 있다. 한 인간의 의식이나 이성의 통제를 받지 않는 자율적이고 독립적인 실체가 그가 말하는 '야생'의 세계다.

> 너는 평생 취해야 할 것
> 뱃속에서 이미 취했었으니
>
> 백번도 넘게 들은 어머니의
> 그 말이 평생 나를 지배했다
>
> 때로 너덜겅으로 땀으로
> 때로 불로 바람으로 긴 가람으로
>
> 춘하추동 향이 없이 이는 야생으로
> 무등산으로 어머니로 내 안에 있다

「야생野生」 전문

한 인간의 "야생"은 확정되거나 가정된 법칙이나 금기를 넘어선 야만의 상태를 의미하지 않는다. 또한 모든 종류의 외부적이고 사회적인 구속이나 속박에서 자유로운 자유방임 또는 자기방기의 상태를 가리키지 않는다. 그의 "어머니"가 "백번도 넘게" 강조한 "야생"은 한 인간의 가장 순수한 방식의 존재 상태를 의미한다. 특히 "평생 취해야 할 것"으로 지목된 "야생"은

"이미" 한 인간이 자신의 "어머니"의 "뱃속"에 포태되어 있을 때부터 갖춰져 있다. 무엇보다도 순수하게 자기 자신에 보존된 본성의 세계이자 그것들의 자발적인 발현을 가리킨다.

그러한 '야성'은 별도의 인과 관계 없이 발생한다는 점에서 '광기'와 공통적이다. 하지만 "야생"은 '광기'와 달리 파괴적이고 무질서한 혼란의 상태를 야기하지 않는다. 자기도취적이고 방종한 광기에 달리, 순수한 의미의 '야생'은 제 "안에" 스스로 선 채 "때로 너덜겅"이나 "땀으로" 발양(發揚)된다. 마치 "불"이나 "바람"처럼 순전히 자신의 본성에 기초하여 자생적이고 자발적으로 "무등산으로 어머니로" 다른 곳이 아닌 스스로의 "안에" 머무르는 것이 그가 말하는 진정한 의미의 '광기'이자 '야생'이라고 할 수 있다.

IV. 결론: 포스트모더니티와 '시원주의'

주지하다시피 영문학자였던 범대순의 시와 시론에 영향을 미친 대표적인 외국시인으로는 스티븐 스펜더와 W.H 오든 등이 손꼽힌다. 특히 1980년대에 직접 영국과 미국대학에 유학하면서 이들과 관련하여 『1930년대 영시 연구』, 『W.H. 오든』(범대순·박연성 공저), 『오든 번역시집』, 『스펜더 번역시집』 등을 펴낸 바 있다. 무엇보다도 이들의 시와 시론들이 그의 시세계에 끼친 영향은 적지 않다고 할 수 있다. 그의 처녀작이자 대표작이기도 한 「불도오자」가 외국시인들의 영향에서 이뤄졌으며, 그밖에도 포스트모더니즘 등 다양한 서양문학이론과 T.S 엘리오트나 셸리 등 수많은 영미의 시인들이 그의 시문학에 직간접적인 영향을 끼쳤다고 할 수 있다.[18]

---

18) 범대순, 「기계시에 대하여」, 『범대순 논총』, 293~328쪽 참조.

하지만 그는 이러한 와중에서도 동양사상과의 친연성을 지속적으로 보여주어왔던 시인이다. 그리고 이는 범대순이 서구문화나 서양문학의 일방적 영향을 극복하는 새로운 시와 시론을 모색하고 개척하려는 가운데 자신도 모르게 유교 등 전통의 사유와 가깝게 지내려 했던 결과라 할 수 있다. 독서 체험과 외국 유학의 등을 통해 서양문학과 사상에 열린 수용의 자세를 보여주면서 그는 한국인 또는 동양인으로서 정체성과 주체성을 담지하는 자기만의 시와 시론을 펼쳐왔다. 학자로서 서양학문과 시인으로서 동양사상 사이에서 발생하는 문화적 차이와 갈등에 직면하여 때로 대결하고 때로 대화하면서 '트임의 미학과 같은 회심의 시론을 제시했다고 할 수 있다.

중요한 것은, 스스로 밝히고 있듯이 이러한 그의 시와 시론들이 서구의 포스트모던 문학운동과 무관하지 않다는 점이다. 예컨대 그가 "무등산에 가는 것"은 육체적 건강이나 정신적 안정을 취하기 위해서가 아니다. 그에 따르면, "저주 같은 광기로/태초의 야성을 향하는 일"에 속한다. 그리고 이러한 야성은 "환상과 현실이 어지럽게" "공존"하고 "때로 맨발과 적막과 침묵이/원시 그대로의 동작"을 "취하"(「혼자 가는 산」)는 시원에 대한 그리움을 나타낸다. 또한 그것은 "도덕 이전"으로 "때로" "문명을 무시하는" "원시적이며 동물적인 생명력"의 추구는 포스트 모더니티의 시원주의(archaïsme)와 깊게 연결된다.19)

그가 "평생"을 "찾아 헤"매다가 "꿈속"에서 "신비한 불기둥"의 형태로 만난 "무등산의 시원"(「무등산의 시원」)이 그 좋은 예이다. 이러한 그의 태도는 고대적인 것과 시원적인 것으로의 회귀를 표방하는 포스트모더니티의 세계와 무관하지 않다.20) 그가 "한 번 그 길에 들어"서면 "억제

---

19) 미셸 마페졸리, 신지은 역, 『영원한 순간』, 이학사, 2010, 35쪽 참조.
20) 위의 책, 37쪽 참조.

할 수가 없"다고 믿었던 "야(野)하고 속(俗)하고 기승(氣勝)한" "디오니소스"적인 열정과 "희열"[21]은 한 세계에서 또 다른 세계로 건너갈 때의 변모에 관한 근본경험과 관계되어 있다는 점에서 포스트모던 세계와 맞닿아 있다.[22] 그의 첫 시집 『흑인고수 루이의 북』에서부터 시작되어 최후의 시집 『백년』(2015)에 이르기까지 관통하는 그의 '야성'에 대한 관심이나 동양사상에 대한 관심 등은 실상 모던사회가 경시하거나 무시한 것들이자 근원적인 생의 에너지와 깊게 연결되어 있었던 것이다.

　기계문명에 대한 호기심으로부터 시작된 그의 시적 여정은 단연 그렇다. 그의 시론 중의 하나인 「트임의 미학」을 통해 "'열린' 서양사상에서 배우고 자연적 동양사상으로 그것을 극복하여 마침내 '트인' 사상의 발전에 기여할 것을 희망"[23]했다고 말하고 있듯이 그의 시와 시론들은 20세기 후반기와 21세의 초반기 한국의 지식인이자 시인으로 살아오면서 그에 대한 적절한 대응논리와 새로운 양식을 창출하려는 노력의 결과이다. 특히 그것들은 시대적 변화에 따라 달라지는 삶과 문화에 따른 문학 양식 또는 내용을 확보하려는 과정에서 자연스레 탄생한 것이라고 할 수 있을 것이다.

---

21) 범대순, 『나는 디오니소스의 거시기氣다』 책머리, 전남대출판부, 2005.
22) H. 롬바흐, 전동진 역, 『아폴론적 세계와 헤르메스적 세계』, 서광사, 2009, 99쪽 참조.
23) 범대순, 「트임의 미학—절구 시집」, 『범대순 논총』, 366쪽.

<참고문헌>

범대순,『范大錞全集』제1권, 전남대학교출판부, 1994.
_____,『나는 디오니소스의 거시기氣다』책머리, 전남대출판부, 2005.
_____,「시적 진실인 나의 야성」,『문학의 집·서울』강연 원고, 2014년 4월호.
김학동·조용훈,『현대시론』, 새문사, 1997.
미셸 마페졸리, 신지은 역,『영원한 순간』, 이학사, 2010
범대순유고집편찬위원회,『범대순 논총』, 문학들, 2015.
윤재근,『시론』, 둥지, 1990.
윤평중,『포스트모더니즘 철학과 포스트 마르크스주의』, 서광사, 1992.
이성희,『미학으로 동아시아를 읽다』, 실천문학사, 2012.
캐밀 파야, 이종인 역,『성의 페르소나』, 예경, 2003.
H. 롬바흐, 전동진 역,『아폴론적 세계와 헤르메스적 세계』, 서광사, 2009.
T.W. 아도르노, 홍승용 역,『미학 이론』, 문학과지성사, 1985.
Michael Kelly, *Encyclopedia of Aesthetics 4, Oxford*, 1998.

범대순의 기계시학 연구

기계는 어떻게 '악마'에서 '영웅'이 되는가?

정민구

Ⅰ. 전후(戰後)의 시대적 현실과 기계(機械)의 재발견

범대순 시인이 최초의 기계시로 알려진 「불도오자」를 착상한 것은 1954년 5월이며, 그것을 발표한 것은 57년 6월이었다. 「불도오자」 외 소위 '기계시(機械詩)'라고 불리는 일련의 작품들은 시인의 언급에 따를 때, 50년대 중반에 작성된 것들이다.1) 따라서 기계시는 엄밀히 말해 60년대의 시대적 상황보다는 50년대의 시대적 상황과 밀접하게 결부된 작품들이다. 이런 사실에도 불구하고 그의 기계시는 통상 60년대의 작품으로 분류되기 쉬운데, 이는 기계시 8편 모두가 수록된 범대순의 첫 시집 『黑人鼓手 루이의 북』이 65년에 뒤늦게 출간된 사정과 무관하지 않다. 시집의 출간연도에 따라 문학사적 연대를 구분하는 것이 학계의 관습인 까닭이다. 첫 시집에 수록된 여러

---

1) 범대순, 『白紙와 機械의 詩學』, 사사연, 1987, 27쪽. 이후 같은 책에서의 인용은 본문에 쪽수만 표기.

다른 시들에 대해 그러한 관습을 무리 없이 적용시킬 수 있다하더라도, 적어도 기계시에 대해서는 그것이 50년대의 시대적 상황 속에서 쓰여졌다는 분명한 사실을 결코 간과해서는 안 될 것이다. 전후(戰後)의 피해상황과 직접적으로 대면하는 시기로서 50년대는 그것이 어느 정도 복구된 상황과 더불어 4·19, 5·16 등의 사회적 격변이 일어나던 시기로서 60년대와는 사뭇 다른 차원에서 기계시의 시적 토대로 작용했을 것이기 때문이다.

기실 한국전쟁이 휩쓸고 간 50년대는 우리 국토의 대부분이 황폐화된 시대였다. 그러나 황폐화된 국토는 미국의 경제적 원조를 보장받음으로써 이내 부흥에 대한 의지와 열기로 가득 차게 된다. "휴전협정이 체결된 1953년 중반부터 이후 경제재건의 틀을 마련할 '재건기획팀'이 정비되었고, 이후 재건의 원칙과 방법을 둘러싼 준비가 본격적으로 시작되었다."[2] 50년대 중반에 이르면, 국가 주도의 전후 재건/부흥 사업을 통해 정치·사회적으로 각종 제도가 정비되는 가운데 산업적 기반 조성을 위한 구체적인 계획이 수립되기 시작한다. 특히 "1953·54년부터 본격화되는 소위 '3大基幹産業工場'의 건설·불하계획은 이러한 전후 부흥정책 위에서 출발한 대표적인 정부사업이었다. 당시 '3大基幹産業'이란 부흥건축과 농업증산의 필수재인 시멘트, 판유리, 비료 등 3개의 중점산업을 지칭하던 용어로 이들 부문은 전력, 탄광업 등의 에너지산업과 함께 전후 경제건설에 가장 절실하게 필요했던 기초중화학공업부문이었다. 각종 산업시설과 주택, 교량, 도로, 수리시설 등과 같은 경제부흥의 토대를 마련하기 위해서는 무엇보다 시멘트, 판유리와 같은 건축자재의 공급이 시급했다."[3] 당시 국가적으로 내세운 부흥이라는 용

---

2) 정진아, 「6·25전쟁 후 이승만 정권의 경제재건론」, 『한국근현대사연구』 제42집, 2007, 223쪽.
3) 김성조, 「1950년대 기간산업공장의 건설과 자본가의 성장」, 연세대 석사논문, 2003, 19쪽.

어는 전쟁으로 황폐화된 '국토의 재건(再建)'을 염두에 둔 것이었거니와 이러한 시대적 상황 속에서 국토의 여기저기에서 건설 현장을 목도하는 것은 일상생활의 한 단면이었다.

'국토의 재건'은 황폐화된 국토 위에서 그것을 재건할 '건설의 역군(役軍)'으로 호명된 국민들에게 있어서 숭고하고 운명적인 의무로 인식되었다.[4] 국토 재건의 의무를 실천하기 위해 재건 주체에게 요청된 것은 당연히 역동적인 힘이었다. 무엇보다도 재건 과정에서 역동적인 힘을 가시적으로 보여준 것은 건설 기계였다. 기계는 불과 몇 년을 사이로 하여 전쟁의 도구에서 벗어나 복구의 도구로써 당시의 건설 현장에서 다방면으로 활용되었고, 황폐화된 국토는 기계를 통해 역동적으로 변모해 가기 시작했다. 복교(復校)한 범대순이 교정에서 건설의 도구로 사용되고 있던 낯설고 신기한 기계=불도저를 발견하게 된 일은 결코 우연의 일치만은 아니었던 것이다. "사변 뒤 환도하였던 고려대학에 복교하였던 나는 지금 시계탑이 있는 서관을 건립하기 위하여 터를 닦고 있는 이 괴물에 매혹되고 있었다. (…) 산더미 같은 모래흙, 그리고 바위가 밀리는 그 힘은 순식간에 지형을 바꾸어 놓았다."(28) 기계=불도저는 그에게 있어서 처음에는 '괴물'이었으나 이내 '매혹적인 존재'로 탈바꿈한다. 그러한 변모는 눈앞에 보이는 괴물이 전쟁을 위한 파괴의 행위가 아니라 건설을 위한 노동의 행위를 하고 있다는 것을 그가 직시했기에 가능한 것이다. 사실상 당시 건설 현장에서 사용되던 대부분의

---

4) "미싱을 돌리는 부인들 대부분이 전쟁미망인과 군경 유가족이고 젖먹이 아이를 데리고 다니며 진지한 작업을 하고 있는데 바쁜 때에는 주야를 겸행하여 가며 작업을 하고 있다. 그러나 자기들이 만드는 옷이 직접 조국재건을 위한 일터로 건설의 역군에게 입혀진다는 것을 생각할 때 남편의 원수도 아버지의 원한도 풀 수가 있다는 위안을 스스로 느끼게 된다는 여직공들의 실토가 있다."(「새해建設譜」, 『경향신문』, 1954.01.12., 2면)에서 보듯, 50년대 중반에 이르면 '역군'이라는 용어와 그것이 내포한 이미지는 이미 숭고한 것으로서 대중에게 내재화되어 있었다.

불도저는 군대에서 사용하던 공병 기계였으며, 국토 재건을 위한 공사에 투입될 때에도 불도저를 조작한 주체는 군인이었다. 때문에 그것은 여전히 전쟁 기계의 이미지를 담보하고 있었다.[5] 그러나 범대순은 시적 대상이 된 기계에 대하여 그것이 담보한 잔인하고 파괴적인 전쟁 괴물의 이미지를 벗겨내고 그 자리에 국토 건설의 의무를 실천하는 순수한 재건 주체의 이미지를 새롭게 기입하려 했다.

이 글은 범대순이 보여준 기계에 대한 인식적 특성에 주목하면서, 기계가 내적-현실의 재건 주체에서 외적-현실의 재건 주체로 확장되는 과정에 대해 논의할 것이다.[6] 우선 구체적인 작품 속에서 어떻게 기계가 내적-현실의 재건 주체로서 형상화되고 있는가를 밝히고, 다음으로 기계시의 이론적 토대가 되는 기계시학의 입각점을 분석하여, 그것이 기계를 통한 전쟁의 결과로서 황폐화된 외적-현실을 다시 기계 자체를 통해 극복하려는 역동적인 시적 논리의 제출 행위임을 규명하고자 한다.

---

5) "그 실례로서 묵은해에 맡은 전국 국도를 비롯한 간선도로 또는 대소교량 등 천여개 소에 달한 복구공사 결과는 제2차전 당시 「독일」이 자랑하던 도로시설에 못지않게 중무기를 임의로 기동시킬 수 있게끔 하였다. 20톤급 「부루도─자(道路整理車)」와 건축용 차량이라던가 기중기차 등 수십 종류를 구사하여 ○○○○키로의 주보급로를 관리하고 있을뿐더러…"(「싸우는 後方部隊 숨은 將兵들의 勞苦」, 『동아일보』, 1953.01.01., 4면).

6) 물론 기계시 및 기계시학은 기계의 부정적 측면을 외면한 채, 기계의 긍정적 측면에만 주목하고 있다는 점에서 문제적이며, 그것은 시적 태도의 차원에서 시인의 허약함과 결부될 수 있다는 점에서 비판의 여지를 남긴다. 이에 대해서는 임환모, 「경험의 질서와 원시적 생명력─범대순론」(『한국 현대시의 형상성과 풍경의 깊이』, 전남대출판부, 2007, 185-186쪽)을 참고하라.

II. 황폐화된 내적-현실의 재건 주체로서 기계

범대순이 직접 언급한 바에 따를 때, 기계시에 해당하는 작품은 "「불도 오자」, 「放送塔」, 「싸야렌」, 「랏쉬 아워」, 「안테나」, 「싸야렌 序」, 「機械는 外國語」, 「核分裂 事件에 부치는 序詩」 등"(27)이다.[7] 언뜻 "등"이라는 표 현을 사용함으로써 언급된 8편 외에 또 다른 기계시가 존재한다는 사실을 그가 애써 알리려고 한 것처럼 보이지만, 이어지는 구절에서 다시 "이 시 8 편 전부를 수록하고"(28)라는 진술을 부기함으로써 그는 기계시가 총 8편 이라는 사실을 명확하게 밝힌다. 여기에서 기계시의 편수가 적다는 사실은 기계시에 대한 창작 혹은 실험이 짧은 시도에 그치고 말았다는 해석적 판 단과 굳이 결부될 필요가 없다. 왜냐하면 범대순이 기계시의 의의를 정립 하는 데에 있어서 기계시의 편수는 그리 중요한 것이 아닐 뿐더러, 오히려 소수의 기계시 자체가 첫 시집에 있어서 "가장 중요한 시편들"(28)이 되고 있기 때문이다. 그렇다면 8편의 기계시가 첫 시집에서 가장 중요한 시편들 이 되는 까닭은 무엇인가?

사실 최초의 기계시인 「불도오자」는 눈앞에서 마주한 괴물 같은 기계의 역동적인 움직임에 감격한 시인의 정서 아래서만 쓰여진 것이 아니다. 기계 시의 창작 과정에 영향을 끼친 또 다른 요인은 부정과 저항으로 가득 찬 시 인 자신의 내적-현실이다.

---

7) 「불도오자」(시집)와 「불도우저」(시론)에서처럼, 범대순은 시집과 시론집에서 시의 제목에 대한 표기를 달리한다. 이것은 특별한 의도를 갖는 것이 아니라, 시간의 흐 름에 따라 나타난 표기의 차이로 보인다. 이 글에서 언급하는 시의 제목은 시집에 표기된 것을 따른다.

나의 시는 전통적이거나 서정적이기보다는 늘 이질적이고 사설적이다. 낭만은 어림도 없는 생활이었고 열등의식만 가득 차 있었다. 강의실에서 친구로부터 세상으로부터 문화로부터 나는 인간적인 대접을 받지 못했다. 그것은 나 자신의 한계 때문이었다. 학문을 한다는 꿈은 어림도 없었다. 부정과 저항으로 가득 찬 정서는 좀체 시를 받아들이지 않았다. 그런 가운데 마음속으로 힘이라든지 약자의 해방이라든지 자유라든지 하는 전후 당시 한국이 허락할 수 없는 위험한 추상을 구하여 균형을 유지하려고 하였다. 그리고 그 추상은 검은빛을 구했다. 검은빛은 무정부주의를 상징한다. 흑인과 기계 그리고 무정부주의 그런 것이 나의 정신을 사로잡았다.[8]

기계시의 시작(始作)인 「불도오자」는 물론이거니와 일련의 기계시들은 이처럼 인간관계에 대한, 현실에 대한, 문학에 대한 시인 자신의 열등감을 부정하고 저항하기 위하여, 스스로 위험한 추상을 구하려는 자기-갱생적인 정신 상태의 연장선상에서 쓰이게 된 것이다. 유년시절의 경험에서 연유한 인간적인 약함과 한계로 인하여 열등감에 사로잡힌 시인은 자신의 내적-현실을 전후의 외적-현실과 중첩하여 인식하게 되고, 거기에서 두 개의 현실은 황폐화되고 파괴된 것으로 종합된다. 그러한 현실을 극복하고 자신만의 현실을 재건하기 위해 그에게는 모종의 '힘'이 필요했던 바, 시인은 그것을 "검은빛"을 발하는 대상/관념에서 발견한다. 이때의 검은빛은 "흑인", "기계", "무정부주의" 등 전후의 한국적 현실에서는 허락되지 않는 대상/관념을 표상한다. 그렇게 볼 때, 기계=불도저는 전후 한국의 문학적 현실에서는 좀처럼 허용되지 않을 법한 대상 가운데서 가장 먼저 그에게 포착된 검은빛의 구체적인 현현이었던 셈이다. 그렇다면 시인의 황폐화된 내적-현실을 구원할 수 있는 검은빛의 현현으로서 기계=불도저가 기계시의 면면에서 어떻게 형상화되고 있는가를 살펴보기로 한다.

---

8) 범대순, 「나의 삶, 나의 예술」, 『광주예술』, 2000년 겨울호.

다이나마이트 폭발의 5월 아침은 快晴/ 아까시아 꽃 香氣 그 微風의 언덕 아래/ 황소 한 마리 入場式이 鬪牛士보다 오만하다.// 처음에는 女王처럼 조심스레 주위를 살피다가/ 스스로 울린 청명한 나팔에 氣球는 비둘기/ 꼬리 쳐들고 뿔을 세우면 洪水처럼 신음이/ 밀려 이윽고 바위돌 뚝이 무너지고.// 그것은 희열/ 사뭇 미친 爆布같은것/ 짐승 소리 지르며 목이고 가슴이고 물려 뜯긴 新婦의 남쪽 그 뜨거운 나라 사내의 이빨같은 것.// 그리하여 슬그머니 두어 발 물러서며/ 뿔을 고쳐 세움은/ 또 적이 스스로 무너짐을 기다리는 智慧의 자세이라.// 波濤같은 것이여/ 바다 아득한 바위 산 휩쓸고 부서지고 또 부서지며 봄 가을 여름 내내 波濤같은 것이여.// BULLDOZER.// 正午되어사 한판 호탕히 웃으며 멈춰 선 휴식 속에/ 진정 검은 大陸의 그 발목은 화롯불처럼 더우리라.// 다이나마이트 폭발의 숲으로하여 하늘은 환희가 자욱한데/ 내 오래도록 너를 사랑하여 이렇게 서서있음은,/ 어느 화사한 마을 너와 더불어 찬란한 화원/ 찔려서 또 기쁜 薔薇의 茂盛을 꿈꾸고 있음이여.

「불도오자」 전문

시인에게 포착된 기계=불도저는 황소다. 여기서 불도저가 황소라는 것은 불도저와의 유사성을 강조한 은유라기보다는 불도저에 대한 시인의 강렬한 인상들을 종합하기 위한 은유다. 불도저는 황소의 외양뿐만 아니라, 여왕의 조심스러움, 홍수의 격렬함, 폭포의 희열, 뜨거운 나라 사내의 이빨이 보여주는 야생성, 파도의 역동성과 진정성, 검은 대륙의 발목에서 피어나는 열기 등을 체화한 대상으로 형상화되고 있기 때문이다. 그것은 조심스러움에서 거친 희열로 이행했다가 다시 기다림의 자세로 돌아올 줄 안다는 측면에서 섣불리 그 면모를 가치판단할 수 없는 존재다. 그런 점에서 기계=불도저의 움직임은 그것을 포착한 시인에게 판단중지를 요청한다. 불도저라는 이름과 외양만으로는 그것의 실체 혹은 본질을 명확하게 판단할 수 없다. 불도저는 거대한 힘을 가졌지만 그 힘을 맹목적으로 사용하지 않는다. 불도저는 부림을 당하는 노예적 객체가 아니라 능동적으로 움직이는 지혜의 주체다. 주체로서 인식된 불도저는 다시 시인의 내밀한 경험들과 결부되면서 보편적 사물에서 특수한 인격체로 전화한다. "내가 사랑하던 것은 하나의 물건이 아니었다. 처음에는 짐승 같다가 괴물 같다가 거인이 되더니 이내 시골 상 씨름꾼인 내 사촌 형인 범채식(范采植)이 된 것이었다."(29) 이처럼 불도저는 시인에게 처음에는 짐승으로, 다음에는 괴물로, 다시 거인으로 여겨졌다가 마침내 구체적인 사촌 형의 형상에 닿게 되는 인식적 전환 속에서 인격체의 속성을 부여받게 되는 것이다.

한편, 기계=불도저는 현실적인 차원에서 꽃향기가 가득한 계절에 노동을 하고 있거나, 혹은 관념적인 차원에서 꽃향기를 만들어내는 노동을 하고 있다. 전자와 같이 말할 수 있는 이유는 불도저가 일하면서 풍기는 땀의 체취보다 꽃향기가 더 우세하기 때문이며―실제로 "작업의 현장엔 많은 아카시아가 서 있었고 꽃이 한창이었다."(30)―후자와 같이 말할 수 있는 까닭은 불도저의 노동이 장미가 무성한 '화사한 마을'과 '찬란한 화원'을 만드는 일이었기 때문이다. 그러한 노동은 폐허를 산출하는 파괴의 행위와는 거리가 있으며 궁극적으로 장미가 무성한 마을/화원을 만들기 위한 창조의 행위=꿈꾸는 일과 맞닿아 있다. 또한 '너와 더불어 꿈을 꾼다는 점에서' 장미의 무성을 꿈꾸는 일은 불도저의 뜨거운 노동의 귀결이면서 시인의 사랑스러운 노동의 귀결이기도 하다. 이처럼 기계=불도저는 시인의 파괴된 내적-현실을 장미가 가득한 현실로 성취해 주는 시적 대상인 동시에 시인의 한계를 보완해 줄 수 있는 역동적인 시적 주체로 형상화되고 있는 것이다.

> 내 일찍이 꽃의 키를 생각하지 않았지만/ 나의 靑春의 꽃은 저만치 높이 피어 있을까.// 나의 靑春은 저만치 높이 서서/ 山을 넘고 바다를 건너 손을 들고 萬歲부르며/ 나의 靑春은 저만치 높이 가슴을 펼치고 太陽을 껴안고/ 그리하여 굳게 땅을 딛고 발 벋음하여/ 나의 靑春은 祖國을 위해 꿈을 꾸며/

兄弟와 울며 목메어 있는가.// 내 일찍이 저 塔의 키를 헤아리지 않았지만/ 항상 내 靑春의 높이와 그를 맞세워 보는 것이다.

「안테나」 전문

시인은 줄곧 기계=안테나의 높이와 자신의 청춘의 높이를 견준다. 견줌의 까닭은 다른 곳에 있지 않으며, 시인이 가졌던 자신의 청춘의 높이에 대한 열등감 자체에 있다. 기실 내세울 것 없는 청춘이라는 나약한 정서가 만들어낸 내적-현실 속에서 시인은 자신의 "청춘의 꽃"="꽃의 키"를 애써 생각해 본 일조차 없었을 터이다. 그러나 "저만치 높이" 서 있는 기계=안테나를 볼 적이면 시인은 자신에게 구체적으로 물어본 적이 없었을 청춘의 높이에 대한 반성적 질문을 던지게 된다. 그것은 방방곡곡에서 만세를 부르고, 당당하게 가슴을 펼쳐 태양을 껴안으며, 굳게 땅 위로 발돋움하여, 조국을 위한 꿈을 꾸고, 형제와 울며 목메어 보는 연대의 삶을 살고 있는가에 대한 물음이다. 물음의 지향점은 분명해 보인다. 그것은 시인 자신이 개인적 삶이 아닌 역사적 삶을 살고 있는가에 대해 스스로에게 던지는 반성적 물음이다. "내 일찍이 꽃의 키를 생각하지 않았지만/ 나의 靑春의 꽃은 저만치 높이 피어 있을까"에서 보듯, 기계=안테나와 마주한 순간 갖게 된 물음 속에서 시인은 자신의 청춘의 높이/의의에 대해 확고하거나 당당한 태도를 갖지 못하고 있다. 그러나 이러한 반성적 의문의 수행 효과는 시인 자신의 열등한 내적-현실을 감내하려는 수동적인 자세가 아니라 그것을 극복하고 재건하려는 능동적인 의지와 맞닿아 있다. "내 일찍이 저 塔의 키를 헤아리지 않았지만/ 항상 내 靑春의 높이와 그를 맞세워 보는 것이다."에서 보듯, 시인은 언제나 자신의 청춘의 높이를 기계=안테나의 높이에 맞세워 보려고 시도한다. 그가 항상 자신의 삶과 견주어보려고 하는 저 기계=안테나의 높이는 역사적 현실의 한 장면에서 형제들의 당당한 만세의 외침을 조국의 산천을 넘어 방방곡곡에 전송하던 청춘의 삶을 상징한다. 자신의 열등한 내적-현실을 극복하기 위해 시인은 기계=안테나가 상징하는 역사적인 삶을 "항상" 반성적으로 내면화할 필요가 있었던 것이다. 그러나 자신의 청춘의 높이와 기계=안테나의 높이 사이에는 일치될 수 없는 여전한 심리적/현실적 거리감("저만치")이 존재하고 있다. 때문에 시인과 기계의 마주침은 기본적으로 내적 갈등을 수반할 수밖에 없다.

> 器械는 外國語/ 같이 밋밋한 音響과 화려한 色彩를 가졌어도/ 손 잡고 거리에 나서기 가벼운/ 허나 들어 같이 자리하기가 가스러운 女人.// ─어느 날/ 내 발 벗고 달린 都市에 키 크고 검은 對面/ 오만하여 둥근 발목과 긴 모가지/ 이제 그 金屬 生理 속에/ 어느 茂盛한 常綠을 생각하고// 같이 살며 太陽만한 알을 낳자고/ 그는 자꾸 닳아오른 나의 體溫을 要求하다.// 생각하면/ 내가 사는 화려한 理由/ 그 誘惑이 있었기에/ 時間이 나와 짝지어 사는 山.// 萬年을 미워하고 또 그 萬年을 外面한 뱀으로하여/ 마침내 오늘 이 明暗을 自由로 살듯,// 어쩌면 고분하고 어쩌면 밉지도 않는/ 願이 닳아 어쩌면 메디아처럼 毒할/ 너로하여 새로운 싸탄이 되게 하지는 말아야지.
>
> 「器械는 外國語」 전문

시인과 기계 사이의 내적 갈등은 기계가 갖는 속성을 "외국어"가 갖는 속성과 유사한 층위에서 파악하게 한다. 모국어에 익숙한 화자에게 외국어는 낯설고 불편한 속성을 갖는 것처럼, 기계 또한 그렇다. 그래서 시인과 기계 사이에 존재하는 내적 갈등은 "밋밋한 音響과 화려한 色彩"를 지녔음에도 불구하고, 그것을 "손 잡고 거리에 나서"거나 "같이 자리하기가 가스러운" 낯설고 불편한 존재로 만든다. 기계는 외국어라는 은유는 그러한 속성에 대한 환기 효과를 갖는다. 그렇다면 외국어가 지닌 속성 안에서 기계를 인식한 시인은 이후에 어떠한 태도를 갖게 되는가? 외국어=기계가 단적으로 보여주는 갈등의 지점은 기계에 대한 통상적인 인식의 분기점(分岐點)이 되면서, 기계를 새롭게 인식하려는 시적 태도가 발아하는 지점이 되기도 한다. 우선 그것이 분기점이 되는 까닭은 이렇다. 모국어 화자가 바라보는 언어적 도구로서의 외국어와 유사하게, 기계는 사실 인간에게 이익을 가져오는 편리한 도구이면서 인간에게 해악을 끼칠 수 있다는 점에서 불편한 도구이기도 하다. 기계의 출현 이후로 수립된 기계에 대한 현대적 개념은 이익과 해악의 분기점에서 후자에 주목하는 가운데 기계에 대한 적의로 규정되었던 것이다. 그렇다면 앞서 기계에 대한 현대적 개념을 거부했던 시인은 그와 반대로 전자에 주목한 것인가? 사실상 범대순은 이 분기점에서 전자도 후자도 아닌 편을 택하고 있다. 시인은 기계가 자신이 지닌 크고 검은 힘으로 인간을 유혹하는 것을 주어진 시대적 상황으로 인정하지만, 그 유혹은 다만 현대적인 삶의 이유가 되는 것뿐이라고 생각한다. 다시 말해 그는 기계가 지닌 명암(明暗) 자체에 대해 거부하려는 것이 아니라, 그것에 대한 가치판단에 대해 지양하고자 하는 것이다. "전쟁을 일으키는 의지가 악한 것이지 전쟁에서 사용하는 기계 그 자체가 악한 것은 아니다."(73)라는 진술에서 단적으로 드러나듯, 그는 인간과 기계와의 관계에서 중요한 것은 기계를 대하는 인간의 태도이지 기계의 속성 자체가 아니라고 판단했다. 요컨대 기계가 외국어처럼 불편하고 낯선 대상인 것은 사실이지만, 그렇다고 그것이 전적으로 악마적인 도구는 아닌 것이다. 그러한 판단 하에서 범대순은 기계를 새로운 악마("싸탄")로 만들지 않기 위해서는 우리에게 기계의 명암을 극복하려는 '성실한' 의지가 필요하다고 역설했던 것이며, 시인 자신에게서 그 의지는 기계시의 창작으로 발현되었던 것이다.

이상에서 살펴본 것처럼, 범대순은 최초의 기계시인 「불도오자」에서 기계의 역동적인 힘을 포착하고 황폐화된 현실을 재건하기 위한 시적 성찰의 과정에서 그것의 가치를 재발견해 낸다. 동시에 기계는 시인의 나약하고 열등한 내적-현실을 재건해 내는 주체가 된다. 기계는 사물이 아닌 인격체로 전화하며, 자신을 대신하여 황폐화된 현실의 재건 의무를 수행할 수 있는 믿음직스러운 역군으로 형상화되는 것이다. 불도저는 엄연히 외적-현실 속에서 자신의 행위를 수행하지만, 그것의 가치는 시인의 내적-현실 속에서 더욱 분명해진다. 이렇듯 기계-불도저를 통해 표출된 재건의 이미지는 양가적인 것이며, 시인은 외적-현실과 내적-현실을 가로지르는 양가적인 지점에서 그것을 시적 주체로 형상화한다. 그런데 시적 주체로서의 기계는 시인에게 맹목적인 호의의 대상일 뿐인가? 「안테나」는 언뜻 기계에 대한 시인의 맹목적인 동경을 보여주는 것처럼 보인다. 기계-안테나의 높이에 이르고자 하는 시인의 심정이 직접적으로 표출되었기에 그렇다. 그러나 "저만치"라는 부사어의 사용을 통해 시인은 기계에 대한 맹목과 통찰 사이에서 적절한 시적 거리를 유지하고 있다. 그러한 시적 거리는 기계를 대하는 시인에게 반성적 성찰의 계기로 작용한다. 기계와의 대면에서 촉발된 시인의 반성적 성찰은 기계에 대한 인식의 전환으로 이어진다. 「機械는 外國語」에서 보듯, 시인은 기계의 낯섦과 불편함을 솔직하게 인정하는 가운데, 그것에 대한 가치판단을 넘어 기계를 대하는 인간의 주체적 태도를 문제 삼는다. 중요한 것은 기계를 새로운 악마로 만들지 않으려는 인간의 주체적 의지에 있기 때문이다. 그러한 의지 하에서만 기계는 파괴된 시인의 내적-현실과 황폐화된 국토의 외적-현실을 "茂盛한 常綠"으로 재건해 내는 역군이 될 수 있는 것이다.

Ⅲ. 테러리즘에 대항하는 시적 논리로서 기계시학

시론집 『白紙와 機械의 詩學』에서 회고하고 있는 바, 유년시절을 시골에서 보낸 범대순은 광주라는 도시에 올라와 처음으로 기차를 보고 느끼게 된

문명적 스케일의 감격을, 교정에서 위풍당당하게 작업하는 불도저의 모습 속에서 다시 한 번 느끼게 된다. "나는 그때 기계에 대한 현대적 개념이 형성되지 않았었다. 그렇기 때문에 그것에 대한 관념적인 적의를 품기 전에 친근함을 가질 수 있었고 이내 애정을 가질 수 있었다."(28) 앞서 짧게 언급한 것처럼, 그가 느낀 벅찬 감격과 애정은 실상 기계를 비판적으로 사유하는 '현대적 감각'과 맞닿아 있는 것이 아니었고, 덕분에 그는 기계에 대한 '적의(敵意)' 대신 '호의(好意)'를 갖게 되었다. 그런데 그와 같은 지점은 기계에 대한 무지(無知)가 곧바로 기계에 대한 호의로 연결되고 있는 것이 아닌가라는 비판적 의문을 제기하도록 만든다. 당시의 시대적 상황 속에서 기계에 대한 적의의 표출은 현대적인 관념에 부합하는 것으로 인식되었다는 사실을 고려했을 경우에도 그렇다. 그 배경에는 2차 대전 이후에 대두한 정신적 사조로서의 실존주의나 휴머니즘이 놓여있다. 사상에 자행된 "논리의 테러리즘"[9]이라 부를 법한 이런 시대적/문학적 상황 속에서 기계를 옹호하는 시 쓰기를 수행하는 것은 전지구적으로 유행하던 실존주의나 휴머니즘에 대한 저항의 제스처로 여겨질 법한 일이 아닐 수 없다. 이러한 저항의 제스처를 단지 무지에 의한 행동으로 간주하기란 쉽지 않은 일이다. 따라서 그가 '무지(無知)'라는 표현을 통해 말하고 있는 기계에 대한 현대적인 개념은 당시 대두한 두 이념 가운데 특히 휴머니즘에서 파생된 기계 부정의 서구적인 개념을 특정하여 가리키는 말로 보아야 할 것이다. 즉 그는 기계에 대한 현대적 개념 자체에 무지했던 것이 아니라 기계를 부정하는 일이 인간의 정신이나 문명을 보전하기 위한 방편이라는 지배적인 관념 자체에 대해 무지(無知)의 차원에서 거부하고자 했던 것이다. 시인이 기계를 부정적으로 판단하는 지배적인

---

9) 김현, 「테러리즘의 문학」, 『현대 한국 문학의 이론/사회와 윤리』, 문학과지성사, 2003, 256쪽.

관념을 거부할 때, 기계는 일차적으로 시인의 의식 속에서 괄호 속에 놓인 가치중립적 대상("관념적인 적의를 품기 전"의 대상)이 되며, 이차적으로 시인의 주체적인 판단의 대상("친근함"과 "애정"의 대상)이 된다. 그럼으로써 기계는 현대문명의 비판적 대상에서 벗어나 시인의 주체적인 판단의 대상으로서 새롭게 포착되는 것이다. 그렇다면 기계를 시적 대상으로 포착하는 것은 시인에게 어떤 의미를 지니는가?

20세기 초 세계는 두 차례의 전쟁을 겪으면서 비인간성이 극대화된 테러리즘의 상황에 직면하게 된다. 전쟁에서 기계는 거대한 살상과 파괴의 주요 도구로 활용되었다. 때문에 전후의 상황에서 그것은 별다른 수식어 없이도 '악마'의 이미지를 자아내기에 충분했다. 우리의 상황에도 예외는 아니었다. 6·25의 경험 안에서 전쟁 도구였던 기계는 분명 무차별적으로 국토를 황폐화시키는 동인(動因) 그 자체로 인식되었을 것이다. 그러한 상황 속에서 문인들은 인간 존재에 대한 반성적 성찰의 차원에서 자연스럽게 서구에서 유입된 실존주의에 빠져들거나 기계 혹은 기계문명을 부정하고 인간 정신의 본래적 회복을 주장하는 휴머니즘의 입장에 동참하는 모습을 보이게 된다. 그러나 범대순은 실존주의나 휴머니즘에 입각한 기계에 대한 부정의 논리를 거부하면서, 반대로 긍정의 논리 안에서 그것을 새롭게 인식하려고 했다. 당시 등장했던 실험시 계열의 시인들과는 사뭇 다른 관점에서 범대순은 또 하나의 전위(前衛)적 실험을 수행하려고 했던 것이다.

범대순의 전위적 태도는 그의 내부에서 독자적으로 발아되었다기보다는 이미 30년대에 제출된 바 있는 스티븐 스펜더, 하트 크레인 등과 같은 서구 좌파시인들의 기계에 대한 긍정적 태도 및 일련의 시편에 영향을 받았다고 볼 수 있다.[10] 특히 그가 첫 번째 기계시를 탈고하는 과정에서 스펜더의 영향

---

10) 『白紙와 機械의 詩學』 후반부에 할애된 대부분의 글에서 범대순은 스티븐 스펜더

은 직접적인 것이었다. "이 힘을 나는 불도우저에서 보았던 것이다. 그러나 이것을 바로 시로 성공시킬 만큼 나는 독창성을 지니지 못했다. 마음속에서 늘 미진한 채 남아 있는데 스티븐 스펜더의 「급행열차」를 만나게 된 것이다. 여기서 비로소 나의 기계에 대한 개념이 형성되었다."(29) 「불도오자」 탈고 이후에 그는 지도교수의 추천으로 스펜더의 "전시집, 평론집, 참고문헌을 읽어 나가다가 부수적으로 현대 영시에 있어서 기계를 주제로 한 시와 시적 논의를 접하게 되었다. 그리하여 비로소 기계에 대한 현대적 개념, 즉 기계에 대한 적의(敵意)에 접하게 되었다."(30) 이처럼 그가 언급한 기계에 대한 현대적 개념은 앞서 말한 것처럼 서구의 좌파시인들이 거부하려고 했던 휴머니즘에 입각한 부정의 논리였던 것이다. 휴머니즘에 입각한 '현대적인' 문예학적 개념은 기계를 인간소외, 자연파괴 등을 야기하는 부정적인 대상으로 규정했으나, 그것을 파지(把持)하게 된 연후에 나타난 범대순의 태도는 다른 차원에서 더욱 '현대적인' 것이었다. 그는 기계의 부정적 측면에 대해 인식한 후 그것을 거부의 대상으로 적대하는 대신 오히려 기계를 적대하는 "개념에 대하여 정면으로 도전할 생각"(30)에 이르렀기 때문이다. 기계에 대한 적의가 기계에 대한 재결합으로 전화된 것이다.11) 거기에서 그는 기계에 대한 적의는 구체적인 대상 자체가 아니라 관념적인 개념에서 비롯된 것이므로, 후자에 대한 저항을 통해 구체적인 대상에 대한 명확한 인식에 이를 수 있다는 기계에 대한 또 하나의 현대적인 관점을 정립했던 것이다. 요컨대 시인은 시적 대상에 대한 구체적인 인식에 이르기 위하여 그것에 대한 추상적인 논리의 테러

<hr />

를 중심으로 하여, 오든, 하트 크레인 등을 거론하며 기계시학을 설명하는 바, 거기에서 서구 좌파시인들이 그의 기계시 및 기계시학의 형성에 끼친 직·간접적인 영향 관계를 살펴볼 수 있다.

11) 적대/적의가 지니는 이러한 측면은 아방가르드(전위) 예술의 한 특성이기도 하다. "적의(敵意)는 한편으로는 분리를 시키고 다른 한 편으로는 재결합시키는 특성이 있다." 레나토 포지올리, 박상진 역, 『아방가르드 예술론』, 문예출판사, 1996, 59쪽.

리즘을 거부한 셈이다. 그렇다면 이렇듯 기계 개념에 대한 저항을 통해 시인이 지향하고자 한 시적 가치가 무엇이었는지를 묻지 않을 수 없다.

200년 동안 서구문명은 기계에 의해서 발전해 왔다. 그럼에도 불구하고 시인들은 처음부터 이 기계에 대하여 무관심하거나 적의를 가지고 있었던 것이다. 가령 윌리암 브레이크는 기계를 「흉악한 악마의 물레방아」(*dark Satanic mills*)라 욕하고 그것은 산업혁명 이후 광산이나 공장에서 발생하는 사고에 분격한 많은 시인 예술가의 공감을 받았던 것이다. 근대 과학의 성립이 인류사상 예수의 탄신에 비길 만한 큰 사건임에도 불구하고 시인들은 그것을 극복하는 길을 과학이나 기계를 극복함으로써 찾으려 하지 않고 오히려 그것들로부터 도피하려 들었던 것이다. 시인은 기계의 위험을 자각해야 한다. 그러나 시인은 그 위험에서도 피해서는 안 된다.(41)

서구문명의 영향권 안에서 주로 설명되는 현대적인 인간의 삶은 기계와 밀접한 관련을 맺고 있다. 인간의 삶은 기계로 일구어낸 삶과 다르지 않다. 그런 점에서 기계는 인간 삶의 방편이라고 말할 수 있다. 그런데 범대순이 보기에 전통적으로 시인/예술가들은 삶의 구체적인 방편 속에서 기계를 성찰하지 못한 채, 부정적으로 나타난 현상적 차원에서만 파악하여 그것을 '악마'로 규정하고 그것과 대립하기에 급급했다. 기계의 본질은 보려하지 않고 기계와 연관된 현상만을 보려한 것이다. 범대순은 그러한 시인/예술가가 견지하고 있는 논리의 테러리즘을 거부한다. 그는 "기계와 인간정신과의 대립은 예술이 기계와 대립되는 것으로 생각하는 불성실에서 오는 것이고 그것은 기계와 예술 쌍방의 정신적 태만과 관련되어 있는 것"(34)으로 인식했다. 요컨대 예술가라면 도구의 노예로 전락할 수 있는 시대적 '위험' 속에 직접적으로 자리하면서도 자신의 정신적 태만을 제거하려는 반성적 태도를 통해 시대적으로 주어진 도구의 본질과 가치에 대해 구체적으로 사유할 수 있어야 한다는 것이다. 범대순에게 있어서 기계가 지니는 시적 대상으로서의 의

의는 바로 그런 시인의 정신적 태만의 문제가 예술적 실천을 통해 제거되는 과정에서 발생한다. 그러므로 현대적인 기계 개념에 대한 거부는 현대적인 예술적 태만에 대한 거부의 연장선상에 놓이게 된다. 그렇게 볼 때, 기계시학의 방점은 기계의 대상적 본질을 규정하려는 데에 있는 것이 아니라 기계라는 대상의 재인식 과정에서 이루어지는 시적 성찰을 실천하는 데에 있다. 기계를 재인식하려는 시적 성찰은 현대의 시인에게 내적-현실의 황폐화를 극복하는 신성한 노동의 일환이 되며, 동시에 그것은 현대의 인간에게 외적-현실의 재건을 위해 움직이는 기계로부터 신성한 노동의 의미를 발견하도록 추동한다. 이 두 가지 차원에서 기계는 신성한 노동의 매개이자 주체가 된다. 이처럼 범대순은 "인간의 이상"이자 "꿈으로서의 기계"를 낙관하는 반-현대적이면서 동시에 더욱 현대적인 "낭만주의 정신"에 입각하여 기계시학을 수립하고(34), 기계를 시적 대상으로 도입함으로써 인간의 파괴된 현실이자 상실된 꿈을 재건하려는 영구(永久) 혁명을 실천하고자 했던 것이다.

한편, 범대순의 시학이 발전하는 과정에서 기계시학은 근본적인 토대의 자리에 놓이며, 이후에 개진되는 일련의 시학들을 산출하는 최초의 원인이 된다. 「機械는 外國語」라는 시에서 그는 기계의 속성이 외국어의 속성과 유사하기에 외국어를 대하듯 그것을 인식할 수밖에 없음을 토로한 적이 있다. 거기에서 그는 기계가 지닌 '이국성(異國性)'이 아니라 '이질성(異質性)' 자체에 주목한다. 시적 대상이 지닌 이질성은 문학과 현실에서 고착화된 '-이즘'의 절대성을 무너뜨리기 위한 전위적 실천의 토대가 될 수 있다. 전후 세계에 대두한 휴머니즘은 인간과 기계의 관계에 대한 다양한 관점을 외면하고 부정적인 것이자 일방적인 것으로 동질화할 수 있는 위험을 내포한다. 그럴 때, 동질화의 논리에서 변화와 진보의 토대가 되는 이질성은 필연적으로 억압될 수밖에 없다. 지배적인 담론의 대두는 결국 인류사회를 향한 테러리즘이자 문학과 예술을 향한 테러리즘의 발현이기도 하다. 그러한 시대적 상황 속에서 범대순은 테러리즘의 표상인 기계 안에서 그것을 재발견하고 반-지배적이고 반-현대적인 기계 개념을 통해 전위적인 기계시학을 정립함으로써 시적 인식의 전환을 도모했던 것이다.

> 자동차 무전 전차 포따위/ 무수한 엔진과 발목들이 潮水로 넘쳐 밀리는 廣場.// 難破船 판자 쪽처럼 표류한 나는/ 噴水와 마주 선 자리 그 우연히 太陽 쪽을 가리키는 어린이의 한 팔을 보았다.// 오랜 피곤과 가시에 여윈 마음이/ 저 우연한 팔의 方向을 發見한 뜻은 무엇이냐./ 저것이 同時에 地獄을 가리키고 있드라도/ 저 의적한 燈臺의 意味가 나는 밉지 않았다.// 생각하면 뮤-트닉 빅 월드따위/ 새로 꽃필 무수한 별의 바다에도/ 저렇게 가리키는 손이 方向하고 있을게 아닌가.// 나는 微笑하였다.// 그리하여 저 카오스로 몰리는 수레 바퀴가 발목들이/ 이를 내 밀고 짐승처럼 사납게 소리 치는/ 저 톱니 바퀴며 銃□며 저 렐 선로 따위// ─저것들이 나를 감히 어떻게 할 수 있는 것인지/ 한 번 이 廣場 그 한 복판을 유유히 가로질러 보는 것이다.
>
> 「랏시 아워」전문

예술적 태만에 대한 반성의 과정에서 기계시학을 실천하는 일은 시인에게 있어서 기계들이 즐비한 광장에 홀로 서는 것에 견줄만한 시적 모험이기도 했을 것이다. 「랏시 아워」에서 나타나는 것처럼, 시인은 자동차며 전차와 같은 기계들이 분주히 움직이며 "넘쳐 밀리는" 상태의 광장 한복판에 서 있다. 그곳은 질서가 없는 "카오스"의 상태로 묘사되고 있다. 카오스 속에서 일견 시인은 방향을 잃는 듯싶다가 다시 어린아이의 손짓에서 방향을 가리키는 등대의 불빛을 발견하게 된다. 어린아이는 기계들을 호기심어린 눈빛으로 바라보며 즐거운 탐구의 대상으로 삼는 존재다. 도시의 기계들 속에서 그것과 어울리지 못하고 이방인처럼 표류하고 있던 시인에게 어린아이는 카오스의 상태를 극복할 수 있는 코스모스적 존재로 인식된다. 여기서 시인=어른과 어린아이의 존재론적 위상이 전복되는 과정은 인간과 기계의 그것이 전복되는 과정을 상징한다. 어린아이의 순진무구성은 섣불리 가치판단 할 수 없는 기계의 본질과 맞닿아 있는 것이다. 어린아이는 "뮤-트닉 빅 월드따위/ 새로 꽃필 무수한 별의 바다에도" 편재한다는 점에서 신적(神的) 존재이기도 하다. 신적 존재가 가리키는 방향이 설령 천국인 동시에 지옥일지라도 시인은 그것을 거부하지 않는다. 천국과 지옥은 가리키는 행위의 본질이 아니라 그 가리킴에 대한 가치판단의 결과일 뿐이기 때문이다. 인간이 기계와 함께 만들어낸 거대한 세계도 그와 마찬가지로 건설의 '방향[목적]'은 존재하지만 건설의 '가치'는 존재하지 않는다. 가치는 언제나 생성되는 과정에 있기 때문이다. 범대순에게 있어서 시인 혹은 시의 역할은 그 생성의 과정에 진실하게 참여하는 데에 있다. "──저것들이 나를 감히 어떻게 할 수 있는 것인지/ 한 번 이 廣場 그 한 복판을 유유히 가로질러 보는 것이다."에서 드러나는 것처럼, 그는 기계문명 속에 기입된 어떤 혼돈과 비판을 두려워하지 않고 도피하지 않으면서 그것의 중심에서 대면하고자 한다. 보들레르가 현대도시의 산책자를 자임했던 것처럼, 범대순은 현대의 기계문명 속을 '고통스럽지만'12) 더욱 '즐겁게' 산책하려 한다. 궁극적으로 보았을 때, 그가 수행한 즐거운 산책은 기계에 대한 적대의 재고를 통해

---

12) 사실상 그의 시적 여정에 있어서 기계시학의 실천은 완결될 수 없는 피나는 전위적 투쟁의 일환이었다. "나는 어렸을 때부터 늘 前衛이고자 하였지만 한번도 前衛이지 못했다. 그래서 前衛이고자 하는 나의 마음은 늘 未決한 채로 남아있다. 詩作에 있어서도 나는 한국 최초의 機械를 노래하는 詩人으로 詩壇에 데뷔했다. 한국의 文化的 風土에 機械를 노래하여 成功시키기 위해서는 나로서는 피나는 前衛的 鬪爭을 겪지 않으면 안되었다. 그러나 그 前衛는 묵살되어 나의 마음 속에서 前衛이고자 하였던 渴望은 역시 未決한 채로 남아 있었던 것이다."(범대순, 「시작노트」, 『현대시학』, 1973년 10월호, 35-36쪽).

기계의 본질을 재발견함으로써 시인/인간의 내적-현실과 조국의 외적-현실을 동시에 재건하려는 시적 실천의 한 방편이 되고 있는 것이다.

Ⅳ. 현실·문학·기억의 재건과 기계시학의 지속성

총 8편의 기계시를 발생시킨 이론적 근거를 제공하는 것에서 기계시학의 소임이 종료된 것은 아니다. 이질성을 토대로 구축된 범대순의 기계시학은 자신의 시적 모험 속에서 끊임없이 지속된다. 기계시학에 내재한 기계 개념의 이질성은 현대적인 문명을 동질화시키는 지배적인 담론에 대한 부정의 정신으로 전화하며, 기계시학 이후에 개진된 범대순의 시와 시론에서 다양한 방식으로 출현했다가 시적 모험의 후기에 가서 '디오니소스적 것'으로 수렴된다.13) "머리는 높이 오림프스 제우스위에 서서/ 마음은 나직이 내 가슴 속에 火神처럼 있어라."(「放送塔」)에서 암시되고 있는 것처럼, 또한『白紙와 機械의 詩學』에서 기술한 이카루스에 대한 신화나 아리스토텔레스의 언급을 포함하여 볼 때, 범대순이 구축한 기계 개념은 그리스적인 배경에서 출발하며(55), 그러한 기계 개념이 다시 디오니소스적인 것에서 종착하고 있다는 것은 기계시학이 견지하고 있는 논리의 일관성을 단적으로 보여준다. 즉 시적 여정의 후기에 발현된 디오니소스적 것은 이질성에 기반하고 있는 기계시학의 전위적 면모의 종합이면서 그것의 지속성에 대한 증거인 셈이다.

범대순은 "기계는 우리들의 생활이며 따라서 우리들은 우리들의 생활 속에서 도피할 수도 없고 설혹 도피할 수 있다 하더라도 그것은 죽음일 수밖에

---

13) 기계에 주목한 것은 아니지만 이와 유사한 관점에서 임동확은 "어둠"과 "카오스"에 주목하여 범대순이 처음부터 "대지적이고 디오니소스적인 힘에 근거하고 있었다"고 본다. 임동확, 「'불도오자'와 '불기둥' 사이」,『어문논총』제28호, 2015, 11쪽.

없"(72)다고 말했다. 기계에 대한 현대적 개념을 초극하여 전위적 개념 위에 그것의 존재 가치를 재설정하고 그것을 인간의 삶을 재건하는 방편으로 설정함으로써, 그는 기계의 오용으로 인하여 무너져버린 현실을 회복할 수 있는 길이 기계 안에 내재해 있음을 삶과 죽음의 변증법적 대비를 통해 역설한 것이다. "어쩌면 고분하고 어쩌면 밉지도 않는/ 願이 닳아 어쩌면 메디아처럼 毒할/ 너로하여 새로운 싸탄이 되게 하지는 말아야지."(「機械는 外國語」)에서 보았듯이, 경험에 기반한 반성적 태도를 통해서 그는 기계의 꿈이 인간의 꿈과 대립하지 않고 일치하는 시적 순간의 실현을 언제나 꿈꾸어 왔다. 그러한 시인의 꿈이 실현되는 곳에서, 기계는 비로소 현실을 황폐하게 만들었던 '악마'의 이미지를 벗고 현실을 재건해내는 '영웅'으로 전화하게 될 것이며, 시인이 경험했던 파괴된 현실과 황폐화된 문학과 불행했던 기억 모두는 파안대소(破顔大笑)의 시편들 속으로 자리매김 될 것이다.

<참고문헌>

범대순, 『黑人鼓手 루이의 북』, 시사영어사, 1965.

_____, 『白紙와 機械의 詩學』, 사사연, 1987.

_____, 「시작노트」, 『현대시학』, 1973년 10월호.

_____, 「나의 삶, 나의 예술」, 『광주예술』, 2000년 겨울호.

_____, 「새해建設譜」, 『경향신문』, 1954.01.12.

_____, 「싸우는 後方部隊 숨은 將兵들의 勞苦」, 『동아일보』, 1953.01.01.

김 현, 「테러리즘의 문학」, 『현대 한국 문학의 이론/사회와 윤리』, 문학과지성사, 2003.

김성조, 「1950년대 기간산업공장의 건설과 자본가의 성장」, 연세대 석사논문, 2003.

레나토 포지올리, 박상진 역, 『아방가르드 예술론』, 문예출판사, 1996.

임동확, 「'불도오자'와 '불기둥' 사이」, 『어문논총』 제28호, 전남대학교 한국어문학연구소, 2015.

임환모, 「경험의 질서와 원시적 생명력—범대순론」, 『한국 현대시의 형상성과 풍경의 깊이』, 전남대출판부, 2007.

정진아, 「6·25전쟁 후 이승만 정권의 경제재건론」, 『한국근현대사연구』 제42집, 한국근현대사학회, 2007.

'기계' 이후, 자율적 인간의 행복 찾기

범대순의 기계시론에 나타난 감성 인식의 견지에서

최혜경

I. 들어가며

18세기 말 산업혁명을 통해 인간의 육체노동이 기계화되었다면 1970년대 개인용 컴퓨터의 발전을 통해 인간은 두뇌의 지적노동을 기계로 대신하게 되었다. 뿐만 아니라 지적 노동, 정신노동의 기계화는 정보 네트워크의 발전을 통해 인간에게 디지털 혁명이라 일컬어지는 전환적 시대를 경험하게 했다. 인간의 노동이 정보화된 시대에는 이전의 산업시대에 존재하지 않았던 새로운 딜레마가 생성되었다. 그것은 "인간의 기계화를 통한 인간 활동과 기계적 활동의 근접"[1], 즉 인간화된 기계가 인간적 활동성을 축소시키는 현상이다.

미셸 앙리는 "과학이 제거하는 것은 결국 삶"이며 "삶의 세계를 그 특

---

1) 이진경, 「인간, 생명, 기계는 어떻게 합류하는가?」, 『마르크스주의 연구』 제6권 1호, 경상대학교 사회과학연구원, 2009, 137쪽.

수성 속에서 파악할 수 있는 사고만이 이 삶의 세계를 과학의 세계로 되돌리는 것을 막을 수 있다"며 과학의 독주를 경계한다.[2] 일견, 그의 주장이 과학을 감성의 대척지점에 두고 삶의 실재성을 추론하기 위한 논의에서 과하게 배제하는 것은 아닌가 하는 생각이 들기도 하다. 그렇지만 사유와 감성, 즉 삶을 인간에게 존재 의미로 바꾸어 전달하는 기능은 과학이라는 단독적 분야에서는 발견하기 어렵다는 데 동의한다.

오늘날을 수식하는 키워드로 종종 '4차 산업혁명'이 사용되고 있다. 기계화가 실현된 1차 산업혁명, 컨베이어벨트를 통해 대량생산화를 이루어낸 2차 산업혁명, IT기술을 통해 자동화 패러다임을 구축한 3차 산업혁명, 그리고 오늘날의 '4차 산업혁명'이 이어지고 있다. 이것은 다른 말로 유비쿼터스 모바일 인터넷, 인공지능과 기계학습, 로봇공학, 사물인터넷, 자율주행자동차, 3D프린팅, 나노기술, 생명공학, 재료공학, 에너지 저장기술, 퀀텀 컴퓨팅 등 과학기술을 강조하는 기술혁명의 시대[3], 물리학, 생물학, 디지털 기술이 서로 연결되고 융합되는 혁신적 변화가 현실공간과 사이버 공간의 경계를 허무는 시대[4]로 불리기도 한다.

하지만 기계와 과학은 그것의 발전과 동시에 인간의 존재론적 사유 의지를 축소시켰다. 인간의 몸을 통한 주관성과 상호작용을 통한 객관화의 과정은 기계의 효율성 앞에 불필요해지거나 축소되었다. 매체를 통한 가상의 네트워크와 정보 유통의 속도전 속에서 탐색을 통해 정보를 수집하고 개성적 감수성을 통해 자율적으로 행위의 방향을 선택하는 인간의 감성 능력은 무디어졌다. 타성과 맹목성에 의해 운영되는 삶, 분노나 우울처럼 자신의 생물

2) 미셸 앙리, 이은정 역,『야만』, 자음과모음, 2013, 89~90쪽.
3) 김영학,「4차 산업혁명시대에 지적교육의 방향」,『한국지적정보학회지』제18권 3호, 한국지적정보학회, 2016, 37쪽.
4) 김한균,「4차 산업혁명'의 형사정책」,『형사법의 신동향』제55호, 대검찰청, 2017, 285쪽.

학적 생존조차 위협하는 정서의 만연, 인정 욕구와 타인 혐오가 뒤섞인 사회적 관계 등 인간성이 파괴되는 징후들에서는 자신에 대한 무지의 심각성이 드러난다.

앙리는 그의 저서에서 "오늘날 인간 과학의 존재론적 빈곤은 어디까지 갈 수 있을까? 과학이 인간과 인간의 인간다움과 어떤 관계를 유지해야 한다면 대상은 그 안에 삶의 흔적이나 그림자라도 지녀야 하는 게 아닐까?"라는 질문을 던지고 있다.5) 이것은 자신을 느끼고 깨닫는 힘을 지닌 존재로 인간 스스로를 회복시키는 데 유효할 것으로 보이는 문제의식이다.

이 연구는 인간의 본원적 욕구를 충족시키는 것이 외부로부터 공급되는 기성 상품 같은 것이 아니라 개인의 내재적인 측면에 자리한 다양하고 불확실한 요소일 것이라는 생각에서 출발하였다. 바꿔 말하면, 인간의 신체적 운동성을 추동하는 힘으로서 개인의 정서가 사회적 마주침을 통해 다양하게 변용될 때 개성적인 자기서사들 사이에서 긴장과 활력을 유지될 수 있다는 생각을 전제로 두고 있다.

동시에 이 글은 개인의 내면에서 출발하는 탐색의 동기나 목적을 자율적으로 설정하는 의지, 개인의 내밀하고도 필수적인 활동으로서 대화의 과정이 개인의 고유한 신체 영역에서 분리되는 현상에 주목한다. 그리하여 다양한 신체의 경험적 조건을 바탕으로 이루어지던 활동들이 거래 가능한 시장의 영역으로 편입되면서 인간이 지녀왔던 사회적 통찰력이 감퇴하고 일정하게 제도화된 자본 권력에 불가피하게 의존하게 되는 삶의 양상을 문제적으로 인식하고 있다.

따라서 이 글은 합리적 효용성을 기준으로 형성되고 고착화된 사회 구조에 대한 비판적 인식을 제기한다. 동시에, 인간의 본원적 통찰력으로서 감성의 자율성을 회복하는 데 필요한 논의를 구성하고자 한다. 즉 이 글은 제한

---

5) 앞의 책, 157쪽.

적이고도 고독한 사태, 즉 사회적 영향력이 차단되어 파편화된 구조 속에서 개인이 이행할 수 있거나 선택해야 하는 최소한의 인식적 실천에 관한 논의라 할 수 있다.

Ⅱ. 통찰을 거래하는 사회

인간에게 '지금-여기'의 문제적 인식과 결부된 통합적 감성의 실체를 발견하는 일은 참-자아를 찾는 철학적 과업에 있어 중요한 실마리가 된다. 하지만 오늘날 한국 사회에서 자아의 내면적 혹은 상호 소통적 네트워크를 차단하는 요인은 다기하다. 흔히 주된 요인으로 '헬-조선'과 '수저 이론'으로 일컬어지는 재화와 지적(知的) 문화의 계층적 고착이 거론되곤 한다. 그러나 이보다 더 심각한 문제로 여겨지는 것은 고착된 사회 구조 안에 배태되는 개인의 내적 형질일 것으로 여겨진다.

가령 그것은 구조화된 사회의 선택지 속에서 행위 여부를 결정하고 그 결과를 추수할 수 있다는 점 정도를 개인의 자유로 인식하는 한정적 시야 같은 것이다. 사회적 네트워크 속에서 자신의 역할과 요구를 개발해내지 못하는 피동성과 무관심 역시 그러한 형질이다. 사회를 개인적 혹은 공통적 요구에 부합하도록 구조화하거나 변용하는 데 필요한 관심과 에너지는 더 이상 개인의 영역에서 생산되지 않거나 그럴 필요가 없는 것으로 여겨지고 있다. 혹은 근거리 인간관계에서 제공되는 일시적 안정감이나 피상적인 자율성의 층위에서 멈추고 있는 것으로 보인다.

자신의 감성을 스스로 발견하고 정서적 상황을 통찰하면서 조정할 수 있는 인간은 자아 외부에서 이입되는 정서를 수용하거나 내면의 정서를 새로운 행위로 변용하는 과정에서 스스로를 실제적인 감성의 주체로 구성해 낸다. 그러나 자신의 정서가 구성되는 로드맵을 읽지 못한 채 무감해지고 소외되는 자아는 사회의 효용적 가치 평가를 위해 마련된 천편일률적 기준에 의해 쉽게 평가절하 될 수 있다. 자기 감성의 로드맵을 통찰하지 못하는 자아는 '살아가는' 것이 아니라 자신의 행동거취를 결정하는 정서적 자극원에 의해 단지 '움직여'지는 것이라 말할 수 있다.

한나 아렌트는 어떤 인간도 지혜로울 수 없으며 어떤 인간도 선할 수 없다는 통찰에서 지혜와 선에 대한 사랑이 활동으로 구체화된다고 말한다. 바꿔 말하면 지혜와 선이 인간의 속성으로 인정되면서 일관되고 지속적인 삶의 방식을 구현하는 순간, 선행은 공론의 영역 안에서 파괴적 성질을 띠게 된다는 것이다. 그렇기 때문에 그는 본디 부재하거나 인간의 관념으로부터 끊임없이 탈주하는 이데아, 즉 사유의 본질을 밝혀내기 위해서는 자기 자신과 함께 또는 홀로 있으면서 자기와의 대화를 나누는 것이 필요함을 천명한다.6)

이처럼 사유의 본질이 일정한 것으로 파악할 수 있거나 이해되지 않으면서 정치적으로 공적 영역 속에서 구조화되기 어렵기 때문에 통찰의 과정은 홀로 이루어져야 하는 고독한 과업이자 불편하고 불안한 경험일 것이다. 그렇기 때문에 '나는 어떠한 존재이며 어떻게 현재를 살아가고 있는가? 왜 그러한가?' 등의 성찰적 화두는 현대인에게 진부하거나 고루한 의제가 되어 간다. 하지만 통찰은 생각하고 판단하며 행동하는 맥락을 스스로 결정하는 지적 생물체로서의 생존 감각이자 '나'라는 개체들이 각각의 자율성을 획득할 수 있도록 하는 가치 기준이라 할 수 있다.

브라이언 마수미는 다양체로서의 인간에게 자율성과 개성을 부여하는 것

---

6) 선과 지혜 사랑에 대한 아렌트의 주장에 관하여 한나 아렌트, 이진우 역, 『인간의 조건』, 한길사, 2017, 148~154쪽. 참고.

으로서 정동을 들어 설명하기도 한다. 그의 서술에 따르면 정서는 개인적인 것이면서 주관적인 강렬함을 지니지만 사회언어학적으로 고정할 수 있는 합의된 지점이라는 점에서 정동과 구별된다. 한편, 정동은 불변하는 질서나 동일한 집합들 사이에서 예측할 수 없는 긴장 상태를 만들어낸다. 그는 이처럼 정동이 인간으로부터 개인을 드러낼 수 있게 만드는 특성이지만 이러한 정동에 관하여 사유하는 철학적 과업으로 윤리학의 이름을 호명되어 왔음을 지목한다.[7]

이로부터 발견할 수 있는 점은 개인의 고유한 삶에 대한 욕구가 전통적 담론과 분리되는 것을 요청할 지라도 정동을 능동적 서스펜스로 완성시키기 위해서는 사유와 통찰이 필요하다는 사실이다. 사유와 통찰의 중요성을 간과하고 자기와의 대화를 기피하거나 획일적인 효용 가치 기준에 자신을 내맡길 때 개인은 타율적으로 움직이는 기계이자 거대 담론과 자본 질서에 의해 소비되는 객체로 전락하고 만다. 오늘날 한국사회의 구성원들이 경험하는 정치·경제에 대한 피로감이나 '헬-조선', '수저계급론'으로 대변되는 자괴감, 온라인 담론 등에서 가시화되는 상호반목과 탈(脫) 윤리성은 결코 사유와 통찰의 감소 또는 부재와 무관하지 않다.

더욱 심각한 문제는 단지 사회 속에서 사유와 통찰의 총량이 감소하는 데 있지 않다. 사유하는 인간의 능력은 인간의 고유하고도 계발될 수 있는 감각의 영역에 속한 것이 아니라 차츰 그 사유와 통찰의 결과를 매매하는 자본의 시장 구조에 편입되어 간다. 사유와 통찰은 특정한 것으로 좁혀지는 사회적 층위 속에서 생산 공정 시스템을 구축한 자본의 지원에 힘입어 전문화되고 성역화 되어간다. 사람들은 매체를 통해 삶의 과정에 필요한 탐색과 철학적

---

7) 정동과 정서에 관한 마수미의 견해에 관하여 브라이언 마수미, 조성훈 역, 『가상계』, 갈무리, 2011, 52~55쪽. 참고.

고찰, 성공률이 높은 대안을 수집하고 선택하며 때론 더욱 상세하고 질 높은 대안을 위해 추가되는 비용을 감당하기도 한다.

자본의 합리성에 의한 경쟁 구조 속에서 개인의 위상을 생존에 보다 유리한 것으로 확보하기 위한 사유와 통찰의 거래는 차츰 인간의 위상이 생산 또는 소모를 위한 노동력의 효용적 가치에 따라 결정되도록 만들고 있다. 오늘날 개성을 지향하는 인간이 자신의 육적(肉的) 또는 심적(心的) 특질에 어울리는 정서 상태를 유지하기 위해서는 현재 자신이 처한 개성에 반하는 생존의 조건들을 끊임없이 검토하고 해결해야만 한다. 적자생존의 피라미드형 구조 속에서 개인은 스스로 자아를 은폐하고 개성적 본능을 억압하거나 획일적인 평가 기준에 따라 자신의 동기와 정서를 변형시켜야 하는 스트레스를 감당해야 하는 것이다.

사유와 통찰의 거래, 이것이 오늘날 감성을 지닌 인간이 마주한 난제이다. 감성자본주의의 시선으로 볼 때 경제적, 정치적, 사회문화적 영역의 헤게모니를 쟁탈하기 위해 이미 인간의 정서는 의도적으로 '생산'되거나 '소비'되고 있다. 획일적인 효용 가치 기준이 지배하는 공간에서는 시선이 모이는 그 어떤 공간이라도 정서를 사고파는 시장이 될 수 있다. 각종 광고의 지면 위에서, 신체가 수행하던 만남과 작용의 과정을 기계의 영역에 분화시킨 웹 공간에서, 소수 우위를 점하는 욕구를 자극하며 소유권을 쪼개 파는 대형자본의 시장 속에서 개인은 소위 사회 1%의 것으로 선망하던 경험세계를 맛보고 그것을 향한 맹목적 욕망의 분위기에 추동된다.

인간성과 개성을 나타내는 정서적 감응과 자기결정권이 상품화되면서 자신의 경험적 자질과 이성적 요구에 적절히 들어맞는 감각적 자극 또는 정보를 자연과 사회 속에서 탐색하는 과정은 종종 '비효율적'이고 '소모적'인 일로 치부된다. 외부적으로 또는 타율적으로 구성되어 개인의 자아로 '공급'되는 정서의 생산 공정 시스템은 특정 상품을 구입하거나 TV프로그램을 선택하는 일상적 문제에서부터 직업, 결혼, 취미 생활 등 관계를 선택하는 추상적 범주에까지 이용되고 있다.

감성자본주의의 시장에서는 단지 상품 자체를 판매하지 않는다. 각종 정서는 상품의 미적 이미지와 결부되어 있거나 상품을 스토리텔링 하는 광고 기획 속에 담겨 팔린다. 보험 광고, 아파트 브랜드 광고에서 어린이들 장난감 광고에 이르기까지 상품 자체보다 부각되는 것은 그 상품을 소유하게 된 이들의 특정한 정서나 변화된 발화 위치 등이다. 판매자는 상품을 구입하는 소비자가 어떠한 정서를 수용하게 될 것인지 홍보하고 그러한 정서에 공감대를 형성하는 그룹을 공개하며 그들과의 친밀성에 의해 소속욕구를 충족시키도록 대기한다.

가령, 사람들은 손바닥 안의 스마트 폰에서 어플리케이션들을 검색하거나 텔레비전 리모컨을 드는 것으로 번잡한 탐색과 통찰의 과정을 대신한다. 시장에서 판매되는 상품들은 그것이 매체의 프로그램이든 실생활에서 사용되는 물건이든 특정한 정서와 함께 결부되어 포장되고 진열되어 판매되기를 기다린다. 예컨대, 텔레비전의 인문학 강연 영상은 심적 상처와 위로 혹은 딜레마와 안도감을 함께, 자동차는 아이들에게 안전과 평안함을 제공하는 부모의 능력을 가족의 단란함과 함께, 보험은 현재의 행복감과 미래의 불안감을 중첩시키며 자신의 사망 후를 가시화하는 광고 문구와 함께 결합시키는 식이다.

그러나 효율적 가치 기반 위에 만들어진 정서의 유통 시스템은 결과적으로 개인과 사회에 비효율적으로 환원되고 있다는 모순을 보여준다. 대표적인 양상이 자포자기와 자기 폐쇄의 문화적 현상이다. 한국사회에서 자신과 가족 부양, 육아, 연애, 결혼, 취업, 학업에 대한 자율적 선택권과 다양한 가치 기준이 축소되면서 획일화된 생존 루트로 사회의 노동 에너지가 쏠리는 병목 현상이 나타났다. 일명 '공시생'이 대학 도서관을 메우고, 기업은 '열정 페이'로 청년 프레카리아트(*precariat*)를 양산하며, 나의 현재적 가치를 외치는 '욜로(*You only live once*)족'의 이면에서는 미래와 사회에 대한 불신과 냉소가 반영되고 있는 모습이다.

이러한 현상이 나타나는 이유는 효율성을 기준으로 하여 선택된 노동과 재화의 유통 구조가 인간의 개성과 감성에 의해 비추어볼 때에도 정당한 것인지, 즉 획일적 정서가 개별적 수용 과정에서 인간을 무력화하는 등의 부작용을 발생시키지 않는지 등에 대한 인간 감성의 문제가 충분히 검토되지 않았기 때문이다. 바꾸어 말하면 획일적으로 공급되는 정서가 개성체인 인간에게 수용되었을 때, 획일적인 결과로 나타날 수 없다는 것은 명약관화하지만 그 번잡하고 비효율적인 적용의 문제에 대해서는 무관심하거나 위험성을 은폐해왔던 것이다.

기성 제품으로서의 정서를 매매하는 감성 자본주의 시장사회에서는 선택과 행위로 이어지는 삶의 과정이 피동적으로 이루어진다. 자아 외부의 정서에 의해 타율적으로 움직이는 인간의 시야는 정해진 선택지에 따라 반-강제적으로 이입된 욕망의 대상에 한정되기 마련이다. 이는 욕구로부터 이어지는 행위의 방향이나 신체를 동기화하는 때와 장소를 스스로 선택하는 자율성을 상실한 '기계적 인간'의 방식이라 할 수 있다. 이에 반해 확증하거나 확정할 수 없는 자연적 상태로서 인간의 삶에서는 '나는 사유하고 있다'는 명제(*René Descartes, 'cogito, ergo sum'*)만이 '나'의 존재를 입증한다.

감각과 사유가 일체화되지 않은 채 정해진 패턴을 반복하는 사이, 불감의 사회가 조장되고 무기력하고 기계적인 인간이 확대되어 왔다. 획일적인 목표가 주어지는 경쟁 구조 속에서는 개인은 삶의 매순간 상위 탈환의 조급함과 불안감을 견디며 노동 에너지를 소모해야만 한다. 이 점에 대해서는 '나'의 내면을 통찰하지 않은 개인들의 인과자책도 필요하지만 공통적인 감각에 대한 이해와 소통이 매우 축소된 이 사회의 불안을 단지 개인의 영역에서만 방어할 수는 없는 노릇이다. 개인에 대한 심층적이고 확장된 이해는 다층적인 관계가 이어지는 구조가 있을 때 가능하기 때문이다.

III. 사유(cogito), 다원적 행복의 조건

행복은 인간으로 하여금 스스로 살아있음을 느끼게 하며 삶의 지속을 위한 강렬한 의지를 구성하도록 만드는 통합적 감성이다. 인간이 향유하는 생활의 각 영역들은 지각 또는 자각의 여부를 떠나 개인의 행복을 지향한 채로 구성되고 실행되고 있다. 고래로 문학과 예술 영역의 수많은 창조적 주체들은 인간의 불행을 극복할 수 있는 방법을 제안하고, 지속적으로 인생의 고락을 다루어낼 내면적 힘을 강화하기 위해 고심해왔다.

> 일시적 기분인 행복이나 삶의 특정 시기에 찾아오기는 하나 다른 사람에게는 없을 수도 있는 행운과는 달리, 삶 자체와 비슷한 에우다이모니아(*eudaimonia*)는 변화에 예속되지 않고 변화를 주지도 않는 존재의 지속적 상태다. '잘 산다'는 것과 '잘 살아왔다'는 것도 삶이 지속하는 한, 같은 것이다. 이야기 자체는 끝나야만 알 수 있고 실재하는 것으로 파악될 수 있다. 달리 말해 인간의 본질, 즉 인간의 일반적 본질이나 개인의 성질과 결함의 총계가 아닌, 행위 주체의 본질은 생명이 떠나가거나 이야기 외에 아무것도 남기지 않을 때에만 존재할 수 있다.[8]

---

8) 한나 아렌트, 앞의 책, 283~290쪽.

아렌트는 삶이라는 행위에 내재하는 예측불가능성에 대해 말과 행위의 계시적 성격을 연관시키면서 위와 같이 설명한다. 고대인들의 해법을 빌린 그의 설명에 따르면, 완성되거나 완결되지 않은 삶을 지속적으로 동기화시키는 것은 '에우다이몬(*eudaimōn*, 행복한 사람)'의 상태가 이야기 끝에서 어떻게 명료해질 수 있는지 통찰하고 확신하고자 하는 욕구일 것이다. 말과 행위의 실천과 공유, 그리고 그것을 가능하게 하는 조직화된 공간(폴리스) 속에서 삶의 변화가 확인되고 존재가 지속되어 왔음이 증명되지 않는가.

확정되지 않은 이야기의 지속 상태에서 통찰로부터 통찰로의 연결을 심화시켜가는 과정이 인간의 삶이라 할 때, 행복을 지향하는 것은 생존 본능에 따라 움직이는 생명체 이상의 지적 특성인 것이다. 동시에, 행복의 향유는 변화하는 시공간 속에서 자아와 지난 삶을 평가하고 미래를 위한 성찰을 통해 현재를 설계하는 능동적 인간만이 획득할 수 있는 특권이다. 삶의 주체로서의 인간은 행복을 지향하며 삶의 궤도를 움직이고 개인과 공동체의 행복이 동일시되는지의 여부에 대해 끊임없이 성찰한다.

그런데 행복한 삶을 위한 인간의 욕망은 보편적인 양상으로 나타난다는 점이 행복 지향의 난제가 된다. 아렌트 역시 대중문화의 뿌리 깊은 문제로 보편적 불행을 지적했다. 노동하는 동물이 공론 영역을 가지는 한, 노동과 소비의 불안한 균형, 노동하는 동물의 행복에 대한 집요하고도 보편적인 요구 때문에 대중문화는 광범위한 불행을 가질 수밖에 없다는 것이다.[9]

욕망의 대상을 선취하는 것은 한정된 대상에게 해당되므로, 삶의 물리적 표면에 떠오른 행복과 불행의 접점은 명백히 분리되는 것처럼 보인다. 다시 말해, 행복할 수 있는 경제적, 사회문화적, 지역적, 유전적, 교육적 조건을 지니고 있거나 그것에 접근하는 데 유리한 이들은 그렇지 않은 이들과 차별적

---

9) 위의 책, 216쪽.

이고 불평등한 위치에서 삶의 특혜를 누리고 있는 것처럼 보인다. 또는 실제로 그러할 것이다.

행복을 향유하기 위한 특권 또는 특혜 의식은 오랫동안 사회의 계급계층을 형성하거나 유지해왔다. 그것은 심지어 삶의 기저에 모순된 논리가 잠재되어 있더라도 그러한 삶의 구조를 오히려 강화하거나 교묘하게 은닉한 채 변화 또는 변형의 요구를 묵살, 묵인, 억압해왔다. 사회와 역사를 움직여온 많은 사건과 움직임들은 그러한 모순적 현상을 해체하고 평등한 행복을 향유하기 위한 다종의 시도라 할 수 있다.

이러한 시도는 공적 질서의 영역에서도, 사회문화적 의식의 영역에서도 끊임없이 '낯선 것'으로 여겨져야 한다. 평등한 행복의 지향이 진부하고 관성적인 양상으로 비추어져 곧 무력하게 되는 것은 불행과 모순의 사회적 구조를 재생산하게 되기 때문이다. 이제 행복을 위한 주체적 성찰과 변화의 시도는 개인의 심층적 내면에 자리하는 관념의 영역에서도 이루어져야 한다. 그리고 그러한 시도는 모순된 사회 구조를 관망한 채 이루어지는 욕망의 추구와 쟁취보다 다수의 개인이 다종의 행복을 누릴 수 있는 삶의 토대를 고민하면서 진행되어야 한다. 개인과 공동체의 행복을 동일시할 수 있는가에 대한 성찰이 가능한 것은 우리의 행복이 욕망의 쟁취보다 희망의 설계와 실현에서 발견되기 쉽기 때문이다.

헤겔은 "하나의 질을 갖추고 있으되, 타자에 의존하지 않은 채 그 스스로 존립하는 존재"이며 "타자와의 관계에 앞서 차후의 운동에 앞선 자기를 완성한 존재"를 '즉자적 존재(*An-sich-sein*)'라 말한다. 그리고 "자기를 정립한 즉자적 존재가 자기 외부의 타자를 통해 자기구별을 하는, 타자 의존적이면서 타자와 자기를 구별할 수 있는 계기를 스스로 마련한 존재"를 '대타적 존재(*Für-anders-sein*)'라 한다.10)

또한 "즉자적인 무관심에서 벗어난 즉자적 존재가 타자와의 자기구별의 필요성 속에서 타자를 인식하고 또한 그것과의 특정한 관계 속에서 타자를 자기의 부정으로 받아들이며 단순하게 스스로 자기를 정립한 존재가 아니라 더 나아가 자기의 부정이기도 한 타자를 재차 부정하여 자기 내부로 받아들임으로써 무한한 자기 관계 속에서 자기 자신을 정립한 그러한 존재"로서 '대자적 존재(*Für-sich-sein*)'를 말한다.11)

주체적으로 살아가는 인간은 삶의 방향을 스스로 설정한다. 이들은 헤겔이 말하는 '즉자(卽自)'의 위상, 다시 말해 '자신이 독립적으로 존재하는 상태'에 있다. 그들은 주어진 환경을 활용하되 부정적 영향 관계에 매몰되지 않고 자아의 역량과 처지의 이점을 최대화하며, 그로써 자신의 긍지를 확대한다. 하지만 살아가게 되는 환경 속에서 자신의 처지를 이롭게 하기 위해 필요한 것은 목표를 향한 이 같은 긍정적 투지만이 아니다. 여기에는 고통과 불안, 슬픔과 같은 부정적 감정들을 스스로 다루어낼 수 있는 체험적 지혜가 병존해야 한다.

그런데 인간의 삶은 좀처럼 동시에 같은 양상으로 이루어지지 않는다. 그렇기 때문에 하나의 사건과 정황 속에서도 행복과 불행의 수렴은 각기 다른 모습으로 나타난다. 이처럼 다양하고 굴곡진 감성적 수렴의 양상은 단일한 개인의 삶의 영역에서도 마찬가지로 나타난다. 개인은 다른 이들의 삶과 결속될 수밖에 없는 사회적 존재이므로 삶의 방식을 단독적으로 설계하거나 단일한 층위의 감성을 지니고 살아가기 어렵다.

특히 개인의 희망은 상대적 양상으로 나타나며 희망을 실현할 수 있는 여건과 능력 역시 다양한 모습을 지닌다. 희망의 실현을 통한 자존감, 성취감,

---

10) G. W. F. 헤겔, 임석진 역, 『대논리학』, 벽호, 1997, 106~112쪽.
11) 위의 책, 154~172쪽.

안전감 등 개인에게 긍정적으로 삶의 동기를 부여하는 느낌들은 절대적이거나 동일한 범위에서 나타나지 않는다. 요구하거나 욕구하는 대상과, 성취를 위한 능력, 방법, 그리고 상황을 수렴하는 평가 방식과 결과가 개인의 특성에 따라 다르다는 점은 물질적 소유와 무관하게 평등한 행복을 누릴 수 있는 가능성을 제공한다.

재화 생산과 소비 유통에 집중된 사회 구조와, 그 속에서 양질의 기계적 부품처럼 작동하기 위해 주형 속에 갇힌 개인을 자유롭게 하기 위해 우리는 무엇이 스스로를 행복하게 하는 것인지에 대해 끊임없이 물어야 한다. 자신의 삶이 행복한지의 여부를 끊임없이 검토하고, 자신을 행복하게 할 수 있는 방법과 대상을 선별하며, 행복을 성취할 수 있는 책무를 이행하는 인간이라면 누구나(재산, 학력, 나이, 성별, 신체, 종교, 인종, 지위 등의 여건과 무관하게) 행복을 누릴 수 있는 가능성이 있다. 우리는 이러한 사실에 주목해야 하며, 세상의 수많은 움직임과 소리들이 행복을 위한 상대적 조건을 어떻게 제안하고 있는지 관찰할 필요가 있다.

Ⅳ. 제언: 기계의 등을 타고 달리자

삶의 목표나 가치 평가의 규준에 대한 탐색과 구상이 부재하다는 것은 곧, 결핍이나 불안 의식에 대응할 정서를 구성하고 삶의 행로를 주도해나갈 주체적 자아가 부재하다는 것을 의미하기 때문이다. 주체적 자아를 잃거나 잊은 이들이 불안과 혼돈에 맞닥뜨린 순간에 자신의 처지를 자기서사화 된 삶의 경험적 의미들과 그 맥락에 따라 상위 인지적으로 파악하는 작업은 쉽지 않을 것이다. 즉 피동적이고 기계적인 인간은 정서적으로 의존성이 높아 자신을 조정할 수 있는 장악력과 안정성이 낮기 때문에 무기력감과 절망감에 취약할 수밖에 없다.

그럼에도 불구하고 반면교사, 효용성 중심의 사회구조에 대한 한계와 부정적 양태를 체험했을 때 비로소 성찰적 물음을 통해 다면적으로 확대된 정서 구조를 양산할 필요성에 대한 인식도 가장 강렬해질 것이다. 합의된 기준에 의해 인식되지 않더라도 정동의 서스펜스가 극대화되면서 저항과 변화의 국면을 만들어지는 것처럼 말이다. 그렇다면 합리적 효용성에 맹목적으로 고착된 사회구조에 저항할 방안을 노정할 수도 있을 법 하다. 그 방안은 합리적 효용성에 무조건적으로 반하며 전통과 자연으로 회귀하는 것이 아니라 합리성, 효용성, 기계, 속도와 같은 물질 중심적 테제를 감성, 자율성, 사유, 통찰 등 인간 중심적 테제와 접목하려는 시도를 발견하고 검증하는 것이다.

여기서 환기할 것은 무엇인가를 보는 행위보다 본다는 사실을 지각하는 행위로서 인간의 존재 의식을 증명하는 코기토의 명제이다. 메를로 퐁티는 코기토에서 발견하는 바로서 "심리학적 내재성"이 아닌 사물과 시각 사이에서 인식하게 되는 자기 자신을 이야기한다. 그는 코기토에서 "감각과 감각 자신과의 맹목적 접촉도 아니고, 선험적 내재성조차도 아니며, 모든 현상들이 구성적 의식에 속함도 아니며, 나의 존재 자체, 초월의 깊은 운동, 나의 존재와 세계의 존재의 동시적 접촉"을 발견하고 인식하게 됨을 서술한다.

외부의 사물을 부정하거나 내면으로 침잠하는 것이 아니라 사물과 내면 사이에서 이루어지는 인간의 사유를 주목하고 인간으로서 존재의미를 획득하는 것, 이것은 4차 산업 시대에 인간이 기계와 정보에 대해 구축해야 할 관점이 무엇인가를 보여준다. 가령, '나는 누구이며 무엇을 욕망하는가', '나를 행복하게 하거나 그렇지 않게 하는 지점은 어떠한 맥락에서 발생했던가' 등과 같이 자신의 내면을 향한 물음을 던지거나 지난 성찰의 결과들을 탐색하는 것이 그러한 과정일 수 있다. 감각의 실천적 가치를 획득하는 '사유하는 인간(cogito)'을 인간형으로 이미지화하는 문학예술의 구현 혹은 소통 방식도 그러한 실천적 사례로 볼 수 있을 것이다.

사물과 내면 사이, 인간의 사유를 주목하는 과정은 기계의 속성과 인간의 미학적 시각 사이에서 구성되었던 미래주의의 초 현실 지향과 기계 찬미를 환기시킨다. 1909년 이탈리아의 시인이자 문학비평가인 마리네티의 미래주의 선언(『포에지아』)을 필두로 한 전위운동으로서 미래주의는 박영희에 의해 일제 통치 하 한국 문단에 소개되었다. 주로 회화에서 시작된 미래파 운동은 이후 무용, 연극, 시, 소설의 순서를 거쳐 일본과 한국에 이입되었으며 그 발전하는 과정은 양주동의 『미래파 연구』(1925)에 의해 상세히 설명되었다. 미래주의가 지닌 한계 부정, 기계의 탈 인간성, 속도감, 강렬함과 아름다움, 운동과 반항성 등의 요소가 식민지 아래의 젊은 시인들에게 반항적 영감을 제공하였을 것이라고 보는 시선도 있다.[12]

미래주의가 1920년대 임화의 다다이즘이나 이장희의 이미지즘, 정지용의 형태 파괴적 기법,[13] 1930년대 김기림, 이상의 모더니즘적 텍스트에 영향을 미쳤을 것으로 보는 연구들도 있다. 1930년대 이후, 오늘은 인간이 지닌 감성과 사유의 능력보다 시장의 합리성을 우선적 가치 기준으로 두고, 경쟁의 원리에 얹혀 맹목적으로 달려온 개인들이 공통 감각으로서의 상식을 상실하는 데 이르고 있다. 기계화된 시대의 편리나 인간의 힘으로 구성한 세계의

---

12) 박영희는 1924년 『개벽』 제49호 <중요술어사전>에서 미래주의의 기본개념을 비교적 균형잡힌 시각으로 소개하고 있다. 이외, 한국시단과 미래주의에 관하여 김효신, 「미래주의 선언과 한국 문학:1930년대 시를 중심으로」, 『외국문학연구』 40호, 한국외국어대학교 외국문학연구소, 2010, 90~92쪽. 참고.
13) 권경아는 그의 다음 논문에서 1920년대 모더니즘 계열의 시인 중 정지용, 임화의 텍스트가 지닌 미래주의적 요소를 분석하고 있다. 권경아, 「1920년대 한국 모더니즘 시의 전개양상 연구」, 『어문연구』 제85권, 어문연구학회, 2015, 256~265쪽.

아름다움은 기계적 가치관의 한계 혹은 인간이 소외된 세계의 비극성과 함께 상정되면서 4차 혁명 시대의 딜레마적 논의를 끌어낸다.

이 지점에서 미래주의의 초현실적 기계 찬미가 오늘날에는 어떻게 수용되거나 변용될 수 있을지에 대한 견해의 탐색이 요구된다. 범대순(1930~2014)은 서구 전위예술의 기원으로서 미래주의의 기계미를 수용하면서도 당대에 필요한 기계주의 세계관의 변용에 대해 고심해왔던 현대 시인이다. 그는 기계를 매개로 한 양면적 경험과 사유의 총화를 삶과 문학 속에서 구현한 인물이기도 하다. 그의 기계시론은 현실을 배제한 초월성이나 인간의 왜소함이 부각되는 기계성과는 전위적 의식을 보여준다. 따라서 범대순의 기계시론은 인간의 존재감과 사물의 유용성을 동시에 강화하기 위해 필요한 실천적 탐색의 예로 적절할 것이라 생각된다.

범대순의 논문 「기계시에 대하여」를 비롯한 그의 기계시론에서는 기계를 탄생시킨 인간의 존엄성이 어떻게 물질문명을 배척하지 않으면서 지켜질 수 있겠는가에 대한 논의를 구체화하고 있다. 그는 인간 고유의 감성이 시장 가치에 의해 판별되고 생산되고 거래되는 사회에서 기계라는 괴물을 외면하거나 부정하기보다 그것에 대한 페이소스를 지니면서 정공법으로 응전하는 프랑켄슈타인처럼 여겨진다.

주체의 면모는 행복을 지향하며 현실을 극복하는 강인함, 일시적 정서와 총체적 통합적 감성을 혼동하지 않는 신중함, 자아와 삶에 대한 평가 역시 외부적 맥락에 따라 쉽사리 변화시키지 않는 독립성을 지닌 이에게서는 발견된다. 시와 시론을 통한 범대순 시인의 발화적 실천은 관성적으로 흐르는 예술의 노예화를 경계하며 끈질긴 사유와 통찰로 행복의 획일화에 저항한 주체적 면모를 보여준다고 할 수 있다.

그는 인간을 노예화하는 기계 혹은 기계화된 사회의 고착된 성질을 단지 효용성과 인간성이라는 이분법적 도식을 통해 비판하지 않는다. 오히려 그의 기계시론을 통해 발견할 수 있는 점은 합리적 이성이나 물질적 효용성과 상생하는 사회 구조를 그려내기 위한 변증법적 대안에 가깝다. 이를테면 행복을 지향하는 자율적 인간이 자본화된 감성을 자율성 획득을 위한 투쟁의 '도구'로 변용하는 데에는 어떠한 사유 구조가 필요한가에 대한 대답인 것이다.

범대순은 '민주주의의 성장'과 '과학 및 기계문명의 발전'을 현대의 두 가지 특징으로 본다. 기계에 대한 그의 관점은 20세기 초반의 서구 미래주의와도 유사한 일면이 있지만 그것에 근간을 둔 시선으로 분석될 여지는 적다. 그의 기계시론 역시 인간이 이루어낸 성장과 산업 가치에서 출발하지만 기계의 속도와 대량 생산을 자기애적으로 신봉하고 생산의 가속화를 위한 전략적 지침을 구하거나 하지 않기 때문이다.

오히려 그의 관점은 기계발명의 토대인 인간의 삶에서 출발하여 비약적 역사에서 발견된 잠재력을 환기하고, 또 다른 발명과 도전을 촉구하는 에너지를 찾아 다시 범애(汎愛)로 돌아오는 인간 중심적 관점에 가깝다. 그는 기계와 인간정신의 대립보다는 나약한 개인과 기계를 소유한 자의 대립에 초점을 맞추고 사회비판적 시각으로 시대를 바라본다.

그는 "개인은 늘 약하고 강한 자는 언제나 기계를 이용하고 있기 때문"에 기계는 언제나 "문학 속에서 인간, 즉 개인의 적"[14]으로 그려졌다고 비판한다. 실상 기계와 기계문명은 절실한 요구를 지녀야 하는 대상이라는 것이다. 이 역동적 변화의 힘을 지닌 기계는 인간의 노력으로 이루어진 과학적 소산이며 이것이 기계문명 속에 인간을 위한 사회적 구조로 배치되도록 하는 노력이 민주주의를 향한 열망이라는 것이다.

가령, 그는 시적 이미지 흐름의 속도감과 시어 배열의 템포, 기계문명이 가져온 악에 저항하는 정신 등을 예로 들어 "기계에 대한 기하학적 감성 및 역학적 운동의 감성이 현대인의 시 속에 중요한 부분을 형성하고

---

14) 범대순, 『범대순전집(시론)』, 전남대학교 출판부, 1994, 67쪽.

있음"을 주장한다.15) 이 주장의 요지는 "기계에 대한 관념상의 저항"을 뛰어넘어야 한다는 것으로, 인간의 창조력과 기계문명의 효용성을 가치비교 하는 것과 같은 기계 옹호적 일설은 아닌 것으로 보인다.

> 기계는 인간의 창조이고, 선용이건 악용이건 간에 그것을 창조한 인간의 자유에 종속되고 있는 것이다. 따라서 기계를 익히며 생활한다는 것은 인간 상호간의 이웃을 익히며 산다는 것을 의미하고, 그것은 바로 우리들 자신이 살고 있다는 것을 의미한다고 말할 수도 있다. 이것이 오늘날 우리가 생각할 수 있는 기계의 가치론이라 생각된다.16)

위의 서술에서 밝히고 있듯이, 그는 기계를 창조한 인간의 자유 아래 기계의 효용가치가 속해 있음을 천명한다. 또한 그는 '낭만주의자들이 하는 것처럼 자연 앞에서 한계를 의식한 인간이 신음하고 우는 것'17)이 아니라 거대한 대상에 종속된 위치를 자각하고 한계를 극복하는 꿈을 꾸는 창조적 행위를 구동해 내는 데 기계의 필요성이 있음을 말하고 있다.

가령, 신비로운 금속으로 된 수레를 타고 내려온 구약성서 에스겔의 기계신(machine beast-god)이나, 초로 붙인 날개를 타고 태양에 접근했다가 초가 녹는 바람에 죽었다는 희랍 신화의 이카루스, 제국의 고가교량이나 기념관을 건축하는 데 사용한 로마시대의 기계들, 레오나르도 다빈치의 기계 설계와 제작 등 문학적 텍스트와 역사적 사례들18)에서는 한계를 극복하려는 비극적 숙명과 동시에 창조하는 숭고함을 지닌 존재로서 인간을 발견하게 된다.

즉, 그는 자연, 국가, 과학, 기계 등 인간의 가공되지 않은 자연의 경험이나 나약한 육체에 대비되는 거대한 것들을 무작정 추앙하거나 그것에 종속되어

---

15) 위의 책, 59~61쪽.
16) 같은 책, 56쪽.
17) 같은 책, 54쪽.
18) 같은 책, 55쪽.

대비되는 격차를 비관하는 것에 주안점을 두지 않고 있다. 그의 결론은 "기계는 발전하는 문명에 피로를 느끼지 않는 젊은 낭만주의자의 진보적 인생관에 의지할 수밖에 없다"[19]는 것이다.

이는 곧 기계적 가치관을 비관하거나 두려워하지 않고 그것을 창조하고 경험해온 인간으로서 포부, 자신감, 냉철하고 예민한 조절감각을 지녀야 한다는 것이다. 어쩌면, 모호하거나 무모할지라도 낭만에 의해 인생을 이끌어가는 젊은이의 추동력이 있을 때나 이러한 실천이 가능해 보일만큼 그의 논의는 인간성에 대해 자조적인 이 시대의 정서를 반추하게끔 한다.

1930년대 모더니즘 문단에서 김기림을 비롯한 당대 전위주의 예술가들에게 기계주의는 "새로운 예술, 새로운 시의 방향성 모색"[20]에 있었다. 당대는 기존 문단의 공간적, 지역적 가치를 초월하거나 변형하는 시간적 가치와 속도감이 요구되는 시대였다. 그러나 범대순의 기계시론에는 기계주의를 통한 초월성이나 저항성보다 기계미를 반추하는 인간의 낭만성이 두드러진다. 그의 기계시론에 나타난 낭만성은 인간성이나 인간정신에 방점이 있는 나머지 기계가 없는 삶으로 회귀하려고 하는 기계 저항적 세계관은 아니다. 그의 주장은 현대 기계문명을 바라보는 관점에 그것을 부정하고 공격하며 맹안시하는 것이 아닌, 그것을 포섭하는 태도가 필요하다는 것이다.

그는 나약한 인간, 소외된 개인에게는 "기계의 위협에 얽매이지 않은 낭만적인 젊음, 기계를 소화하고 그것을 호랑이처럼 탈 수 있는 젊음, 그 젊음의 커다란 상상력이 필요한 것"[21]이라고 말한다. 즉, 기계의 효용성을 인정하되 그것의 비인간성으로 하여 등을 돌려서는 안 된다는 것이다.

---

19) 같은 책, 46쪽.
20) 조영복, 「김기림 시론의 기계주의적 관점과 '영화시'」, 『한국현대문학연구』 제26권, 한국현대문학회, 2008, 212쪽.
21) 같은 책, 74쪽.

현대문학이 가지고 있는 두 가지 큰 주제 즉 이념의 상실과 사회로부터
의 예술가의 소외가 같이 기계의 발달과 관련되고 있음에도 불구하고 시인
은 그것을 극복하는 길을 과학이나 기계를 통함으로써 찾으려 하지 않고
그것에서 도피하려 들었던 것이다. 시인이나 예술가가 기계의 위험을 자각
해야 하지만 그러나 그들에서 도피해서는 안 된다.(…) 기계는 우리들의 생활
이며 따라서 우리들은 우리들의 생활 속에서 도피할 수도 없고 설혹 도피할
수 있다 하더라도 그것은 죽음일 수밖에 없는 것이다.22)

위의 글에서 그는 기계로부터의 도피가 곧 죽음이라고 말한다. 이는 기계
없이는 살아갈 수 없음을 뜻하는 것이 아니라 기계가 곧 인간의 삶 속에 속
한 인간의 영역 자체임을 강조하는 것이다. 즉, 그는 기계에 대한 불가피성
을 인간과 기계의 일체성으로 이해한다. 이에 더하여, 기계적 역능의 이면에
자리하여 그것을 창조하는 인간의 아름다움을 주목하는 것이 오늘날 문학의
시도가 되어야 함을 말한다.

> 어떤 도구도 사실상 그것을 사용하는 인간을 노예화하는 위험은 있었던
> 것이다. 기계와 인간정신과의 대립은 예술이 기계와 대립되는 것으로 생각
> 하는 불성실에서 오는 것이고 그 대립은 예술과 기계 쌍방의 정신적 태만과
> 관련되어 있는 것이다.23)

위의 인용에서처럼 범대순은 예술과 기계를 서로 다른 것으로 이분하는
것이 '불성실'과 '정신적 태만'에 의한 오류임을 지적한다. 인간에게 효용적
가치와 그 가치를 생산해내는 도구 또는 구조 자체는 선과 악이 없음을 확언
하는 것이다. 단, 태도의 면에서 기계를 경계해야 하는 지점이 있음을 인정

---

22) 같은 책, 72쪽.
23) 같은 책, 같은 쪽.

하고 있다. 기계를 사용하거나 기계적 문명 속에서 살아가는 인간의 주체적 의식, 사유하는 인간이 부재할 때 예술과 기계, 인간과 기계는 서로 악연으로 작용한다는 것이다.

그것은 사용하는 주체에 따라 기계를 변용하는 노력이 필요하다는 것을 의미한다. 또한 이것은 사유하는 능력을 지닌 인간의 범주 속에 기계의 생멸, 기계의 활용 정도가 포함되어 있음을 나타낸다. 이것은 인간은 기계를 포섭하는 관계에 놓여 있으며 서로 운명의 틀을 공유하고 있다는 점을 의미하는 것이기도 하다.

V. 나오며

집단 속 발화 위치, 사회적 관계 속에서 발현되는 내면적 특성, 유전적이거나 문화적 맥락에 의해 지니고 있는 재량이나 감성적 특질 등 다양하고 변화무쌍한 사회문화적 맥락은 자신의 존재 의미를 형성해내는 데 단서로 사용된다. 통찰을 통해 자신이 속한 사회문화적 맥락과 내 자신의 위상을 이해하는 과정은 나아가 나와 너의 상호적 이해를 확장하도록 기여하기도 한다.

그러나 배려만 있고 위로가 없는 사회는 외롭다. 그러한 사회는 수동적으로 체념하고 망각하고 용납하는 데 능하지만 능동적으로 공감하고 감정을 생성하거나 전달하지 않는 무표정하고 무감한 사회, 생산과 유통을 위해 합리적으로 체계화된 사회, 고도로 지능화되고 체계화된 사회, 타인의 감정(성)을 소모, 소비, 관망, 소용, 사용, 수용하기만 하는 사회, 가면의 사회다.

이 가면의 사회를 연신 무감과 냉소의 시선으로 읽어낼 때, 그러한 읽어냄은 자신의 신체에 관계없는 것처럼 다시 무감한 정보로 반영되며, 무감한 자들에게 읽힌 사회는 단지 '안전·안정·평화'를 위해 그러한 사회 속의 명시적 혹은 암시적 규칙에만 몰두하게 만든다. 무감한 사회는 이렇게 안정을 위시한 폐쇄 장치로 기능하면서 스스로 감(感)하고 행(行)하는 자율적 인간을 억압하고 물화하며 소모한다.

과연 상식이 무엇인가를 자문하게끔 만드는 반윤리적 범죄 백태나 정치적 사안들을 보면, 단지 병리학적, 범죄심리학적 분석이나 경제적 이해가치, 이념의 편향과 대립 등의 설명을 통해 온전히 이해되지 않는다. 이제 여기서 필요한 것은, 도구적 이성의 세련을 거쳐 산업적 효용가치를 극대화해온 자본주의의 발달 끝에 결국 생명의 주체인 인간의 신체적 측면이 소외되어 왔음을 감지하는 반성적 사고가 아닐까 한다.

즉, 오늘날은 세계의 유용성을 신체적이고 경험적인 근거에 의해 자율적으로 판단하는 주체적 감성과 그 변화된 감성 구조에 따라 행동의 유무와 방향을 탐색하고 결정하는 성찰적 이성이 필요한 시점일 것이다. 이러한 사회 속에서 범대순의 기계시론은 무감-성의 한계를 지치지 않는 통렬한 사유와 '힘 있는 인간'의 주체적 변용으로 극복할 것을 제언한 결과물이라 할 수 있다. 그리고 그의 제언은 단지 대안적 메시지 혹은 경험적 결과라기보다, 이후 사회가 인간으로 초점을 되가져와야 하는 필요와 가치를 나타내는 '기계 이후 인간'에 대한 새로운 쟁점의 전초로 읽혀야 한다.

찬란한 문명이 시전의 조악한 행태처럼 읽히는 이유는 인간의 한계를 극복하고 파격적 성과를 이루어내고자 한 조직적 결합의 본디 목적과 인간의 자존적 가치를 망각하고 있거나 그러한 가치가 무용해진 때문일 것이다. 문명과 사회의 출발이 기계와 자본이 아닌 인간의 행복과 그것을 감(感)하는 능력에서 이루어진 것이라면 우리는 복잡한 사회의 구조를 재편하거나 재생산하기 위한 전거로 '인간의 다면적 행복'을 배치해야만 한다.

수많은 개인의 다면적 행복에 기초한 사회를 어떻게 조직, 구성할 수 있을 것인가 하는 문제의 해결을 위해서는 사회적 집단 또는 진화한 과학기술과 신체적 결합 이상으로 연합하는 감성 구조에 대해 학문적으로 천착할 필요성이 강할 것으로 여겨진다. 그것은 홀로된 생명체로서 인간이 아니라 집단과 개인의 영역 속에 양가적 정체성을 지닌 인간의 변별적 기준이 바로 공감 능력에서 출발한다는 명제를 가정하기 때문이다.

이어져야 할 과제는 이러한 명제를 단독적으로 증명하거나 이에 관한 기존의 연구에 동의하여 감성계발의 유효성을 강조하려는 데 있지 않다. 그것은 인간의 변별성이 정보를 감지하고 수용하며 통합하고 분석하여 향후를 가늠하는 '공감 능력'(감성)이라는 규정 아래, 이를 증명 또는 반증할 논의를 상세화하여 '근대적 감성'의 형상(形相)과 특성을 개념화하는 데 두어야 한다. 그리고 그 중 유효한 하위요소를 문화적 또는 문학적으로 예증하여 한국 사회의 '감성적 근대'를 가늠하거나 요청하는 데 몰입해가야 할 것이다.

<참고문헌>

범대순, 『범대순전집(시론)』, 전남대학교 출판부, 1994.

권경아, 「1920년대 한국 모더니즘 시의 전개양상 연구」, 『어문연구』 제85권, 어문연구학회, 2015, 245-269(25).

김영학, 「4차 산업혁명시대에 지적교육의 방향」, 『한국지적정보학회지』 제18권 3호, 한국지적정보학회, 2016, 35-49(15).

김한균, 「'4차 산업혁명'의 형사정책」, 『형사법의 신동향』 제55호, 대검찰청, 2017, 283-315(33).

김효신, 「미래주의 선언과 한국 문학:1930년대 시를 중심으로」, 『외국문학연구』 40호, 한국외국어대학교 외국문학연구소, 2010, 77-104(28).

레이먼드 윌리엄스, 박만준 역, 『문학과 문화이론』, 경문사, 2003.

미셸 앙리, 이은정 역, 『야만』, 자음과모음, 2013.

브라이언 마수미, 조성훈 역, 『가상계』, 갈무리, 2011.

셸리 케이건, 박세연 역, 『죽음이란 무엇인가』, 엘도라도, 2012.

이진경, 「인간, 생명, 기계는 어떻게 합류하는가?」, 『마르크스주의 연구』 제6권 1호, 경상대학교 사회과학연구원, 2009, 124-147(24).

조영복, 「김기림 시론의 기계주의적 관점과 '영화시'」, 『한국현대문학연구』 제26권, 한국현대문학회, 2008, 203-244(42).

지그문트 바우만, 이일수 역, 『액체근대』, 강, 2010.

프랑코 베라르디 비포, 강서진 역, 『미래 이후』, 난장, 2013.

한나 아렌트, 이진우 역, 『인간의 조건』, 한길사, 2017.

G. W. F. 헤겔, 임석진 역, 『대논리학』, 벽호, 1997.

'백지(白紙)'의 의미

범대순의 '「　」'(1973)에 대하여

김형중

Ⅰ. 들어가며: 백지의 행방

1973년 9월 중순 무렵, 한국에서는 상당히 유력한 시지(詩誌)인 『현대시학』 10월호에 이상한 '시', 혹은 비시(非詩)나 반시(反詩) 한 작품이 실린다. 이른바 '백지시(白紙詩)'다. 아무런 어휘도 문장도 없는 텅 빈 행간이 스스로를 시작품으로서 선언하며 지면에 출현한다. 작자는 범대순, 8년 뒤인 1981년 미국 오하이오주 데니슨 대학교에서 행한 그의 발언에 따르면, 그 시는 이런 시다.

> ……나는 1974[1])년 서울에서 월간 시지 「현대시학」(現代詩學)에 실렸던
> 내 자신의 시를 상기하였습니다. 그 시는 13개로 구성된 시 중의 하나였고

---

1) 오기(誤記)로 보인다. 시인은 종종 이 백지시가 발표된 연대를 1973년이 아닌 1974년으로 오기하곤 하는데, 이 기억의 혼란은 의미심장하다. 기억에서 사라질 때, 백지는 완벽한 백지가 될 것이다.

어느 다른 시들보다도 중요하게 생각하는 것을 보여주기 위해 시리즈의 첫 장에 수록했었던 것입니다. 그 시는 백지 그대로였습니다. 나의 백지시에 대한 판권을 주장하는 내 서명 외엔 타이틀도 문자들도 없으며 완전히 아무 것도 없습니다.[2]

"서명 외엔 타이틀도 문자들도 없으며 완전히 아무 것도 없"는 텍스트, 당시 시인 범대순은 이 백지를 시로서 인정해달라고 주장했던 셈이다. 그러나 스캔들이라면 스캔들일 수도 있었고, 시의 경계와 한계에 관한 꽤나 진지한 논란을 불러일으킬 수도 있었을 법한 이 작품은 의외로 세간의 주목을 받지 못한다. 시인은 이 작품에 대한 당시의 반응을 이렇게 회고한다.

나의 백지시가 발표되었을 때 이 시는 신랄하게 비판받았었습니다. 그러나 다행히도 이 시에 관심을 갖고 나에게 깊은 공감을 표현한 몇몇 비평가들이 있었고 그들 중의 하나는 서울에서 유명한 일간지 중의 하나인 「동아일보」에 논평을 했었습니다. 그는 소위 백지시라 불리는 시의 순수성이 현대 세계의 독자에게 깊은 인상을 남긴다고 말했었습니다.[3]

어떤 비평가들이 어떤 방식으로 백지시에 공감을 표현했는지는 알 길이 없다. 실제로는 사적인 공감 표현 외에는 없었던 듯하다. 다만 백지시에 대한 공식적이고 비평적인 진술들 중 확인 가능한 것으로는 시인이 언급한 동아일보 1973년 9월 15일자[4] 5면, <문학월평> 코너에 실린 글이 유일해 보인다. 그 내용은 대체로 이랬다.

2) 범대순, 「백지시에 대하여 II」, 『백지와 기계의 시학』, 사사연, 1987.(『범대순전집: 시론』, 전남대학교출판부, 1994, 20쪽. 이하 시작품과 시론은 모두 전집에서 인용하고 『전집–시』, 『전집–시론』으로 표기한다)
3) 위의 글, 23쪽.
4) 시인은 이 날짜를 9월 16일로 회고한다.

'藝術(끊임없는 자기 파괴 自己否定)의 本質的 精神을 詩로 表現'한 것이
니 前衛性을 지닐 땐 白紙로 나타날 수가 있는 문제인 것이다. 그러나 나는
이 백지에서 거기 떠오르는 무수한 문자를 보게 된다. 백지긴 하지만 이것이
요컨대 詩論이며 藝術論인 까닭으로해서 그 내부에 간직하고 있는 메시지,
그것을 보지 않을 수가 없는 탓일 것이다. 오히려 백지와 만나게 되는 것은
작품 「2」번인 「統一路終點」에서다.5)

　시인의 회고와 달리 저 기사의 저자는 비평가가 아니라 시인인 전봉건이
었고, 백지시는 당월에 발표된 다른 시인들의 작품과 함께 언급되었다. 이
글에서 전봉건은 범대순의 백지시를 두고 예술의 본성인 자기부정 정신을
표현한 전위성이 인정된다고 말한다. 다만 마지막 문장의 뉘앙스로 미루어
볼 때, 월평자인 전봉건이 정작 더 관심을 가지고 읽은 작품은 백지시 다음
에 실린 「統一路終點」이었단 점, 그래서 "시의 순수성이 현대 세계의 독자
에게 깊은 인상을 남긴다"는 평가는 백지시보다는 바로 이 작품을 두고 내린
것이었다는 점에 대해서는 지적해 둘 필요가 있겠다.

　요컨대, 1973년 즈음 범대순의 백지시는 그것이 그 자체로 발산할 수도
있었을 파괴력, 불러일으킬 수도 있었을 논란 가능성 속에서 받아들여지지
않았다. 대신 저자 자신에 의해서만 두고두고 회고되고(때로는 정확하게 때
로는 과장되거나 왜곡된 채로), 보충되고, 정리되기를 거듭한다. 그리고 그
런 작업은 시인이 작고하게 될 때까지 줄곧 이어진다.

　사정이 그렇게 된 여러 가지 이유들을 추측해 볼 수도 있을 것이다. 가령
그가 일찍이 조지훈의 추천을 받아 『문학예술』을 통해 등단했어야 하나 잡
지가 종간되는 바람에 그렇게 되지 못했다는 점6), 그래서 유수의 문예지나

---

5) 전봉건, 「담담한 詩行 속의 鮮明한 意味」, 『동아일보』, 1973년 9월 15일자, 5면,
　　<문학월평: 이달의 시>.
6) 시인은 이런 언급을 한 적이 있다. "『문학예술』지는 1958年 1월호부터 보이지 않

종합 일간지의 신춘문예를 통해 시끌벅적하게 등단한 시인이 아니었단 점, 한국 특유의 지역적 이분법에 따를 때 평생을 '중앙 문인'이 아니라 '지역 문인'으로 살았다는 점, 등등. 그리고 물론 그의 백지시가 발표된 시점의 한국 문학장 내에, 그것을 문제적인 시로서 인지하고 그 파괴적인 논쟁 가능성을 담론화할 만한 비평적 안목과 이론적 도구들(가령 데리다의 이론이나 현대 해석학의 개념들, 아서 단토 류의 예술 제도론 등)이 충분히 마련되어 있지 않았다는 점도 추측 가능한 이유들 중 하나다.

그런 의미에서 1973년에 등장해 그 어떤 주목도 받지 못한 채 시인 자신에 의해서만 언급되다가, 이제는 정작 그 행방조차 알 수 없게 된7) 백지시 한 편의 행적을 밝히고자 쓰는 이 글은 아주 뒤늦은 글이다. 게다가 그것이 불러일으킬 수도 있었을 논점들을 오늘날의 시각에 비추어 좀 더 요연하게 정리해 보는 것이 유일한 목적이므로, 아주 소박한 글이기도 하다.

II. 백지가 시가 되는 사연

1973년 "어렸을 때부터 늘 前衛이고자 하였지만 한번도 前衛이지 못했"8)다고 자술하던 시인 범대순이 백지를 한 편의 시로서 제출했을 때, 가장 먼저 제기될 수 있었던, 그리고 제기되어야 했던 질문은 당연히 '백지는 시가 될 수 있는가?'였을 것이다. 그것은 전위적인 문제제기였고, 이어서 '한 장의 백

왔고 따라서 나의 기계를 주제로 했던 시 「불도우저」가 햇빛을 보기 위해선 훨씬 더 오래 기다리지 않으면 안되었다." 범대순, 「기계(機械)가 한 편의 시가 되기까지」―나의 시 「불도우저」를 중심으로」, 『전집─시론』, 27쪽 참조.
7) 방대한 양의 『범대순 전집』 그 어디에도 이 작품은 실려 있지 않다. 다른 말로 완벽한 백지가 된 셈이다.
8) 범대순, 「詩作 노트」, 『현대시학』 1973년 10월호, 28쪽.

지가 시작품이 될 수 있다면 그것은 어떤 방식으로 가능한가?' '시의 경계는 문자 너머까지 확장될 수 있는가?' '그렇다면 시를 시이게 하는 속성은 무엇인가?'와 같은 일련의 질문들이 뒤를 이을 수도 있었다. 그러나 상술(上述)한 바, 이에 대한 전봉건의 대답은 지극히 올바른 만큼 안이해 보이기조차 한다.

지극히 올바르다고 말하는 것은 '예술은 자기부정성을 본질로 갖는다'라는 말이 반박하기 힘들 정도로 상식적이기 때문이고, 안이하다고 말하는 것은 그런 식으로 쉽게 말해지곤 하는 '예술의 본질'이란 것이 실은 '근/현대' 예술(최소한 예술의 자율성을 확립했던 낭만주의 이후의 예술)에만 적용된다는 사실을 망각한 비역사적 발언이기 때문이다. 근대 이전의 그 어떤 예술(후에 그렇게 불리게 될 일련의 기예)도 자기부정성을 본질로 가지지는 않았다. 뒤샹의 '샘'에 이르러서야 예술이 스스로를 부정함으로써 예술 자체의 경계를 묻고 확장하는 일을 업으로 삼게 된다는 것은 이제 예술사상의 상식에 속한다. 따라서 변기가 예술 작품이 되듯 백지가 시가 될 수 있다면, 그런 일이 가능하게 되는 메커니즘에 대해 묻고 답하는 편이 효율적이었을 것이다.

요컨대 '백지는 시가 될 수 있는가?' '그렇다면 어떻게 그러한가?'라는 질문에는 여전히 답이 필요해 보인다.

1. 식별 기호들

앞서 인용한 대로, 시인은 백지시에 대해 이렇게 회상했다. "그 시는 백지 그대로였습니다. 나의 백지시에 대한 판권을 주장하는 내 서명 외엔 타이틀도 문자들도 없으며 완전히 아무 것도 없습니다." 그러나 상식적인 견지에서 완전한 백지가 시가 될 수 있다는 말을 곧이곧대로 받아들이기는 힘들다. 가령 지금 이 글을 쓰고 있는 책상 옆의 프린터에 장착되어 있는 꽤 많은 양의

A4 용지들, 아무 문구점에나 진열되어 있는 노트 속의 무수한 백지들, 익명의 서점 어딘가, 가령 낚시나 바둑에 대한 어떤 허름한 책의 한 페이지에 잘못 제본되어 있는 백지, 이런 것들에 대해 판권을 주장하며 그것은 내 시라고 말할 수 있는 이는 없다.

만약 백지가 시가 될 수 있다면, 그것은 최소한 이 백지가 여타의 흔한 백지들과는 다른 백지라는 사실, 시로 인지될 수 있는 조건과 문맥과 상황 속에 놓여 있다는 사실을 증명해야만 한다. 아마도 시인은 당시 '완전한' 백지시를, 그 어떤 기호도 거느리지 않은 공백의 시를 의도하기는 했을 것이다. 그러나 그런 일이 가능할 수는 없다. 원칙적으로 말해 모든 백지는 시가 될 수 없다. 시란 언어 예술이고, 언어가 없다면 시가 아닐 테니까.

그런 의미에서 1985년 시인이 미국의 데니슨 대학에서 행한 강연에 대해 던져졌던 두 번째 질문은 적절했던 것으로 보인다. "시와 시적 경험과는 분리되어야 한다고 생각하지 않는가?"[9] 완전한 백지를 의도했던 시인의 시적 경험과, 그 산출물로서의 백지시(「   」)는 분리되어야 했던 것이다. 따라서 앞서 백지시에 대한 시인의 회고에는 어딘가 (무의식적인) 왜곡이나 누락이 있었다고 말할 수밖에 없다. 백지시는 완전한 백지는 아니었던 것이다. 실제로 시인의 회상과 달리 백지시의 진짜 모습은 이랬다(그림1).

보다시피 백지시(라 불리는) 작품이 실린 면은 전혀 백지가 아니었다. 우선 당시의 인쇄 관습에 따라 가장 먼저 읽어야 할 우측상단의 정보는 "이달의 小詩集"이다. 유수의 시잡지를 읽는 정도의 문학적 교양을 갖춘 독자들에게(그들이 아니라면 누가 이 잡지를 읽었겠는가) 이 기호는 한국의 유력한 시지들 중 하나인 『현대시학』에서 해당 시기 주요 시인의 작품에 할애한 수록 지면을 지시한다.

---

9) 범대순, 「「미국의 공동묘지」와 「白紙」」, 『전집-시론』, 467쪽.

그림1. 『현대시학』 1973년 10월호, 범대순 소시집 첫 면.

거기에는 한 권의 완성된 시집(대략 40편 이상이 묶이는)이라고는 할 수 없지만, 일반적으로 한 시인의 작품을 잡지에 싣는 양(대개 2~3편)보다는 많은(해당 지면의 경우 13편이었다) 양의 작품을, '소시집'이란 명칭 아래에 게재한다는 정보도 담겨 있다. 이어지는 기호. 즉 보다 큰 글씨로 쓰인 "范大錞詩集(13篇)" 역시 같은 기능을 하는 식별 기호다. 이 기호들에 의해 이제 이어지는 지면에 활자화되거나 활자화되지 않은 문장들은 시인 범대순이 이 달에 발표하는 소시집에 속하는 시편들임이 식별된다.

요약하자면, 시인의 회고와는 달리 '그 시는 백지 그대로'가 아니었고, '타이틀도 문자들도 없으며 완전히 아무 것도' 없지는 않았던 것이다. 오히려 이후에 백지가 지면에 등장하더라도 그것을 시로서 인지하지 못하는 것이 되레

이상할 만큼, 저 지면은 식별 기호들로 가득하다. 정확히 사태는 이랬던 것이다. 모든 백지가 다 시가 되는 것은 아니다. 그 백지가 속한 사회의 특정 문학장에서 작동하고 있는 이러저러한 제도적 절차와 인쇄 방식과 잡지 편집 체제와 문장 부호에 의해 각인되고 맥락화된 백지만이 '백지시'가 될 수 있다. 달리 말해 범대순의 백지시는 그것이 문자를 가지고 있지 않다는 것을 제외하고는, 다른 시들과 다를 바가 전혀 없었다. 1973년 한국의 문학장에서, 다른 시들과 동일한 제도와 출판 및 인쇄 방식에 따라 동일한 지면에 실린 백지는 시가 될 수 있다. 왜냐하면 그 문학장에 속한 채로 그 문학장의 이러저러한 의식적/무의식적 규약에 따라 그것을 읽게 되는 독자들에게 틀림없이 문장 부호 '「 」'는 시 작품을 지시하는 식별 기호이기 때문이다.[10]

2. 제목과 서명

1973년 당시 『현대시학』의 편집 방침에서 제목을 지시하는 문장 부호는 '「 」'였던 것으로 보인다. 백지시 이후에 등장하는 다른 작품들의 제목에 일관되게 이 부호가 사용되고 있기 때문이다. 그렇다면 아무런 문장도 어휘도 기록되어 있지 않은 '「 」' 아래에 시가 있다는 사실을 눈치채지 못할 독

---

10) 이로부터 아서 단토나 래리 쉬너 류의 '예술 제도론'적 결론, 즉 '예술을 예술이게 하는 것은 예술 작품이 가지고 있는 어떤 본질이 아니라 그것을 예술로서 승인하는 제도이다'라는 결론으로 옮겨가기는 쉬운 일이다. 가령 아서 단토는 그의 유명한 책 『예술의 종언 이후』에서 이렇게 말한다. "좌파 비평가들은, 회화와 조각을 미술사의 발전을 이끄는 동력으로 가정하는 모더니즘이란 사실상, 회화와 조각이 전제하고 있는 제도들—무엇보다 미술관(그리고 이것의 한 변종인 조각공원), 갤러리, 컬렉션, 화상, 경매장, 전문 감식 등—을 수호함으로써 특권을 보호하도록 계산된 이론에 불과하다는 견해를 가지게 되었다." 아서 단토, 이성훈·김광우 역, 『예술의 종말 이후』, 미술문화, 2004, 273쪽 참조. 그러나 이 글의 목표는 모더니즘 이후 예술과 제도 간의 기나긴 밀월 관계를 폭로하는 데 있지 않다.

자는 없다. 설사 포함하고 있는 것이 아무 것도 없다 할지라도 낫쇠 표시는
당시 한국 문학장의 관례상 그것이 시의 제목임을, 아무것도 담지 않은 시를
쓰겠다는 의지를 보여주면서 기존의 시와 스스로를 구별하고 있는 어떤 실
험적인 시도의 장이 열리고 있음을 선언한다.

따라서 역설적이지만 이런 말도 가능해진다. 어떤 시를 시로서 '알아보게'
하는 것은 실은 작품에 사용된 언어나 기교가 아니라 그것을 하나의 작품 단
위로 묶어 주는 제목 때문이다. 당연한 말이지만 우리는 한 권의 시집, 혹은
소시집에서 한 작품과 다른 작품의 경계를 제목을 통해 구별한다. 제목은 그
런 의미에서 여러 문장들을 하나의 작품으로 묶는 단위이자 가두리이다. 그
것 없이 한 편의 시작품은 시작하지도 끝나지도 않는다.

그러나 제목은 그보다 더 많은 기능을 한다. 하나의 작품을 묶는 단위이자
가두리로 작동하면서 동시에 어떤 작품에 법적 권리를 부여하고, 고유성을
부여하며, 이러저러한 방식의 분류와 구분을 가능하게 하는 것 또한 작품의
제목이다. 물론 서명도 마찬가지 역할을 한다. '범대순 소시집'이란 꼭지명
은 실은 이제부터 실리 게 될 13편의 작품은 전봉건이나 박남수 같은 여타의
시인이 아니라 고유하게 범대순이라는 시인에게만 속한 것이고, 설사 그것
이 공백으로 이루어진 '「   」'에 의해 묶여 있는 백지라 할지라도 그 저작권
은 바로 이 시인에게 있음을 공표한다. 이런 사태에 대해서는 데리다도 지적
한 바 있다.

> 제목이 문학에 속한다는 것은 제목이 법적 권위를 갖는 것을 막지는 못한
> 다. 예를 들어, 책 한 권의 제목은 도서관에서의 분류, 저작권의 부여, 그 결
> 과로 일어날 수 있는 소송과 판결 등을 가능하게 한다.[11]

---

11) 자크 데리다, 데릭 애트리지 편, 정승훈·진주영 역, 『문학의 행위』, 문학과지성사,
2013, 251~252쪽.

제목은 작품의 내용을 요약하거나, 강조함으로써 스스로도 문학에 속한다. 그러나 특별히 본문보다 몇 줄 위나 혹은 우측상단에, 그리고 대개 본문보다 조금 더 크고 굵은 글씨체로 인쇄됨으로써 본문과는 구별되는 자리, 곧 문학의 바깥에 위치하기도 한다. 즉 문학 안이자 밖에 존재하(지 않으)면서 일련의 정보들을 한 단위로 묶어 한 편의 작품으로 분절하는 것이 바로 제목이다. 그것이 설사 '「   」'처럼 부재를 지시하면서 존재한다고 해서 그 자체가 부재한다고 말할 수는 없다.

1973년『현대시학』에 발표된 범대순의 '「   」'는 따라서 명백히 시의 제목이고, 그 아래에 있는 얼마간의 공백을 한 편의 시로 묶는 단위이며, '범대순'이라는 서명과 함께 법적 권리를 주장 가능하게 하는 특권적 식별 기표로 작용한다. 시인이 백지시를 두고 저작권 운운했던 사정도 이로써 명백해진다.

3. 저작권

그런데 백지에 대해 저작권을 주장할 수 있을까? 시인은 실제로 이 문제를 진지하게 생각했던 듯하다. 여러 차례 이와 관련된 언급이 발견되기 때문이다.

> 그 시는 어느 다른 사람의 것이 아닙니다. 이 말은 이 시의 판권을 의미합니다. 누구나 백지시를 시도할 수는 있으나 그것은 모방이고 표절입니다. 어느 시도 그 자체의 저작자를 갖는 법입니다.[12]

> 나는 백지시에 대한 판권을 요구하였으며 어떤 모방도 그것은 표절이라고 주장하였습니다.[13]
> 판권 부분에 대해서 장난으로 생각하지 말기 바란다. 나는 이 문제를 심각하게 생각하고 있다.[14]

---

12) 범대순, 「백지시에 대하여 II」, 앞의 글, 23쪽.
13) 범대순, 「도전과 한계의 경험」, 『전집-시』, 557쪽.
14) 범대순, 「「미국의 공동묘지」와 「白紙」」, 앞의 글, 467쪽.

그러나 과연 백지시에 대한 저작권을 주장하는 것이 법적으로뿐만 아니라 논리적으로나 문학적으로 가능한 지는 미지수다. 왜냐하면 앞서 살펴본 것처럼 '특정한 맥락' 속에서만 백지가 시로서 출현하는 것이 가능하다면, 다른 맥락에서 다른 방식으로 출현하는 백지는 전혀 다른 백지일 것임에 분명하기 때문이다. 이를테면 1973년의 한국에서 『현대시학』에 출현한 백지와 1983년의 한 시집에서 "묵념, 5분 27초"라는 제목과 함께 출현한 백지의 의미가 같을 수는 없다. 설사 제목이 붙지 않은 '「   」'의 형태로 출현했다 하더라도 작품이 처한 사회적 상황과 시인의 의도, 그리고 평소 시인이 써온 다른 시들과의 상호텍스트성 등을 고려할 경우 백지의 의미는 완전히 달라질 것이기 때문이다. 가령 "나는 말할 수 없으므로 양식을 파괴한다, 아니 파괴를 양식화한다"라고 말한 시인이 오월 항쟁이 지나자마자 쓴(?) 제목만 있는 백지가(그것도 제목에 사용된 숫자가 강력하게 오월 항쟁을 지시하고 있는), '자기부정'을 예술의 본질이라고 말하고 동양적 여백의 미를 숭배하는 시인의 백지와 같을 수는 없는 것이다. 사회적 백지와 동양적 백지는 전혀 같은 백지가 아니다. 비근한 예로 보르헤스의 「피에르 메나르, 돈키호테의 저자」를 들 수도 있겠다. 토씨 하나까지 완전히 동일한 작품이라 할지라도 세르반테스의 『돈키호테』와 피에르 메나르의 『돈키호테』 두 작품은 전혀 다른 작품일 수 있다는 것이 이 소설의 요지였다.

어쨌든 범대순 시인의 저작권 운운 발언은 그 어투의 심각함에도 불구하고 실제로 어떤 효력을 발휘하지는 않았다. 오히려 시인 스스로가 백지에 대한 저작권을 포기했다고 보는 것이 맞을 텐데, 생전에 1994년과 1999년 두 차례에 걸쳐 출간한 그의 전집 어디에서도 그의 백지시는 찾을 수 없기 때문이다. 그는 백지 한 장을 전집에 포함시키기를 포기함으로써, 백지에 대한 저작권을 포기했던 것으로 보인다.

그러나 과연 그랬을까? 달리 생각하면, 그가 의도했던 백지란 완벽한 공백이었고, 완벽한 공백을 책에 묶을 수는 없었을 것이다. 백지시는 어쩌면 그런 방식으로 태어난 지 20여 년 만에 스스로 사라지면서 완성된 셈이었다고 해도 무방할 것이다.

Ⅲ. 증식하는 백지

문학장 및 제도의 규약과 출판상의 관례, 서명과 제목 및 그에 따른 저작권을 두루 갖추었으므로 백지는 시가 되었다. 그러나 남은 문제가 있다. 그렇다면 그 '시'의 의미는 어떻게 해석해야 하는가? 우리는 백지에서 어떤 의미를 찾을 수 있을까?

범대순 시인이 백지시의 의미와 관련하여 종종 언급하곤 하던 아주 단순한 수학 공식 하나가 있다. 인용하자면 그 공식은 "0=∞, 零은 無限한 것과 一致한다"[15]라는 공식이다. 이 공식으로 미루어 보건대, 그는 아무것도 적혀 있지 않은 백지 안에 모든 의미를 담으려고 했던 것으로 추측된다. 논리적으로, 완전히 비어 있는 것은 항상 가능성으로 충만해 있다. 그 어떤 것으로도 그 공백을 채울 수 있기 때문이다.

그러나 저 공식이 뒤집어도 말이 되는 공식임을 지적하는 것이 궤변만은 아닐 것이다. 즉 영이 무한한 만큼이나, '무한한 것은 영이다'. 그 어떤 가능성도 실현되지 않은 채 무한한 가능성만이 존재하는 곳에서는 아무 일도 일어나지 않는다. 어떤 사건이, 어떤 의미가 발생한다는 것은 무한한 가능태 중 하나의 실현태가 발생한다는 말이기 때문이다. 이 말을 시의 의미에 적용

---

15) 범대순, 「詩作 노트」, 앞의 글, 36쪽.

할 경우 어떤 시가 만약 모든 것을 의미한다면 그 시에 의미란 없다. 특정되지 못한 의미는 독자에게 그 무엇도 전달하지 못함으로써 일종의 의사소통으로서의 시적 과정을 완결하지 못하기 때문이다. 어떤 방식으로든 의미는 특정되어야 한다. 그래야 시는 '읽힐 수 있는 텍스트'가 된다.

그렇다면 이제 문제가 되는 것은 시인이 이 백지에, 어떤 의미를, 어떻게, 특정하여 부여했는가 하는 점이다.

1. 1973년, 백지의 의미

1973년 『현대시학』 10월호 소시집 뒤에 부록처럼 딸린 「詩作 노트」는 데리다적인 의미에서 '파레르곤(parergon)'과 아주 유사해 보인다. 데리다는 파레르곤을 이런 식으로 정의한다.

> 파레르곤은 에르곤, 즉 완성된 작품에 반대되며, 옆에 있으며, 동시에 부착되어 있지만 어느 한 쪽에 완전히 기울어지지 않는 상태에서, 어느 정도 떨어져 작품 구성에 관여하고 작품의 구성요소로 작용한다. 바깥도 아니고 안도 아닌 것, 경계의 변두리에서 맞대어 있을 때는 아주 유용한 나무로 된 장식품 같은 것. 이것은 무엇보다도 경계다.[16]

에르곤이 완성된 작품의 중심이라면 파레르곤은 그 가장자리, 곧 경계다. 가령 미술 작품을 테두리 지우고 있는 액자 같은 것이 파레르곤이다. 그것이 에르곤에 반대되는 이유는 그 존재 자체가 에르곤의 불완전성을 증언하기 때문이다. 액자는 작품과 무관하지만 바로 그 액자 없는 작품은 작품으로서 식별되기 힘들다. 그러니까 작품의 중심도 아닌 채로 가장자리에 바깥으로

---

16) 자크 데리다, 「파레르곤」, 김보현 편역, 『해체』, 문예출판사, 1996, 444쪽.

존재하고 있는 것이 실은 작품의 구성에 관여한다. 이 경계가 없다면 작품은 작품으로서 식별되지 않는다. 작품으로서는 참으로 난감할 노릇인데, 아무 것도 아닌 그 주변부적 존재에 의탁하지 않고서는 스스로를 예술 작품으로 식별하게 할 수 없는 이 난국이 바로 작품의 운명이기 때문이다. 일종의 '주변적인 것의 복권'을 데리다는 파레르곤이라는 개념을 통해 시도하고 있는 셈이다.

그와 유사한 일이 백지시에서도 일어난다. 공백으로 비어 있는 백지가 에르곤이다. 그 에르곤은 여러 문맥으로 인해 일단 시로서 식별되었다고는 하지만 그 의미가 확정된 바 없다. 그러나 다행히 13편으로 이루어진 소시집 말미에, 완성된 작품이 불완전함을 증언하면서(반대되며), "옆에 있으며, 동시에 부착되어 있지만" "어느 정도 떨어져 작품 구성에 관여하고 작품의 구성요소로 작용하는" '시작 노트'가 있다. 소시집 말미에 붙은 '시작 노트'를 시의 중심이라고 말할 사람은 없다. 그러나 만약 이 노트가 백지시라는 에르곤의 유일한 의미론적 담보라면 상황이 달라진다. 백지시의 의미는 정작 백지 내부가 아니라, 백지 바깥에, 마치 대수롭지 않은 읽을거리라도 되는 듯이, '노트'의 형태로, 존재한다. 그러나 그 노트가 없다면 백지는 아무런 의미도 갖지 못한다. 왜냐하면 이 노트가 백지의 의미를 이런 방식으로 특정하기 때문이다.

얼마 전부터 나는 自己를 파괴해 버렸으면 하는 충동을 갖고 있다. 지금 가지고 있는 生命 뿐 아니라 살아온 온간 過去의 흔적을 一時에 폭파해 버렸으면 좋겠다고 생각한 것이다.……

나는 나 자신 뿐아니라 周圍의 모든 흔적을 淸算하고 否定하는데서 나의 未盡된 慾求를 채우려 하려 했다. 이것은 나의 精神狀況속에서 부득이한 것이다. 생각하면 藝術이란건 끊임없이 자기 파괴, 自己否定의 연속일른지 모른다. 이 藝術의 本質的 精神을 詩로 表現하기 위해서 나는 고민하였다. 그 결과가 이 白紙의 詩다.

　이 詩 속에서 나는 다음과 같이 質問한다. 詩는 文字로부터 絶對로 脫出하지 못하는 것인가? 萬一에 脫出하지 못한다면 詩는 기실 2000年來 詩人의 精神的 狀況의 반복에 불과하다. 萬一에 脫出이 可能하다면 詩에 있어서 그것은 文字의 發明에 못지 않는 革命이 될 것임에 틀림 없다. 詩는 古今 2000年 동안 文字의 奴隷의 身分을 固守하여 왔다. 이 文字의 拘束으로부터 解放됨으로써 詩는 藝術의 本質的 發生의 터전으로 돌아 갈 수 있는 것이다. 致命的인 限界를 벗어나 無限한 可能性을 가짐으로써 새로운 出發을 모색할 수 있는 것이다. 作者나 讀者의 創造力을 拘束함이 없이 정말로 强한 光線이 白色이듯이 정말로 강한 소리가 無聲이듯이, 이 白紙의 詩는 創造的 生命力으로 넘쳐흐를 것이다.17)

시 작품 바깥에서, 시작 노트가 시의 의미를 규정한다. 이 시작 노트가 없었다면 백지시는 '의미없는 시'의 다른 이름이 되고 말았을 것이다. 시적 의미의 중심은 시의 바깥, 곧 해석 행위에 있다는 이 역설을 백지시와 시작 노트는 여실히 보여주고야 마는데, 실은 현대 해석학의 가장 중요한 논지가 바로 이것이다. 시의 의미는 시인의 의도에 의해 '구축'되고 '완결'되는 것이 아니라 외부에서 이루어지는 해석에 의해 '누적'되고 '순환'된다. 그리고 저 시작 노트야 말로 외부에서 백지시에 부여된 최초의 의미이다. 백지시는 실은 시작 노트에 의해 그 최초의 의미를 부여받고, 완성된 셈이다. 시작 노트가 시의 본질이었단 말인데, 그렇게 특정된 백지시의 의미는 인용문에서 보는 바과 같다.

　다소 긴 인용문을 요약하자면 백지시의 의미는 크게 두 가지다. 그 하나는 자기파괴 욕구의 소산이란 것이고, 다른 하나는 언어를 포함한 모든 구속으로부터 시의 해방이다.

---

17) 범대순, 「詩作 노트」, 앞의 글, 35~36쪽.

2. 증식하는 백지

의미가 '누적'된다는 말의 의미는 해석 행위가 일회적으로 완결될 수 없음을 지시한다. 설사 그리 많은 독자를 가지지 못해서 거듭되는 해석 행위가 지속되지 않는다 할지라도 원리적으로 해석은 무한하다. 심지어 직접 작품을 쓴 시인 자신에 의해서도 해석은 번복되고, 보완되고, 정리되고, 누적되기 마련이다. 백지시도 그와 같았다. 게다가 스스로의 삶을 시와 일치시키기 위해 평생을 힘쓴 시인[18]이라면 저 무한한 백지의 가능성 앞에서 나날이 그 공허한 내부를 채울 도리를 고뇌하지 않을 수 없었을 것이다. 그러자 백지가 증식한다.

우선 1981년 데니슨 대학으로 떠나기 전 재직 중이던 대학 인문대 교수들과의 집담회에서 발언한 것으로 추측되는 강연록이 있다.

> 언어도단의 본래의 의미는 무엇인가요. 선종에서 말하는 불립문자(不立文字)라는 말은 무슨 뜻일까요. 언어의 공해에 대한 자각은, 그 자각을 표현하는 수단은 없는 것일까요. 또 언어의 제약, 가령 부조리나 비시적 혹은 시적 제약 때문에 표현이 억제된다면 그 시적 경험은 영원히 말살되고 마는 것일까요.
>
> 말살을 살릴 방안, 즉 시적 표현은 절대로 없는 것일까요. 말라르메가 자기의 유명한 소네트를 말하는 가운데 백지의 상태가 시의 이상적 상태라고 말하는 뜻은 무엇일까요.
>
> 동양화 남화(南畵)의 여백(餘白)이 갖는 적극적 의미는 무엇일까요. 서예에서 말하는 비백(飛白)의 뜻은 무엇일까요.[19]

1973년 최초의 시작 노트에서 백지시에 부여되었던 '자기 파괴 충

---

18) 이 말은 주관적으로 밖에는 증명할 수 없다. 범대순은 그런 사람이었다.
19) 범대순, 「백지시에 대하여」, 『전집−시론』, 16쪽.

동'20)과 관련된 의미소가 뒤로 물러나는 한편 '언어도단' '불립문자' '말라르메' '여백' '비백' 같은 의미소들이 새롭게 등장한다. 이제 백지시는 프랑스 상징주의를 시사(詩史)적 스승으로 삼게 되고, 노장을 비롯한 동양의 무위 사상으로 그 의미 영역을 확대한다. 그러나 백지의 증식은 여기서 멈추지 않는다. 1981년 데니슨 대학 150주년 기념 백일장에서 당선한 뒤 발표한 수상 소감문에서 백지는 다시 한 번 증식한다.

> 이삼 주일 전에 나는 데니슨대학 교수 학술발표회에 참가해서 물리학의 아주 재미있는 원리 실험들을 보았습니다. 내가 그때 가진 인상은 사물의 힘들은 거의 보이지 않고 들을 수도 없다 라는 것이었습니다. 힘이 나오는 가시적인 사물들은 더 이상 현대 물리학 연구의 분야가 아니며 가장 큰 소음은 들을 수 없으며 한 공간 안의 너무 많은 색깔들은 볼 수가 없다는 것은 누구나 다 알고 있습니다. 그 색깔들은 대신 하얗게 보인다는 것을 이 실험에서 나는 보았으며 나의 백지시가 현대세계에 대한 아주 많은 흥미있는 감정과 복잡성을 포함하고 있는 단 하나의 표현이라는 것을 더욱 확신하게 되었습니다.
>
> ……계급도 없고 서열도 없고 특권 조건도 없이 모든 사람이 참가할 수 있는 새로운 출발점을 제시하고자 합니다.21)

81년이라는 사회적 정세 탓이었겠지만 이 강연록을 통해 "계급도 없고 서열도 없고 특권 조건도 없이 모든 사람이 참가할 수 있는"이라는 '사회

---

20) 범대순에게 이 충동은 아주 강력한 것이었다. 초기 시편들, 특히 이른바 '기계시' 들에서 '강하고 거대한 것'에 대한 도착적 매혹으로 나타났던 이 충동은, 그가 노장과 동양사상(기승전결)에 몰두하던 시절에 얼마간 지양된 것처럼 보였으나『나는 디오니소스의 거시기氣다』(전남대학교출판부, 2005)에서 돌연 재폭발한다. 심지어 노장에 경도되던 시절의 시작품들 속에서도 종종 이 충동은 자기 파괴적으로 돌출할 때가 있다. 그러나 주로 범대순의 시론을 대상으로 삼은 이 글에서 범대순의 시세계 전체를 요약할 게재는 아니다. 이에 대해서는 추후의 논의를 기약할 수밖에 없다.
21) 범대순, 「백지시에 대하여 II」, 앞의 글, 21~22쪽.

적 의미'가 백지에 누적된다. 아울러 이국의 대학에서 경험한 물리학 실험의 도움으로 백지의 의미에 대한 '물리학적 근거'를 확보하는 데 성공하기도 한다. 그 뿐만이 아니다. 1993년에 상재한 시집 『起承轉結』 말미에는 시론 「기승전결에 대하여」[22]가 실려 있는데, 이 글에서 백지는 또 다른 의미로 확대된다.

> 그 백지시를 인식하는 통찰력이 기승전결의 정신이었고 그 백지를 표현하는 용기와 힘이 기승전결의 정신이었습니다. 만일 그 백지시 속에 움직이는 느낌을 갖는다면 그는 기승전결의 일부를 느끼는 사람입니다. 왜냐 하면 기승전결은 운동 그 자체 다시 말하면 에네르기이기 때문입니다.[23]

시인의 말에 따르면 1973년의 백지에는 90년대 이후 자신이 몰두하게 될 '기승전결'의 세계가 이미 포함되어 있었다. 그런 방식으로 백지는 최소한 20여 년 동안을 계속해서 다시 쓰이고, 다시 읽히고, 재의미화되고, 보충되고, 정리되면서 그 의미를 누적해 간다. 원리적으로 말해 백지시는 실제로 '영은 무한대'의 공식을 시적으로 입증해 갔던 것이다.

Ⅳ. 백지의 축복: 시인으로 살고 죽는다는 것

혹자는 아마도 저와 같은 백지의 증식을 두고 냉소할 수도 있겠다. 1990년 경에 일어나게 될 시인의 정신적 변화 가능성이 1973년에 이미 백지 속에 각인되어 있었다는 말은 본말이 전도된 것임에 틀림없기 때문이다. 백지에 애

---

22) 시인의 말에 따르면 이 시론은 1989년 11월 아이오와 대학 국제 창작 프로그램에서 발표한 것이다.
23) 범대순, 「기승전결에 대하여」, 『전집-시론』, 432~433쪽.

초부터 그런 무한한 의미들이 담겨 있었다고 말하기보다는 시인이 세월의 흐름에 따라 사후적으로 의미들을 누적시켜갔던 것이고, 그런 의미상의 누적에는 시인의 사상적 문학적 변화가 반영되었다고 하는 것이 맞는 말일 것이다.

그러나 언젠가 시인은 "동양에서는 시를 쓰지 않아도 시인의 칭호로 일컬어지는 사람이 있습니다"[24]라는 요지의 발언을 한 적이 있다. 시를 쓰지 않고도 시인의 칭호로 일컬어진다는 말에는 삶과 시가 일치할 수 있다는 것, 그것이 시인의 최고 영예이자 목적이라는 동양적 문학관이 깊이 스며들어 있는 것으로 읽힌다. 그런 의미에서라면 시인이란 시를 쓰는 사람이 아니라 시를 사는(生) 사람이다.

시인 범대순이 한국을 대표하는 유명한 시인이었다고는 말할 수 없다. 그러나 오로지 한 편의 백지시를 완성하기 위해, 삶을 바로 그 시에 따라 살았던 사람이었다는 말은 가능하고 또 참일 것이다. 앞서 살펴본 대로 그는 매번의 시적·정신적 변화를 모두 백지시에 반영했다. 그만큼 백지시는 날로 부피가 커지고 의미가 깊어졌다. 삶의 궤적에 따라 소급적으로 시는 점점 시인의 삶과 유사해졌다. 시인의 범대순의 시와 삶이 일치했다는 말은 이런 의미다.

그러나 한 가지 수수께끼는 남는다. 말년의 시인은 왜 백지시를 자신의 전집에서 배제했던 것일까? 전집 그 어디에도 백지시는 없다. 평생을 붙들고 있었던 이 하얀 백지를 그는 정작 전집을 발간하면서는 누락시켰다.

그러나 이 기이한 사태가 실상 풀기 아주 어려운 수수께끼는 아니다. 아마도 그것은 시인이나 출판사의 실수가 아니었을 것이다. 완벽한 백지는 사람의 삶이 그러한 것처럼 완전히 사라질 때 완성되는 것일 테니까. 만약 그런 의도가 아니었다면 그가 마치 유언처럼 이런 문장을 전집 서문에 남기지는 않았으리라. 자신의 죽음 뒤에도 남을 전집 서문에 범대순은 이렇게 썼다.

---

24) 범대순, 「백지시에 대하여 II」, 앞의 글, 20쪽.

어느 날 누군가가 나의 墓碑를 세운다면 나는 그 碑銘에 다음과 같은 글을 원한다.

「잘 가거라 白紙여, 그리고 돌아 보지 마라.」[25]

그는 자신의 소멸과 함께 백지시도 소멸시킴으로써, 평생에 걸친 둘 사이의 유대를 완성하고 싶었던 것이라고 생각하는 것은 일종의 믿음에 속한다.

<참고문헌>

범대순, 『범대순 전집－시』, 전남대학교출판부, 1994.
_____, 『범대순 전집－시론』, 전남대학교출판부, 1994.
_____, 『나는 디오니소스의 거시기氣다』, 전남대학교출판부, 2005.
_____, 「詩作노트」, 「현대시학」, 1973년 10월호, 현대시학사, 1973.
아서 단토, 이성훈·김광우 역, 『예술의 종말 이후』, 미술문화, 2004.
자크 데리다, 「파레르곤」, 김보현 편역, 『해체』, 문예출판사, 1996.
_____, 데릭 애트리지 편, 정승훈·진주영 역, 『문학의 행위』, 문학과지성사, 2013.
전봉건, 「담담한 詩行 속의 鮮明한 意味」, 동아일보, 1973년 9월 15일자, 5면, <문학월평: 이달의 시>

---

25) 범대순, 全集 序, 「白紙」, 1994.

범대순 '기승전결'의 시적 담론

최호진

Ⅰ. 서론

시적 의미는 시인 고유의 이념이나 세계관에서 발아한다. 그런 점에서 시인들은 모두 고유한 저마다의 시론이 있다고 할 수 있다. 시론의 유무가 시를 추동하는 원동력이 될 수는 있지만 그것이 반드시 창작적 성과를 담보하는 것은 아니다. 반드시 시론이 선행돼야 시가 이루어지는 것도 아니며 그 역도 성립되지 않는다. 시론의 개진은 시론의 유무가 아니라 시인의 선택에 따라 달라질 뿐이다 그런 의미에서 범대순은 자신만의 시론을 적극적으로 개진하며 그것에 입각해 시를 창작한 경우에 해당한다. 시론과 시가 밀접하게 상호작용하면서 구축되고 그것은 기계시론, 백지시론, 기승전결, 트임의 미학, 야성론 등으로 변모한다. 시인이 살았던 50년 창작기간 동안 다양하게 개진된 그의 시론은 매 시기에 가치를 부여하고 위상을 정립하는 데 이념적인 기능을 해왔다. 시론의 전개와 개진은 시의 존재에 대한 새로운 판단이 크게 작용할 때마다 새롭게 제기되었을 시론들과 밀접한 관계를 맺고 있다. 구체적인 창작적 실천과 연계되어 있는 그의 시론들은, 당대의 시대적 변화와 그의 개인적 세계관 변화에 따른 시적 존재에 대한 새로운 가치부여의 의지와 맞물려 있다. 특히 그의 시론은 내용에 치중한 여타의 시론과 차별을 보이는 형식 또는 양식의 변화와 동시에 진행된다. '백지시'와 '기승전결', '절구'를 통한 형식실험이 대표적인데, '기승전결'이나 '절구'의 양식 차용은 동양의 시문 전통에 기반한 형식뿐 아니라 내용의 변화를 동반한다는 점에서 결코 형식 중심의 시론이라고만은 할 수 없다. 하지만 형식의 변화를 통한 내용의 확보라는 점에서 내용 위주의 시론들과 일정한 차별성을 갖고 있다.

범대순의 시가 내용이나 형식면에서 어떠한 정신으로 귀착되거나 일정한 양식으로 통일되지 않은 것은 그가 하나의 시집을 하나의 새로운 목소리, 실험적인 결과물로 믿는 데서 기인한다. 그는 "새롭지 않으면 귀하지 않아 평범하고 때로는 흔하게 보이기 쉽고 심지어, 주제가 새롭지 않은 시집의 숫자는 무의미하다"[1]고까지 생각했다. 이는 그의 시 「허물」의 결연에서도 확인된다. "허물을 벗고 뱀이 다시 뱀이듯 / 허물을 벗고 나도 다시 나이지만 / 오래 허물 속에 가려 있었던 것을 / 여름 속에 내던지고 있다고 말할 거나."는 현재의 자신에 얽매이지 않고 새로운 시정신을 찾아 떠나는 끝없는 도정으로 볼 수 있다. 즉, 범대순의 변모하는 시세계는 하나의 '실험정신'이라 정리할 수 있다. 본고에서는 이러한 범대순의 시론 중 형식면에서 독특함을 보이고 오랜 기간 동안 많은 작품으로 시도한 '기승전결(起承轉結)'[2] 시론과 시를 고찰해 그의 형식실험의 의의를 살피고자 한다.

---

1) 이은봉, 「문명 혹은 기계의 시에서 자연 혹은 무등의 시로」, 범대순유고집편찬위원회, 『범대순 논총』, 문학들, 2015, 573쪽.
2) 절구(絶句)시는 5자 4행 20자의 짧은 시를 뜻한다. 범대순은 이러한 형태의 시를 절구라고 명명한 것은 당시(唐詩)의 절구를 말한 것이 아니라 한자의 절(絶)자가 주는 실존적 절박성 때문이라고 말하고 있다. 송미심, 「기계, 백지, 그리고 기승전결」, 『범

II. '기승전결'의 배경과 이념적 지형

담론이란 언어적이며 동시에 이데올로기적이다. 또한 주체적이다. 음소, 형태소, 낱말과 같은 분석 가능한 언어들은 문장이 되는 순간 다른 문장과 연결되어 하나의 응집적인 전체를 이루고, 기호체계의 언어영역을 벗어나 다른 세계를 표현하게 된다. 그러므로 담론이란 여러 문장들이 연속된 질서를 형성하는 방식으로 이질적이면서 동질적인 하나의 전체에 참여하게 되는 방식을 구체적으로 밝혀주는 용어이다.[3]

또한 담론이란 사회적 사실이자 사회적인 사실이므로 언어적으로 확정되는 것은 동시에 이데올로기적으로도 확정되게 마련이다. 문학 형식이라는 것은 현실에서 생산과 재생산을 반복하며, 그것은 이데올로기적 요소들과 상호작용과정을 거치게 되는 것이기 때문이다. 문학에서 표현수단은 이미 이데올로기를 형성하고 있어서 결국 그 자체가 이데올로기적인 것이다. 특히 기표가 고도로 응축된 시에서 표현수단이란 그 자체의 물질성 법칙을 따르므로 어떤 표현수단을 선택하느냐가 곧 그 자체로 이데올로기를 내장하고 있다고 보아야 한다.

결국 시란 특수한 기표를 활용한 이데올로기적 실천태이므로 이는 곧 모든 담론에 없어서는 안 되는 주체성과 자연스럽게 연결된다. 주체성과 담론은 따로 떼어 생각할 수 없다. 시를 통해 드러내고자 하는 시인의 주체성이나 그 시를 읽는 독자에 의해 새롭게 형성되고 확장되는 주체성을 포괄해 주체의 문제는 담론의 핵심일 수밖에 없다. 이 같은 담론의 목적은 하나의 의사소통이므로 우리가 어떤 문자를 기표로 인식하는 순간 이

대순 논총』, 392쪽 참조. 본고에서는 기승전결이 절구 및 백지시로까지 아우를 수 있는 범대순의 시정신으로 보고 논의를 진행한다.
3) 앤터니 이스톱, 박인기 역, 『시와 담론』, 지식산업사, 1994, 27쪽.

것들은 일종의 담론형식이 되며, 누군가에게 전언된 것으로 보아야 하고, 인간의 의도란 면에서 파악해야 하다. 그런 점에서 범대순이 택한 '기승전결'은 일종의 담론 형식이라고 볼 수 있다.

그렇다면 범대순은 왜 '기승전결'이라는 담론 형식을 선택했을까. 이 물음에 대한 답을 찾아가는 것이 이 연구의 시작이다. 의사소통은 기표의 물질성으로부터 시작된다. 이를 기본으로 기의와 결합되어 기호를 이루는 기표와 더불어 완전한 의미를 파악하는 것이 가능하다. 기표가 무시되고 기의를 선호하는 비시적(非詩的) 담론인 산문과 달리 시는 물질성인 기표에 의해 먼저 장악되는 문학 형식이기 때문이다. 그러므로 '시적 기능'이란 기표가 전달내용을 강화시켜주는 언어의 특수한 용법이라고 규정된다.[4] 어떤 기표를 사용하느냐에 따라 시적 기능의 대상이 되는 무수한 요소들이 시의 전달내용을 더욱 강화하기 때문이다. 그런 점에서 '기승전결'은 시적 형식 자체로서 강력한 기표로 작용한다고 할 수 있다.

이러한 범대순의 선택은 프로이드의 "시에서 일어나는 각운, 두운, 반복구, 그리고 비슷한 말소리를 반복하는 데서 이루어지는 다른 형태들이 똑같은 즐거움의 원천—즉, 낯익은 것을 재발견하는 것"[5]을 활용하고 있다. 즉, 중세의 형식인 당시(唐詩)와 영시(英詩)의 형식을 현대로 끌어와 기표의 물질성을 전경화하는 것으로 시적 담론을 형성한 것이다. 기승전결 시론과 시집 『기승전결』을 발표한 해는 1993년 그가 64살이 되던 해이다. 그는 1991년 선친의 유고시집인 한시집 『취강유고(翠崗 遺稿)』[6]를 간행

---

4) 위의 책, 37쪽.

5) 위의 책, 62쪽.

6) 취강 선생의 시는 "시율(詩律)이나 시정신으로 볼 때 두보(杜甫)의 시풍(詩風)으로 자연과 인생을 읊고 있다고 평하기도 하나, 향리의 전원에서 스스로 괭이를 들고 농경생활을 영위하는 가운데, 그런 생활로부터 스며 나온 마음의 부르짖음을 서정적으로 표현하고 있다는 점에서는, 오히려 송대(宋代)의 도연명(陶淵明)을 연상케 한

하고 1993년까지 그의 가문 600년 숙원사업이던 고려 유신 범세동의 유고 『화동인물총기(話東人物叢記)』의 간행 위원장을 맡아 활동한다. 이 과정에서 선친의 영향이 작용했을 가능성이 크다. 이는 그가 시집 『아름다운 가난』 출판기념 대담에서 어린 시절 가친에게서 해방되는 환상이 시집의 주조를 이루는데 역설적이게도 예순이 된 뒤로 시형식은 정작 기승전결을 따르고 있다[7]고 밝힌 것으로도 확인된다.

선친의 유고시집 간행이 직접적인 계기였다면 "세계에서 가장 아름다운 시는 당시(唐詩)와 영시(英詩)이며, 당시와 영시의 아름다움은 그 속의 사상뿐 아니라 비유나 상징, 그리고 구성, 운율 등 형식의 아름다움에 있다"[8]고 생각했던 그의 사상은 '기승전결' 형식의 저변을 형성했다고 할 수 있다. 영시의 정형시인 소네트(Sonnet)의 내용구성은 '서곡(序曲)→그 전개→새로운 시상(詩想)→종합결말'이라는 기승전결(起承轉結) 방식을 취하고 있다. 이러한 형식은 구조상 용의주도하게 전개되고 종속되어 있는 네 개의 문장으로 구성되는데 그 네 개의 문장이 확장되며 이루는 통합적 연쇄는 문장 안에서는 물론 여러 문장에 걸쳐서도 담론으로 작용하기 때문에 통사 구조상 같지 않다. 통사구조가 구와 기본 문장들을 층위적 질서로 엮어가면서, 강하게 되풀이되고 견고한 선형적 연쇄를 유지한다. 소네트에서는 기표가 기의 위로 미끄러지는 것이 거의 용납되지 않는데 기표가 다수의 기의들을 향해 열려 있도록 용납되더라도 기의들은 시 전체에 걸쳐 공고하게 반복되는 일관된 다의성의 연쇄가 끝나는 속으로 또다시 끌려 들어가고 말기 때문이다. 이는 통합적 연쇄의 종결을 지향해서 언술내용을 전경화하고, 그럼으로써 언술과정을 지배하려는 데서 비롯된다.

다." 범석천, 『금성범씨, 그대는 누구인가』, 2007 참조.
7) 이은봉, 「문명 혹은 기계의 시에서 자연 혹은 무등의 시로」, 『범대순 논총』, 372쪽.
8) 송미심, 「기계, 백지, 그리고 기승전결」, 위의 책, 393쪽.

범대순의 기승전결 형식 또한 소네트에서 보이는 기표에 공개적인 우위성이 부여된다. 서곡(序曲)과 그 전개, 새로운 시상(詩想)과 종합결말이라는 기승전결 자체가 하나의 텍스트로, 즉 언술행위 과정의 한 순간으로 인정된다. 정교하게 짜인 운문 형식을 사용해서 언술내용과 재현된 화자가 존재하도록 해주는 언술행위를 강조한다. 이처럼 전통적인 운문 형식은 시각적 차원에서 이루어진 전적으로 물질적인 텍스트 조직체인 것이다.

이와 형식면에서 비슷한 것이 근체시이다. 근체시 또한 기승전결의 흐름으로, 자연적 배경으로 시상을 일으키고(氣), 그것을 이어받아(承) 전개하고, 다시 작자의 감정으로 전환해서(轉) 결론을 맺는(結) 구조를 지니고 있다. 이러한 시상의 전개는 기구(起句)와 승구(承句)에서 자연적 배경에 대한 서경성을 주로 담고, 전구(轉句)와 결구(結句)는 작자의 감정에 대한 서정성을 담고 있는 것이 기본이다. 범대순의 '기승전결'은 수사와 정교하게 운을 맞추는 운문 형식으로서 구체적인 형식적 특질보다는 기승전결의 순환구조에 담긴 담론을 실현하고 있다고 봐야 한다. 전통과 개별적인 시의 관계는 텍스트들이 서로 연관되어 하나의 담론으로 정돈되어가는 방식이라고 할 수 있다. 이미 구축된 질서에 대한 작품의 관계와 가치들이 재조정되는데, 이는 곧 낡은 것과 새로운 것 사이의 순응을 이뤄 또 다른 의미 작용을 이룩함으로 범대순의 기승전결이 취하고자 하는 바는 바로 여기에 있다고 봐야 한다.

III. 기표의 전경화를 통한 주체담론

범대순은 당시(唐詩)와 영시(英詩)의 전통적인 운문형식을 현대로 소환하

기 위해 동양과 서양의 전통 운문형식이면서 공통적인 지배소인 기승전결의
물질적 조직체를 시의 형식으로 선택했다. 그가 『기승전결(起承轉結)』을 통
해 동명의 시론을 제기하면서 특히 동양적 시문의 전통적인 구성법인 '기승
전결'이 현대시가 상실한 시적 구성에 완벽성을 가져올 수 있다고 주장9)한
것은 기승전결이야말로 형식뿐 아니라 내용적인 측면에서도 안정성을 확보
할 수 있다고 보았기 때문이다. 이는 기승전결이란 형식은 영시와 당시가 같
지만 그가 "형식이 단지 내용을 표상하는 하나의 수단이 아니라 예술의 본질
로서 형식을 통한 문명 비판 또는 사회비판과 그 맥을 같이 하기"10) 위해서
는 동양의 정신까지를 아우르기 위해서라고 할 수 있다. 그는 "기승전결은
사계절의 원형에서 착안된 것으로 우주의 종합적인 섭리를 상징하고 있으
며, 동양의 시를 형성하고 발전시키는 기본적인 정신"11)과 맞물려 있다고
강조한 것과 일맥상통한다. 다음 시는 범대순의 시형식에 대한 담론을 구체
적으로 보여주는 작품이다.

> 자를 가지고 있으면 재고 싶고
> 되를 가지고 있으면 담고 싶듯이
> 마음을 먹고 있으면 갖고 싶듯이
> 손이 손을 만나면 쥐고 싶듯이.
>
> 시도 담을 그릇을 가지고 있으면
> 무엇이고 가득 채우고 싶어진다.
> 살아 있는 곡식으로도 채우고 싶고
> 금 같은 아이들로도 채우고 싶어진다.

---

9) 범대순, 「기승전결(起承轉結)에 대하여」, 위의 책, 346쪽.
10) T.W. 아도르노 지음, 홍승용 역, 『미학이론』, 문학과지성사, 1995, 230쪽.
11) 범대순, 앞의 글, 345쪽.

그러나 시의 그릇 안에 담는 으뜸은
바람같이 담지 않고 가득한 느낌
담지 않고 때로 더러 담고
때로 빈 그대로 다만 가득 담는 것.

나도 그런 그릇이 하나 있긴 하지만
너무 큰 그릇이라 반 차기가 힘들다.
대대로 써서 많이 닳아 버렸지마는
스스로 들어 알몸으로 살고 싶다.

「그릇」 전문12)

예술은 담을 그릇이 있어야 하며 그릇이 없는 예술은 예술이기 어렵다. 범대순은 김립의 예를 들며 그가 비록 "한시"라는 형식을 빌려 썼지만 그 당시 "김립이 쓴 한문은 산 문자였고 사상과 감정을 표현하는 데 적절한 매개였기 때문에 그 시대가 반영되었음은 물론 시인의 산 사상과 산 감정이 잘 표현되었다."13)고 평가한다. 그래서 범대순은 "대대로 써서 많이 닳아 버렸지마는" "바람같이 담지 않고 가득한 느낌 / 담지 않고 때로 더러 담고 / 때로 빈 그대로 다만 가득 담는" 역설적인 내용을 가능하게 하는 '형식'으로서 기승전결을 선택해 오늘날의 문자로 오늘날의 살아있는 사상과 감정을 표현하고자 시도한 것이다.

표현수단이란 차원에서 담론이 자체의 물질적 법칙을 따르는 것에서 알 수 있듯, 물질성은 언제나 역사적인 것이다. 담론과 그 표현수단은 역사 속에서 생성되고 소멸된다. 문자가 없었던 시절 한시라는 형식을 빌려올 수밖에 없었던 것이나, 고려가요와 경기체가, 시조와 가사를 거쳐 오늘날의 자유시에 이르기까지 어떤 담론 형식은 생성되고, 소멸했거나 이들 형식이 살아

---

12) 이하 인용시는 범대순, 『범대순전집-시』, 전남대학교 출판부, 1994에서 인용.
13) 위의 책, 435쪽.

있는 동안에도, 담론들 사이의 상관관계는 계속해서 변해 왔다. 따라서 그 시대의 그 형식을 즉, 그 당시의 시를 시답게 독특하게 만들어주는 특질인 시의 지배소(支配素)가 필수적인 것이며, 시가 언제나 특별한 시적 담론인 것처럼 그렇게 특정한 역사적 형식을 취하는 것도 이데올로기적이므로 범대순은 기승전결 그 자체로 그의 사상을 드러내고 있다.

이러한 차원에서 '기승전결'은 시의 형식적이고 구성적인 차원에만 머무르지 않고 저항 담론으로서 기능한다. 범대순의 시에는 끝없는 변화를 추구하는 서양문명 또는 서구지향의 현대시 또는 자유시에 대한 일정한 반감과 저항이 담겨있기 때문이다. '기승전결'이라는 시양식과 구성방식으로 한국이나 서양의 시들이 소홀한 '형식'과 동양인으로서 서양인과 다른 세계인식을 보여주고자 시도한 것이다. 그는 앞서 「불도오자」에서 기계문명이 가져올 아픔과 부작용뿐만 아니라 문명 세계로의 동경과 유혹 또한 드러냈다. 이 시기를 통해 이성과 감성, 또는 개발과 원시 사이에서 고뇌하는 과정을 거쳐 "기계와 원시(자연), 서양과 동양, 과거와 현재, 탐구와 회귀, 시작과 끝, 창조와 파괴, 있음과 없음"[14]을 한눈에 동시에 보려는 의도에서 탐구된 것이 '기승전결'의 형태인 것이다.

> 지리산 화엄사 사 사자지
> 종소리 한 가닥은 노고단에 오르고
> 바른 가닥은 골에 따라 섬진강에 든다
> 범종 소리 앞서 해도 서로 가고 있다.
>
> 소리는 지면서 다시 돌아와 일고
> 소리는 일면서 다시 돌아 멀리 갔다.
> 산 석양 일고 자는 종소리 속에

---

14) 임환모, 「경험과 질서와 원시적 생명력」, 『범대순 논총』, 164쪽.

시작이면서 맺는 끝을 같이 본다.

어디로 갈거나
어디로 가야 나의 글머리에 닿느냐
글머리이면서 다시 이는 종같이
겨울을 가다 다시 이는 소리로 살 수 있으랴.

석양 화엄사 사 사자지에 서서
산과 같이 일고 자는 범종 멀리
어디선가 동이 트는 새벽을 본다.
아, 당신의 기승전결을 본다.

「사 사자지(四 獅子址)」 전문

「사 사자지(四 獅子址)」는 순환의 원리를 가장 잘 보여주는 작품이다. '기'
연의 빛과 소리는 하나다. 빛과 소리의 생성의 선후에 관계없이 그들이 가
닿는 자장 또한 다르지 않다. 이는 '승'연에서 빛은 석양으로 수렴돼 끝으로
향하지만 산봉우리마다 되울려 반복 재생 확산되고 있는 소리에 실려 하나
였던 빛 또한 소리에 실려 있다. '전'은 그 대상을 사람으로 전환한다. 시적
화자인 '나'는 지금 모든 것이 수렴되고 끝으로 향하는 겨울 석양에 서서 '글
머리'를 지향한다. 글머리는 모든 생성의 시작이다. 그것은 다시 '결'연의 석
양 아래에서 산 새벽을 보고 다시 일렁일 소리와 빛을 투시하며 끝맺는다.
이는 전체 기승전결연의 정교한 짜임새와 각각의 연마다 다시 기승전결행으
로 구조화되어 끝과 시작의 순환과 조화의 주제의식을 선명하게 드러낸다.
이 과정에서 돋보이는 청각과 시각의 감각적 이미지의 사용과 톱니바퀴가
연결되듯 행과 연으로 이어지는 철학의 아름다움은 이 시를 그의 기승전결
시의 백미로 만들고 있다.

나무랄 수 없이 완벽한 하늘을
평생에 한번만이라도 그려봤으면,
우러러보는 것만으로는 어림없고
고개를 떨어뜨리고 생각한다.

아버지가 장군을 지고 나간 뒤에
통시간에 짚다발이 그대로 널린 것을
어머니는 맨손으로 서슴없이 쥐었다
한줌씩 조심조심 두엄자리에 버렸다.

옆에 놀다가 나는 코를 싸고 달아났다.
또랑에서 손발을 대강대강 씻고
저고리 치맛자락에 묻은 것도 닦고
어머니는 부리나케 부엌으로 들었다.

생각지도 않은 일인데 글을 쓰다가
늦은 가을 온 들이 푸른 하늘에 닿는
아버지가 장군을 지고 가는 모습과
뒤를 치우고 부엌에 드는 어머니를 본다.

「기승전결(起承轉結)」 전문

하늘은 부모, 들은 곧 하늘, 통시간과 부엌은 같다. 나무랄 수 없이 완벽한 하늘은 장군을 지고 나가는 아버지와 그 뒤를 아무렇지도 않게 치우고 부엌으로 드는 어머니가 보이는 곳이다. 싸고 먹는 일이 다르지 않으며, 싼 것이 거름이 되고, 그 거름이 곡식이 되고, 그 곡식이 사람이 되는 이 순환이야말로 처음과 끝이 닿아 있는 뫼비우스의 띠요, 사계절 순환의 원리요, 삶과 죽음, 멸망과 재생이 이루어지는 무한 고리이다. 이 시는 전체를 강조하는 사상, 시작은 끝이고 끝이 시작이라는 우주의 종합적인 섭리가 집약되어 있다.

화자와 청자를 상정하고 있는 모든 담론은 화자의 편에서 보자면, 어떻게든 청자에게 영향을 미치려고 하는 의도를 내포한다. 그러므로 물질적, 이데올로기적, 주체적이라는 세 가지 차원에서 동시적으로 응집되고 결정되는 것이 바로 담론이다. 그런 점에서 4연 16행이라는 전경화 된 기표로, 서구문학에 대한 대항담론을, 시간과 자연, 생명과 우주의 순환원리를 드러내고자 하는 주체의 목소리가 바로 기승전결이라 할 수 있다.

> 세월의 물레를 거꾸로 거꾸로 돌리면
> 짐승도 나무도 같이 물이 되고 불이 되고
> 바람과 같은 별과 별 같은 하늘과
> 그리하여 마침내 다만 검은빛이 되었다.
>
> 「검은 빛」 일부

「검은 빛」 결(結)연의 기승전결이다. 세월의 물레를 돌리는 시적 주체는 거꾸로, 거꾸로 순환해 검은 빛에 도달한다. 그것은 태초이다. 이는 곧 모든 것을 품고 잉태하는 원시의 공간이며, 생명의 시작이다. 범대순의 기승전결은 한 마디로 결연의 결행, '검은 빛'의 의미에서 그 의의를 다시 확인할 수 있다. 검은빛은 모든 것의 수렴이며 시작으로 영원한 기승전결, 즉 백지의 공간이기 때문이다.

Ⅳ. '기승전결'에서 '트임의 미학'으로

범대순은 과정 중심의 서양 사상과 문화를 '열림'으로 보고 비판한다. 그것은 서양 과학문명에 대한 비판이며, 서양 근대사에 대한 파괴이며, 서양의 이성적 지배에 대한 거부이다. 또한 문화의 서양 또는 미국적 지배에 대한 단호한 저항이다. 그는 '연다'는 말을 파괴하고 극복할 수 있는 대안으로서 '트임'을 제기한다. '열리다'가 혼돈만 강조된 디오니소스라면 '트이다'는 아폴로와 디오니소스가 조화롭게 공존한다고 보았다.[15] 그는 미국의 포스트모더니즘을 천박하고 열등한 '열림'이라고 생각했다. 우리의 서구문화 수용이 마치 미국의 신비평이나 포스트모던처럼 원칙과 기준이 없다고 보고 유럽의 해체론에서 동양의 이상적인 인간상이자 문화를 대하는 자세로 '트임의 미학'을 발견한다. 닫힌 것을 여는 것에 한정되는 '열림'과 달리 '트이다'는 '열리다'의 가치론적인 측면과 그 반대 개념으로서의 '닫다'의 가치론적인 측면이 하나의 개념으로 당당하게 공존할 수 있다고 보았기 때문이다. 이른바 포스트모던으로 대변되는 서양의 '열림' 문화가 가져오는 범속화와 무질서에 대한 대응인 셈이다. '기승전결'의 시도는 서양적인 개념인 '열림'에 대한 대항담론의 일종으로서 서구 문학 또는 서구문화에 대한 주체적이고 자각적인 수용태도와 연결되어 있다. 이는 지배문화를 형성하고 있는 서양문화에 맞서 인식주체이자 창작주체의 능동성과 적극성을 강조하는 그의 '트임의 미학'으로 자연스럽게 연결된다.

범대순은 기계문명에 대한 호의와 낭만주의적인 격정과 주관적인 열정을 동반한 '기계시론'과 달리 '기승전결'에서 그야말로 절제와 균형, 생략과 함축으로 이루어진 결정체를 보인다. 첫 시집 『흑인고수 루이의 북』 이후 그가 기계문명과 관련된 이렇다 할 시들을 보여주지 못한 것은, 그의 기계에 대한 관심과 열정이 자연성, 또는 동물성의 확대 차원에서 이뤄졌다는 의미[16]로 볼 때 생애 후반기에 집중되는 그의 '야성 시학' 또는 '광기론'이 제기된 것은 일맥상통한다. 기계문명에 대한 관심과 열정이 거대하고 불가사의한 자

---

15) 범대순, 「트임의 미학-절구(絶句)시집」, 『범대순논총』, 360~361쪽.
16) 임동확, 「'불도오자'와 '불기둥사이'」, 『어문논총』 제28호, 2015, 10쪽.

연의 야생적 힘을 경외하는 것은 같은 맥락으로 읽힐 수 있기 때문이다. 이로 보면 지배되거나 지배할 수 없는 어떤 예측 불가능한 자연이나 광기가 그의 시적 세계를 이룬다고 할 수 있다. 대지적이고 디오니소스적인 힘에 근거했던 그의 시가 돌연 '위대'하거나 '영원한 것'이 '아름다운 것'이 아니라 되레 '더러운 것'이자 '찰나(그것은 거짓이었다)'적인 것이 아름다움이라고 주장하고 나선 것은, 그의 시적 뿌리가 결코 정식화하고 개념화할 수 없는 생명의 충동 또는 존재의 목소리에 있었다는 것을 나타낸다.17) 그런데 '기승전결'은 이런 시작과 끝을 분절한다. '그가 세계와 인간 내부의 모호성을 인정하고 나선 것은 세계에 존재하는 모든 것들을 이론적인 명료함으로 해석하고 환원하려는 시도가 더 이상 불가능하다는 자각과 맞물려 있다. 무엇보다도 거대한 자연의 세계를 명확하게 인식하고 객관화할 수 있다는 서구인과 달리, 그가 거기에 순응하거나 합일할 수밖에 없다는 깨달음이 그에게 명증성이나 확실성보다 모호함이나 불확실성에 더 주목하게 했다고 할 수 있다.'18)고 보았을 때 이것으로는 형식 실험인 '기승전결'을 설명하기 어렵다. 그러므로 '기승전결'은 그가 영문학자와 시인으로서 동서양을 오가며 겪어야했던 이분법적 고뇌의 결과물로 그것은 거대 서양 문화에 대한 대항담론이자 시인의 시적 가치관을 실현하고자 한 실험으로 볼 수 있다.

범대순은 그의 시에서 기승전결의 구성의 차이를 아리스토텔레스의 삼분법과 비교해 설명한 바 있다. 아리스토텔레스는 삼분 속에서 맨 끝부분을 종(綜)이라고 하여 '끝'이라고 한 반면 동양에서는 종 대신 결(結)을 써 '끝을 맺는다'고 표현해 더 예술적 고안을, 동시에 인생에 있어서 끝맺

---

17) 같은 책, 11쪽.
18) 같은 책, 12쪽.

음과 같은 의지적인 생을 전제하고 있다고 했다. 즉 하나의 사건을 어떻게 예술적으로 끝맺는가 하는 아폴론적 노력과 인생의 의지를 전제하고 있다고 보았다. 이와 함께 서양의 소네트 또한 형식과 내용에서 사분을 인식할 수 있어 완벽하다고 전제하고 간혹 의미가 완전하지 못한 느낌을 받는 이유는 구성의 미흡에 있다고 보아 기승전결 구성이야말로 형식과 내용에서 완벽성을 드러낸다[19]고 누차 강조한다.

그러나 '기승전결'은 첫 시집에서 보여주었던 서구근대문명에 대한 열정적이고 에너지 넘치는 긍정적 태도와는 대치되는 것이어서 그 변화과정은 세밀한 분석이 필요하다. 또한 그가 선택한 '기승전결'이란 그릇이 그의 시론을 정립하는 데는 성공했으나, 그가 3권까지 끌고 왔던 경험에서 우러난 자연스러운 서정을 형상화하는 데는 실패한 것으로 보인다. 그릇이 없을 때 자유롭던 것들이 그릇이 생기는 바람에 "바람같이 담지 않고 가득한 느낌, 때로 더러 담고, 때로 빈 그대로 다만 가득 담는 자유로움"을 해치고 필요 없는 자리에 담기고, 자투리도 섞이고, 여백을 지워 숨통이 막히는 상황이 벌어지기 때문이다. 이는 8행 4절 8음보 20음절로 된 자수 정형시인 '절구시'로 가면서 더 정제되고 규격화돼 형식실험의 정점을 찍으며, 역설적으로 그 이후의 야성과 광기에 대한 시의 변화를 예고한다고 할 수 있다.

V. 결론

지금까지 범대순의 시론 중 형식면에서 독특함을 보이고 있는 '기승전결(起承轉結)'을 고찰해 그의 형식실험의 의의를 살펴보았다. 범대순은 50

---

19) 『범대순전집 시』, 전남대학교 출판부, 1994, 428쪽.

년 시작활동 기간 동안 기계시론, 백지시론, 기승전결, 트임의 미학, 야성론 등 다양한 시론을 통해 매 시기에 가치를 부여하고 위상을 정립해왔다. 시론 '기승전결'은 내용에 치중한 여타의 시론과 차별을 보이는 형식실험으로 동양의 시문 전통인 기승전결의 양식 및 동양의 정신까지를 아우르고 있다. 기표가 전달내용을 강화시켜주는 언어의 특수한 용법인 시적기능은 어떤 기표를 사용하느냐에 따라 달라진다. 그런 점에서 '기승전결'은 시적 형식 자체로서 강력한 기표로 작용한다.

　범대순은 당시(唐詩)와 영시(英詩)의 전통적인 운문형식을 현대로 소환해 동양과 서양의 전통 운문형식이면서 공통적인 지배소인 기승전결의 물질적 조직체를 시의 형식으로 선택했다. 동양적 시문의 전통적인 구성법인 '기승전결'이 현대시가 상실한 시적 구성에 완벽성을 가져올 수 있다고 주장했다. 이는 범대순이 영문학자였던 것과, 그 무렵 선친의 유고시집『취강유고(翠崗 遺稿)』와 범세동의 유고『화동인물총기(話東人物叢記)』의 간행을 주도했던 그의 행적과 밀접한 관계가 있다. 이러한 형식과 내용에 대한 그의 시적 담론을「그릇」,「사 사자지(四 獅子址)」,「기승전결(起承轉結)」,「검은 빛」에서 구체적으로 살펴보았다. 그의 기승전결은 완고한 틀 안에 자유로운 여백의 확보로, 분절되면서도 연결되는 상호작용을 끊임없이 반복한다. 마치 소리가 분절될 때마다 그 환경의 영향 아래 새로운 양상으로 다시 울려 퍼지듯 감상을 증폭시킨다. 전통과 개별적인 시의 관계는 텍스트들이 하나의 담론으로 정돈 되어가는 방식이므로, 범대순의 기승전결은 낡은 것과 새로운 것 사이의 순응을 이뤄 이미 구축된 질서에 대한 작품의 관계와 가치들을 재조정하는 기능을 한다.

　모든 담론은 대상에게 영향을 미치려는 의도를 내포한다. 이를 위해 담론은 물질적, 이데올로기적, 주체적이라는 세 가지 차원에서 동시적으로 응집되고 결정된다. 그런 점에서 기승전결은 4연 16행이라는 전경화 된 물질적 기표로, 서구문학에 대한 대항담론이라는 이데올로기를, 시간과 자연, 생명과 우주의 순환원리를 드러내고자 하는 주체의 목소리로 응집되고 있다. 그러므로 '기승전결'은 그가 영문학자와 시인으로서 동서양을 오가며 겪어야 했던 이분법적 고뇌의 결과물로 거대 서양문화에 대한 대항담론이자 시인의 시적 가치관을 실현하고자 한 실험으로 볼 수 있다.

<참고문헌>

범대순, 『범대순전집-시』, 전남대학교 출판부, 1994.
_____, 『범대순전집-시론』, 전남대학교 출판부, 1994.
김상홍, 『한시의 이론』, 안암신서 5, 1997.
범대순유고집편찬위원회, 『범대순논총』, 문학들, 2015.
신영수, 『셰익스피어의 소네트의 이해』, H.S MEDIA, 2000.
앤터니 이스톱, 박인기 역 ,『시와 담론』, 지식산업사, 1994.
임동확, 「'불도오자'와 '불기둥사이'」, 『어문논총』 제28호, 2015.
조두언, 『한시(漢詩)의 이해, 한국편』, 일지사, 1990.
T.W. 아도르노, 홍승용 역,『미학이론』, 문학과지성사, 1995.

제2부

범대순의 작품세계

불도오자

다이나마이트 폭발의 5월 아침은 쾌청(快晴)
아까시아 꽃 향기(香氣) 그 미풍(微風)의 언덕 아래
황소 한 마리 입장식(入場式)이 투우사(鬪牛士)보다 오만하다.

처음에는 여왕(女王)처럼 조심스레 주위를 살피다가
스스로 울린 청명한 나팔에 기구(氣球)는 비둘기
꼬리 쳐들고 뿔을 세우면 홍수(洪水)처럼 신음이 밀려 이윽고 바위돌
뚝이 무너지고.

그것은 희열
사뭇 미친 폭포(瀑布) 같은 것
짐승 소리 지르며 목이고 가슴이고 물려 뜯긴 신부(新婦)의 남쪽 그
뜨거운 나라 사내의 이빨같은 것.

그리하여 슬그머니 두어 발 물러서며
뿔을 고쳐 세움은
또 적이 스스로 무너짐을 기다리는 지혜(智慧)의 자세이라.

파도(波濤)같은 것이여
바다 아득한 바위 산 휩쓸고 부서지고 또 부서지며 봄 가을 여름 내
내 파도같은 것이여.

BULLDOZER.

정오(正午)되어사 한판 호탕히 웃으며 멈춰 선 휴식 속에
진정 검은 대륙(大陸)의 그 발목은 화롯불처럼 더우리라.

다이나마이트 폭발의 숲으로하여 하늘은 환희가 자욱한데
내 오래도록 너를 사랑하여 이렇게 서서있음은,
어느 화사한 마을 너와 더불어 찬란한 화원
찔려서 또 기쁜 장미(薔薇)의 무성(茂盛)을 꿈꾸고 있음이여.

『흑인고수 루이의 북』

기계(機械)는 외국어(外國語)

기계는 외국어
같이 밋밋한 음향(音響)과 화려한 색채(色彩)를 가졌어도
손 잡고 거리에 나서기 가벼운
허나 들어 같이 자리하기가 까스러운 여인(女人).

─어느 날
내 발 벗고 달린 도시(都市)에 키 크고 검은 대면(對面)
오만하여 둥근 발목과 긴 모가지
이제 그 금속(金屬) 생리(生理) 속에
어느 무성(茂盛)한 상록(常綠)을 생각하고

같이 살며 태양(太陽)만한 알을 낳자고
그는 자꾸 닳아오른 나의 체온(體溫)을 요구(要求)하다.

생각하면
내가 사는 화려한 이유(理由)
그 유혹(誘惑)이 있었기에
시간(時間)이 나와 짝지어 사는 산(山).

만년(萬年)을 미워하고 또 그 만년을 외면(外面)한 뱀으로하여
마침내 오늘 이 명암(明暗)을 자유(自由)로 살듯,

어쩌면 고분하고 어쩌면 믿지도 않는
원(願)이 닳아 어쩌면 메디아처럼 독(毒)할
너로하여 새로운 싸탄이 되게 하지는 말아야지.

『혹인고수 루이의 북』

흑인고수(黑人鼓手) 루이의 북

당신은 아뜨라스
검은 손이 불꽃처럼 밝다.

처음에는 창조(創造)의 숨결
들릴듯 들릴듯 아쉽더니

이윽고 무수(無數)한 소나기와 상록(常綠)
화려한 전쟁(戰爭)이 몰리고 또 지고
그리하여 파도(波濤)와 쫓기는 밀림(密林)의 불빛.

붉은 비명(悲鳴)과 검은 분(憤)이 목을 노면
저렇게 우는 것인가 생각한다.

—사랑한다든지 이렇게 산다든지 하는 것은 한낱 부끄러운 메아리.

바위를 밀고 그 밑에 깔리고 발목이 쌓이고 한데
아아 나는 앉은 자리 그 발이 가려운 아프리카 어느 부족(不足)한 영
양(營養).

오랫동안 여위고 절던 나의 눈이
지금 저 동자(瞳子) 속에 사는 뜻은 무엇인가.

그 산(山)같은 이마에 뺨에 넘는 조수(潮水)로하여
만년(萬年)의 이 상흔(傷痕)을 범람(氾濫)케 하지 못할까.

처음에는 호흡(呼吸)하듯 흐느끼듯
다음에 파도가 부서지듯 산이 밀리듯.

그리하여 태양과 밀림과 검은 빛깔이
아아 이 청춘(靑春)의 조국(祖國)되게할

당신은 아뜨라스
검은 손이 불꽃처럼 밝다.

『흑인고수 루이의 북』

연가(戀歌) Ⅰ

서당에서 돌아오면
아버지는 작은 나의 손목을 잡으시고
그 맥을 헤아리며 눈을 감다 뜨시고는
선생님에게 꾸지람을 들었구나 하시는 것이었다.

어느 날은 꾸지람을 어느 날은 자랑을 또 어느 때는 거짓말을
꼭 맞추시던 아버지를
어렸을 때 나는 세상을 다 아시는 성자라 믿고 있었다.

가슴에서 손을 떼고
어쩌다 몸이 괴로와 울고 하며는
어머니는 이마를 짚으시고
체했구나 열이 있구나 또 어떤 땐 성이 났구나
하시면서 배를 쓰다듬고 등을 만지시면,
그러다가 잠이 들면서 나는
어머니의 손을 영한 약이라고 그렇게 생각했었다.

이제 내 그 아버지의 나이 그 어머니의 나이에 또 그리워지는 것은
가만히 손목에 맥을 헤아리며 이마를 짚으시고
그리고는 나의 마음 둔 곳 몸 불편한 곳을 꼭 짚어 보이는
영한 정말 영한 손과 마음이 있었으면.

옛날에 세상을 다 아시던 그이 불편을 다 고치시던 그이를 우러러보듯
영한 손과 아늑한 마음을 그리면서
　내외(內外)의 깊은 밤 갓열(熱)을 식히고 엎드려 자는 식(植)이의 꿈
을 지고 있다.

『연가 I II 기타』

연가(戀歌) II

적도선상 긴 해안에 파도 높은 정월의 어느 날
여인의 뜰 매화 가지에 문득 몇 송이의 꽃을 피우고 조용히 다가서는
사나이의 소리를 듣는다.

심장의 직경이 흔들리는 열대의 파도
그 장관을 가만히 꽃이파리 흔들리는 속에서 깨닫노니
매화 꽃잎이 지고 이제 진달래가 필 무렵 적도선상에 일어날 사건들
을 그녀는 생각한다.

그러나
지난해 저 지난해 할 것 없이 일어났던 그 선상 정이월부터의 어느
사건도
매화 가지에 앉은 사나이의 어느 미소도 또 진달래처럼 서두는 그의 말
소리 어떤 그의 몸짓의 유혹도 여인의 젊음을 꽃 피우게 하지 않았으니.

아 여인의 사랑은 여름날 어느 천둥소리와 더불어 꽃필 것인가
적도선상 어느 사건과 더불어 저 여인의 가슴 그 적도의 사건은 또
꽃필 것인가.

『연가 I II 기타』

부사리 화상(畫像)

흑인 병사처럼
늘 놀리고 있는 입
그 입을 꼭 맞추어야 했던 나의 어린 여름들

들에 나갈 때 또 나갔다 들어올 때
나는 아버지의 작은 조수(助手)였었다
핑경에 맞추었던 발걸음
걷어올렸던 바짓가랑이들

얼마간 따라다니면
혼자서 매고 몰고 하기를 배웠었다

집채 같은 몸집이 열살에 끌리어도
오히려 이끄는 듯 의젓한 마음

고삐를 잡고 뿔 언저릴 만지면
수염을 잡힌 어른처럼 반색하였었다

그러다가도 어느 때는
얼씬도 못하게 달겨들다간
둑을 받고 흙더밀 날리던 뒷발

이윽고 뿔도 이마도 풀뿌리를 뒤집어쓴 채
크게 딩굴고 뛰고 하다간
움무우 하고 싸이렌처럼 울던 먼 강변
무슨 일이던가 무섭게 울던 아버지의 어느 날
나는 아버지가 황소를 닮았다고 그렇게 생각하였었다

현대의 거리에 성자(聖者)처럼 사는 나라이거나
아니면 그 사나움과 피로 싸우는 겨레이거나

도도(濤濤)한 질주(疾走)
구름처럼 몰리는 방목(放牧)이었으면

폭발(爆發)이듯이 높고 그리고 무섭게 우는 울음이기만 하였으면

풀뿌리에 얽히도록 둑을 받는 사나운 뿔이기만 하였으면

오 굴레가 아니었으면
굴레가 아니었으면

『이방에서 노자를 읽다』

이방(異邦)에서 노자(老子)를 읽다

미국에서 노자를 읽는다.
도가도(道可道)면 비상도(非常道)요
명가명(名可名)이면 비상명(非常名)이라.
……………

고(故)로 무욕(無欲)이면 이관기묘(以觀其妙)하고
상유욕(常有欲)이면 이관기요(以觀其徼)이니라
를 그리고 다른 장(章)도 영어로 읽는다.

영어로 노자를 읽으면서 생각한다.
공자(孔子)와 춘추(春秋) 전국시대(戰國時代)와
전자 계산기와 주말을,
중량급 레스링 선수와 코리어 나의 나라,
대륙과 자살을 생각한다.

미국(美國)에서 노자라니 말도 안 된다.
안 되고 말고
이와 같은 시대에
더구나 미국에서 노자라니
정말로 거짓이다 생각하면서
그러면서 버리지 못하고
밤을 새우며 노자를 읽는다.

노자를 읽다가 쓰러져서 꿈을 꾼다.
꿈 속에 세 사람이 앉아 있는데
하나는 미국의 노자요
또 하나는 노자의 미국
그리고 남은 하나가 벙어리인데
웬일로 분을 이기지 못해
그는 불처럼 가슴이 타고 있었다.

『이방에서 노자를 읽다』

귀소(歸巢)

바다로 대륙을 맨발로
빈 아프리카로 내가 걷는 동안에
지구를 들르면서 너는
조용히 세계를 웃고 있다.

바람을 향하여 구름을 향하여
밤을 내가 울고 있을 때
너는 눈을 감은 듯 뜬 듯 하면서
나의 구름을 바람을 재우고 있다.

푸른 눈으로 싸우며 쫓기며
푸른 돌과 나의 세월이
너의 조용한 미소에 밀려
낙엽이 되고 거짓이 되고 있다.

때로 너를 지우려고 했었다.
때로 붉은 빛으로 검은 빛으로
나는 너를 진하게 지웠었다.
너는 그러나 언제나 다시 살아났다.

『기승전결』

기승전결(起承轉結)

나무랄 수 없이 완벽한 하늘을
평생에 한번만이라도 그려봤으면,
우러러보는 것만으로는 어림없고
고개를 떨어뜨리고 생각한다.

아버지가 장군을 지고 나간 뒤에
통시간에 짚다발이 그대로 널린 것을
어머니는 맨손으로 서슴없이 쥐었다
한줌씩 조심조심 두엄자리에 버렸다.

옆에 놀다가 나는 코를 싸고 달아났다.
또랑에서 손발을 대강대강 씻고
저고리 치맛자락에 묻은 것도 닦고
어머니는 부리나케 부엌으로 들었다.

생각지도 않은 일인데 글을 쓰다가
늦은 가을 온 들이 푸른 하늘에 닿는
아버지가 장군을 지고 가는 모습과
뒤를 치우고 부엌에 드는 어머니를 본다.

『기승전결』

다시 기승전결(起承轉結)

당신이 세상을 떠나면서
더딘 세월을 위하여 헤매었던
괴로움이요 기쁨 끊임없는 것
그리면서 빈 주먹을 남기었다.

당신이 없이 뒤로 쉰 해 가깝게
더욱 어려울 때 엎드려 생각하고
그저 쥐어 있었을 뿐인 주먹
그 풀리지 않는 의문과 같이 있었다.

이방에 와 또 혼자 살면서
어언 예순이 되는 날 아침
유난하게 새 한 마리가 창 안에
넘치는 소리를 들으면서 생각한다.

아 그렇다. 바로 저 소리였었다.
아버지의 빈 주먹 그 안을 본 것이다.
당신의 시작과 당신의 끝맺음 사이
당신의 인생은 다만 기승전결이었다.

『백의 세계를 보는 하나의 눈』

시지프스에게

어렸을 적에 들은 이야기에서
이미 나는 당신을 알았었다.
그리고 당신을 꼭 어디선가
기어코 만난다고 생각했었다.

오늘 여기 질긴 인연으로
아크로 코린스에 시지프스를 본다.
바위를 미는 당신을 보면서
바로 심장이 불난듯 생각한다.

굴러내리는 바위를 다시 올리는
고난의 일은 나의 일이기도 하였다.
저주의 큰 뜻을 받은 탓으로
절망을 산다고 나는 믿었었다.

당신은 그러나 아니었다.
당신은 온몸을 벗고 있었지만
당신은 사랑하며 노래부르며
당신의 일을 즐기고 있지 않는가.

『백의 세계를 보는 하나의 눈』

유아원(幼兒園)에서

아장거리는 애기를
교실에 넣어 놓고
벤취에 앉아 끝나길 기다린다.

뜰에는
그네며 시이소 미끄럼틀
애기들이 놀다간 그대로
아쉬운 듯 쉬지 않고 흔들린다.

모래밭에는 서너평 마른 모래
일어났다 앉었다
더불어 겨우 춤을 춘다.

교실 안에
모래알보다 더 많은 애기들이
모래알보다 귀엽고 더 작은 목소리로
모래알처럼 철없이 뛰며 노래한다.

네 살 때
나는 어머니를 떠났었다.
떠나면서 내가 어떠했는지

그것은 아무도 전해 주지 않았지만
혼자 어머니가 어떻게 남았었는지
더러 뒤로 들은 적이 있었다.

오늘 어버이날에
네 살 난 애기의 시중으로
유아원의 벤취에 앉아
반세기도 더 먼 옛날을 생각한다.

존경하지도 않았고
사랑한 적도 없었지만
그러나 어떤 존경과 사랑이
이보다 더욱 오래 더욱 간절하게
그녀를 그리게 할 것인가.

위대하다고 하는 것은
거짓이거나 죄악이거나
다만 뜬 구름이거나.

ㅡ진실한 것은
해가 흙을 그러듯이

떠나지 않고 가리지 않고
가령 네 살 난 한 애기를 그랬듯이
어머니의 볕을 가로막지 말라.

　　　　　　　　　　　『유아원에서』

한잎의 낙엽(落葉)을 위한 변주(變奏)

이내 지고 말 나무 잎 하나를 보고 있어도
밤 하늘에 별이구나
등불이구나 깊은 밤에 울리는 북 소리이구나.
흔들어 누워버린 장(章)을 다시 일으키며
내일을 미리 불러들여 수탉처럼 홰를 치게
새벽을 이끌어 다스리게
태양을 공처럼 굴리게
때로는 빛 안 어둠 속으로
때로는 빛 밖 밝은 곳에
별에별 방울이 울어 별에별 별들이 눈을 굴리게
푸르고 노랗고 빨갛고 주황빛까지
오늘의 마당에서 방울 소리이고 별이 되어
잡힐 것도 같고 잡히지 않을 것도 같은 내일의
소리와 빛이 하나가 되어
거친 숨결과 사납기만한 동작을 나무라며 오늘의 마당에
불러 들여 어둠도 환하고 빛도 그윽하여 어둠이 빛이기도 하고
빛이 어둡고 할 내일이 한 자리에 모여 아니 죽음 말고는
갈데가 없었던 어제 그것이 죽음인지 삶인지 알지 못한채
그곳을 향해 스스로 가고 있는 오늘 정말로 없을 것만 같은 빈 내일을
한 자리에 앉히고 그 흥분을 식히며
아니다

빨갛게 물든 이내 지고말 나무 잎 하나를 보고 있으면 그래도
별이구나 등불이구나 깊은 밤에 울리는 북이구나.

『유아원에서』

아름다운 가난

22
한나절
가고

한 뼘도
못 간

달팽이
먼 길

괴나리
봇짐.

23
번개
치는 속

안테나
높이

쳐들고
가는

급한
달팽이.

24
잠자리의
눈

푸른
하늘빛

안으로
멀리

흐르는
구름.

25
비가
그치면

장대
같은 뿔

끝에
곤두선

달팽이
눈빛.

『아름다운 가난』

고사목

죽고
비로소

푸르고
높이

사는
소나무

발 밑의
풀잎.

『세기말 길들이기』

쳇바퀴

멀리
피하여

바다를
건넌

사람
따라 온

개미
쳇바퀴.

『세기말 길들이기』

북창서재(北窓書齋)

　북창을 향하여 눈을 감고 앉은 사람은 눈을 떠도 봄을 구하는 것이 아니다. 매화를 넘긴 뒤에까지도 모지게 내리는 소리 없는 눈보라를 기다리는 것이다. 오월 진하게 푸른 모란이 피는 날에도 앞 뜰 은은한 것을 뒤로 느끼면서 멀리 눈이 내리는 그믐날 같은 생애를 가까이 정말 가까이 보고 있는 것이다. 북창을 향하여 눈을 감고 앉은 사람은 가을이 있고 밤이 되어야 비로소 시작하는 검붉게 잘 익은 젊음 그 북소리를 본다. 북소리는 빛나는 어둠을 항해하고 있다. 북창을 향하여 눈을 감고 앉은 사람은 아니다. 다만 북창을 향하여 앉아 있다. 천년이 지고 천년이 일어서는 이 시각에 세상 있고 없음을 백지(白紙) 안에 그렇게 있다.

『북창서재』

다시 북창서재(北窓書齋)

　젊은이들이 남창을 통하여 남산의 푸른 빛을 보는 시각에 나는 북창을 통하여 북악의 무의미를 보고 있다. 나도 한 때 남으로만 마음이 향한 적이 있었다. 그러나 언젠지 모르게 돌아서면서 지금은 북으로 향해야 마음이 편하다. 사람의 웃음소리 울음소리는 남으로 면한 창으로 들어오지만 그 웃음소리 그 울음소리가 다하는 사람의 역사는 북을 향해야 더욱 잘 들린다. 그리고 그 소리는 북악산처럼 공허하다. 지금 내가 그러듯 그 무의미하고 공허한 맛을 아는 사람은 마음 놓고 남을 향해도 남의 푸른 빛에 더는 어지러움이 없다. 그래서 나는 요즘 가끔 남을 향하여 푸른 빛을 익히고 있다. 푸른 빛을 공허한 것으로 만들고 있다.

『북창서재』

파안대소

튐벙 소리 있고 달이 파안대소한다. 깊은 밤 내내 달은 그렇게 있고 나는 이렇게 있다.

『파안대소』

파안대소 2

    가을이 깊자 스스로 알게 말수가 적어졌다. 그러던 어느 날 평상에 앉아 햇볕을 졸다 앞서 간 그를 만나 우리는 파안대소하였다. 그가 그렇게 크게 죽고 내가 이렇게 작게 사는 일 그 안에 다 같이 있었다.

『파안대소』

헛소리

지구 망하면 어쩔거나. 나비도 바람도 흙도 사람도 헛소리가 되면 어쩔거나. 부처님 예수님 공자님 그 귀하신 헛소리 정말로 다 헛소리가 되면 아까워 어쩔거나.

『파안대소』

아직도 분노할 시간은 남아 있다

아직도 분노할 시간은 남아 있다. 하늘의 전천후를 흔드는 분노에 대하여 분노할 시간은 남아 있다. 뒤집히는 땅의 천연색을 향하여 분노할 시간은 남아 있다. 바다의 프리즘을 죽이는 분노에 대하여 분노할 시간은 남아 있다.

아직도 분노할 시간은 남아 있다. 히말라야의 반란을 향하여 분노할 시간은 남아 있다. 아라비아 사막의 모래를 향하여 분노할 시간은 남아 있다. 달리다 서버린 장강을 향하여 분노할 시간은 남아 있다.

아직도 분노할 시간은 남아 있다. 그리스의 이카루스를 향하여 분노할 시간은 남아 있다. 아메리카의 바벨탑을 향하여 분노할 시간은 남아 있다. 아프리카의 검은색을 위하여 분노할 시간은 남아 있다.

아직도 분노할 시간은 남아 있다. 버려진 마을이 분노할 시간은 남아 있다. 빈 동네 앞 장승이 분노할 시간은 남아 있다. 고샅길 시멘트 위에 개똥들이 분노할 시간은 남아 있다. 비닐하우스의 자살이 분노할 시간은 남아 있다.

아직도 분노할 시간은 남아 있다. 피하여 산에 올라 모듬 숨을 쉬면서 분노할 시간은 남아 있다. 산골짜기의 침략을 향하여 분노할 시간은 남아 있다. 하늘을 우러러 푸른색을 분노할 시간은 남아 있다. 광란하는 잡초를 위하여 분노할 시간은 남아 있다.

아직도 분노할 시간은 남아 있다. 백두산 천지를 향하여 분노할 시간은 남아 있다. 고구려 벽화를 향하여 분노할 시간은 남아 있다. 반도의 땅 끝을 향하여 분노할 시간은 남아 있다. 지리산 고사목을 향하여 분노할 시간은 남아 있다.

아직도 분노할 시간은 남아 있다. 더운 여름을 못다 한 매미의 죽음에 대하여 분노할 시간은 남아 있다. 가을날 상자 안의 벌집을 향하여 분노할 시간은 남아 있다. 21세기의 쓰레기를 위하여 분노할 시간은 남아 있다.

아직도 분노할 시간은 남아 있다. 정면 돌파 형 수염을 향하여 분노할 시간은 남아 있다. 못다 한 기승전결에 대하여 분노할 시간은 남아 있다. 창백한 헛소리를 향하여 분노할 시간은 남아 있다. 불타고 싶은 석양을 향하여 분노할 시간은 남아 있다.

『나는 디오니소스의 거시기氣다』

나는 디오니소스의 거시기氣다

나는 디오니소스의 거시기다.
나는 뿔 달린 디오니소스의 거시기다.
나는 머리카락이 춤추는 디오니소스의 거시기다.
나는 털이 늘 파안대소로 일어서는
디오니소스의 거시기다.
나는 부글부글 용소같이 속이 미친
디오니소스의 거시기다.
나는 대낮에 청천하늘을 나는 용 같은
디오니소스의 거시기다.
나는 맨발로 사하라사막의 밤낮을 가는
디오니소스의 거시기다.
나는 물구나무로 히말라야를 올라가는
디오니소스의 거시기다.
나는 주렁주렁 사람을 차고 다니는
디오니소스의 거시기다.
나는 때로는 등대의 거시기 때로는
구름 너머 꿈인 날개의 거시기
나는 바다의 끝에 닿는 하늘의 거시기
천둥의 거시기 벼락의 거시기
적도를 가르는 화산의 거시기 안에서
살아있는 극점 빙하의 거시기

태양을 향하여 짓는 잡초의 거시기
블랙홀을 찾아가는 짐승의 거시기
아 늪에서 헤맨 거시기가 아닌
땅 위에 올라온 두더지의 거시기가 아닌
나는 절대를 위하여 절대로 존재하는 절대의 거시기
아 거시기의 거시기.

『나는 디오니소스의 거시기氣다』

산하(山下)

비행기로 갈까
기차나 버스로 갈까 하다가
걸어서 가기로 하였다

소월로 갈까
두보로 갈까 셰익스피어로 갈까 하다가
걸어서 가기로 하였다

예수그리스도로 갈까
공자나 석가모니로 갈까 하다가
걸어서 가기로 하였다

걸어서 가기로 하였다
속(俗)이 하늘인 산하를
맨발로 걸어서 가기로 하였다

『산하』

천상천하

나는 천상천하라는 말을 사랑한다
헛소리이기 때문이다
그리고 천상천하에 유아독존이란 말을 더 사랑한다
더 헛소리이기 때문이다

나는 자연을 사랑하라는 말을 사랑한다
헛소리이기 때문이다
그리고 이웃을 사랑하라는 말을 더 사랑한다
더 헛소리이기 때문이다

그러나 나는 낙엽이란 말을 사랑하지 않는다
헛소리가 아니기 때문이다
그리고 석양이라는 말도 사랑하지 않는다
그도 또 헛소리가 아니기 때문이다

그러나 내가 정말로 사랑하지 않고 미워하는 소리는
망망대해에 석양이란 말이다
그리고 더 사랑하지 않고 더 미워하는 소리는
석양 망망대해에 일엽편주(一葉片舟)라는 말이다

『산하』

말장난

가난은 나의 공화국이다
나의 공화국에선
거시기가 북소리다

겨울은 나의 공화국이다
나의 공화국에선
거시기가 하늘을 만드는 깃발이다

거시기는 언제나 금수강산
거시기는 언제나 만경창파
거시기는 언제나 푸른 하늘

가난은 나의 공화국이다
나의 공화국에선
거시기와 더불어 겨울이 거시기같이 산다

『가난에 대하여』

가난에 대하여

가난은 하늘이다
푸르기 때문

가난은 바람이다
푸르기 때문

때로 봄비같이
때로 눈보라같이

때로 불같이
때로 절망같이

가난은 강물같이 사랑같이
푸르기 때문

『가난에 대하여』

불타는 무등산

새해 아침 무등산 서석대 정상
1,100고지가 불타는 까닭이 있었다

검은 밤의 영하까지도
불타는 까닭이 있었다

입석대 바위가 서서 춤을 추는 까닭
온 산이 일어서면서 불타는 까닭이 있었다

무등산 서석대 하늘에 불이 나는 그 시각
때맞춰 산 아래 고을이 불타는 까닭

산과 사람이 같이 원시가 되는 까닭
나의 꿈이 불이 되는 까닭이 있었다

『무등산』

입석대

백을 읽으면
스스로 열리는 뜻

무등산 입석대
백을 오른 날

규장각
희귀본 고서 서가같이

겹게 고개를 들면
서책은 더욱 높이 있다

천둥보다 더 진하게
쌓인 눈 그리고 푸른 하늘

산 겨울 정오에 서서
연월의 높이를 읽는다

『무등산』

무등산에서 미친 것은 나뿐만이 아니다

무등산에서 미친 것은 나뿐만이 아니다
방향이 없이 쏟아지는 비가 미쳤다
알게 구멍이 난 하늘이 미쳤다
화살같이 쏟아지는 물이 미쳤다

무등산에서 미친 것은 나뿐만이 아니다
소리치며 불어대는 바람이 미쳤다
소리치며 부러지는 나무가 미쳤다
지진 같은 바위의 울음소리가 미쳤다

무등산에서 미친 것은 나뿐만이 아니다
절벽에 부딪치는 구름이 미쳤다
구름 위에 서 있는 어지러움이 미쳤다
심호흡 사이로 짙은 산 냄새가 미쳤다

무등산에서 미친 것은 죽음보다 신 난다
무등산에서 혼자 죽은 것은 무의미하다
미친 비 미친 바람 미친 나무 바위 구름
미친 무등산을 두고 나만 죽으면 너무 무의미하다

『무등산』

벌초하는 날

잠자는 땀이 땀이 아니듯
잠자는 꿈은 꿈이 아니듯
잠자는 무지개는 무지개가 아닙니다

잠자는 파도는 파도가 아니듯
잠자는 천둥이 천둥이 아니듯
잠자는 역사는 역사가 아닙니다

잠자는 신이 신이 아니듯
잠자는 부처가 부처가 아니듯
잠자는 죽음은 죽음이 아닙니다

그러나 어머니
잠자는 세월이 세월이듯 하늘이 하늘이고 땅이 땅이듯
잠 속에도 나이 80은 나이 80

장마 개이고 찌는 여름날
검은 풀 속에 잠이 깊어도
그러나 어머니 당신은 나의 살아 있는 백년입니다

『백년』

우중산행

우중산행에서
우중산행하는 두꺼비를 만난다

가슴이 두근거릴 만큼
빗줄기가 굵은데

밤에 도적이 도적을 만나
마음에 없는 인사를 나누듯

우중에 풀을 만나고 나무를 만나고
천둥을 만나듯

지구가 하늘을 운행하면서
별에 젖듯

바위같이 생긴
형상과 동작으로 가는
두꺼비를 만나
이 우중에 너도 서석대를 가느냐고 물었다

그러나 그의 눈을 보고 금방 깨닫는다
그는 빗길을 다만 가고 있다

산이 그러듯 비가 그렇듯
천둥이 그렇듯 내가 그렇듯

『백년』

문학소년

뱀이 어미를 먹듯
그들은 어머니를 먹고 싶었다
강물이 흐르듯 산이 푸르듯
무지개가 뜨듯 해가 뜨듯

어머니를 먹다가 토해 낸
해방 후에 내가 만난
땀을 천둥같이 흘린 사람들
그들의 깃발을 빈손으로 따라 흔들며

동네에 엿장수가 나타나면
다 모임 아이들같이
맨발 벗고 입맛을 다시며
골목골목을 따라다니듯

어머니는 강산 그리고 샘물
그래서 먹어야 산다고 소리쳤지만
그러나 그들은 먹지 못하고
다 창자까지 다 토해 냈다

내가 무등산을 먹다가 토해 내듯
내가 시를 먹다가 토해 내듯
역사를 먹다가 철학을 먹다가 토해 내듯
나 자신을 먹다가 토해 내듯

『백년』

제3부

범대순의 비평세계

기승전결(起承轉結)에 대하여

1

　오늘 제게 시에 대한 평소의 소견을 말씀드리는 기회를 주신 것에 대하여 여러분께 감사드립니다.

　동양에 있어서 기승전결은 시문의 전통적인 구성을 말합니다. 이것은 시문의 체제와 품위를 유지하는 시문의 기본적인 표준이며 견고한 가르침이었습니다. 기승전결은 시문에 대한 다른 이름이었고 동양의 시를 형성하고 발전시키는 기본적인 정신입니다. 기승전결은 사계절의 원형에서 착안된 것으로 짐작됩니다. 왜냐하면 춘하추동과 그 원리가 같기 때문입니다. 그러나 이 생성과 사멸의 원리는 계절의 순환이 상징하듯이 멸망과 재생의 원리를 동시에 상징하고 있으며, 시작은 끝이고 끝이 시작이라는 우주의 종합적인 섭리를 상징하고 있습니다.

　이것은 스핑크스의 수수께끼를 연상시킵니다. 그리스 신화의 오이디푸스는 스핑크스를 만나 수수께끼를 푸는 데 목숨을 걸어야 했습니다. 수수께끼는 아침에는 네 발, 낮에는 두 발, 그리고 저녁에는 세 발의 괴물이 무엇이냐는 것이었습니다. 오이디푸스는 지혜로운 사람으로 그것이 '사람'이라는 정답을 내고 목숨을 건졌습니다. 그는 이 구성에 목숨을 걸지 않으면 안 되었을까요. 그것은 이 구성이 생명이요 진리였기 때문입니다.

아리스토텔레스는 그의 시학에서 구성에 역점을 두었습니다. 그리하여 비극에는 시작과 중간과 끝이 있어야 한다고 주장하였습니다. 왜냐하면 비극은 인생을 표현하는 것이고 인생은 시작과 중간과 끝으로 구성되어 있기 때문입니다. 아리스토텔레스는 통찰력을 가지고 있었습니다.

나는 기승전결이 그 사상에 있어서 시의 한계를 넘어서고 있음을 지적하고자 합니다. 기승전결은 자연을 표현하고 있으면서 인생을 표현하고 있습니다. 이 사상의 출발점은 서두에서 말씀드렸듯이 구성입니다마는, 그러나 그 구성이 그 기능의 전부라면 구태여 사분할 필요가 없습니다. 그것은 아리스토텔레스처럼 삼분으로 충분할 것입니다. 다시 말하자면 아리스토텔레스와 동양 시에 있어서 구성의 차이는 삼분과 사분에 있지 않고 형식과 사상의 차이인 것입니다. 아리스토텔레스는 삼분 속에서 맨 끝부분은 끝이라 하였습니다. 그러나 동양에 있어서 이 사상은 종(終)이라는 말 대신 결(結)이라 쓰고 있습니다. 이것은 끝이라는 뜻이 아니라 끝을 맺는다는 뜻으로 예술적 고안을, 동시에 인생에 있어서 끝맺음과 같은 의지적인 생을 전제하고 있는 것입니다. 하나의 사건을 어떻게 예술적으로 끝맺는가 하는 아폴로적 노력과 인생의 의지를 전제하고 있는 것입니다.

서양의 소네트를 읽으면 그것이 이태리 형식이건 영국 형식이건 간에 형식과 내용에 있어서 사분을 인식할 수 있습니다마는 이것은 형식이나 의미에 있어서 시의 완벽을 말한 것입니다. 그러나 어떤 시를 읽으면 의미가 완전하지 못한 느낌을 줍니다마는 그것은 구성이 미흡하기 때문입니다. 기승전결은 구성의 완벽을 가져오고 따라서 내용으로서의 사상에 안정을 줍니다.

2

우리가 기승전결의 사상을 중심으로 서양 사상을 인식해 볼 때, 서양 사상은 어딘지 불안합니다. 왜냐하면 서양 사상은 과정을 너무 중시하고 있기 때문입니다. 과정 속에서 원인과 결과를 찾고 있음을 알 수 있습니다. 그렇기 때문에 부분적이기 쉽고, 부분적으로 판단하기 쉽기 때문에 사물을 전체적으로 판단하는 데 약한 것입니다.

기승전결은 전체를 강조하는 사상입니다. 서양의 과학 사상은 그 기본에 있어서 원인과 결과를 원리로 하고 있습니다. 그러나 그 원인과 결과는 늘 변화하고 있습니다. 서양에서는 그 변화를 발전이라고 규정하고 변화의 역사를 발전사로 합리화하고 있습니다만, 기승전결의 사상에서 보자면 서양의 과학 발전사는 기본적으로 오류를 범하고 있습니다. 왜냐하면 부분을 가지고 결론을 내리고 전체를 인식하는 데 약하기 때문입니다. 이러한 태도는 시를 보는 눈에서도 볼 수 있습니다. 서양에 있어서 시 비평의 방법은 늘 부분을 강조하는 경우가 많습니다.

아름다운 시는 예술적 종합성에 있는 것입니다. 기승전결은 예술적 종합성을 표현하는 사상입니다. 이것은 자연 사상이며 자연의 섭리를 표현하고 있는 것입니다. 동양에 있어서 우리는 '역천자는 망하고 순천자는 흥한다'는 사상에 의하여 교육되어 왔습니다. 역천자는 자연의 이치를 어기는 사람을 말하는 것으로 자연의 이치는 자연의 섭리를 가리키는 것입니다. 이것은 서양의 신과 같은 개념입니다. 서양 사상은 자연을 정복함으로써 완수되는 것입니다만 동양 사상은 자연을 보존하는 것으로 그 이상을 삼고 있습니다. 자연에 대한 인위적인 변화에 동양 사상은 불안을 가지고 있습니다. 인간은 자연의 주인이 아니며 인간은 자연과 같이 공존하는 이치를 담고 있는 것입니다.

미국에서 공부하는 동안에 나는 끊임없이 변화의 압력을 받았습니다. 그러나 나는 미국에 있어서 변화의 가치를 높이 평가하지 않습니다. 왜냐하면 미국에 있어서의 변화는 윤리성을 결(缺)하고 있으며 그 변화 자체가 의미일 수는 없는 것이고 인간이 시행착오의 대상이 아니기 때문입니다. 기승전결은 변화에 있어서 무리하지 않으며, 변화에 대한 책임과 윤리성을 가지고 있으며, 더구나 시행착오와 같은 과오는 처음으로 피하고 있습니다. 변화를 절대시하지 않으며, 변화는 전체 가운데 언제나 일부인 것입니다.

기승전결은 사자가 각각 변화의 속성을 가지고 있으며 그 가운데 전(轉)의 변화가 가장 폭이 크지만, 그러나 그 폭이 균형을 깨지 않습니다. 서양에 있어서 과정의 의미를 기승전결의 입장에서 보자면 전이 역할하고 있다고 말할 수 있습니다. 나는 이곳에서 영국이 전통적으로 변화에 대하여 심중한 것을 보고 있습니다마는 영국에 있어서 심중한 전통적 태도는 기승전결이 추구하는 종합적인 정신에 미치지 못하고 있는 것도 느낄 수 있습니다.

서양에서는 미래에 대한 통찰력을 가진 사람을 선지자라 하여 종교적인 차원에서 인식하고자 하였습니다. 그러나 기승전결에 있어서 미래에 대한 예견은 선지적 차원이 아니라 섭리적 차원으로 인식하는 것입니다. 서양에서 그것을 종교적 차원으로 인식하는 반면에 동양에서는 자연적 차원에서 인식하는 것입니다. 다시 말하면 기승전결의 사상 안에서 선지자를 담담하게 인식하는 것입니다.

서양 사상에 있어서 가장 중요한 내용은 사랑과 죽음이라고 배웠습니다. 문학의 주제가 그렇고 예술의 주제가 그렇고 종교의 주제가 그렇습니다. 심지어는 과학에까지 이 주제는 연결되고 있습니다. 그러나 동양에서 사랑과 죽음은 기승전결 안에 있으며 그 안에서의 상호관계인 것입니다. 사랑이나 죽음이 갑자기 존재하는 것이 아니며 설혹 그것들이 뜻밖에 왔다 하더라도 그것이 서양에 있어서처럼 죽음의 경우 천지가 무너지는 사건이 아닙니다. 그것은 결코 죽음 앞에 태연자약하다는 말은 아닙니다. 동양인도 죽음은 두렵습니다. 그러나 다만 죽음을 인생의 종합적인 차원에서 인식한다는 것입니다.

서양에 있어서 사랑을 에로스와 아가페로 구분하고 에로스는 육체적인 사랑으로, 아가페는 정신적인 사랑으로 말합니다마는 기승전결의 입장에서 보면 그 부분은 공연한 것입니다. 왜냐하면 동양에 있어서 육체와 정신은 처음부터 하나였던 것입니다.

3

동양의 시에 있어서 이상은 전통적인 담(淡)의 사상에 두고 있습니다. 살아 있으면서 흔들리지 않고 설레지 않고 맑고 가득한 물과 같다는 사상입니다. 서양의 시각으로 보자면 이것은 신비주의 사상입니다. 그것은 동양인들은 이것에 대하여 친근감을 가지고 있습니다. 이것은 원(圓)의 사상과 유사한 것으로 사물을 전체로 파악하려는 인식에 입각하고 있습니다. 다시 말하자면 이것은 바로 기승전결의 형태인 것입니다.

당시(唐詩)가 기승전결 사상을 구현하고 있다 하더라도 나는 그것이 완벽하다고 생각하지 않습니다. 당시 가운데는 너무 형식에 얽매인 감이 있습니다. 이것은 자연을 손상시킬 가능성이 있으며 시의 이상인 담의 경지에 미치지 못하는 경우가 생깁니다. 당시가 그 운율에 있어서나 형식에 있어서 시적 장점을 가지고 있는 것은 사실입니다마는 그러나 당신의 약점은 형식적 미학을 절대시하는 흠이 있었습니다. 이 결함을 벗어나는 시를 동양에서는 선

시(禪詩)에서 봅니다마는, 그러나 선시는 너무 역설적이고 장난스러워서 사물을 인식하는 태도가 오만한 것입니다. 다시 말하자면 기승전결이 표현하는 자연의 섭리를 비약시키고 있기 때문에 형식의 아름다움을 소홀히 하고 있어서 시적 미학을 갖추지 못하는 경우가 생기는 것입니다.

기승전결은 위대한 사상입니다. 이것은 철학이며 종교이고 과학입니다. 만일 문학이 이 사상을 잘 표현한다면 그 문학은 위대한 문학입니다. 동양에서는 흔히 기승전결을 시의 기법으로 생각하는 경우가 많습니다만, 이는 시의 습작 과정을 말하고 있는 것에 불과합니다.

나는 얼마 전에 이곳에서 나의 시를 낭송할 기회를 가졌습니다. 그때 마지막으로 나의 백지시(白紙詩)에 대한 에세이를 읽었습니다. 많은 사람들이 그것에 대하여 관심을 보였습니다. 나는 백지시 속에 있는 기승전결의 사상도 곁들여 강조하였습니다. 그 백지시를 인식하는 통찰력이 기승전결의 정신이었고, 그 백지를 표현하는 용기와 힘이 기승전결의 정신이었습니다. 만일 그 백지시 속에 움직이는 느낌을 갖는다면, 이는 기승전결의 일부를 느끼는 사람입니다. 왜냐하면 기승전결은 운동 그 자체 다시 말하면 에네르기이기 때문입니다.

기승전결은 형상이기도 하고 소리의 구성이기도 하기 때문에 미술성과 음악성을 가지고 있습니다. 그것은 이 사상이 문학이나 시에 한정되지 않는다는 것을 말하는 것입니다.

나는 이곳 케임브리지의 트리니티 대학 '렌' 도서관에서 『황금가지 (Golden Bough)』의 저자 프레이저 경의 초상을 보고 감동했다는 느낌을 말씀드리고자 합니다. 나는 그분의 저서 가운데 특히 제5, 6권의 『아도니스와 아티스 오시리스』에 대한 이집트 신화에 깊은 감명을 가지고 있습니다. 왜냐하면 그 신화는 사멸과 생성의 사상이면서 동시에 사멸이 바로 생성이라는 사상을 가지고 있기 때문입니다. 나는 이 신화에서 사계절의 순환하는 자연의 섭리를 보고 있으며 예수의 죽음과 부활이라는 종교적인 의미를 인식하고 있습니다. 다시 말하자면 그것은 바로 오늘 내가 주장하는 기승전결의 사상이기 때문입니다.

4

오늘날 한국에 있어서나 미국에 있어서 시가 그 형식을 소홀히 하고 있는 것을 불행하게 생각합니다. 나는 시가 형식과 내용이 같이 완벽을 추구하는 것으로 그 이상을 삼아야 한다고 생각합니다. 시는 단편적인 관념이 아니며 시는 반드시 종합적인 구성을 갖춘 사상이어야 한다고 생각합니다.

나의 시에 대한 견해는 결코 한시(漢詩)의 형식을 부활시키자는 주장이 아닙니다. 오늘날, 시에 있어서 우리의 인식이 한시에 대한 인식과 같을 수 없다는 것을 잘 알 수 있습니다.

그러나 시가 오늘의 현상에 너무 예민한 것은 나는 매우 못마땅하게 생각합니다. 여기에서 내가 누누이 말하고 있듯이 시는 오늘의 것이 아니며 오늘에 의한 오늘을 위한 예술이 아닙니다. 시는 오늘의 시이면서 어제의 시이어야 하고 동시에 내일의 시이기도 한 종합적인 사상을 갖추어야 한다고 생각합니다.

나는 한시의 구성 원리인 기승전결이 오늘의 한국시에서 단절되고 있다는 사실이 오늘의 우리 시의 불행이라는 견해를 가지고 있습니다. 시가 전통적이어야 한다는 것을 주장하고자 하는 것은 아닙니다만 시가 어쩔 수 없이 형식에 있어서 사상에 있어서 과거의 영향을 갖고 있다는 것은 전제되어야 한다고 생각합니다.

예술을 담을 그릇을 가지고 있어야 하며 그릇을 가지고 있지 않은 예술은 예술이기가 어렵습니다. 시를 나는 예술이라고 생각하며 시가 예술인 이상 담을 그릇이 있어야 한다고 생각합니다. 시를 담을 그릇은 사람에 따라 내용에 따라 다를 수 있습니다. 그러나 기승전결은 오래 사용해 온 믿을 수 있는 그릇으로 생활과 사상을 가지고 있는 것입니다.

한국에는 시조라는 시의 형식을 가지고 있습니다만 나는 시조가 기승전결의 변형이라는 견해를 가지고 있으며 시조만이 한국의 시 형식이고, 한국의 한시는 한국의 시가 아니었다는 견해에 반대하고 있습니다. 나는 예하여 김립(金笠)이 사상을 술회하거나 그 술회하는 정신과 방법에 있어서 한국의 큰 시인이었다는 것을 구태여 강조할 필요가 없다고 생각하고 있습니다.

김립이 한시를 쓴 한국 근세의 시인으로 나는 그의 시가 한국 시사에 중요한 장으로 장식되기를 바라는 사람의 하나입니다. 나는 그의 시가 한국의 시사에서 의미를 갖지 않는다면 한국의 시는 그 영역에 있어서, 사상에 있어서, 미학에 있어서 미완하다는 생각을 가지고 있습니다.

그렇다고 하더라도 지금 시가 우리가 사용하고 있는 산 언어를 소홀히 할 수 있다는 것을 말하는 것은 아닙니다. 시는 산 언어로 써야 한다는 것은 두말할 여지가 없습니다. 따라서 오늘날 한시가 창작되어야 한다는 것은 아닙니다. 다만 김립이 시를 쓸 때에는 한문은 산 문자였고 사상과 감정을 표현하는데 적절한 매개였기 때문에 그 시대가 반영되었음은 물론 그 시대에서는 시인의 산 사상과 산 감정이 잘 표현되었다는 것입니다.

나는 기승전결이 시의 형식과 사상을 갖춘 위대한 그릇이라는 것을 믿고 있으며 이 그릇은 현대적 사상과 감정을 담는 데 손색이 없다는 생각을 가지고 있습니다. 이 점에 대해서도 많은 질문과 토의가 있기를 바랍니다.

끝으로 다시 오늘의 발표를 위하여 자리를 마련해 주신 여러분께 감사드립니다.

(위 시론은 1989년 11월 아이오와대학 '국제 작가 프로그램'에서 발표하였고 보충해서 1990년 10월 케임브리지대학 '시인과의 대화'의 자리에서 발표한 것임.)

출전:『기승전결』(문학세계사, 1993)

절구시집(絶句詩集)
『아름다운 가난』을 위한 담론

시를 중심으로 생각하는 <열린> 사고와 <트인> 사고

1

한 시인(詩人)이 "나는 개에게까지도 나를 열었다"라고 썼다면 이는 하나의 참신한 <열린 시>의 예가 될 법하다. 그 시인이 여자라면 더욱 그렇다. 21세기를 앞둔 시대의 풍조를 이렇게 새롭고 파괴적으로 그리고 적절하게 표현한 구절(句節)이 그리 흔하다 할 것인가. 이 시구(詩句)는 이 시대의 문화 현상인 포스트 모더니즘적 풍조와 이 시대의 대표적인 문학이론인 해체론의 적절한 텍스트가 될 수 있으리라 믿는다.

우리들은 자주 '열린다'는 말을 쓰고 있다. 열린 사회, 열린 교육, 열린 예술, 열린 사고, 열린 사람 등. 그리고 이 열린다는 말이 21세기를 지향하는 사고의 기본으로 인식되고 있다. 사실상, 오늘의 세계는 열리고 있는 것같이 보인다. 미국이 열리고 있고 러시아가 열리고 있고, 중국이 열리고 있고, 아프리카가 열리고 있다고 말할 수 있다. 물론 한국도 일본도 그렇다. 나라마다 그 국토가 열리고 있고 역사가 열리고 있고 관습과 제도가, 사상이 열리고 있고, 정서가, 성이 열리고 있는 것이 사실이다. 심지어는 범죄, 그리고 온갖 병폐, 또 무의식까지도 열리고 있는 것이 사실이다. 그리하여 '열린다'는 말을 우리들은 자유와 정의와 해방이란 개념으로 생각하고 있다. 또 때로는 사랑 또는 행복이란 개념과도 일치시키고 있다. 그리하여 오늘날 이 '열린다'는 말의 기세는 변화를 지배하고 있으며 윤리나 도덕을, 심지어는 역사까지 지배하여 끊임없이 새로운 것을 추구함으로써 사회와 생활과 사상을 지배하여 현대문명의 중요한 표준으로 정착하고 있다.

그러나 아무도 이 '열린다'는 말의 본질을 깊이 생각하지 않고 있다. '열린다'는 말의 심층을 들여다보려고 하지 않는다. 아무도 '열린다'는 말의 중독성과 위험성, 공격성, 맹목성, 그 허구성을 검토하려고 하지 않는다. '열린다'는 말은 서양 사상에서 그 특징을 표현하는 말이고 특히 오늘의 미국적인 문화를 상징하는 말이다. 서양 문화 특히 미국 문화는 개방적이고 미국은 개국이래 열린 나라였고 남을 여는 나라였으며, 이 신세계의 성공적인 정신은 오늘날까지도 큰 물결로 흐르고 있는 것으로 인식되고 있다. 시만 하더라도 월트 휘트만, 월러스 스티븐스 등이 대표하는 미국시의 열림은 미국의 예술을 지배하고 있을 뿐 아니라 오늘날 한국을 포함한 세계의 바람이 되고 있으며 세계의 시적 사고의 흐름을 지배하고 있는 것으로 보인다.

그러나 여기 아프리카 케냐에서 발상되어 하와이에 대입된 너무나 잘 알려진 다음과 같은 우화를 꺼냄으로써 '열린다'는 말의 본질을 파악하려고 하는 한 동양시인(東洋 詩人)의 비판에 귀를 기울이기 바란다. 서양(미국)인이 100년 전 케냐(하와이)를 열고 들어갔을 때 서양(미국)은 손에 성서를 들고 있었고 원주민은 토지를 가지고 있었다. 그 뒤 100년이 지난 어느 날 주변을 보니 서양(미국)인은 토지를 가지고 있었고 원주민은 손에 성서가 들려 있었을 뿐이었다. 이 우화는 종교를 음해하기 위한 블랙 유머일 수도 있다. 그러나 서양 근대사를 읽어볼 때 이 우화는 매우 적절하다. 이 적절한 이야기는 오늘날 대중 문화적 성격을 띠고 우리 주변에 가까이 와 있는 것이다.

오늘날 그 하와이는 미국 땅이 되어 있고 하와이 사람들은 미국인이 되어 있다. 이는 하와이 사람에게 다행한 일일는지 모른다. 왜냐하면 일본 사람이 된 것보다 더 낫고, 독립했다 하더라도 나라 지키기가 어디 쉬운 일이겠는가. 그러나 사람의 정체인 나, 겨레, 국가 또는 문화적인 측면에서 보자면 생각이 달라진다. 오늘 하와이 문화의 위상은 설혹 그것이 살아 있다 하더라도 어떠한가. 다양하고 큰 미국 문화 가운데 하나의 조각이 되었음을 행복하게 생각할 것인가. 그리고 아프리카 케냐의 흑백은 살아남아 있는가.

2

해체론 이후 오늘날 서양의 문학이론이 보이는 열린 사고는 동양의 우리들에게까지도 매우 신선한 느낌을 주고 있다. 마치 안데르센의 동화 가운데 벌거벗은 왕처럼 열린 느낌을 주기 때문이다. 그리하여 그 열림의 특징상 해체론은 미국에 들어가면서 국빈 대접을 받고 미국적 변화의 원리에 이용되었다. 포스트모더니즘 문화현상이 그것이다.

그러나 포스트모더니즘과 해체론은 본질적으로 상이하다. 해체론은 프랑스적이고 이성(理性)적인 반면 포스트모더니즘은 너무도 미국적이고 종횡무진 변화와 호기심에 열중하고 있다. 해체론은 주장이 있고 의도가 있고 지향하는 바가 있는 반면, 포스트모더니즘은 중구난방으로 스스로 내놓고 잡식성이다. 1966년 미국의 *Johns Hopkins*대학에서 개최되었던 구조주의 세미나에 해체론의 주창자인 *Jacques Derrida*를 초청한 것은 미국인들이 해체론을 그들의 신비평의 발전에 이용할 수 있다고 믿었기 때문이다. 그러나 미국인들의 이런 생각은 잘못이었다. 아전인수적인 것이었다. 이것은 마치 미국인들이 *I. A. Richards*나 *T. S. Eliot*을 신비평의 선구자로 끌어들이려 했던 것과 같다. 그러나 *I. A. Richards*의 문학이론은 그런 것이 아니었다. 그의 문학이론이나 실천비평의 의도는 미국적인 변화나 호기심 그리고 미국적인 열린 사고에 대한 경고로 인식되어야 한다. 왜냐하면 그의 입장은 철저하게 영국 특유의 전통에 입각하고 있기 때문이다. 대중화되어가고 있고 상식화되어가고 있는 문화를 보는 눈의 오류를 시정하고자 하는 교육적인 의도가 있었던 것이다. 한편 *T. S. Eliot*도 미국적 문화를 꺼린 것은 잘 알려진 사실이다. *Eliot*이 미국 문화적 특징에 절망한 것으로 인식할 수 있다. 이성적 해체론 또한 그 심층을 분석해 보면 그것이 미국 문화와 근본적으로 이질적인 것임을 알 수 있다.

그러나 미국의 문학 이론가들은 어떻게 해서라도 유럽에, 특히 영국에 매달리려고 하였다. 그렇게 함으로써 미국 문화의 격을 높이려고 하였다. 신생 문화의 성장 발전을 위한 애국적 노력이었다. 그리하여 더 나아가 그들의 국력을 바탕으로 미국 문화를 유럽 문화와 일치시키면서 유럽 문화를 계승하려고 하였으며 그 주도권을 쥐려고 하였다. *Anglo-Americanism*이 그것이다. 그런 애국적 노력의 일환으로 유럽 전통 문화에 대한 정밀한 검토, 즉 신비평적 정독(*close reading*)이 필요했다. 이런 의미에서 미국의 신비평은 옳았다. 지향한 바가 성공적이었고 그 주장은 충분히 타당성이 있었던 것이다.

그러나 그들의 애국적 노력 가운데는 열등의식이 있었다. 그것은 작품의 작자와 역사를 고의로 가리려 한 데서 나타났다. 숨은 의도, 즉 복선이 있었다고 짐작된다. 그것은 다만 작품만을 중시하여 그 정체성을 희석시키려 하는 노력에서 나타난 것이다. 마치 미국인의 작품으로 오해될 소지를 만들었다. 그러나 미국 문화의 입장에서는 이것도 옳았다. 왜냐하면 그들은 문화에 있어서 종속적인 위상을 빨리 벗어나야 했기 때문이다.

신비평의 방법을 보면 한국의 우리들은 한문(漢文)의 전통적인 교육방법을 상기하게 된다. 우리의 선인들은 한문을 가르칠 때 읽고 암송하고 암기하게 하였다. 그리하여 그 글이 누구의 글인가 하는 점은 즉 작가나 역사에 대한 정체성에 대해선 별로 강조하지 않았다. 다시 말하자면 거의 무조건적이었고 종속적이었던 것이다. 이 점에 있어서 우리의 한문 교육방법과 신비평의 방법론이 유사하다. 신비평 문학 이론가들이 대학 교육에 치중했던 것도 이것을 말한다. 그러나 우리의 한문교육과는 문화에 임하는 자세와 그 정신이 달랐다. 우리는 따르려고만 하였고, 그들은 벗어나기 위하여 그 방법론이 필요했던 것이다.

그러나 항상 새로운 변화를 추구하는 미국 문화의 지게는 신비평 30년의 무게를 견딜 수가 없었다. 그때 *Derrida*의 해체론이 상륙한 것이다. *Derrida*의 해체론이 새로운 변화를 요구하는 미국 문화에 활력소를 줄 것으로 기대했었다. 미국적 문화의 새로운 발전을 위하여 좋은 계기를 기대하였다. 그러나 과연 해체론이 미국인의 희망처럼 유럽 문화를 알맞게 파괴할 수 있었는가. 또 그것을 미국 문화의 새로운 기운에 흡수할 수 있었는가는 의문이다. 왜냐하면 그 철학을 수용하려고 하는 미국 문화에 무리한 현상이 일어나고 있기 때문이다. 두서가 없는 미국적 포스트모더니즘 문화현상이 그것을 잘 말하고 있다.

오늘날 미국에 신뢰할 만한 문학이론은 없는 듯하다. 신비평은 이미 그 빛을 잃고 있으며 페미니즘, 신역사주의 등 새로운 문학이론은 해체론의 미국적 응용이긴 하지만 아직 문화적 가치로 정착하지 못하고 있다. 해체론이나 현상학 등 유럽의 철학이 미국 문화로 흡수되기 위해서는 미국이 문화적 열등의식, 다시 말해서 미국의 애국적 집착을 털어내야 한다. 세계가 곧 미국이라는 자부심은 정치와 경제에 있어서는 성공적인 양상을 보이고 있는 것이 사실이지만 문화현상은 그렇게는 안 되는 것 같다. 다시 말하자면 미국적 열림의 갈증과 소화력과 미국적 노력에도 불구하고 유럽 문화는 아직도 높이 솟은 견고한 성벽이기 때문이다.

열린다는 관념이 근본적으로 서양적인 것임에도 불구하고 프랑스와 영국 문화가 열린다는 관념에 심중한 것을 우리는 주의 깊이 주목해야 한다고 생각한다. 또한 미국 문화에 깊이 관여해 본 사람이면 과연 미국이 또는 미국 문화가 열려 있는 것인가 회의하게 된다. 이 시대에 세계의 어디에 미국보다 더 자국의 이해에 민감한 애국적인 나라가 있는가. 이는 미국을 비난하는 논리가 아니다. 우리처럼 미국도 어쩔 수 없이 지역주의적이며 '열린다'는 말이 과연 신뢰할 만한가를 생각하게 된다는 뜻이고, 따라서 어느 나라 형편이고 다를 바가 없고 또 여기에서 열린다는 말의 허구성을 생각하지 않을 수 없다는 이야기다. 오늘날 프랑스 정부가 세계의 반대 여론에도 불구하고 핵 실험을 강행했다든지 '샹송 쿼터제'와 같은 국수주의적 문화 정책을 시행한다든지 하는 것은 무엇을 말하는 것인가. 그러한 프랑스의 이성을 우리는 신뢰할 수 있는가. 또 내가 캠브리지 대학에 도착한 다음 날 아침 달리기를 하기 위하여 한 대학공원에 들어갔다가 사유공원이니 출입금지라는 주의를 받고 쫓겨났던 쓴 기억을 나는 잊을 수 없다. 그 영국과 영국 문화를 우리는 열린 문화라고 말할 수 있는가. 중국, 일본은 어떠한가. 미국만은 아니다 할 수 있는가.

미국인의 사고방식과 생활양식이 달러를 중심으로 형성되고 있음을 우리는 익히 알고 있다. 열린 문화를 이끌고 있는 미국인들이 과연 이 '달러를 열어 놓고 있다'고 말할 수 있는가. 달러 관리에 있어서 '미국 제일주의'에 이의를 제기하는 사람은 없다. 여기에서 미국 문화가 근본적으로 열려 있다고 말할 수 없다고 본다. 월 스트리트가 아니라 상아탑으로 가 보자. 사실상 미국의 대학이나 대학 도서관에서 공부한 사람은 미국 문화가 얼마나 필요 이상의 힘을 구하는 욕심 많은 거인이면서 그 심층이 애국적이고 서양적 우월감과 달러에 지배되고 있는가를 알 수 있고 열린다는 말이 얼마나 서양 또는 미국 중심적인 말인가를 알 수 있다. 또 미국의 대중문화, 가령 대중음악, 영화, 언론, 방송 등에서 우리들은 미국 문화에 대한 열리고 친근한 인식을 얻고 있으며 그것을 미국 문화의 진면목으로 착각하기 쉽다. 그러나 이와 같은 미국의 열린 문화는 그 포스트모더니즘 문화현상에서 생각할 수 있듯 그것들이 다만 수출용이라는 강렬한 인상을 받는다. 왜냐하면 미국 문화의 중심은 흔들리지 않는 애국적인 욕심이고 그 욕심은 수출용 문화와 따로 엄존하기 때문이다.

다시 우리에게로 돌아가자. 한 여자가 나와서 '나는 열어 놓았다'고 말한다면 우리는 그녀를 믿을 수 있는가. 그녀가 누구에게 얼마나 열어 놓았다는 말인가. 그녀는 자기의 남자, 마음에 든 남자, 멋진 남자에게 열어 놓았다는 말이 아닌가. 따라서 아무에게나 열었다는 말은 아니지 않은가. 그렇다면 그 여자는 열지 않았다는 말과 다르지 않다. 물론 어떤 여자가 열지 않은 적이 있었는가. 인류의 역사는 여자가 마음에 든 남자에게 열어 놓은 결과가 아닌

가. 이것은 남자의 경우도 마찬가지다. 마음에 들고 안 들고 하는 것은 여자가 또는 남자가 선택한다. 그리하여 그 선택된 것을 위하여 그 여자 또는 남자는, 겨레는, 나라는 열기 이전에 자기의 정체성을 생각하게 되는 것이 사람의 도리이고 그러지 못했을 때 그는 멸망하였다. 아니 개까지도 여는 것을 가리고 있다. 그러니 이것을 다른 말로 하자면 '안 연다'는 말과 다름이 없다. 따라서 '열었다'는 말은 허구인 것이다. '나는 개에게까지도 열어 놓았다'라는 구절은 시적으로는 말이 된다. 멋지다고도 할 수 있다. 우리가 열린 시대에 살고 있는 것이 사실이고 이 말이 이 시대의 특징을 잘 표현하는 시적 비유이기 때문에 멋질 따름이다. 만일 다른 분야, 가령 생활에서 그렇다면 얼마나 끔찍한 일인가. 아니 우리가 그렇게까지 열어야 할 필요성이 있다는 말인가? 과연 그렇게 열 수가 있다는 말인가? 그러나 사실 우리들의 문화적 주변에서 우리들은 '나는 개에게까지도 열어 놓았고 또 개에게도 열 것을 나는 요구한다'는 강렬한 느낌을 받고 있다. 동양에 있어서 우리의 문화는 인간의 정신과 생활이, 언설과 행동이 일치하는 것을 이상(理想)으로 하고 있는 것이 아닌가. 적어도 우리는 선인들로부터 그렇게 배웠다.

나는 '담장이 실해야 이웃 간에 사이가 좋다'는 말을 믿는다. 이것은 열린다는 관념의 맹목적성에 목적과 방법을 제시하는 의미를 갖는다. 시에 있어서도 그렇게 문화현상에 있어서 적절한 담장이, 튼튼한 문이 있어야 한다고 생각한다. 우리는 지금 기사가 없이 달리는 자동차 같은 위험한 문화현상을 겪고 있다. 종횡무진하게 너무 열려 있는 것이다. 이제 문패(門牌)가 달린 확실한 문을 갖고 필요할 때 열고 필요할 때 닫는 우리들의 문의 의미를 다시 찾아야 한다. 주변의 어지러운 잡음을 문이 가려내야 하고, 두들기는 사람이 누구인가를 문을 열기에 앞서 살펴야 하고, 이웃과 자기, 자기와 경쟁자를 분별해야 하고, 자기의 언어를, 자기의 역사를, 문화를 지키고 어머니를 지킬 때가 되었다고 생각한다. 우리는 우리 어머니의 가슴과 마음과 얼굴과 손발을 지켜야 하는 것이다. 나의 시집『아름다운 가난』은 늘 이런 생각을 하면서 쓴 시를 모아서 엮었다.

4

우리가 열린 시대에 살고 있는 것은 사실이다. 그러나 그 열림은 너무 맹목적이고 너무 종속적이고 위험하고 마약처럼 중독성이 있기 때문에 그 열림 현상을 직시하고 그것에 무엇인가 의미와 방향과 비전, 우리 자신의 정체성을 제시하고 그 열림에 우리가 주인이어야 한다는 것이 나의 주장이다. 열린 사고에 대한 나의 비판은 서양 문화에 대한 비판과 일치한다. 그것은 서양 과학문명에 대한 비판이며, 서양 근대사에 대한 파괴이며, 서양의 이성적 지배에 대한 거부이며, 문화의 서양 또는 미국적 지배에 대한 단호한 저항이다. 이 저항은 자연(自然)을 수호하는 필사적인 우리의 정신과 일치하며 우리의 미래와 생명을 수호하는 싸움과 일치한다. 따라서 생애(生涯)를 건 이 싸움에서 나는 '연다'는 말을 파괴하고 극복할 수 있는 대안으로써의 강력한 무기인 하나의 관념(觀念)을 제기하고자 한다. 그것은 '트임'이라는 말이다. 이는 소위 열리는 시대에 강력한 '열림 파괴' 개방파괴(開放破壞)적 성격을 가지며 연다는 정서에 표준과 비전을 제시한다는 의미를 갖는다. 우리들은 '트인 사람'이라는 말을 잘 쓴다. 트인 사람은 그 통찰력이 미래를 내다보는 비전을 가졌으며, 그 도량이 오만하지 않고 편견이 없으며, 때로 부수면서 만드는 창의력을 지녔으며, 흔들리고 흩어진 인심을 집중시키는 지도력을 지녔으며, 우리가 믿고 따르면서 우리의 내일을 맡길 수 있는 사람이다. 우리는 트인 사람을 열린 사람과 일치시킬 수 없다. 그 뜻이 같지 않기 때문이다. 뜻이 유사한 것 같지만 그렇지 않다. '트이다'라는 말을 우리말 사전에서 찾아보면 1) 막혔던 것이 통하다. 2) 구름 안개가 걷히다. 3) 지혜가 생기다. 4) 잘 안 되는 일이 잘 되어 가다. 5) 구름 따위가 없어지고 환하게 비치다. 등으로 풀이되고 있다. 그 밖에도 배워서 깨우치다, 또 견문이 넓다 등의 뜻도 있다. '트이다'라는 말이 '열리다'라는 말과 특히 위의 풀이 가운데 1), 2), 5)의 풀이에서 유사하지만, 3), 4)의 풀이 등에서 완연하게 다르다. 그러니까 유사하면서 그 의미가 매우 다른 것을 알 수 있다. 가령 그 뒤에서 사람을 명사로 하여 형용사로 각각 사용하여 '트인 사람'과 '열린 사람'을 비교해 보면 그 차이가 뚜렷해진다. 이는 '트이다'라는 어휘 속에, 1) 막히고 무식하지 않다는 의미에서 가치론으로서의 정체성(正體性)과 도덕성(道德性)의 의미가 있음을 알 수 있다. 2) 다음으로 '트이다'라는 말 속에는 의지적이고 미래지향적인 비전과 발전의 개념이 들어 있다. 3) 셋째로 공맹사상(孔孟思想), 노장사상(老莊思想), 불교사상(佛敎思想) 그 가운데 특히 선사상(禪思想) 등 우리 선인들의 정통적(正統的) 가르침인 동양사상의 맥을 엿볼 수 있다. 4) 이를 서양 문명적 개념으로 생각하면 '열리다'라는 말이 *Dionysus*적인 것에 반하여 '트이다'라는 말 속에는 *Apollo*와 *Dionysus*가 조화롭게 공존하는 느낌이 있다. 이는 *Nietzsche*가 그의 명저 『비극의 탄생』에서 말한 서양 문화의 최고봉으로서의 아티카(아테네)문명을 상기시킨다. 5) 동서양을 가리지 않고 '트인다'라는 말 속에는 예술적인 세련미가 있다. 답답하지 않고 후련한 느낌을 주기 때문이다. 이 점에서 '트이다'라는 말이 '열리다'라는 말과 유사하다. 6) 그러나 '열리다'라는 말과 '트이다'라는 말을 각각 그 반대말에서 검토해 보면 그 차이가 더욱 분명해진다. '트이다'라는 말의 반대말은 '막혔다'이다. 우리는 막힌 사람을 막캥이라고 말함으로써 창의력이 없고 융통성이 없으며 고집 세고 무식하고 자기중심적인 사람이라는 뜻으로, 이를 부정적으로 사용함으로써 막힌 것은 반드시 뚫고 트인 사람을 만들고자 한다. 다시 말하자면 트인 사람은 동양의 이상적인 인간상이다. 반면에 '열다'라는 말의 반대말인 '닫다'라는 말은 부정적인 말이 아니며 반드시 열어야 한다는 필연성이 있는 것이 아니다. 연다는 말 못지않게 닫는다는 말도 가치론적인 차원에서 검토하면 중요하고 버려서는 안 되는 중요한 관념이다. 따라서 닫힌 상태에서 열리는 것보다 막힌 상태에서 트인 것이 훨씬 불가피하고 필연적인 것이다. 따라서 '트이다'라는 개념 속에는 '열리다'의 가치론적인 측면과 그 반대 개념으로서의 '닫다'의 가치론적인 측면이 하나의 개념으로 당당하게 공존하고 있음을 알 수 있다.

5

이와 같은 이론적 근거에서 나는 '열린' 사람이 아니라 '트인' 사람을, '열린' 시가 아니라 '트임'의 시를 추구하고자 하는 것이다. 그리하여 그 '트임의 시' 추구의 한 방법으로 내가 창안한 대담하고 모험적인 그리고 독창적인 하나의 틀을 제시하고자 하는 것이다. 나는 나의 틀인 나의 절구(絶句)시집 『아름다운 가난』으로 몇 가지 문제를 제기하려고 한다. 첫째는 이 시집이 고집스럽게 지키고 있는 시형식이다. 이 시형식으로 통일된 한 편의 시를 나는 8행 4절 8음보 20음절만으로 그 구성을 단단히 하였다.

| 봄날 | 아닌 | 고추 |
| 앞마당 | 우박에 | 잠자리 |

쌀뉘	수탉이	은빛
가리는	놀라	날개를

할머니	알낳는	타는
옆에	암탉	석양빛

의좋은	불러	하늘
암탉.	다스림.	흔들림.

나는 이 시형식에서 한없이 편하고 자신 있는 느낌을 갖는다. 나는 먼저 절구(絶句)라는 어휘에서 암시하고 있듯이 전통적인 한시의 기승전결(起承轉結)을 기본적 정신으로 하여 그 틀, 즉 그 담장을 견고히 하고, 8음보와 4행시를 포함한 단시(短詩)에는 20음절이 가장 적절한 호흡을 유지할 수 있고, 단숨에 끝까지 읽을 수 있으며, 한눈에 가장 적절하게 들어옴으로써 하나의 사상을 순간적으로 형성한다는 나 나름의 실험을 거친 소신에 입각하고 있다.

또 한 행이 2음절 또는 3음절인 것은 가장 짧은 음절로 하나의 관념을 일으킴으로써 간결함과 단순성의 아름다움을 표현하려고 하는 의도이다. 그리하여 나의 생각으로는 이 시형식이 하나의 완벽한 그릇 또는 틀이 된다는 것을 말하는 것이다. 20년에 걸쳐서 고쳐 생각하였고 실험해 온 바를 우선 222편을 가지고 한 권의 시집으로 엮어 이 세계에 대한 나의 몰두를 일단 정리했으니 평가는 나의 밖에서 또는 역사가 할 일이라고 생각한다.

이 시집이 갖는 또 하나의 문제는 그 제목 『아름다운 가난』이다. 나는 이 제목에서 도덕적인 암시를 의도할 뜻은 없다. 따라서 시대적인 정신의 강조는 이 시집의 의도가 아니다. 이 시집의 내용은 내가 어렸을 때인 일제 말엽 우리 조선 사람들의 생활을 다룬 것이다. 따라서 의당 역사와 민족적 분노가 표현되어야 할 것이다. 그러나 나는 다만 겨울에도 맨발 벗고 산한 어린이가 겪은 세상을 단순하고도 정직하고 직관적으로 그리려고 하였다.

겨울	두 손이	고무신
두주먹	신고	벗어
사나운	석양	아끼고
바람	지름	내내
학교	고개를	맨 발 로
가는길	넘는	다닌
한발은	검은	학교
맨발.	고무신.	십리길.

   그리고 그것이면 맨발 벗은 아이로서는 최선이라고 생각한다. 왜냐하면 그 어린아이는 자기가 맨발 벗은 속에서 다만 추웠고 또 즐거웠다는 기억만을 가지고 있는 가난한 아이였기 때문이다. 그리하여 살아남은 지금 무오하고 순결했던 그때를 생각하니 눈물겹도록 아름답다는 것이다. 나는 행동하는 지성이 아니라 다만 시인으로 타고난 사람에 불과하다. 시 속에 간혹 장난기가 있는 것도 주목해 주기 바란다. 나는 시의 여유로서 유희성에 흥미를 가지고 있다. 이것을 나는 김립(金笠) 등의 한시(漢詩)에서 배웠으며 시대나 역사를 예술적으로 표현하는 데 있어서 나의 이러한 태도가 옳다는 생각을 가지고 있다.
   셋째로 이 시집 제2부의 「사는 그 작고 큰 없음」의 주제이다.

풍지	잠자리의	장수평
바람에	눈	날자

| 등잔불 | 푸른 | 삼원색 |
| 같이 | 하늘빛 | 울음 |

| 밝힐 때 | 안으로 | 따라가 |
| 부터 | 멀리 | 보니 |

| 꺼질 때 | 흐르는 | 붉은 |
| 까지. | 구름. | 저녁놀. |

이는 내가 불가의 선(禪)세계를 조심스럽게 들여다보고 있음을 의미한다. 나는 선시(禪詩)를 쓸 수 있는 사람은 선승(禪僧)뿐이라는 생각을 아직도 가지고 있다. 왜냐하면 선시는 오랜 고행과 수도의 결정이기 때문이다. 따라서 속인인 내가 선시를 욕심내는 것은 과분한 일이다. 다만 자기의 고희(古稀)가 보이는 언덕에 서서 그것도 외국 생활 등에서 철이 들면서 내가 경험한 바로는 우리들의 동양인이 더러 선사상(禪思想)에 마음을 두면 편하고 트이고 아늑하고 귀소(歸巢) 같은 포근한 정서에 이른다는 것이다. 그래서 짧고 단순하고 가난하고 자연적이고 도덕에 얽매임 없이 자유롭고 때로 장난스럽고 어린애 같고 외롭고 달관적이고 무식하고 역설적이고 탈 세속적이고 동양적이고 때로 종교적이기도 한 정신세계를 조심스럽게 들여다본 것이다. 그리고 이런 생각들을 표현하는 데 나의 이 짧고 단순하고 겸손한 그러면서 단단한 나의 독창적인 절구(絶句) 시형식이 가장 안성맞춤이라는 생각을 가지고 있다.

넷째로 이 시집 속에서 나는 철저하게 나를 버렸다. 나는 50년 동안의 시 창작 생활에서 나 자신에게 충실하였다. 자기를 절대시하기도 했었다. 그것은 자아추구를 으뜸으로 한 나의 전공인 서양문학 연구에서 더욱 확고해졌다. 서양 사상은 특히 근대사상은 개인추구의 사상이기 때문이다. 나는 그것이 정직한 표현이라고 생각했었다. 그러나 그와 같은 나의 생각은 짧았다. 뒤늦게 스스로 트인 깨달음에 이른 것이다.

낙조	국제	남쪽
저 붉은	전화로	나라 먼
슬픔	저승	불타는
다음에	불렀다	땅 끝
또	통화	저무는
무엇인가	중이라	전집(全集)
가르쳐	뒤로	아
다오.	미뤘다.	기승전결(起承轉結)

나의 전집(全集) 머리말에서 나는 내가 어렸을 때 쌓고 놀았던 모래성의 깨달음을 말한 적이 있다. 모래성은 쌓는 일과 무너지는 일이 동시에 일어난다는 깨달음이다. 지금 나는 나의 예술과 인생이 같이 또 그렇다는 깨달음에 이른 것이다. 이제 시 속의 자기가 아니어도 외롭거나 아쉽거나 섭섭하지 않다. 오히려 편한 느낌을 얻는다. 나는 내가 현실에서 패배하여 도피한다고 생각하지 않는다. 물론 또 현실을, 세계를 극복하고 승리했다고도 생각하는 것은 아니다. 나는 이제 비교나 경쟁을 마음속에서 이겨 낼 수 있을 것 같다는 생각이 든다. 살면서 초월한 자연의 한 자락을 잡았다는 느낌을 하고 있는 것이다. 말하자면 트인 인생과 사상의 숲에 들어선 것이다. '사는 그 작고 큰 없음'의 세계이다.

6

　나는 나의 오랜 여행의 귀소(歸巢)를 기쁘게 생각하며 나의 중요한 관심과 사상이 서양을 거쳐 동양에서 마침내 그 결실을 얻고 있음을 스스로 자랑스럽게 생각한다. 나의 백조(白鳥)의 노래 시집은 이미 계획이 다 되어 있다. 그것은 말하자면 가장 열리고 가장 닫힌, 그래서 가장 '트인' 나의 백지시집(白紙詩集)이다. 오늘의 이 절구시집『아름다운 가난』과 나의 백지시집 사이에서 몇 권의 시집을 더 얻을 수 있을는지 지금으로서는 알 수 없다. 그러나 아직 할 말이 남아 있다는 생각은 가지고 있다. 나의 할 말은 즉 앞으로의 나의 시집은 '열린' 서양사상에서 배우고 자연적 동양사상으로 그것을 극복하여 마침내 '트인' 사상의 발전에 기여할 것을 희망하고 있다. 그리하여 궁극적으로 나를 대표할 나의 영원한 상징인 <백지시(白紙詩)>에 들고자 한다.

출전:『아름다운 가난』, 문학예술, 1996.

백지시에 대하여

1. 백지가 한 편의 시가 되기까지

얼마 전부터 나는 자기를 파괴해 버렸으면 하는 충동을 갖고 있다. 지금 가지고 있는 생명뿐 아니라 살아온 온갖 과거의 흔적을 일시에 폭파해 버렸으면 좋겠다고 생각한 것이다.

이것은 윤리적이요 실존적인 자각에 입각하고 있다. 나는 나의 존재에 대한 절실한 재검토를 가하지 않으면 안 되겠다는 생각을 갖고 있기 때문이다. 내가 이렇게 살아서 어떻다는 것인가? 그렇게 살아와서 어떻다는 것인가? 나는 사실 알고 있지도 않고 살아오지도 않았다고 생각된다.

이렇게 자기를 폭파해 버리면 뭔가 개운할 것임에 틀림없다. 40의 나이가 넘도록 하찮은 것을 위하여 몸부림하고 살아왔음에도 불구하고, 이제 와서 자각하는 자기의 부정적 인식은 엉뚱하게도 주변이나 또 근대적 세계관에 대한 부정으로 확대된다. 어찌 나뿐이랴 하는 생각이다. 그것이 그래서 어떻다는 것인가? 근대적 인간 및 세계관의 붕괴는 물론 오늘에 비롯하는 이야기가 아니다. 다만 그 정신적 상황이 근자에 와서 나의 절실한 문제가 되고 있는 것이다.

서두에 언급했듯이 나의 자기부정적 자각은 윤리적이고 실존적인 근거에서 왔음이 분명하다. 그렇다면 이 부정은 새로운 가능성을 전제로 하고 있지 않은가. 이 점에 대해서 혼자 사색해 보았다. 무한한 새로운 가능성, 그것은 무엇이냐, 그러다가 나는 하나의 수식을 기억하였다. $0=\infty$, 즉 영은 무한한 것과 일치한다. 나는 나도 모르는 사이에 전위적인 생각을 하고 있다. 전위이기엔 슬프게도 나는 나이를 먹었다. 나는 어렸을 때부터 늘 전위이고자 하였지만 한 번도 전위이지 못했다. 그래서 전위이고자 하는 나의 마음은 늘 미결한 채로 남아 있다. 시를 쓰게 된 이유도 사실은 그러한 마음에서였으리라고 생각한다. 시작에 있어서도 나는 한국 최초의 기계를 노래하는 시인으로 시단에 데뷔했다. 한국의 문화적 풍토에 기계를 노래하여 성공시키기 위해서는 나로서는 피나는 전위적 투쟁을 겪지 않으면 안 되었다. 그러나 그 전위는 무시되어 나의 마음속에서 전위이고자 하였던 갈망은 역시 미결한 채로 남아 있었던 것이다.

나는 나 자신뿐 아니라 주위의 모든 흔적을 청산하고 부정하는 데서 나의 미진된 욕구를 채우려 했다. 이것은 나의 정신상황 속에서 부득이한 것이다. 생각하면 예술이란 건 끊임없이 자기 파괴, 자기 부정의 연속일는지 모른다. 이 예술의 본질적 정신을 시로 표현하기 위해서 나는 고민하였다. 그 결과가 이 백지의 시다.

이 시 속에서 나는 다음과 같이 질문한다. 시는 문자로부터 절대로 탈출하지 못하는 것인가? 만일에 탈출하지 못한다면 시는 기실 2000년 이래 시인의 정신적 상황의 반복에 불과하다. 만일에 탈출이 가능하다면 시에 있어서 그것은 문자의 발명에 못지않은 혁명이 될 것임에 틀림없다. 시는 고금 2000년 동안 문자의 노예의 신분을 고수하여 왔다. 이 문자의 구속으로부터 해방됨으로써 시는 예술의 본질적 발생의 터전으로 돌아갈 수 있는 것이다. 치명적인 한계를 벗어나 무한한 가능성을 가짐으로써 새로운 출발을 모색할 수 있는 것이다. 작자나 독자의 창조력을 구속함이 없이 정말로 강한 광선이 백색이듯이 정말로 강한 소리가 무성이듯이, 이 백지의 시는 창조적 생명력으로 넘쳐 흐를 것이다.

정말로 좋은 시는 늘 전위이어 왔었다. 그 전위는 사르트르의 말대로 창조보다는 오히려 부정에 의하여 보다 더 분명해지는 것이라 생각된다. 이 모험이 실패한다면 나는 시에 있어서 유다에 못지않는 배신자임에 틀림없다. 그러나 이 시적 모험이 엽기로 지목되는 것만은 두려워한다. 전위라는 이름으로 신기하고 센세이셔널한 바람을 일삼은 것으로 본다면 그것이 엽기로 오해될 가망이 충분히 있기 때문이다. 그러나 현대적 시대정신에 민감하고 예술적 본질을 이해하는 사람이면 나의 이 전위적 모험에 호응하리라 생각한다.

미지의 세계를 탐험하는 사람은 부득이 반항과 부정의 형태를 취하게 되고 기존의 것이 아닌 새로운 질서를 요구하게 된다. 그러나 본질적으로 그것은 인간의 근본적인 욕망인 생명력의 표명으로서의 자유와 창조정신에 입각하고 있는 것만은 분명하다.

출전:『현대시학』, 현대시학사, 1973, 10월호.

2. 백지시에 대하여 · I

춘치자명(春雉自鳴)이란 말이 있습니다. 가만히 있으면 그대로 지나갈 수 있는 것을 구태여 울어서 자기의 불리한 위치를 밝힘으로써 불행한 결과를 자초한다는 비유로 쓰는 말입니다. 백지가 시가 될 수 있다고 생각해서 그것을 발표했으면 그대로 있을 일이지 구태여 이것을 공중 앞에서 주장함으로써 오히려 불합리와 모순을 들추어낼 필요는 없는 것이다 싶어서 하는 이야 깁니다. 그러나 그 불행한 결과를 각오하고 나선 까닭은 이 모임이 대학 안에 제가 소속되어 있는 유일한 학술단체이고 아울러서 이 모임이 제가 제기한 문제의 타당성 여부를 판단하는 데 가장 적당한 모임임을 믿기 때문입니다. 이 시는 얼마 전에 이미 발표되었고 그 시비에 대하여 다소의 물의가 있는 듯합니다.

이 기회에 저의 신념을 위해서라도 아랫도리를 걷고 비판을 받을 각오를 하였습니다. 한국의 현대시는 그 역사가 짧고 또 주요한 영향을 영미와 불란서, 일본 등을 비롯한 외국에서 받고 있습니다. 그렇기 때문에 외국문학을 전공하신 여러분들의 판단이 시를 비판하는 데 하나의 표준이 될 수 있다고 저는 믿고 있는 것입니다.

먼저 저의 백지가 시적 포기냐 아니면 시적 표현이냐 하는 문제를 검토해야 되겠습니다. 백지가 시의 포기라는 입장은 이것이 시의 기본요건인 언어를 버리고 있다는 점에 있습니다. 문자이건 구전된 것이건 간에 시는 언어로서 표현되어 왔습니다. 따라서 시적 관습인 언어의 매개를 떠나서 시는 있을 수 없습니다. 물론 시 이전의 시적 경험은 있을 수 있습니다. 그 경험은 언어 이전의 경험일 수 있는 것입니다. 그러나 엘리엇이 말한 것처럼 시와 시적경험은 구분되어야 하는 것으로 시적 경험이 언어로 표현될 때 비로소 시가 되는 것입니다.

그러나 인간의 언어는 인간의 감정을 완벽하게 표현할 수 있고 또 전달할 수 있는 것일까요. 현대언어학(큰 발전을 이룩하고 있는)에 언어의 결정적 미흡을 통감하는 견해는 없는가요. 언어도단의 본래의 의미는 무엇인가요. 선종에서 말하는 불립문자(不立文字)라는 말은 무슨 뜻일까요. 언어의 공해에 대한 자각은, 그 자각을 표현하는 수단은 없는 것일까요. 또 언어의 제약, 가령 부조리나 비시적 혹은 시적 제약 때문에 표현이 억제된다면 그 시적 경험은 영원히 말살되고 마는 것일까요.

말살을 살릴 방안, 즉 시적 표현은 절대로 없는 것일까요. 말라르메가 자기의 유명한 소네트를 말하는 가운데 백지의 상태가 시의 이상적 상태라고 말하는 뜻은 무엇일까요.

동양화 남화(南畫)의 여백(餘白)이 갖는 적극적 의미는 무엇일까요. 서예에서 말하는 비백(飛白)의 뜻은 무엇일까요. 나의 백지의 시가 제기하는 문제의 하나는 우선 언어에 대한 회의에 있습니다. 결점이 많은 언어의 방법이 아니고 시정신을 '표현'하려고 하는 고민에서 온 것입니다. 백지가 시의 포기가 아니고 시의 '표현'이 되기 위해서는 누군가가 그 백지 안에 혼백을, 즉 생명과 가치를 불어넣어야 하였습니다. 그 누구인가가 납니다. 따라서 모든 백지가 다 시가 되는 것이 아니고 내가 혼백을 불어넣은 백지, 즉 나의 창작품으로서의 백지의 '표현'이 한 편의 시인 것입니다. 따라서 「백지시」는 범대순, 나의 '창작시'인 것입니다.

백지가 시가 될 수 있다고 생각한 저의 두 번째 이유는 자기의 부정, 이것은 많은 사람들이 예술의 본질적 정신임을 지적하고 있습니다만 이 자기 부정의 정신을 백지 안에 '표현'할 수 있다고 생각한 까닭입니다. 실존적인 의미에 있어서나 윤리적인 의미에 있어서나 자기 부정은 예술적인 본연의 이유가 있는 것입니다. 이 자기 부정은 주변으로 전파되어 갑니다.

"너는 무어냐. 그게 어떻다는 거냐, 그래 그 합리주의와 낙관의 결과가 이게 무어냐" 이 부정은 기가 막힌 멜랑콜리를 가지고 있습니다. 우울하고 고독하고 좌절의, 그리고 비애, 허무감을 가지고 있습니다.

세 번째로 제가 백지의 시를 두고 생각한 것은 산문시대에 대한 도전입니다. 이 생각은 합리주의에 대한 부정과 연결되어 있습니다만 이 잡문 시대, 즉 속물의 시대는 반드시 저주되어야 한다고 생각한 것입니다. 이 공해적 산문시대, 즉 잡문 속물시대에 도전하기 위해선 종래의 시적 방법으론 너무 약합니다. 그렇다고 또 다른 산문을 가지고는 더욱 잡다해질 뿐입니다. 여기에 강력한 저주로써 강력한 도전으로서 「백지시」를 생각하였던 것입니다. 현대는 산문시대라고 합니다. 이 말은 퍽 낙관적인 말인 듯싶습니다. 그러나 현대 예술은, 현대의 순수시는 바로 이 산문시대에 대한 투쟁을 감행하지 않으면 안 되리라고 생각한 것입니다.

네 번째로 나는 이 「백지시」 가운데 무한한 가능성을 보고 있습니다. 무한한 언어를, 무한한 문자를, 무한한 자유를, 무한한 생명력을 보고 있는 것입니다. 나는 이 「백지시」를 통하여 랭보의 직관자(voyant)가 되는 것입니다. 현대 물리학이 추구하고 있는 보이지 않는 실체, 혹은 플라톤의 이데아 같은 것을 보고 있습니다. 형상과 실체의 기본 사상인 반야경의 색즉시공 공즉시색(色卽是空 空卽是色)의 정신을, 수식 $0 = \infty$(영은 무한대)라는 정리를, 이신전심(以心傳心)의 대화를 보고 있는 것입니다. 아울러서 이 백지시는 예술의 원점에 서 있습니다. 아직 미술과 음악 그리고 시가 분화되기 이전의 예술의 원점, 이 원점에서 예술은 지금까지의 방향이 아닌 새로운 방향을 취할 수 있을 것입니다. 이 방향에 따라서 시는 미술과 음악을 포괄할 수도 있는 가능성을 지닐 수 있는 것입니다. 여기에서 저의 낙관적 인생관과 부합하는 것입니다.

이렇게 해서 다섯 번째로 나는 백지시가 계시의 장이 된다고 생각합니다.

절대적 힘을 가지고 잘못된 것을 부정 정리하는 힘, 모든 것의 부정, 그 위에 건립할 옳고 바르고 의로운 가치 즉 이데아와 같은 그런 절대적 가치의 통찰, 생명력과 같은 것, 자유와 같은 것, 진리와 같은 것, 그런 것들이 살 수 있는 계시의 장인 것입니다.

꿈보다 해몽이 좋은 격일는지 모릅니다. 그러나 저로서는 자기가 제기한 문제에 대한 책임을 늘 생각하는 입장, 즉 자기 시에 대한 변호를 늘 생각하고 있습니다. 혹 여러분 가운데 한 사람이라도 이 「백지시」와 그 변호에 대하여 일리가 있다고 생각하신다면 저로서는 혹 주관적일는지 모르나 하나의 타당성을 갖는 것이라고 생각할 것입니다. 즉, 이 「백지시」 안에 하나의 순수한 감흥을 갖는 분이 계신다면 그분은 분명히 저와 같은 시적 경험을 갖는 분이고 그 시적 경험을 표현하는 것으로써의 '백지의 표현이 갖는 시적 기능'을 인식하시는 것입니다. 하나의 백지 안에서 그분의 상상력과 작자로서의 저의 상상력이 같이 넘치는, 또 그 분의 직관과 나의 직관이 한 지점에서 일치하는 것입니다.

결론으로 편의상 인용하여야 되겠습니다만 G. S. 후레이사의 「현대 작가와 그 세계(*The Modern Writer and His World*)」 가운데 현대시의 특징을 말하면서 복잡성, 암시성, 반어성, 애매성을 들고 있습니다. 저의 이 「백지시」는 단순한 것 같으면서 복잡하고 명백한 것 같으면서 대단히 애매하고 시대적 아이러니를 지니면서 암시성을 농후하게 갖고 있다고 생각합니다. 아울러 다른 분들이 현대시의 특징으로 지적한 좌절감, 고독감, 자유의식, 생명력이 충만해 있다고도 생각됩니다. 이런 점에서 저의 작품인 「백지시」는 현대시의 대표적 작품의 한 편으로 인식되기를 저는 기대하고 있습니다. 감사합니다.

출전: 『백지와 기계의 시학』, 사사연, 1987.

3. 백지시에 대하여·Ⅱ

내가 데니슨 대학교에 도착한 지 2~3일 후 우연히 *Time*지에서 한 기사를 읽게 되었습니다. 그 기사는 유명한 미술관인 뉴욕의 휘트니 미술관에 전시되어 있는 캘리포니아 출신의 한 젊은이의 조각에 대한 것이었습니다. 그 기사의 제목은 「공백에서의 시」였습니다. 기사에 따르면 그 조각가는 휘트니 미술관의 마룻바닥 전체를 몇 개의 벽과 텅스텐, 형광램프들, 그리고 그들 사이의 반사 같은 것으로 채웠습니다. 그 조각가가 공백에 가까운 것에서 정교한 시를 만들었다고 그 기사는 전하고 있습니다.

그 기사로 인해 나는 1974년 서울에서 월간 시지 『현대시학』에 실렸던 내 자신의 시를 상기하였습니다. 그 시는 13개로 구성된 시 중의 하나였고 어느 다른 시들보다도 중요하게 생각하는 것을 보여 주기 위해 시리즈의 첫 장에 수록했었던 것입니다. 그 시는 백지 그대로였습니다. 나의 백지시에 대한 판권을 주장하는 내 서명 외엔 타이틀도 문자들도 없으며 완전히 아무것도 없습니다. 백지 대신에 나는 다른 페이지에다 이 고안이 실제적인 시이며 내 스스로의 창작적 독창성에서 나온 것이라는 변호를 전개하면서 그리고 이 고안이 표현을 포기하는 것이 아니라는 것을 분명히 했습니다. 그 시는 내가 현대세계에서 느꼈던 나 자신의 감정을 표현한 것이었습니다. 나는 독자들이 둔하지만 않다면 그 시에서 리얼하고 흥분시키는 이미지를 느껴야만 한다고 주장했습니다.

이삼 주일 전에 나는 데니슨 대학 교수 학술발표회(*common hour*)에 참가해서 물리학의 아주 재미있는 원리 실험들을 보았습니다. 내가 그때 가진 인상은 사물의 힘들은 거의 보이지 않고 들을 수도 없다라는 것이었습니다. 힘이 나오는 가시적인 사물들은 더 이상 현대 물리학 연구의 분야가 아니며 가장 큰 소음은 들을 수 없으며 한 공간 안의 너무 많은 색깔들은 볼 수가 없다는 것은 누구나 다 알고 있습니다. 그 색깔들은 대신 하얗게 보인다는 것을 이 실험에서 나는 보았으며 나의 백지시가 현대세계에 대한 아주 많은 흥미 있는 감정과 복잡성을 포함하고 있는 단 하나의 표현이라는 것을 더욱 확신하게 되었습니다.

수학에서 '0이 무한과 같다'라는 것을 보여주는 공식이 있습니다. 두 세 장의 페이지나 한 권의 책으로 무한하게 복잡한 정신을 어떻게 표현할 것인가요?

얼마 전 *Stoneburner*교수(데니슨 대학 문학교수)의 아시아 문학 강의 시간에 노자의 『도덕경(道德經)』을 영어로 읽었을 때 그것은 나로 하여금 한국에서 유명한 구절인 정중동(靜中動)을 회상하게 했습니다. 팽이가 돌고 있는 것을 볼 때 우리는 팽이가 회전을 하면 할수록 그것이 정지하고 있는 것처럼 보인다는 것을 알 수 있습니다. 똑같은 원칙이 지구의 운동에서도 작용한다는 것은 다 아는 일입니다.

동양에선 고대로부터 공백에 대해서 심오하게 숙고해 왔고 공백에 대해서 심오한 명상을 해 왔습니다. 한국에서 유명한 불경 중의 하나는 『반야 바라밀다 심경』이며 거기에서 우리는 색즉시공 공즉시색(色卽是空 空卽是色)이란 구절을 볼 수 있습니다. 이것은 진리는 미이고 미는 진리라는 것을 위대한 진리로서 가르쳐 온 역설과 같은 것입니다. 이는 누가 그 구절을 말했었습니까? 나는 여러분이 내가 말한 역설에서 존 키이츠가 말한 것과 똑같은 감정을 가지리라고 생각합니다.

동양에는 서예라는 예술이 있으며 서예에서 가장 중요한 기술 중의 하나는 우리가 비백(飛白)이라 부르는 것입니다. 서예를 할 때 힘이 있는 행이나 글자 획을 쓰는 과정에서 붓이 공중으로 뜨지 않을 수 없게 됩니다. 그 결과 종이는 먹이 묻는 대신 희게 남는 것입니다.

여러분은 또한 동양화에서 여백 부분을 발견할 수 있는데 이것은 여백이라 부릅니다. 이 여백은 동양화 작품에서 중요한 역할을 합니다. 정말로 위대한 화가는 여백 공간을 잘 처리하는 법을 알고 있는 것입니다.

불교에서 한문의 불립문자(不立文字)란 구절이 있습니다. 그것은 글자로 된 시도로는 어떠한 심오하고 사색적인 사상을 표현할 수 없다는 것을 의미합니다. 불교의 선(禪)은 이러한 생각을 보여 주는 하나의 실증입니다.

내가 미국에 온 이래 가진 인상들 중 하나는 미국인들은 그들이 영어로 모든 것들을 다할 수 있으며, 그들의 언어로 모든 문제를 해결할 수 있다고 믿는다는 것입니다. 나는 언어학 전문가는 아닙니다만 한 언어가 한 사상을 완벽하게 표현하는 고안이 아니라는 것을 여러 번 들어왔다고 생각합니다. 미국에서 언어학 분야가 요즈음 크게 발전되어 오고 있으며 언어의 한계 문제는 더 심각하게 제기되고 있다고 듣습니다. 나는 시의 가장 순수한 상태는 백지의 상태라고 말했던 프랑스 상징주의 시인 말라르메를 기억합니다. 이것으로 그는 한편의 시를 표현하고 완성하는 시의 정신인 포에지를 의미하였습니다. 한국에서는 비록 시를 쓰지 못한다 할지라도 그가 소위 순수한 시 정신인 진정한 포에지를 가지고만 있다면, 그를 우리들은 아낌없이 시인이라 불러왔습니다. 이것은 우리가 시를 실제로 쓰는 것보다도 시의 정신을 더 강조한다는 것을 말하는 것입니다.

나는 내 독자들이 현대 세계에서 복잡성, 역설, 아이러니와 부정의 감정들뿐만 아니라 소외, 절망, 좌절, 사회의식의 감정 등을 표현하려고 애쓴 나의 백지에서 나와 공감하기를 바랍니다. 그러나 나는 백지시에서 오로지 부정만을 강조하지는 않습니다. 나의 백지시는 부정적인 동시에 그만큼 긍정적이기도 합니다. 나는 또한 무한한 희망, 기대와 새로운 출발을 제시하고자 합니다. 계급도 없고 서열도 없고 특권도 없이 모든 사람이 참가할 수 있는 새로운 출발점을 제시하고자 합니다. 이 시는 독자를 완전한 공백에서 미래의 충만으로 인도할 것입니다. 모든 인간들이 자유롭고 넓고 가능한 세계에 참여할 수 있는 것입니다.

나의 「백지시」가 발표되었을 때 이 시는 신랄하게 비판 받았었습니다. 그러나 다행히도 이 시에 관심을 갖고 나에게 깊은 공감을 표명한 몇몇 비평가들이 있었고 그들 중의 하나는 서울에서 유명한 일간지 중의 하나인 『동아일보』에 논평을 했었습니다. 그는 소위 백지시라 불리는 시의 순수성이 현대 세계의 독자에게 깊은 인상을 남긴다고 말했었습니다.

사실상 또 나에게 공감을 표명한 것은 젊은 학생들이었습니다. 몇몇 젊은이들은 그렇게 열광적이어서 그들의 교수들이 이삼 일간 그들의 질문에 답하는 데 많은 어려움을 겪었습니다. 그러나 젊은이들은 백지시에서 오로지 부정과 사회의식의 감정만을 찾고자 합니다. 그것은 전혀 내가 의도했던 것이 아닙니다. 물론 사회의식이 강조되는 많은 상황들이 있고, 그것들은 이 시 속에서 자유롭게 느낄 수 있습니다. 그러나 백지시의 작가로서, 나는 시 속의 사회의식은 나의 의도 가운데 오로지 작은 부분이라고 주장하고자 합니다.

결론적으로 백지시가 나 자신의 창작이라는 것을 분명히 하고자 합니다. 그 시는 어느 다른 사람의 것이 아닙니다. 이 말은 이 시의 판권을 의미합니다. 누구나 백지시를 시도할 수는 있으나 그것은 모방이고 표절입니다. 어느 시도 그 자체의 저작자를 갖는 법입니다. 나는 이 시를 완성하는 데 많은 시간이 걸렸다는 것을 고백하고자 합니다. 나는 이 백지시를 위해 오랫동안 투쟁해 왔고 이 백지시는 내 자신이나 문학적 사회적 인습에 대항하는 어려운 투쟁이었습니다. 나는 여러분이 나의 백지시를 미국에서도 인상적인 시들 중의 하나로서 받아들여 주기를 바랍니다. 감사합니다.

(위는 1981년 5월 미국 데니슨 대학 개교 150주년 기념 문학현상모집에 당선된 에세이임-註)

출전: 『백지와 기계의 시학』, 사사연, 1987.

기계시에 대하여

1. 기계시(機械詩)에 대하여 —
스펜더의「급행열차」를 중심으로

여기에서 힘, 오로지 힘만을 들이키라
배터리에서 충전을 얻듯이
이 시대의 개혁을 위해

「스펜더 시집」35

1930년대 초에 젊은 시인들의 두드러진 정치적 관심에 대해서는 널리 이야기되고 있는 것이지만 기계에 대한 그들의 관심이 또 그에 못지않았던 것은 매우 흥미 있는 일이 아닐 수 없다. 히틀러의 전쟁 위협 앞에 빈민과 실업자로 차 있는 거리마다 깔려 있는 상황 속에서, 뜻있는 젊은이들은 강력한 힘을 요구하게 되고, 그 강력한 힘은 기계의 이미지와 연결되었다. 기계는 힘을 상징하는 것이고, 따라서 그것은 허약하고 배회하는 시대가 요구하는 힘이었던 것이다. 이런 점에서 볼 때 스펜더의 시구인 '힘을, 오로지 힘을 마서라(*Drink from here energy and only energy*)'는 30년대 초의 영국 젊은 세대의
태도를 요약한 것이라 볼 수 있을 것 같다.

스펜더의 제1시집(*Poems*, 1933)을 읽어 보면 의식적으로 기계를 다룬 시,
가령 「급행열차(*The Express*)」, 「비행장 부근의 풍경(*The Landscape near an
Aerodrome*)」, 「철탑(*The Pylons*)」 등을 제외하고라도 기계가 그 주제로 또는 소
재로 다루어진 시를 많이 볼 수 있다.

그러나 스펜더의 기계에 대한 관심은 그의 시 「급행열차」에 의해서 대표
된다. 사실상 그의 대표작의 하나이기도 한 이 시를 분석함으로써 그의 기계
에 대한 사상과 기계가 상징하는 힘의 방향을 살펴보는 것은 비단 스펜더의
시를 읽는 데 도움이 될 뿐 아니라 기계의 시대인 현대에 있어서 시적 모험
과 가능성을 탐색하는 데도 적지 않은 의의를 가질 것 같다.

더러 이야기되는 것이지만 스펜더는 예이츠의 탁월한 낭만적 감성의 계
승자로서 전통적인 장미와 현대적인 증기기관 같은 것을 상징적으로 결합함
으로써 새로운 낭만적 국면을 개척하였다. 그 전형적인 예가 그의 「급행열
차」인데 그것은 이렇게 시작되고 있다.

> 최초의 강력하고 명백한 선언
> 피스톤의 검은 성명이 있고 나서, 조용하게
> 여왕처럼 미끄러져 그녀는 역을 떠난다. (1~3)

힘세고 억센 피스톤의 움직임을 묘사함으로써 시작되는 이 시는 기계가
자체의 속력에 자못 자신만만하여 서두르는 일이 없이 늠름한 거동을 앞세
우고 이어서 거만하고 당당한 여왕, 그러나 여자로서의 숙명을 어찌지 못하
는 여성의 이미지와 결합됨으로써 더욱 친근하고 싱싱한 생명감을 제시한
다. 처음 두 행에 흩어진 p, k, t음 등의 파열음(破裂音)과 f, s음 등의 마찰음

(摩擦音)에서 울려 나온 소리의 효과는 시동하는 기계를 묘사하는 데 매우 적절하고 셋째 행의 여왕의 이미지로서 첫 2행에서의 기계의 소동이 안정을 얻고 있다.

> 인사도 없이 억제된 마음으로 그녀는 지나간다.
> 교외에 초라하게 밀집된 집들과 가스공장과
> 마침내는 공동묘지 비석에 새겨진 죽음의 따분한 페이지들 (4~7)

높아지는 속력을 보이기 위하여 흩어지는 집과 공장과 묘지 등이 묘사되고 속력 때문에 생기는 어쩔 수 없는 긴장감이 무덤 앞의 비석의 이야기로 더욱 강조되고 있다. 나아가 이 강조는 진보 앞에서는 부득이한 희생(죽음)을 암시하고 있는 듯하다. 이 시를 쓸 무렵 스펜더의 죽음에 대한 관념은 그의 시 「장례식(*The Funeral*)」에 잘 나타나 있다.

> 하나의 생이 어떻게 윙윙거리고, 빙빙 돌고, 땀 흘리다가
> 노래하는 황금 벌집 속에서 하나의 톱니로 남아 있는가 생각한다.
> 불꽃처럼 그 과업을 즐겁게 성취하고는
> 조용히 사라진다.

혁명적이었던 스펜더는 이와 같이 벌통(*hivestate*)을 위해 죽은 신을 찬양했고 심지어는

> 다시는 더 사사로운 슬픔은 없다.

라 하여 개인의 죽음 따위를 슬퍼한 만큼 한가한 때가 아님을 주장했던 것이다.

급행열차는 다음과 같이 계속된다.

> 도시를 넘으면 환히 트인 시골이 있고
> 거기에 그녀는 속도를 더해 신비와 대양의 기선이 갖는 밝은 침착을 갖는
> 다. (8~10)

급행열차는 이제 넓은 벌판에 진입하자 마음껏 속력을 내게 된다. 그리하여 그것은 장애물 없이 항해하는 대양의 기선에 비유됨으로써 흥거운 속력의 신비경에 들어서게 되며 자기도취에 빠지게 된다.

> 그녀가 노래를 시작한 것은 바로 이 때 —
> 처음에는 나직이 그리고 나서 더 높게
> 마침내는 째즈처럼 미쳐서 —
> 커브에서 소리치는 기적의 노래와
> 귀머거리 터널과 브레이크, 또 무수한 나사의 노래,
> 그리고 언제나 경쾌하고 공기처럼 밑으론
> 차륜의 의기양양한 운율이 달린다. (11~16)

이 작품의 클라이막스인 이 부분에서, 눈에 보이는 것으로부터 소리에로 전환되는 효과, 특히 "째즈처럼 미쳐서(*jazzy madness*)"가 보이는 절정으로 집중되는 그림과 소리의 일치된 율동, 둔탁한 중력을 가지면서도 공기와 같이 경쾌하기 짝이 없는 기계의 음악을 들을 수 있다. 오늘의 문명만이 빚어낼 수 있는 금속의 풍경 속에서 느끼는 야성적인 행복에, 즉 속력 가운데서 파악되는 신기한 실재에 접함으로써 회열을 갖는 것이다.

기계는 아무도 어쩔 수 없는 속력으로 달리고 있다. 이제 시인은 이 기계의 속력을 처리하고 감당해야 된다. 고삐를 놓친 미친 속력의 방향은 두 가지가

있을 성싶다. 그 방향을 시인의 생활에 끌어들이든지, 아니면 시인까지를 초월하여 유성(*comet*)과 불길(*flame*)의 밤으로 육체 없는 정신의 영원한 피안으로 향하게 하든지의 두 가지인데, 여기에서 시인은 당황하고 있는 듯하다.

Lockwood 도서관에 보관되어 있는 스펜더의 시작노트에는 「급행열차」를 쓸 적의, 특히 이 부분을 쓸 적의 시인의 고심이 잘 나타나 있다. 시인은 전자인 승객으로서의 공리적인 소망을 버리고 후자인 기계 자체의 개성, 즉 속도의 추상 속에 진입함으로써 그 고심을 해결하고 있는 것이다. 그리하여,

> 선로의 금속성 풍경 속을 달리며
> 그녀는 하얀 행복의 신세기로 돌진한다.
> 이곳에선 속도가 기이한 형체와 넓은 커브를,
> 그리고 대포의 탄도처럼 깨끗한 평행선을 던지는 곳 (17~20)

에서 속도의 극치에 이르러선 마침내 그것은 어둠 속의 밝은 한 줄기 광선으로 바뀌고 만다.

> 마침내 에든버러나 로마보다 더 멀리
> 세계의 정상을 너머 그녀는 밤에 도착한다.
> 거기선 오로지 낮게 파도치는 언덕 위에
> 한 가닥 흐르는 듯한 인광이 희다. (21~24)

여기에서 에든버러나 로마는 무엇을 말하는 것인가? 물론 이것은 단순한 지명에 그치지는 않는다. 지명 뒤에 숨은 그 무엇, 즉 세계의 정상(*the crest of the world*)과 동격으로 사용되고 있는 것으로 보아 그것들은 인류의 찬란한 역사를 가리키고 있는 듯도 하다. 동시에 인류의 진보를 확신하는 대 낙관 속에서 이 기계와 시가 도달하는 곳은 미래의 어느 이를 데 없이 아름다운 지점인 듯하다.

아 불꽃 속의 혜성처럼 그녀는 황홀히 달린다.
어느 새의 노래도, 꿈의 새순이 터지는
어떤 나뭇가지와도 비길 수 없는 노래에 쌓여 (25~27)

이 시적 성취, 즉 일치된 광경, 음향 및 향기가 "째즈처럼 미쳐서(*jazzy madness*)"나 "차륜의 금속성 목소리(*mechanical elate meter of wheels*)"를 통해서 우리를 흥분 속으로 몰아넣는다.

이 시를 쓸 무렵 스펜더는 진보주의 정의 및 사회 개혁을 주장하는 혁신 사상의 입장에 서 있었다. 그리하여 급행열차라는 기계의 이미지 속에 그의 사상을 담았던 것이다. 젊은 시인이 정열을 쏟은 이 시를 성공한 작품이라 칭찬하는 비평가가 있는가 하면 훌륭한 작품이라는 칭찬을 꺼리는 비평가도 있다. 그러나 이 시는 기계가 시의 주제가 될 수 있는가 하는 현대적인 질문에 대하여 그렇다고 자신 있게 대답하고 있는 듯하다.

"여기에서 오로지 힘을 마셔라/배터리에서 나오는 힘을 마시듯"이라는 시구가 너무 시대적 이미지(*period image*)에 치우쳐 있다고 비난하는 입장이 암시하고 있듯이 머지않아 급행열차는 박물관에 진열될는지도 모른다. 물론 비행기도 지금의 기구처럼 한가한 취급을 받게 될는지 모른다. 그때 스펜더의 기계를 주제로 한 시는 어떻게 될 것인가?

「급행열차」가 단순히 기계를 묘사하는 데 그쳤다면 그것은 기계의 노후와 더불어 버려질 수도 있다. 그러나 하나의 시가 대상의 묘사에 그치지 않고 그 대상을 통하여 그 대상이나 시대를 초월하는 정신상황에 이를 때, 즉 대상을 통시적인 메타포로써 시화할 때 그 시는 고전으로 살아남는 것이다. 그 대상이 현대적인 기계인 경우 스펜더의 「급행열차」는 좋은 예가 될 듯하다.

그러면 스펜더의 기계에 대한 관심은 어디서 왔는가? 이 질문에 답하는 것은 현대시인의 기계에 대한 관심의 타당성을 찾는 데에 도움이 될 듯하다.

현대사회의 과학적인 이미지나 현대공업사회의 이미지를 다른 경험에서 생긴 이미지와 시 속에 혼용한 것은 엘리어트였다. 엘리어트의 이런 실험은 스펜더를 포함한 30년 무렵의 젊은 시인에게 큰 영향을 주었던 것이다. 이 밖에도 조이스, 헤밍웨이, 버지니아 울프 등이 문학소재의 영역을 넓힘으로써 인간의 발명이 문학의 자료로써 인간의 내부에서 시적으로 소화되게 하는데 큰 도움을 주었다. 그리하여 스펜더는 옥스포드 재학 시절에 이미 시에 대한 전통적인 생각을 수정했던 것이다. 실세계와는 담을 쌓고 있는 키츠적 시세계를 따르지 않기로 마음먹었고, 또 셸리가 말하는 그늘에 숨은 선지자도 포기한 듯하다. 대신 물질세계에 직접 뛰어들어 자기 의지에 의하여 행동하는 세계의 번역자이고자 하여 인간이 만들고 발명한 적은 무엇이나 시적소재로서 인간의 내재적 상징일 수 있다고 믿게 된 것이다.

그러나 여기까지는 스펜더가 아직 오든의 영향 하에 있었던 것이다. 기계에 대한 스펜더 자신의 애정이 트일 때까진 그 자신의 경험에 의하지 않으면 안 되었던 듯하다. 기계가 상징하는 힘이 요구된 것은 시대적인 소망일 뿐 아니라 그것은 스펜더 자신의 경험에서 우러나온 소망인 듯하다. 그의 자서전에 의하면 그는 오든에 대한 열등의식에 가득 차 있었고 그것을 극복하기 위하여 강력한 힘을 요구하고 있었다. 그 힘을 육체적인 것이기 보다 글을 쓰는 데에 귀착시키고 있는 것을 보더라도 그의 심중을 짐작할 수 있을 성싶다. 그러나 그의 힘에 대한 갈구와 그것을 상징하는 기계에 대한 관심을 결정적으로 불러일으켰던 것은 그 자신의 경험에 입각하고 있는 듯하다. 아직 옥스포드 재학 중 그는 독일 베를린에서 휴가를 보냈던 모양인데 그곳에서 가졌던 10월 혁명 이후 소련의 이미지가 영화를 통하여 그에게 기계의 이미지와 결부되어 큰 충격을 준 듯하다. 젊은 스펜더가 그와 같은 경험을 통하여 실의와 절망 속에 허덕이고 있는 당대에, 활력소로서의 기계에 대한 관심을 갖게 되고, 나아가 그것을 주제로 하여 「급행열차」와 같은 시를 써서 성공하였다면, 과연 기계를 주제로 한 시의 의의는 어디에 있는 것인가.

200년 동안 서구문명은 기계에 의해서 발전해 왔다. 그럼에도 불구하고 시인들은 처음부터 이 기계에 대하여 무관심하거나 적의를 가지고 있었던 것이다. 가령 윌리암 브레이크는 기계를 '흉악한 악마의 물레방아(dark Satanic mills)'라 욕하고 그것은 산업혁명 이후 광산이나 공장에서 발생하는 사고에 분격한 많은 시인 예술가의 공감을 받았던 것이다. 근대 과학의 성립이 인류사상 예수의 탄신에 비길 만한 큰 사건임에도 불구하고 시는 그것에 대하여 무관심하거나 적의를 가져왔다. 특히 현대시가 가지고 있는 두 개의 큰 주제, 즉 신념의 상실과 사회로부터의 예술가의 소외와 같이 과학의 발전과 관련되고 있음에도 불구하고 시인들은 그것을 극복하는 길을 과학이나 기계를 극복함으로써 찾으려 하지 않고 오히려 그것들로부터 도피하려 들었던 것이다. 시인은 기계의 위험을 자각해야 된다. 그러나 시인은 그 위험에서도 피해서는 안 된다. 왜냐하면 기계 문명이 가져온 발명품 가운데 유해한 것이 있다 하더라도 그 원인은 선한 것도 악한 것도 아니며, 우리들의 생활은 그것들로 가득 차 있다는 사실을 잊어서는 안 되기 때문이다. 따라서 생에서 도피하는 것은 가능한 것도 아니고, 설혹 도피할 수 있다 하더라도 그것은 산 채로 죽음의 상태에 빠지는 것이 되고 만다. 한 개의 연필이나 하나의 백묵도 시인의 손 안에 있으면, 그것은 시인이 가지고 있는 본래의 영역을 더욱 확대하는 것이 된다. 인간은 도구를 쓰는 동물이라는 칼라힐의 정의에 있어서와 같이 원래 예술은 자기 확대를 위한 인간의 한 형식에 불과하다. 어떤 도구도 사실상 그것을 사용하는 인간을 노예화하는 위험은 있었던 것이다. 인간 자신이 성취해 놓은 기계문명의 세계에서 예술가는 왜 저주를 자초하고 있는 것인가?

기계와 인간정신과의 대립은 예술이 기계와 대립되는 것으로 생각하는 불성실에서 오는 것이고, 그것은 기계와 예술 쌍방의 정신적 태만과 관련되어 있는 것이다. 이 문제의 해답이 곧 기계가 시의 주제일 수 있다는 답이 될 듯하다.

30년대 초에 스펜더 등 몇 사람의 젊은 시인은 우리가 살고 있는 기계시대를 신화화하려는 노력을 기울이고 그들의 시에 현대적 발명품들을 이용하였던 것이다. 그들의 이런 태도는 두 가지 방향에서 비판을 받았다. 하나는 기계란 추악한 것이고 시는 오로지 아름다운 것을 대상으로 하지 않으면 안 된다는 것이고, 또 하나는 기계를 대상으로 하는 시에서는 인간정신 즉 인간의 신념이 상실된다는 것이었다. 후자인 인간성의 상실이라는 비난은 훨씬 강력한 것이지만, 그러나 당시의 실업이나 빈곤에 대한 방도를 강구하지 못하고 있던 시대에 인간의 발명은 옳게 사용되어야 되고, 또 그것이 가능한 일이라 주장하고, 만일 그것을 옳게 사용하지 못한다면 인간은 인간 자신이 발명의 노예가 되고 만다는 경고를 발할 수 있는 권리를 젊은 시인들은 충분히 가지고 있었던 것이다. 그것은 오늘날에 있어서도 마찬가지다. 오늘날 시인들 가운데 기계가 추악하다든지 또는 시의 대상이 일반적으로 아름다운 것에만 한정되어야 한다고 고집하는 사람은 적다. 아울러 우리는 기계를 대상으로 하는 시가 인간의 정신을 상실하는 것이 아니라 오히려 인간정신을 수호하고 발전시킴을 인식해야 할 듯하다. 우리가 급행열차의 도도한 힘에 감동을 받는다면, 또는 댐이나 공장의 움직임에 감동을 받는다면, 선배 시인들이 폭풍이나 낙조, 또는 참새 따위로 시작이 가능했듯 마땅히 기계로도 좋은 시작이 가능할 것이다. 오로지 기계시대나 도시생활의 소산이 자연이나 전원문명의 소산에 주어진 만큼 풍부한 연상을 가지지 못할 때 문제가 있을 뿐이다. 생각해 보면 기계 문명의 소산도 또한 로맨틱하다. 가령 전신탑이라든지 혹은 인공위성이라든지 그것들이 간직하고 있는 꿈은 무한한 것이고 따라서 현대는 기계의 신화가 형성되고 있는 시대인 것이다. 꽃은 시의 소재가 될 수 있어도 공장은 어렵다는 이야기는 벌써 옛날의 이야기다. 현대 시인이 과학적 자료를 작품 속에 흡수함으로써 과학의 힘을 이용함은 마땅한 일이다. 과학적 자료란 과학의 발달이 우리들 앞에 제기한 무수한 새로운 감각재(*sense data*)를 의미하는 것인데 문제가 있다면 날로 확대되는 이 감각재를 흡수하고 소화하는 방법이 완전히 고안되어야 하는 점에 있을 뿐이다. 그 방법으로서 과학적 자료는 먼저 일반 대중의 의식 속에서 소화된 후 전체적 생활환경과 합치되어야 할 성싶다. 그리고 그것은 다시 시인의 소화 기능 속에서 소화되어 시화될 수 있는 것이다. 그렇게 함으로써 과학적 자료는 인간생활, 나아가 인간정신을 수호하고 발전시킬 수 있는 것이다.

기계에 대한 환심이 스티븐 스펜더에 의해서 시화되기 시작했던 것은 아니다. 20세기에 들어와서 루드야드 키플링(*Rudyard Kipling*)이 다소 조잡하긴 했지만, 그러나 기계에 개성을 부여하고 기계로 하여금 스스로 발언하게 하였던 것이다. 맨 처음 기계에 대해서 동정적인 입장을 취한 그는 인간 이상으로 기계를 찬송하는가 하면 기계에 개성을 주기도 하고 원시 시인이 자연의 무서운 힘을 대상으로 하여 그랬듯이 인간의 선악을 기계에 돌리기로 하였었다. 그러나 키플링은 피스톤이나 연결봉(*connecting rod*)이나 톱 따위를 낙관적으로 노래하였지만, 제국주의적 침략을 옹호하는 입장에서 시대적 양심을 결하고 있었다. 미국 문학에서도 많은 시인이 기계에 대한 관심을 보이고 있다. 가령 월트 휘트먼(*Walt Whitman*)은 자연과 모든 인간의 경험을 일치시키는 에머슨(*Emerson*)의 초절주의(*transcendentalism*)를 확대하여 과학과 공업의 실제적 업적을 찬양하였던 것이다. 그러나 미국 시인 가운데 가장 기계에 예민한 관심을 보인 것은 하트 크레인(*Hart Crane*)이었다. 그는 가장 야심적이었던 시집 『다리(*The Bridge*)』(1930) 속에서 미국의 기계 문명을 소재로 하여 하나의 서사시를 만들 의도를 가지고 있었다. 자연의 신비와 기계를 결부시키고 일상생활을 도시와 지하철, 대륙 횡단, 열차, 비행기 등과 밀접하게 관련시켰던 것이다.

이러한 몇 사람의 낙관적인 시인의 관심에도 불구하고, 기계문명과 그것에 대한 인간의 부적응은 현대시의 주요한 주제인 듯하다. 그것은 비단 시가 주제로 하고 있을 뿐 아니라 많은 현대인의 감성이 그러한 듯하다. 그리하여 기계문명은 오늘날 그들에 의하여 회의되거나 부정되고 있는 듯하다. 가령 히로시마(廣島)에 원자탄이 투하되었을 때 H. G. 웰스는 평생을 바쳐 온 진보적 신념을 버린다고 선언한 적이 있었다. 이것은 비단 H. G. 웰스에 한하는 것이 아니다. 심지어는 젊었을 때 그렇게 열을 올렸던 스펜더까지도 기계의 시동은 인간이 걸었어도 그것의 정지는 인간의 능력 이상의 것이 되었다고 개탄하고, 기계 문명의 절정인 전쟁을 들어 우리가 추구하는 것은 기계문명이 아니라 그것에 대하여 예술적 본질을 긍정함으로써 대답할 수밖에 없다고 말하고 있다. 이미 1937년 스페인 전쟁 당시 그가 시동한 기계의 피스톤이 아직도 째즈처럼 미쳐서 황홀을 유지하고 있을 적에 그는,

> 기계가 침묵할 때 공통의 고통이
> 공기를 숨으로 표백하며 양자를 하나로 맺는다.
> 적과 적이 포옹하여 잠자듯이
>
> 「고요한 중심」

하고 기계에 대한 감상적인 회의의 입장을 취하고 있다. 몇 사람의 진보적인 시인들이 기계와 기계문명에 대한 열의를 가지고 있음에도 불구하고 사실상 산업혁명 이후의 세계는 그 가치관에 있어서 예술가의 적의에 봉착하

고 있다. 또 이 기계문명에 대한 현대 시인의 거역은 뉴턴 물리학(*Newtonism*)에 대한 낭만주의 거역과 유사할는지 모른다. 그러나 기계는 본질적으로 그 자체가 악일 수 없고 악용된 의지가 악일뿐이다. 인간이 그 생활에서 대상으로 하고 있는 것은 무엇이나 인간을 노예화할 가능성을 가지고 있다. 또 불의 발견으로부터 인공위성에 이르기까지 위대한 발명치고 신에 대한 모독으로 생각되지 않는 것은 없다. 그러면서도 인간은 오늘까지 그 발명을 이용하면서 생활하고 발전해 오고 있는 것이 아닌가! 기계가 악한 것은 융통성이 없는 기계에 대한 상상력이 결한 이용의 경우뿐이다. 이 악은 특히 시에 있어서보다는 현대의 창조적인 건축가에 의해서 극복되고 있다. 그들은 일찍이 수공업시대의 장인이 자기의 손 안에 들어 있는 도구에 대해서 느낀 것과 같은 똑같은 친밀감으로 기계화의 과정 속에 들어가 기계 그 자체를 표현력이 풍부한 것으로 만들고 있다. 이런 경우 우리는 예술의 기계화 또는 기계의 예술화를 같이 볼 수 있는 것이다. 이와 같이 기계적 수단과 예술과의 이상적 관계가 성립될 때, 산업혁명 이후의 세계가 갖는 가치관과 예술가의 그것은 일치할 수 있는 것이고, 낭만주의도 뉴턴 물리학에서 거역하지 않고, 무한히 개척되어 나갈 과학문명과 정신적 평형을 유지할 수 있으며 나아가 과학문명을 통어할 수 있는 것이 아닌가 생각된다.

스코트 제임즈(*Scott James*)가 키플링을 이야기하면서 '그의 시가 젊다'고 말한 것은 키플링의 천박한 시정신을 비꼬는 것이겠지만, 그러나 그것은 키플링의 기계에 대한 관심이 젊은 세대에 더욱 이해될 수 있다는 것을 의미할 듯하다. 즉, 기계 문명에 대한 대 낙관은 젊음에 그 뿌리를 박지 않으면 안 될 듯하다. 인간의 유구한 역사와 그 발전을 믿고 인간의 미래를 더욱 낙관하는 낭만적 젊음에 기계문명은 그 신념을 결부시키지 않으면 안 될 듯하다. 즉, 그것은 고도로 기계화된 기술이 예술에 유효하게 대답하기 위해서는 언제나 기계의 규칙에 매이지 않는 젊음을 필요로 한다는 이야기로 발전될 수 있을 듯하다.

> 여기에 힘, 오로지 힘만을 들이켜라
> 배터리에서 궁전을 얻듯이
> 이 시대의 개혁을 위해

하고 외쳤던 낭만적인 스펜더의 시구가 암시하듯 현대의 물질문명을 이끌고 나갈 현대 사회는 낭만적인 젊은 세대의 힘에 맡길 수밖에 없을 듯하다.

출전: 『이호근, 조용만 교수 회갑기념논문집』,
고려대학교 영어영문학회, 1969.

2. 기계(機械)가 한 편의 시가 되기까지

이 시는 나의 첫 시집 『흑인고수(黑人鼓手) 루이의 북』(1965)의 제1부, 기계를 주제로 한 시 8편 가운데 첫머리에 수록된 작품이다. 이 시는 1954년 5월에 착상하여 57년 6월 조지훈 선생 지도하의 제1회 고대(高大) 문학의 밤(음악의 궁전, 현 신세계 백화점 4층)에서 발표되었었다. 박희진(朴喜璡), 민재식(閔在植), 인태성(印泰星), 현재훈(玄在勳), 임종국(林鐘國) 등이 주요한 멤버였고, 고대신문사가 주최하였던 이 문학의 밤에서 나는 딜런 토마스의 낭송처럼 힘차고 낭랑하게 이 시를 낭송했었다. 지훈이 이 시 낭송에 주목하고 나를 불러 그 시를 다시 읽게 하고 기계를 다룬 같은 주제의 시편을 정리하도록 요청했었다. 지훈의 말에 용기를 얻은 나는 뒤로 「방송탑(放送塔)」, 「싸야렌」, 「랏쉬 아워」, 「안테나」, 「싸야렌 서(序)」, 「기계는 외국어」, 「핵분열 사건(核分裂 事件)에 부치는 서시」 등 이 주제의 시를 정리하여 다시 지훈을 방문했을 때 그는 그 가운데서 「불도오자」 한 편을 『문학예술』지에 추천하겠다고 약속했었다. 『문학예술』지는 1958년 1월호부터 보이지 않았고 따라서 나의 기계를 주제로 했던 시 「불도오자」가 햇빛을 보기 위해선 훨씬 더 오래 기다리지 않으면 안 되었다. 뒤에 지훈은 그 시편을 『새벽』지에 발표해 보면 어떻겠느냐고 했지만 그것은 문예지가 아니기 때문에 차라리 신춘(新春)에 내보겠다고 하였더니 굳이 막지 않았는데, 신춘문예작품 현상응모에서 이 시는 번번이 예선에서 탈락되어 버렸다. 그리하여 완성한 지 8년 만인 1965년에 지훈의 서문을 받아 시집을 냈는데, 그 제1부에 이 시 8편 전부를 수록하고 후기에 이 시집을 대표하는 가장 중요한 시편들이라고 나는 주장하였었다. 이 주제의 시편들에 대한 반응은 몇 군데서 있었는데, 그 가운데서도 『신동아』(1965년 9월호, 이달의 화제)에서 퍽 대담한 호의를 보여 주었었다. 뒤에 이 시는 김종길이 영역하여 영문판『*Korea Journal*』에 수록했었다.

　이 시를 쓰는 과정에서 처음에 나는 기계를 주제로 한 시를 쓴다는 의식을 갖지 않았었다. 단지 처음 보는 불도오자가 하도 신기하고 재미있어서 그것의 인상과 동작, 목소리 그리고 그 힘 같은 것을 시로 형상화시켜 보고자 했을 뿐이다. 1954년 5월, 사변 후 환도하였던 고려대학에 복교하였던 나는 지금 시계탑이 있는 서관을 건립하기 위하여 터를 닦고 있는 이 괴물에 매혹되고 있었다. 시간만 끝나면 바로 그 현장에 가서 구경하는 것이었다. 그때 그 신기한 괴물을 구경하는 사람은 나뿐이 아니었다. 많은 사람이 운집하고 있는 가운데서 위풍도 당당히 힘자랑하고 있는 이 자가 도대체 어떤 자냐 싶었다. 산더미 같은 모래흙, 그리고 바위가 밀리는 그 힘은 순식간에 지형을 바꾸어 놓았다.

　나는 시골에서 자랐다. 초등학교 5학년 때 처음으로 도시 광주(光州)에 나갈 기회가 있었는데, 그때 처음으로 기차도 보고, 높은 집도 보고, 아스팔트 길도 보았다. 교과서에서나 보던 것, 그리고 언제나 산 너머에서 울리던 그리운 목소리의 주인공, 기차를 처음 봤을 때 나는 대단히 감동하였었다. 그 감격을 나는 이 불도오자에서 다시 느낀 것이다. 나는 지게를 잘 지고 볏단도 나르고 바작에 흙도 져 나르고 할 줄 안다. 어렸을 때 이웃 마을 저수지 공사에 잘 구경가곤 했었는데, 수백 명의 인부가 흙을 져 내리던 일을 많이 보아 왔었다. 개미 같은 수많은 사람들이 하루 동안 져다 부려 놓은 흙은 큰 둑이 되어 그것을 엄청나게 높다고 생각했었다. 그런데 불도오자는 그 엄청난 일을 순식간에 하는 것이었다.

　나는 그때 기계에 대한 현대적 개념이 형성되지 않았었다. 그렇기 때문에 그것에 대한 관념적인 적의를 품기 전에 친근감을 가질 수 있었고 이내 애정을 가질 수 있었다. 이 시「불도오자」는 애정에서 쓰여졌다. 내가 사랑하던 것은 하나의 물건이 아니었다. 처음에는 짐승 같다가 괴물 같다가 거인이 되더니 이내 시골 상씨름꾼인 내 사촌 형인 범채식이 된 것이었다. 무엇인가 크고 무엇인가 의젓한 인격 같은 것을 느꼈다. 그 인격에는 생명감이 넘쳐흘렀고, 남다른 뚜렷한 개성이 있었고, 강력한 힘과 검은 빛깔의 건강이 있었다. 나는 그 괴물이 조금도 무섭지 않고 물론 밉지도 않았던 것이다. 웃옷을 벗어부친 검게 탄 등과 가슴, 그 등과 가슴에 흐르고 있는 땀, 그런 것들을 연상할 수 있었고, 나의 형님, 또 저수지 공사 때의 많은 인부들, 그리고 사나웠던 우리 집의 부사리 황소, 이 엄청난 인격적 동물 앞에서 나는 이상하게 정조를 바쳐도 좋을 하나의 페미니즘(Feminism)을 느꼈던 것이다.

나는 어렸을 때 퍽 병약한 아이었다. 그리고도 고집과 입은 승하여 나가면 동네 아이들에게 늘 얻어맞는 것이었다. 얻어맞을 때마다 나는 상상 속에서 그놈을 반 죽여 놓곤 했었는데, 그때 마음속에서 나는 굉장히 힘 센 사람이었다. 이 힘에 대한 갈망은 나에겐 거의 숙명적인 것이어서 점차로 힘이 센 사람이 좋아지고 힘이 센 사촌을 나는 크게 존경하였었다. 이 힘을 나는 불도오자에서 보았던 것이다.

그러나 이것을 바로 시로 성공시킬 만큼 나는 독창성을 지니지 못했다. 마음속에서 늘 미진한 채 남아 있는데 스티븐 스펜더의 「급행열차」를 만나게 된 것이다. 여기서 비로소 나의 기계에 대한 개념이 형성되었다. 뒷이야긴데 1959년 겨울, 대학원 논문을 심사받기 위하여 상경하였다가 처음 만난 김종길에게 이 시를 보였더니 시인은 영향 받는 수가 더러 있다고 아주 점잖게 스펜더의 「급행열차」에서 느낄 수 있는 것과 비슷한 감흥을 받는다고 했었다. 뒤에 나의 지도교수였던 이호근 교수를 봤을 때 김종길이 말하더라는데 그 작품은 아주 뛰어난 것이라는 찬사를 하였다고 전하였다. 이 찬사의 연고로 해서 김종길은 나의 제일시집은 『흑인고수 루이의 북』 후기에 조지훈과 같은 존경을 받았었다.

지도교수는 나에게 스티븐 스펜더의 시를 정리해 보라고 지시했었다. 그리하여 그 전시집, 평론집, 참고문헌을 읽어 나가다가 부수적으로 현대 영시에 있어서 기계를 주제로 한 시와 시적 논의를 접하게 되었다. 그리하여 비로소 기계에 대한 현대적 개념, 즉 기계에 대한 적의(敵意)를 접하게 되었다. 나는 이 개념에 대하여 정면으로 도전할 생각을 하였다. 그리하여 기계시―이 말은 『이호근, 조용만 양교수 회갑기념 논문집』(1969, 고대 영문학회간)에 수록하기 위하여 내가 기고한 논문의 제목이 「기계를 주제로 한 시에 대하여 ― Stephen Spender의 'The Express'를 중심으로」라고 되어 있던 것을 그 편집의 책임자였던 김종길이 「기계시에 대하여」로 게재해 버린 명칭에서 유래함―의 이론적 근거에 관심을 갖기 시작했던 것이다.

기계시 「불도오자」의 작자로서 시작상의 의도를 밝혀 두고자 한다. 신비평에 의하면 시작에 있어서 작자의 의도는 시를 이해하는 데 오류를 범할 염려가 있다. 따라서 이 시가 너무 작자로서의 나의 의도에 얽매이지 않기를 바란다.

> 다이나마이트 폭발의 5월 아침은 쾌청(快晴)
> 아까시아 꽃 향기 그 미풍의 언덕 아래
> 황소 한 마리 입장식이 투우사보다 오만하다. (1~3)

불도오자가 한참 작업하고 있는 것을 내가 발견한 것은 초여름이었는데 작업의 현장엔 많은 아카시아가 서 있었고 꽃이 한창이었다. 진한 아카시아 향기로 하여 불도오자의 채취를 암시하려고 하였었다. 다이너마이트가 폭발하는 가운데 황소가 들어온다는 것은 하나의 만든 분위기에 불과하지만, 다이너마이트 폭발에 대해선 다분히 짙은 프로메테우스적인 꿈을 표현하고자 했다. 황소라고 비유한 것은 이름에서 온 것이 아니고(이 기계의 원명을 안 것은 훨씬 뒤의 일이었다) 어렸을 때부터 친근하였던 황소와 그 힘으로 이 괴물을 비유해 본 것인데 그것이 이름과 일치했던 것이다. 황소와 투우사는 얼핏 생각하기엔 모순 같겠지만 나로서는 황소를 오히려 투우사로 하는, 다시 말해서 황소가 주인공이고 갈채를 받는 영웅이 바로 황소임을 역설적으로 제시한 것이다.

처음에는 여왕처럼 조심스레 주위를 살피다가
스스로 울린 청명한 나팔에 기구는 비둘기
꼬리 쳐들고 뿔을 세우면 홍수처럼 신음이 밀려 이윽고 바위돌 뚝이 무너
지고. (4~6)

"여왕처럼"은 스펜더의 「여왕처럼 미끄러지는(*gliding like a queen*)」에서 빌려 온 것이고, "청명한 나팔"은 앞의 쾌청을 이은 것이다. "기구는 비둘기"는 마음속에 그리고 있는 꿈과 사랑, 이 엄청난 분위기 속에 등장하는 나의 꿈, 내가 어렸을 때 신나고 겁나던 황소의 난폭, 가령 둑을 받는 등의 풍경을 가지고 첫 연의 황소를 받은 것이다. "홍수처럼 신음이 밀려"는 어렸을 때 교과서에서 본 해일에 대한 기억을 연상하고, 그 홍수가, 내가 살던 영산강변의 해마다 나는 홍수와 같은 것으로 상상하고 그 홍수는 신음 소리와 같이 나의 마음속에 연결되어 있다.

그것은 희열
사뭇 미친 폭포같은 것
짐승소리 지르며 목이고 가슴이고 물려 뜯긴 신부의 남쪽 그 뜨거운 나라
사내의 이빨같은 것. (7~10)

나는 1957년 1월에 결혼하였었다. 이 시는 아내와 연애하던 시기에 완성되었는데 어느 날 나의 결혼과 밀접한 관계가 있었고 이 연 안에 결혼의 회열을 담았던 것으로 기억한다.

"짐승소리……."에 대해서 김종길은 영역하면서의 고충을 말하고 너무 지나쳤음을 못마땅해 하였다.

파도같은 것이여
바다 아득한 바위 산 휩쓸고 부서지고 또 부서지며 봄 가을 여름 내내 파도같은 것이여. (14~16)

여기서는 끊임없이 반복하는 불도오자의 작업을 비유한 것이다. 무변대해의 영원한 분위기와 비유함으로써 불도오자의 형체를 초월한 어떤 추상적 관념, 가령 플라톤의 이데아 같은 것을 마음속에 그리고 있었다. 봄 가을 여름 순서는 일부러 그렇게 한 것으로 시간과 계절을 초월한다는 기분을 전달하고 싶었는데, 물론 마음속에는 소월의 「산유화山有花」, "갈 봄 여름없이"가 작용하고 있었다.

BULLDOZER. (17)

한 번 그것을 불러 본 것은 이 무렵에 발표했던 박희진의 「관세음보살」을 마음에 두고 있었는데, 나도 한번 굵고 나직한 목소리로 "불도오자"하고 불러 보고 싶었다. 무엇인가 위대함 앞에 합창하는 마음 같은 것이었다. 여기에서 나는 시의 절정을 보았다. 더 할 말이 없었고 다음으로 단지 마무리를 지으면 되었던 것이다.

정오되어사 한판 호탕히 웃으며 멈춰 선 휴식 속에

진정 검은 대륙의 그 발목은 화롯불처럼 더우리라. (18~19)

불도오자의 동작을 자세히 보고 있으니까, 엔진이 꺼질 때는 큰 진동이 있었다. 이것은 시촌의 웃음소리를 연상게 한다. "진정 검은 대륙……"에 대해선 지훈이나 종길에게 처음 보였을 때는 "진정 신라의 천리망아지……"였는데, 뒤에 천리마가 북의 선전적 구호이었기 때문에 "검은 대륙"으로 바꾸었다.

> 다이나마이트 폭발의 숲으로하여 하늘은 환희가 자욱한데
> 내 오래도록 너를 사랑하여 이렇게 서서있음은,
> 어느 화사한 마을 너와 더불어 찬란한 화원
> 찔려서 또 기쁜 장미와 무성을 꿈꾸고 있음이여. (20~23)

시를 성공적으로 마무리 짓기 위해서 처음 다이너마이트가 다시 등장할 필요가 있었고 그리고 그것은 젊은 꿈, 프로메테우스와 이상이 재등장하는 것이기도 했다. "내 오래도록……"은 현장감을 강조하기 위하여 가끔 사용해오던 수법이고, 최종 두 줄은 무엇인가 이상주의적 이데아, 즉 대 낙관의 세계관을 마음속에 그림으로써 시를 맺었다. "찔려서 또 기쁜……"은 그 이상을 위하여 다소의 희생은 불가피하다는 기계의 속성을 암시했었던 것이다.

200년 동안 서구문명은 기계에 의하여 발전되어 왔다. 그럼에도 불구하고 시인은 처음부터 이 기계에 대하여 무관심하거나 적의를 가지고 있었던 것이다. 가령 월리엄 브레이크 같은 사람은 기계를 '검은 사탄의 맷돌'이라 욕하고 그것은 산업혁명 이후 광산이나 공장에서 발생하는 사건에 분격한 많은 시인 예술가의 공명을 받았었다.

근대과학의 성립이 인류 사상 예수 그리스도의 탄생에 비길 만한 사건임에도 불구하고 시는 그것에 대하여 무관심하거나 적의를 품어 왔다. 특히 현

대시가 가지고 있는 두 개의 큰 문제, 즉 신념의 상실과 사회로부터의 예술가의 소외가 과학의 발전과 관련되어 있음에도 불구하고 시인들은 이것을 극복하려고 하지 않고 그것에서 도피하려고 했던 것이다. 시인은 물론 기계의 위험을 자각해야 된다. 그러나 시인은 그 위험에서 도피해서는 안 된다. 왜냐하면 기계문명이 가져온 발명품 가운데 유해한 것이 있다 하더라도 그 원인은 선한 것도 악한 것도 아니기 때문이고, 또 그들은 우리의 생활 속에 가득 차 있다는 사실을 잊어서는 안 되기 때문이다. 하나의 연필이나 하나의 백묵도 시인의 손 안에 있으면 그것은 시인이 가지고 있는 본래의 영역을 더욱 확대시키는 것이 된다. 인간은 '도구를 쓰는 동물'이라는 칼라일의 정의에 있어서와 같이 원래 예술은 인간의 자기 확대의 하나의 형식에 불과하다. 기계 또한 다를 바가 없는 것이다. 어떤 도구도 사실상 그것을 사용하는 인간을 노예화하는 위험을 갖는다.

인간 자신이 성취해 놓은 기계문명의 세계에서 예술가는 왜 저주를 자초하고 있는 것인가? 기계와 인간정신의 대립은 예술이 기계와 대립되는 것으로 생각하는 불성실에서 오는 것이고, 그것은 기계와 예술 쌍방의 정신적 태만과 관련되어 있는 것이다.

이 문제의 해결이 곧 기계가 시의 주제일 수 있는 열쇠가 되고 나아가 나의 기계시 「불도오자」의 시적 가치일 줄 안다.

불의 발견으로부터 인공위성에 이르기까지 위대한 발명치고 신에 대한 모독으로 생각되지 않는 것은 없었다. 그러면서도 인간은 그 발명을 이용하여 오늘날까지 발전하며 살고 있지 않은가. 기계가 악하다면 그것은 융통성이 없는 기계, 즉 상상력이 결한 이용이 악할 뿐이다. 가장 상상력이 넘치는 기계, 그것의 주인은 결코 인간이 아니다. 그것은 인간의 이상이요 꿈이지 않으면 안 된다. 내가 기계시 「불도오자」에서 추구하고자 했던 것은 실로 이 인간의 이상이요, 꿈으로서의 기계였던 것이다. 인간의 유구한 역사와 그 발전을 믿고 인간의 미래를 더욱 낙관하는 위대한 낭만주의 정신이 아니면 기계를 노래하는 그 신념을 결부시킬 수는 없는 것이다.

기계는 인간의 꽃이요, 또 인간은 기계의 꽃이다. 기계가 한 편의 시가 되기까지는 이러한 사상이 받치고 있지 않으면 안 된다.

출전: 『백지와 기계의 시학』, 사사연, 1987.

3. 기계시 재론

(1)

「기계시에 대하여」라는 제목의 논문에서 나는 스티븐 스펜더(*Stephen Spender*)의 시「급행열차」를 분석하고 관례를 벗은 소재로서의 기계를 가지고 이 시는 훌륭한 성공을 거두었음을 지적했었다. 그러나 스페인 내란을 계기로 피로한 작자가 회의에 빠져 갖게 된 인생관의 변화에 주목하고, 기계는 발전하는 문명에 피로를 느끼지 않는 젊은 낭만주의자의 진보적 인생관에 의지할 수밖에 없다고 결론하였었다.

그러나 기계시에 대한 계속된 추구를 통하여 기계에 대한 예술적 관심이 반드시 낭만주의자인 진보적 인생관에만 근거하지 않는다는 사실을 발견하였고, 아울러서 기계에 대한 새로운 실험적 주제가 고전적 가치를 지닐 때 비로소 그 주제는 문학으로서 확립된다고 믿기 때문에, 본 논문에서 당 주제를 재론코자 하는 것이다.

T. E. 흄은 기계에 대하여 대략 다음과 같이 언급하고 있다. 그는 먼저 현대 미술이 기계의 구조에 대하여 흥미가 있음을 지적하고, 현대 미술의 조직이 기계의 조직과 아주 유사한 점을 추구하면서, 현대 미술에 있어서 기계적인 선이 많이 사용되는 것은 현대 예술가들이 기계적 환경에 살고 있기 때문에 그 반영으로서 나타나는 것이 아니라, 감수성의 어떤 변화, 즉 대 우주적인 태도의 변화에서 나타난 결과라고 말하였다. 감수성과 태도의 변화는 현대인의 용어에서도 볼 수 있는 바, 우아하고 아름다움(*graceful, beautiful*)과 같은 형용사 대신 정확(*austere*)이라든지 기계적(*mechanical*) 또는 윤곽이 뚜렷하고 적나라함(*clear-cut, bare*)과 같은 형용사를 더욱 애용하는데, 이것은 현대인

의 심적 태도의 변화, 즉 아름답고 부드러운 생명적인 시대로부터 딱딱하고 기계적인 비인간주의(*antihumanism*)의 시대로 태도가 바뀌고 있음을 말하는 것이라고 주장하였다.

우리는 T. E. 흄이 20세기 영문학, 특히 시와 비평에 중요한 영향력을 갖는다는 것을 잘 알고, 또 그의 태도가 그의 말대로 문학에 있어서 낭만주의에 반대하는 신고전주의적 입장, 즉 시적 대상에 접근하는 종교적 태도를 가지고 창작한 한 편의 시를 검토하는 것은 본 논문의 방향을 잡는 데 도움이 되리라 믿는다.

이 시는 하트 크레인(*Hart Crane*)의 「다리(*The Bridge*)」인 바, 기계문명을 상징적으로 종합함으로써, 기계문명 그것이 바로 인간의 신화라는 태도를 보이고 있다. 하트 크레인은 이 시 속에서 기계를 시 속에 흡수시키고 풍토화하여 인간과 기계를 연결하고 휘트먼식의 낙관주의와 도시적이고 기계화한 문명으로부터 상징적인 가치를 유출하려고 하였다. 「다리」속에서 현대인의 기술적 승리의 제 사실로부터 본질적으로 종교적인 신화를 창조해내고, 이 예술적인 업적을 광대한 우주적인 의도로 연결시키려는 것이 그의 주제인 것처럼 보인다. 이 신화는 원래 본래에 대한 희망을 담으려고 기도했었던 모양이다. 즉 인간의 의지가 가시적인 것과 불가시적인 것 중에서 가시적이며 물질적인 유대가 되는 공예품을 생산한 것인데, 이것들은 내부에 생명을 부여하는 요소를 가지고 있었고, 시인은 그것들과 대면하자 숭배의 무릎을 꿇게 되는 경건한 태도를 갖게 되는 것이다.

「다리」가운데서 저자 자신이 가장 뛰어난 시라고 말한 서시 「브룩클린 다리」를 우선 들 수 있는데, 본 논문에서는 이 작품을 중심으로 고찰해 보고자 한다 이 서시는 12개의 연으로 된 4행시로서, 먼저 보여 주는 것은 힘찬 도시의 카오스, 대양의 숨결, 신비스런 바람, 언어상의 난폭인데, 처음 두 연에서 갈매기의 환상이 자유의 여신상을 선회하고, 여신상은 항만의 새벽이 갖는 철강회색을 배경으로 신비스런 백색을 하고 있다.

> 잔 물결 보금자리 몸이 식은 갈매기 나래는
> 얼마나 많은 새벽을 잠기며 선회할까
> 하얀 고리를 부산히 흘리며 사슬에 매인
> 만의 물결 높이 '자유'를 세우며
>
> 그러다가 정리해야 할 장부를
> 가로지르는 희미한 돛처럼
> 완전한 곡선을 그리며 시계를 벗어난다.
> -승강기가 우리를 하루에서 내려놓을 때까지……

이 시는 넷째 연에 와서 그 특징을 분명히 하는데, 그 연에서 비로소 다리가 호격으로, 그리고 대문자로서 거창한 등장을 보이고 있다.

> 그런데 그대는 항구 저편 마치 태양이
> 보조를 함께하듯 은빛 발을 떼어 놓지만
> 그대의 큰 발걸음에는 다하지 않은 동작이 남아 있다.
> 스스로의 자유로 자신을 은근히 억제하는 까닭이다.

은색이 펼쳐지고 있는 다리, 태양이 그곳을 걸어간 뒤에도 상기 움직임이 남아 있는 듯 힘이 잠재되어 있는 듯 보인다. 이 안정된 상태에 자유가 있다는 것은 다리를 받치고 있는 형태를 말하겠지만, 기계와 힘, 그리고 태양, 자유, 이런 관념들이 공존하는 대긍정적이고 낙관적 사상을 보이고 있는 것이라 할 수 있다.

다음 여섯째 연 가운데,

온 오후 구름이 흘러가는 기중기는 돌아가고…
그대의 강색은 여전히 북대서양을 숨쉰다.

온 오후 내내 구름이 나는 하늘 높이 기중기가 선회하고, 다리의 철색은 북대서양에서 부는 바람에 조용히 흔들리고 있다는 것으로, 여기에서 우리는 시공의 무한한 경계감을 느낄 수 있을 뿐 아니라, 기중기며 다리가 위대하게 공존하고 있음을 생각지 않을 수 없다.

유태인들의 하늘나라처럼 모호한
그대의 의상…… 그대는 시간이
만들 수 없는 무명의 작위를 수여하고
떨리는 유예와 용서를 보여준다.

여기에서 "유태인들의 하늘나라"라든지 "수여"와 같은 말에서 알 수 있듯이, 다리의 웅장한 자태에 압도되어 종교적 태도를 갖지 않을 수 없는데, 이 종교적 암시가 다음 연의 복선이 되고 있다. "하늘", "수여" 이외에도 "유예", "용서" 등이 모두 종교적 어휘인 것이다.

격정으로 녹여 만든 하아프며 제단이여
(어찌 단순한 노동으로 그대의 노래하는 현을 정렬시킬 수 있었겠는가!)
예언자의 맹세의 엄청난 입구며
하층민의 기도요, 애인의 절규인 것을

"제단"은 종교적 제단이고, "격정"은 격렬한 신앙을 말하고 있는 듯하여 앞서 이미 암시한 종교는 여기에서 훨씬 더 의도적인 경지에 이르고 있다. 즉, 근대의 과학적 신념이 녹아서 융합되는 경지에 이르고 있는데, 그리고선

갑자기 신비해지고 예언자의 약속을 말하는데 여기서 우리는 미래를 향한 복음을 암시받은 것이고 페리아(*Pariah*)에 이르러 기계문명을 인간과 연결시키고 있음을 깨닫게 된다.

> 또 다시 그대의 신속하고 온전한 언어
> 별들의 정결한 한숨을 스치는 차량의 불빛들은
> 그대의 길에 염주를 캐며 영원을 압축한다.
> 그대의 팔에 감긴 밤을 보았다.

여기에선 다리의 아름다운 야경을 묘사하는 것으로 보이는데, 교통의 불빛과 하늘의 유성을 다리의 언어라고 비유함으로써 다리를 지상과 천상을 연결하는 숭고한 존재로 숭배하고 있다. 따라서 다리는 이미 신화가 되고 있는 것이다.

> 교각 옆 그대 그림자 아래에서 나는 기다렸다.
> 어둠 속에서만 그대 그림자는 뚜렷해진다.
> 도회의 불타는 포장이 모두 끌러지고
> 벌써 눈은 철의 해를 덮었구나.

제방 근처 다리의 그늘 아래서 기다린다는 부분에 작자의 심정이 비로소 엿보이는데 웅대한 다리 밑에서 한없이 작고 보잘 것 없는 자기, 즉 인간을 생각하는 점, 이것은 큰 것 앞에 작은 자기를 자각하는 고전적 자각이고, 여기에 작자의 종교적 태도와 더불어 중요한 시적 의도가 숨어 있는 듯싶다. T. E. 흄의 이론을 빌리면 이것이 바로 기하학적 예술의 입장이요, 다른 방향에서 말하면 신고전적 입장이라 할 수 있다. 흄은 우주에 대한 우리의 태도를 두 가지로 나누어 하나는 종교적 태도, 또 하나는 인간 중심적 태도라 하였다. 종교적 태도가 현대 예술에서 기하학적 예술로서 그 특징을 볼 수 있고, 인간중심적 태도는 종래의 생명적 예술의 범주에 속한다고 말한다. 그의 말에 의하면 이 구별은 정도의 차이이기보다는 각각 다른 목적을 추구하고 정신의 다른 욕구를 충족시키는, 근본적으로 종류가 다른 예술이라고 말하였다. 세계에 대한 인간의 태도에서 예술이 발생한다고 말하고, 르네상스 이후의 인간 중심적인 세계관이 바야흐로 붕괴되기 시작하자, 예술에 있어서 종래의 지배적인 생명적 예술이 무너지고 기하학적 예술이 재출현하게 되었다고 주장한다. 이러한 증거로서 흄은 자기의 경험, 즉 비잔티움의 모자이크 미술에 대한 감동을 말하고, 그 감동과 미국의 조각가 야콥 엡스타인(*Jacob Epstein*)의 작품에서 받는 감동이 상통한 점에서 더욱 기하학적 예술의 출현에 대한 신념을 굳혔다고 말한다. 그리고 다시 독일의 미술사가 빌헬름 보링거(*Wilhelm Worringer*)나 리걸(*Riegal*)의 논문을 통하여 더욱 확신이 굳어졌다고 말하고 있다.

희랍의 예술이나 르네상스 이래의 근대예술은 자연이나 인간의 생명현상을 표현한 것이어서, 결국 거기에서 받은 감동은 생명적인 쾌감이라고 규정한다. 선은 부드럽고 살아있는데, 이런 예술은 생명의 예술이고, 반면에 이집트, 인도의 예술 그리고 비잔티움의 예술은 비생명적인 것, 즉 자연이나 인간에서는 찾을 수 없는 엄숙성, 추상성, 경직성의 추구여서 거기에서 받은 감상은 생명적인 기쁨보다는 종교적인 감동이라고 말한 것이다. 그것은 각과 선으로 이루어지는 입체적 형상에 적합한 완전히 비생명적인 기하학적 예술이다. 따라서 이러한 기하학적 예술과 생명적 예술의 차이는 그 예술을 만든 작자의 기술상의 차이가 아니라 예술창작의 목적이 서로 다른 데서 오는 차이라고 주장하고 있다.

희랍의 예술이나 르네상스 이후의 유럽 예술과 같은, 우리에게 자연스럽고 인간주의적 예술은 흔히 자연주의 예술 또는 사실주의 예술이라고 불리운다. 이런 예술은 인간활동에 있어서 인간의 희열이라든지 인간의 생명성 같은 것을 객관화하는 것이 목적이기 때문에, 하나의 선이나 형은 그것이 얼마나 우리들의 생명의 가치를 표현하느냐 하는 점에 문제가 있다고 말한다. 자연 속에서 볼 수 있는 형이나 운동에 대한 우리의 감동이나 기쁨을 재현하는 것이 그들의 예술이었다. 그러므로 그런 예술은 인간의 외적 자연을 대할 때에 그것을 보고 감동과 기쁨을 느낄 만한 그런 만족감 속에서만 가능한 것이다. 그리하여 거기에 나타나는 예술은 생명적인 유동성과 약동감을 표시한 자연과 인간에 대한 사실이다. 이것이 르네상스 이후 근대 문명의 특징이라고 그는 말한다.

반면 원시인이나 이집트 사람들은 그들을 둘러싼 목적에서 기쁨을 얻거나 자연과 인간의 조화를 구한 것이 아니라, 그와는 정반대로 강렬한 태양과 울림창한 삼림과 끝없는 평원에서 공포감과 위압감을 받았었다. 이 상태를 보링거는 일종의 공간 공위증(*space shyness*)이라고 말하는데, 옛날 그들의 예술은 갈등과 변화와 혼란으로부터 고정되고 영속 항구적인 정신적 욕구를 충족시킬 수 있는 방면으로 나아가 그것이 경직된 선과 결정체와 같은 형태, 즉 기하학적 형태를 낳게 된다고 한다. 이러한 경향이 보링거가 말하는 소위 추상화의 경향이라고 흄은 말하고 있는데, 이러한 추상화의 경향은 르네상스 이후의 사실적 생명적 예술시대에는 형식적 구도라는 형태로 나타나 있기는 하였지만, 그것은 유기적인 것을 경직하고 영속적인 것으로 만들려고 한 시도였다고 그는 말한다.

하트 크레인의 기계시의 최후의 연은 다음과 같다.

그 아래 강물처럼 잠자지 않고

바다와 평원의 꿈꾸는 풀밭 위에 걸려
우리처럼 낮은 이에게도 때때로 내려오고
곡선으로 신을 향한 신화를 빌려 주기를

늘 인용되는 유명한 마지막 연에서 서시는 종합되고 있는데 신과 같은 다리의 곡선으로부터, 신화를 상실하고 있는 현대의 신에게 신념의 신화, 기계 문명의 신화, 긍정적이고 낙관적인 인간 문화의 신화를 바치자는 뜻으로 해석될 수 있을 성싶다.

나는 하트 크레인의 기계시 「브룩클린 다리」가 주는 감흥과 T. E. 흄이 주장하는 고전주의적 태도가 반드시 일치하고 있다고 생각하지는 않는다. 이 시에 있어서 과장된 표현이라든지, 이미지스트들의 시에 비하면 너무 길고 아름답고 감동적이란 점에 있어서 또 다리를 유기화하고 있는 점, 조화감, 생명적인 유동성과 약동성을 통하여 이 시가 만족감을 주고 있는 듯한 인상은 버릴 수가 없다.

T. E. 흄의 견해에 의하면, 시는 그들의 이미지스트 선언에서 볼 수 있듯이 정확(正確), 정확(精確), 명확한 표현이어야 하고, 고담하고 견실한 것이어야 하다는 것이다. 과장이라든지 아름다움 같은 생명감은 아예 배제되어 있어야 한다. 그러나 허버트 리드(Herbert Read)가 펴낸 흄의 『명상』의 부록에 수록한 T. E. 흄의 전시집의 시가 그의 주장과는 달리 시로서 성공했다고는 볼 수 없다는 데에 큰 문제점이 있다. 이미지스트들의 시를 평하여 그리어슨 (Grierson) 교수는 이 시들이 지나치게 왜소하다고 비판하고 버찌에 조각을 가한 듯 하다고 비유하였다. 시가 반드시 신음하고 우는 소리가 아니라 하더라고 시적 대상을 유기화하고 그것과 인간과의 조화를 통하여 만족을 구하는 것은 시의 본질이 아닐 수 없다. 하트 크레인의 시가 표현에 있어서 고담하고 견실한 방향, 즉 정확한 목표라는 흄의 주장과는 다른, 본질적으로 생

명적인 것이 있다 하더라도 그것은 400년 영시의 시적 표현 전통에 서 있고, 만일에 흄의 주장에 따라서 이 전통을 깨뜨린다면 그의 시는 소위 왜소성을 면치 못할 것임에 틀림없다. 더구나 시는 흄의 주장대로 정확하고 견고한 산문의 상태로 끌어내려져야 하는 것이다. 흄은 고전시의 특징으로서 상상력(imagination) 대신에 구상력(fancy)을 무기로 내세웠다. 독일의 관념론자들이나 S. T. 코울리지 등이 주장한 상상력은 생명세계와 무생명의 정신세계를 능동적으로 융합하는 구실을 할 뿐이라고 말하고, 구상력은 그러한 신인일치의 능력이 아니라 머릿속에 축적된 인상을 연결하는 데 있어 법칙의 제약을 받는 수동적인 태세, 즉 표현이 대상에 의한 구속을 면치 못하는 것이라고 주장한다. 따라서 구상에 의해서 시는 산문의 위치에 이를 수 있다고 주장하고, 시는 낭만주의자들의 막연하고 부정확한 상태가 아니라 정확하고 견고한 산문의 상태로 내려와야 한다고 주장하는 것이다. 여기에서 산문이라 함은 수학에 있어서 어떤 사물에 대한 등식을 말하는 것으로, 시도 시인의 감정과 표현대상 간에 수학적 등가의 등식이 성립되어야 하기 때문에 시각적·구체적 언어를 모색해야 된다는 것을 말하는 것이다.

T. E. 흄의 주장이 시기상 1910년 전후의 일이고, 이후 오늘에 이른 반세기 동안 시는 결코 흄의 주장대로 되지는 않았다. 엘리엇의 경우처럼 시 안에 산물을 섞는 실험이 있었다 하더라도 그것이 흄의 주장처럼 절대적인 것은 아니었고, 엘리엇 이후 그런 실험은 추종자를 낳지 못했다. 크레인의 시만 하더라도 1930년 전후에 창작된 작품이고, 그밖에 어떤 시인의 작품이라 하더라도 그것이 흄의 주장에 따라 영시 400년의 표현상의 전통인 생명적인 태도의 방향을 결정적으로 전환시킬 수 없었다.

따라서 시의 고전적 입장에 있어서 흄의 주장은 절대적일 수 없고, 단지 「브룩클린 다리」에 나타난 작자의 의도 즉 기계문명에 접근하는 인간의 겸허한 자세 속에 다시 말하자면, 기계문명의 종합으로서 다리에 접근하는 작자, 즉 인간의 종교적 태도에 고전적 태도가 있다고 나는 생각하는 것이다. 흄이 지적한 원시인이나 이집트 사람들, 그리고 인도인들이 가졌던 자연에 대한 위압감과 경계감, 그리고 신비한 감정을 크레인은 기계문명의 대 종합으로서 다리에서 느끼고 있다는 점이 또한 이 시가 고전적 취향을 갖는 것이라 생각하는 것이다. 다리는 원시인의 제단과 같고 이집트 사람들의 피라미드와 다를 바가 없다. 이 제단과 피라미드인 거대한 다리 아래서 인간은 자기의 한계를 의식하지 않을 수 없다. 그러나 의식 때문에 낭만주의자들이 자연앞에서 하는 것처럼 신음하거나 우는 일은 없다. 이 인간의 한계에 대한 의식과 거대한 대상에 대한 순종적 태도 즉 인간과의 조화를 뛰어 넘는 종속적 위치의 자각, 이것이 고전적 태도이고 이 고전적 태도가 대상을 기계문명에 두고 있는 점이 이 시의 특징이라고 생각하는 것이다. 이 점에서 「브룩클린 다리」는 흄이 주장하는 기하학적 예술의 기본적인 일면을 지니고 있다고 볼 수 있고, 스티븐 스펜더(*Stephen Spender*)가 「급행열차」에서 보인, 진보적인 낭만주의자가 아니면 기계시를 다룰 수 없다는 태도와는 세계를 보는 태도가 다르다 할 수 있다. 따라서 기계시에 대한 나의 태도 역시 이 시를 계기로 변화를 일으켰고, 이 변화로 하여 기계시에 대한 고전적 접근을 시도해 보자는 것이 본 논문의 의도인 것이다.

(2)

서양문명의 대표적 특징, 즉 물질세계를 지배하기 위한 물리의 이용으로서의 기계적 공작에 대한 관심은 서양문명이 시작되면서부터 경주되었다고 말할 수 있다. 기계가 실제로 제작되기 이전부터 기계에 대한 관념은 이미 형성되어 있었다. 구약성서 에스겔서(Erekiel) 가운데서 이미 기계에 대한 관심은 충분히 드러나고 있었다. 신이 신비로운 금속(Amalgam)으로 된 수레를 타고 내려온다. 형체는 인간과 같으나 나래를 갖고, 얼굴은 동물과 같은 천사들에 의해서 둘러싸여 있다. 그들은 기계적으로 연결되어 있어서 수레는 자동적으로 움직이고, 석탄이 불타듯 찬란한 불빛을 발하고 그 바퀴의 힘으로 기계신(machine beast-god)은 움직이고 있는 것이다.

희랍 신화 가운데 이카루스는 아버지 다이달로스가 만든 초로 붙인 날개를 달고 태양에 너무 접근했다가 초가 녹는 바람에 바다에 추락, 익사하였다는 이야기도 많은 시사를 가지고 있고, 그것은 자주 현대시인의 시적 주제가 되고 있다. 희랍 사람들은 헤브라이 사람들보다 기계에 대한 관심이 더욱 깊었다 할 수 있다. 그들은 물리나 기계의 연구에 착수하고 또 어떤 장치나 자동완구 제작에 노력하였었다. 아리스토텔레스는 기계가 노예에 대치될 때까지 노예는 필요하다고 말한 적이 있었는데, 이것은 노예제도를 합리화시키기 위하여 한 말이지 아마 산업혁명을 제창하는 것은 아니었을 것이다. 희랍 사람들은 기계문명의 가능성을 예견했다고 말할 수는 없어도 그것에 대한 필요성을 느끼고 있었던 최초의 사람들이라 할 수 있을 것 같다. 로마시대의 기계는 제국의 고가교량이나 기념관을 건축하는 데 사용한 물레방아, 크레아, 윈치 등이었다. 제국의 패망과 더불어 토목, 건축, 등의 많은 기술 또한 상실되었으나 그들이 사용하였던 기계는 남아 있고, 그 이후에도 개량되었던 것이다.

최초로 기계에 대한 인간의 꿈을 실현시킨 것은 르네상스이다. 레오나르도 다빈치는 향후 400년간의 기술의 중요한 목표가 되는 기계의 설계와 제작에 착수하였던 것이다. 비행기의 설계에 있어서 과오가 있었다면, 그것은 그의 설계상의 과오가 아니라 비행기에 알맞는 금속의 미발견과 제작 기술의 빈곤에 있었다고 말할 수 있다.

다빈치의 기계학은 르네상스 초기에 있었으나, 르네상스 말기에 프란시스 베이컨(*Francis Bacon*)은 기계를 철학적으로 정당화시켰었다. 기계에 대한 기술적 공작에 직접 참여하지 않았다 하더라도 지식에 있어서 기계의 공작과 기능이 중요하다는 사실을 역설하였다. 그는 「학문의 발전(*The Advancement of Learning*)」 속에서, 자연의 정복에 있어서 기계의 비중이 순수한 이론적 과학보다 훨씬 중요하다는 사실을 역설함으로써, 형이상학으로부터 기계학으로의 새로운 전환의 계기를 마련하였던 것이다.

기계의 꿈은 수송수단으로서의 기계에서 실현되고 있다. 자전거, 기차, 기선, 자동차, 비행기, 인공위성 등은 다소의 저항을 받으면서도 바로 인간에 의해서 환영되었고, 인간생활 즉 인간의 상상력에 침투하였었다. 그러나 커다란 저항은 공장기계에 가해졌다. 18세기에 브레이크(*Blake*)가 말한 것처럼 소위 '흉악한 악마의 방아(*dark Satanic mills*)'라는 생산기계가 인간생활을 위협한다고 생각하였다. 농사기계나 그 생산품이 양산됨으로써 생활은 윤택한 듯하였으나, 그 양산이 문제를 야기시켰던 것이다. 인간이냐 아니면 생산품이냐 하는 경제적인 모순이 생기게 되었다. 아울러서 사생활이냐 아니면 공익생활이냐 하는 문제가 야기되고, 공장은 생활의 편의가 아니라 인간의 천성을 침해하는 전체적 조직에 불과하게 되었다. 그리하여 마침내는 루이스 먼포드(*Lewis Munford*)의 「보이지 않는 기계」나 E. M. 포스터의 초기 소설 「기계가 멈춘다」 안에서처럼, 사회 그 자체가 거대한 기계라는 사실을 자각하게 되었다. 하나의 기계처럼 인간 또한 정치적, 경제적, 또 물리적 힘에 의해서 인간사회라는 거대한 조직의 한 부분으로서 가동되고 있을 뿐이라는 관념이 있었던 것이다. 인간이 기계의 일부분이라는 인식에 이르자 기계에 대한 꿈은 악몽으로 변하였다.

그러나 인간의 창조력이 기계를 금지하거나 파괴할 수는 없다. 기계는 인간의 창조이고, 선용이건 악용이건 간에 그것을 창조한 인간의 자유에 종속되고 있는 것이다. 따라서 기계를 익히며 생활한다는 것은 인간 상호 간의 이웃을 익히며 산다는 것을 의미하고, 그것은 바로 우리들 자신이 살고 있다는 것을 의미한다고 말할 수도 있다. 이것이 오늘날 우리가 생각할 수 있는 기계의 가치론이라 생각된다. 이와 같이 기계에 대한 관념적 성장변천에 따라 시는 어떤 반응을 나타내고 있는가.

영시에 나타난 기계는 역시 대략 다음과 같은 세 가지로 분류될 수 있을 것 같다. 하나는 꿈으로서의 기계인데, 이것은 이미 언급한 이카루스 신화나 구약 에스겔서의 서두에서 보인 것과 같이 새처럼 날고 싶고 물고기처럼 바다를 헤엄치고 싶은 인간의 소박하고 근원적인 꿈을 반영한 것으로 윌리엄 워즈워스(*William Wordsworth*)의 「증기선」, 데니슨(*Tennyson*)의 「기계」, 「자물쇠」 등이 그것이라 할 수 있다.

둘째로 생각할 수 있는 것은 브레이크 소위 '흉악한 악마의 방아'라는 입장에서 기계를 악마로 보고 기계문명에 저항하는 정신을 그린 시, 예를 들어 스티븐 빈센트 베네트(*Steven Vincent Bonnet*)의 「악몽, 번호 3」, E. E. 커밍스(*E. E. Cummings*)의 「오명이 됨」이라든지, 또는 워즈워스의 「투사된 켄달과 윈드미어 철도」같은 시가 여기에 속한다 할 수 있다.

세 번째로, 가치로서의 시, 기계를 인식하는 입장에서 쓴 시를 들 수 있는데 휘트먼의 시편들, 가령 「겨울의 기관차」라든지 「침대칸에서」 또는 칼 샌드버그(*Carl Sandburg*)의 「제한」을 포함한 『시카고 시집(*Chicago poems*)』의 많은 시편들, 또 스펜더의 「급행열차」를 포함한 몇 개의 시편 그리고 크레인의 「다리」, 그 가운데서도 서시 「브룩클린 다리」 등을 들 수 있을 성싶다. 그러나 현대시인의 기계 또는 기계문명에 대한 반응은 부정적인 듯한 인상을 짙게 한다. 세계 2차 대전 이후 1960년대 말까지의 영미시를 개관하면서 M. L.

로센탈(*M. L. Rosenthal*)은 그 시기를 대표하는 현대성에 대해서 다음과 같이 언급하고 있는데 그것은 매우 흥미 있는 일일 성싶다.

> ······나는 현대 영미시가 그 직전의 시와 공유하고 있는 특징을 생각해 보고 싶다. 사실 문학에서 하나의 독특한 현대적 재질이 있다면, 그것은 화자의 음성의 자멸을 향한 구심성의 회전에 놓여 있다는 것이다.

이 말은 20세기 후반의 현대적 상황을 이해하는 데, 또 동시대의 시를 이해하는 데 매우 흥미있는 것이다. 최근에 우리는 몇 사람의 중요한 시인이 자살했던 일을 기억하고 있다. 가령 실비아 플라스(*Sylvia Plath*)라든지, 존 베리맨(*John Berriman*)과 같은 사람들인데, 이들이 같이 20세기 후반을 대표하는 중요한 시인들 가운데 낀다는 점에서 우리는 그들의 자살을 주목하지 않을 수 없다. 이들이 가지고 있었던 시적 태도는 고백적인 고통(*Confessional Suffering*)이라고 말한다. 플라스의 시를 '긴 자살노트', '자살에 관한 언급'이라고 말하는 것을 보아도 짐작할 수 있듯이, 현대는 수난의 시대이고 시인은 그것을 몸소 체험하고 기록하고 마침내는 자멸하는, 말하자면 십자가를 지고 있다고 말할 수 있을 성싶다. 이러한 시적 태도를 대표하는 가장 뛰어난 사람이 로버트 로웰(*Robert Lowell*)이며, 그는 많은 그의 시작을 통하여 일반적인 고통(*The Universal Sufferings*)을 보임으로써, 시에 있어서 현대를 로버트 로웰 시대(*The Age of Robert Lowell*)라고까지 호칭하도록 하였다.

물론 경향을 달리하는 시인들도 없지 않다. 가령 샌프란시스코에서 150마일이나 떨어진 네바다의 어느 계곡에서 사슴가죽을 쓰고 염주를 목에 걸고 있는 게리 스나이더(*Gary Snider*)와 그 추종자들도 있는데, 스탠포드의 도널드 데이비(*Donald Davy*)는 이들이 인간과 자연을 연결하는 사람들이고 미국의 인디언이나 힌두교도, 일본의 선종 사상을 가지고 미국에 새로운 종교 개혁을 일으키려는 사람들이라고 평하고 있다.

　다른 또 하나의 경향은 알렌 긴스버그(*Allen Ginsberg*)와 그 추종자들인데, 그들은 '변증법적인 포효자'라고 호칭되는 반전반체제의 기수들이라 할 수 있다.

　'일반적인 고통'의 입장이 스나이더의 원시적인 신앙이든 반전의 아우성이든, 결국 어디에서 오는 것인가 자문하지 않을 수 없다. 무엇 때문에 받는 수난이고, 무엇으로부터 도피하여 원시적 신앙을 갖는 것이고, 무엇에 대한 저항인가? 더글라스 부쉬(*Douglas Bush*)는 『과학과 영시(*Science and English Poetry*)』라는 저서 속에서, 현대시가 가지고 있는 두 가지 큰 문제, 즉 신념의 상실과 예술가의 소외감은 과학의 발달, 특히 물질문명의 발달과 관련되어 있다고 말하고 있다. 수난자의 고백이든 원시적 신앙이든 반전의 아우성은 그런 소극적인 반응이 아니고 보다 적극적인, 즉 목숨을 걸고 물질문명, 기계문명이 가져온 악에 저항하고 싸우는 정신이라 할 수 있을 성싶다.

(3)

　그러나 기계문명에 대한 현대시인의 이와 같은 시적 저항에도 불구하고 또 한편으로 기계는 우리의 감성 속에 확고하게 뿌리박고 점차 완전하게 정착하고 있는 것을 발견할 수 있다.

　다음에 두 곳에서 인용한 시구가 있는데,

> (a) 온 종일 너의 날개는 부채질했다.
> 　그 아득한 높이에서, 차갑고 가는 공기를……
> (b) 온 오후 구름이 흘러가는 기중기는 돌아가고……
> 　그대의 강색은 여전히 북대서양을 숨쉰다.

(a)는 미국시의 아버지라 불리우는 W. C. 브라이언트(*W. C. Bryant,*

1794~1878)의 「물새」(1815)에서 인용한 것이고 (b)는 이미 언급된 크레인의 「브룩클린 다리」에서 인용한 것이다. 이것들을 읽어 보면 피치・멜로디가 아주 유사하고, 「물새」 또는 「브룩클린 다리」에 의해서 맞추어진 초점 속에서 시공의 경계감이 깃든 톤이 대단히 유사하다. 하나는 자연의 산물인 새의 이미지이고, 다른 하나는 물질문명의 종합적 소산으로서의 다리의 이미지인데 그것들이 놀라울 만큼 유사하게 표현된 사실에서 우리는 먼저 과거의 시와 현대의 시간의 무의식적인 연결을 볼 수 있고, 또 하나는 기계문명에 대한 감성이 자연에 대한 그것과 마찬가지로 완전하게 우리의 감성 속에 정착하고 있음을 볼 수 있다. 우리의 감성 속에 완전하게 정착한다는 것은 기계에 대한 감성이 이미 고전적 표준이 되고 있음을 의미한 것이라 말할 수 있을 성싶다.

이보다 더욱 적절한 예는 보다 더 최근의 시인의 시에서 볼 수 있는데,

(c) 인사도 없이 억제된 마음으로 그녀는 지나간다.
교외에 초라하게 밀집된 집들과 가스공장과
마침내는 공동묘지 비석에 새겨진 죽음의 따분한 페이지들

도시를 넘으면 환히 트인 시골이 있고
거기에서 그녀는 속도를 더해 신비와 대양의 기선이 갖는
밝은 침착을 갖는다.

(d) 풍요한 산업의 그림자에서 동으로 벗어나
밤새 북으로 여행하며 너무나 성기고,
잡풀이 우거져 초원이라 할 수 없는 평원을 구부러진다.
대도시의 놀라움에 모여들어
여기 있는 둥근 탑, 동상, 첨탑, 기중기 더미
낟알이 흩뿌려진 거리 옆, 유람선이 붐비는 물

(c)는 스펜더의 기계시 「급행열차」에서 인용한 것이고 (d)는 필립 라킨(*Philip Larkin*)의 「성심 강림축제의 결혼」(1964)의 서두에 실린 작품 「여기」에서 인용한 것이다. *industrial, gasworks, gather, luminously, beyond, beach* 또는 *ocean* 등이 사용된 유사성에서 오는 템포가 두 시는 같을 뿐 아니라, 풍경을 가로지르는 속도의 효과나 풍경 속에 제시된 사물들이 유사하여 전체적으로 유사한 톤을 보이고 있는 것이다.

여기에서 우리는 스펜더의 기계시 「급행열차」가 30년 이후인 1960년대에 중요한 시인의 시 속에 깊이 동화되고 있음을 발견할 수 있다. 기계에 대한 시인의 저항에도 불구하고, 기계에 대한 기하학적 감성 및 역학적 운동의 감성이 현대인의 시 속에 중요한 부분을 형성하고 있음을 발견하게 되는 것이다. 현대가 T. E. 흄의 기하학적 예술의 시대냐 아니냐 하는 문제는 고사하더라도, 또 기계에 대한 현대 예술가들의 관심이 기계적 환경에서 오는 것이건, 아니면 대우주적 태도의 차이에서 오는 것이건 간에, 또 기계에 대한 관념상의 저항이 앞으로 더욱 증대될 것이 예상됨에도 불구하고, 우리들의 감성 속에 살고 있는 기계는 완전하고 확고하게 뿌리를 박고 있다. 이것은 기계에 대한 시적 감성이 이미 우리의 시 속에서 고전적 표준이 되고 있음을 의미한다고 나는 믿는 것이다.

탈 모더니스트(*Post-Modernist*)로서 정력적 비평활동을 통하여 1970년대를 대표하는 비평가의 한 사람인 위스크노신 대학의 이하브 핫산(*Ihab Hassan*)이 일본에서 행한 「문화에서의 새로운 집중」이라는 제목의 강연에서 인간과 신화와 꿈, 그리고 기계공학이 현재 몇 가지 점에서 결합의 가능성을 보이고 있음을 보증하고 현대인은 새로운 변화를 의식하고 미래의 발언권을 가져야 한다는 요지의 논급을 하였다고 들리는데, 이것은 퍽 흥미로운 태도가 아닐 수 없고 아울러서 나의 논문을 뒷받침하는 하나의 배경이 되리라고 나는 믿고 있다.

출전: 『트임의 미학』, 사사연, 1998.

기계시에 대한 결론적 인식

1. 기계에 대한 문학적 관심

(1) 인간의 꿈으로서의 기계

하늘을 날고 싶은 인간의 꿈은 인간이 탄생되었을 적부터의 오랜 꿈이었습니다. 혹은 독수리의 나래를 부러워하는가 하면 혹은 독수리가 되고 싶기도 하였던 것입니다(*Robert Graves: The Greek Myths, Penguin Classics,* 1957, Vol. 1, p.117.). 이 많은 인간의 꿈은 특히 희랍 신화인 *Icarus*의 이야기에 그 대표적 형태를 찾을 수 있습니다. *Icarus*는 *Daedalus*의 아들로 같이 *Minos*왕의 화를 입어 *Crete*섬을 탈출해야 되었습니다. *Daedalus*는 제작의 장인이었기 때문에 초로 날개를 붙여 만들어 같이 *Crete*섬 탈출하는 데 성공하는데, *Icarus*는 *Daedalus*의 만류에도 불구하고 태양신(*Talos*)에 너무 근접하였기 때문에 접촉시켰던 초가 녹아서 추락하게 된 것입니다. 이 신화는 오늘날에 있어서도 시의 소재로 사용되고 있어(*Auden: 'Musee des Beaux Arts'-Bruegel's Icarus, Spender: 'He will watch the hawk in an indifferent eyes'*), *Icarus*가 제시한 문제가 아직도 인간의 꿈으로 남아있음을 말하고 있습니다.

인간이 하늘을 날고 싶은 꿈은 성서 속에서도 보입니다. 구약성서 가운데 *Ezekiel*서의 제1장이 그것인데 예언자 *Ezekiel*은 하나님을 이해시키는 데, 맑은 하늘에 회오리 바람이라던지 불기둥, 살아 있는 기계를 사용하고 있습니다. 여기에 나오는 기계는 인간보다 존엄한 것으로써 인간과 유사한 천사가 네 구석에 서 있는 사방의 수레인 바, 그 천사는 각각 네 개의 머리를 가지고 있으며, 네 개의 날개를 가지고 있는데, 두 개의 날개로써 천사간의 접촉을 유지하고 두 개의 날개로 몸을 가렸는데 수레바퀴가 달려 이 살아있는 기계는 전후좌우로 움직이게 되어 있습니다. 이 살아 있는 기계의 머리 위엔 원형의 빛나는 공간이 있는데 그곳에 찬란한 하나님이 계신 것으로 묘사되어 있습니다.

여기에 비해서 동양인의 꿈은 훨씬 성급한 것으로 서양인의 날개의 꿈이 *Daedalus*의 제작에서 보이는 것처럼 인간의 공력으로 실행하고자 하는 노력이 보이는 반면에 동양인의 꿈은 주문 혹은 마력을 사용하여 자유자재로 상상력을 구사하고 있는 것입니다. 가령 *Andrew Lang*(1844~1912)의 *New Arabian Nights* 속에는 비행하는 기물이 나타나는데 많은 고행 끝에 그 기물은 마귀에 의해서 부여되는 것입니다. 이 기계에 대한 마력적 접근은 또 *Norwegian Folk Tales*에서도 보이는데 그 가운데 *Jørgen Moe*의 이야기 *The Mill that Grinds at the Bottom of the Sea*의 이야기도 무엇이나 자유자재로 얻을 수 있는 *Handmill*을 욕심 많은 선원이 작용의 정지 방법을 몰랐기 때문에 멸망한다는 이야기인 것입니다.

같은 하늘을 나는 꿈이라 하더라도 *Ezekiel*의 기계는 신비적이고 또 어떤 것, 가령 *Cyraus*의 *Other Worlds* 같은 데서 보이는 기계는 퍽 환상적이고 하지만 *Jules Verne*의 *The Voyage Round the Moon*, 또는 *20,000 Leagues under the sea*에서 보이는 꿈은 훨씬 더 신학적이고 잘 계산되어 있는 것이어서 인간의 꿈을 실현하는 데 있어서의 과학의 역할이 퍽 친근하게 느껴지는 것입니다.

시의 방법으로 표현된 기계에 대한 인간의 관심은 전기한 *Ezekiel*도 그 중의 하나이지만 근세에 들어와서 더욱 명료하게 나타나고 있습니다. 그것은 우상의 원리가 오랫동안 하나님의 뜻 즉 *Moral plan*과 관계되어 있는 것으로만 생각해 오던 사람들이 *Newton* 이후 인간의 힘으로 우연의 원리를 발견하고 적용할 수 있음을 알고 흥분하는 데서 오는 것같습니다. 이것이 또한 18세기의 많은 시인들을 *scientific subject* 즉 과학적 소재로 시작을 시도케 한 원인으로 생각되는데, 그 가운데도 *Erasmus Darwin*의 *The Botanic Garden(an encyclopetic poetic work on botany)*에 잘 나타나 있는 것입니다.

그러나 *Erasmus Darwin*의 *The Botanic Garden*은 시라기보다 시적 방법을 빌어서 다른 주제를 이야기했을 뿐입니다. 그보다도 전문적 시인인 *Wordsworth*나 *Tennyson* 같은 시인들의 작품 속에서 기계에 대한 관심을 찾아보는 것이 더욱 의미있을 성싶습니다. *William Wordsworth*와 *Tennyson*은 각각 두 개의 독립된 기계를 제목으로 한 시를 쓰고 있습니다. 전자인 *Wordsworth*는 *Steamboats, Viaducts, and Railways*라는 *Sonnet*와 *On the Projected Kendal and Windermere Railway*라는 *Sonnet*이고 *Tennyson*은 *Mechanophilus (in the time of the first railways)*와 *Locksley Hall*이 그것입니다. 그런데 재미있는 것은 *Wordsworth*의 경우 *Sreamboats, Railways*의 시는,

> Motions and Means, on land sea at war
> With old Poetic feeling, not for this,
> Shall ye, by Poets even, be judged amiss!

> (동작이면서 자력(資力)이어,
> 육지에서 바다에서 싸우는 자여! 오랜 시적 흥분은
> 결코 그대를 잘못 오인하지 않으리니!)

에서 보이는 것처럼 크게 감동적인 반응을 보이고 있는 반면에 *Kendal Windermere Railway*라는 팸플릿에 기고한 1844년에 쓴 시는,

In then no nook of English ground secure
From rash assault?

(그러니 나라의 어떤 구석에서도 이 경박한 폭력을 잠재울 수 없단 말인가?)

라 하여 부정적 태도를 지니고 있는 사실입니다. 전기 시가 1833년에 쓰여진 것으로 기록되어 있으니까 12년 뒤에 *Wordsworth*는 기계에 대한 태도를 바꾼 것으로 생각되는 것입니다.

*Tennyson*의 경우 *Mechanophilus*는 *One who loves machines*라고 호칭되는 시이고 후자 *Locksley Hall*에서 보이는 것은 실패한 젊은이가 그 보상 수단으로써 미래에의 희망을 찾아 기계적 *Vision*을 그리고 있는 시입니다.

(2) 인간의 적으로서의 기계

위에서 말한 *Wordsworth*의 또 하나의 시에서 보이는 것처럼, 산업혁명 이후 기계로 인해 발생되는 여러 가지 사고 때문에 기계에 대한 인간의 꿈은 반드시 달콤한 것은 아니게 되었습니다. *Henry David Thoreau*가 그 *Walden*에서 '*We do not ride upon the railroad ; it rides upon us.*'하고 진술한 것에서 보이는 것처럼 기계는 오히려 인간을 희생으로 하고 또 인간을 노예화할 가능성을 띠게 되었던 것입니다. 이렇게 기계에 대한 경원은 영국 *William Blake*에서 더욱 분명히 즉 *dark satanic mills*라 하여 기계에 대한 결정적 적의를 나타내고 있는데 이러한 주제와 기계에 대한 부정적 주장은 *Newtonism*에 대한 예술

적 대응으로서의 *Romanticism,* 또는 종교의 전통적 이론 등 배경 혹은 전쟁에 대한 저주와 관련되어 오늘날까지 중요한 예술적 태도가 되어 있습니다. 이러한 입장을 보인 문학적 태도는 전기 *Thoreau*의 *Where I lived and What I lived for*라는 *essay*에서 신랄하게 주장되고 있고, *Stephen Vincent Bene*의 시 *Nightmare Number Three* 속에서도 그 주장은 똑같이 나타나고 있습니다.

*Cervantes*의 *Don Quixote* 가운데 *Don Quixote*의 풍차에 대한 공격은 이상주의자의 물질세계의 야만현상에 대한 전쟁으로 풍차가 물질세계의 기계적 현상을 상징하는 것이어서 날마다 똑같은 짓만 반복하고 있을 뿐 인간에 대한 친근도 적의도 없는 물질적 원리를 공박하고 있는 것으로 해석되고 있는 것입니다. 풍차가 가지고 있는 악마적 요소는 인간에 대한 실제적 적의에 있는 것이 아니라, 인간적 가치에 대해 무관심 즉, 각성의 불가능에 있었던 것입니다. 이 인간의 가치에 대한 무관심은 분명히 기계의 주요한 속성인 것으로 *Don Quixote*와 같은 미치고 그러나 훌륭한 인간의 공격을 받을 만한 것입니다.

*Karel Capek*의 *Rur*는 *Drama*인데 인간의 갈등을 표현한 신파극으로 인간이 만든 로봇의 집단 반란에서 그 절정을 이루고 있습니다.

*Charles Dickens*의 *Hard Times* 속에서도 작가가 미워하는 *Mechanical world*에 대한 적의가 보이고 *Elmer Rice*의 *The Adding Machine*도 과정과 상징 속에서 기계가 가져온 세계의 악몽을 암시하고 있는 것입니다. 보다 재미있는 것은 *John Steinbeck*의 *The Grapes of Wrath* 속에서 소작인과 트랙터 운전사와의 싸우는 장면입니다. 여기에서 트랙터라는 기계는 인간의 노력, 인간성, 인간의 위엄에 대한 위협으로 나타나고 있습니다.

이 기계 및 기계적 속성에 대한 적의는 현대적 전쟁의 살상무기에 의해서 더욱 강조되고 있습니다. 현대시의 주요한 주제 즉 인간의 위기의식, 절망의식, 소외감 등이 분명히 전쟁에 직접 관련되고 있고 그 전쟁은 기계문명의 발견에 있는 것으로 생각될 때 기계에 대한 현대인의 적의는 그 수에 있어서나 양에 있어서 이루 헤아릴 수 없는 것은 말할 나위가 없는 것입니다. 따라서 인간 전쟁이 가시지 않는 한, 전쟁의 수단으로서의 기계에 대한 적의는 가시지 않을 것은 분명한 일로 생각된 것입니다.

3. 인간의 벗으로서의 기계

현대의 인간이 전쟁으로 말미암아 큰 피해를 얻고 그 충격 때문에 많은 부정적 태도를 지니고 있음에도 불구하고 인간의 노력에 대한 긍정적 주장은 끊임없이 있어 왔습니다. 기계가 발견되고 그것이 생활화함으로써 인간은 또 그것에 대한 일반적 친근을 가지고 있는 것입니다. 현대인의 기계에 대한 이 일반적 접근은 젊고 예민한 시인작가에 의해서 구가되고 있는데 이것은 꿈과 적의 양자를 종합한 현대의 *syntheses*로 해석되고 있습니다. 이런 입장을 *Awakening*과 기계의 자각으로 불리워지고 있는데 그런 태도를 갖는 작품은 대략 다음과 같은 것들을 찾아볼 수 있습니다.

먼저 *Henry Adams*(1838~1918)의 *The Dynamo and the Virgin*을 들 수 있는데 이것은 그의 *Autobiography*인 *The Education of Henry Adams* 가운데 있는 것으로 미국사학자인 *Adams*는 *dynamo*를 현대의 미국을 상징하고 *Virgin*을 중세 *Europe*을 상징하는 것으로, 현대인은 *a symbol of infinity*로서의 *dynamo*와 성모마리아의 *symbol*은 조화되어야 한다고 주장하고 있습니다. 이것은 특히 분리상태에 있는 직관과 과학의 일치를 의미한 것으로 생각됩니다.

다음에 *H. G. Wells*의 *Lord of the Dynamos*는 재미있는 단편입니다. *Wells*의 작품은 발동기의 큰 힘을 헤아릴 수 없는 종교에까지 끌어올린 것으로 두 가지 힘을 같이 위대한 인간의 가치로서 결합시키고 있습니다. 여기에 나오는 주인공, *Azunazi*라는 흑인은 바위나 산에 가졌던 미개인의 종교심을 거대한 발동기에도 갖는 것입니다. 그는 세계 가운데 가장 큰 발동기를 *Lord*라 부르고 신격화하고 있는 것입니다.

이러한 기계에 대한 각성은 현대에 시작된 것이 아니고 이외에도 *Thomas Hardy*의 작품 속에도 찾아볼 수 있습니다. 그의 *Tess of the d'Urbervilles* 14장 47장을 읽어보면 테스가 다시 행복한 생활로 돌아올 적에 계절이나 날씨 시골풍경 같은 것이 기계와 같이 밝고 희망에 찬 *mood*로 묘사되어 있는 것입니다(*toy like reaping machine*). 귀여운 기계가 태양과 같이 자연스럽게 인격화되고 있는 것입니다. 특히 47장에서는 기계가 가족의 일원처럼 친근하게 취급되고 있습니다. 현대시를 이야기할 때 우리는 *Thomas Hardy*부터 시작하는 것이 관례입니다만 *Hardy*에게 사실은 이런 현대적 포괄력이 있었던 것입니다.

현대 영시가 *Hardy*에서 시작된다면 현대 미국시는 물론 *Walt Whitman*에서 시작되고 있다는 것이 평론가 및 사가의 정론입니다. *Whitman*은 *Emerson*의 *Transcendentalism*을 확대하여 과학과 공업의 실제적 업적을 찬양하였던 시인으로 현대 미국의 정신적 아버지라고 말할 수 있습니다. 그 사람의 시 중 특히 기계를 독립시켜 노래한 것 가운데 *To a Locomotive in Winter*라든지 또는 *In the Sleeper*라는 시가 있습니다.

> Roll through my chant with all thy lawless music, thy swinging lamps at night,
>
> The madly ─ whistled laughter, echoing, rumbling like an earthquake, rousing all,
>
> To a Locomotive in Winter

> (나의 노래가 되어 버린 그대의 거침없는 음악은, 밤에 흔들리는 등불은,

미치게 웃는 기적 소리는, 대지를 일으키는 지진처럼 크게 소리하고 메아리
치노니)

「겨울기관차」

또 *In the Sleeper*의 서두는,

What a fierce weird pleasure to lie in my hearth at night in the luxurious palace-car, drawn by the mighty Baldwin-embodying, and filling me, too, full of the swiftest motion, and most resistless strength!

In the Sleeper

(다시 없이 빠른 동작과 가로막을 수 없는 힘으로 나를 사로잡는 위대한
힘이 끌고 가는, 이 호화스런 궁전과 같은 차 안에 따뜻한 밤 난로와 더불어
누웠으니 이 헤아릴 수 없이 신비스러운 기쁨은 무엇이냐!)

「침대차 안에서」

이와 같이 *Whitman*의 기계시가 놀라운 힘을 노래하고 있는 반면에 미국의
또 하나의 위대한 시인인 *Emily Dickenson*은 기계를 장난감처럼 예쁘게 다루
고 있습니다.

I like to see it lap the miles
And lick the valleys up,
And stop to feed it self at tanks

(머나먼 길 그리고 골짜기를 오래 혀를 내밀고 달려 가다가 서서 물탱크
에서 물을 마시는 기차가 나는 좋네.)

이와는 달리 기계의 아름다움을 강조한 시의 예가 *Stephen Spender*의 *The
Express*인 것처럼 생각됩니다.

2. 현대 영시에 나타난 기계

(1) 기계시의 개념

기계를 시의 소재로 하고 있는 정도의 시로서 우리는 '기계시'라는 개념을 부여할 수는 없는 것입니다. 기계시의 개념이 형성되기 위해서는 독립된 기계, 즉 개성 혹은 인격이 부여된 기계가 그 개념에 있어서 인간의 도구요, 또 인간의 종속적 관계를 갖고 있는 동안에 우리는 독자적으로 주제가 되지 않으면 안 되겠습니다. 기계가 그것을 구사하는데 기계시라고 할 수가 없을 것 같습니다. 따라서 아무리 기계가 친근하게 표현되었다 하더라도 거기까지는 기계를 소재로 하고 있는 것에 불과하게 되는 것입니다.

현대영시에 있어서 최초로 기계에 개성을 주고 기계로 하여금 스스로 발언하게 한 사람은 *Rudyard kipling*이었습니다. 그는 기계를 인간 이상으로 칭송하는가 하면 기계에 개성을 주고 원시인이 자연의 무서운 힘을 대상으로 그러했듯 *Kipling*은 *piston*이나 *connecting rod* 따위를 낙관적으로 노래하였지만 그것은 제국주의적 침략을 옹호하는 주장에서 시대적 양심을 결여하고 있었습니다.

전기 *Whitman*의 시가 과학과 공업의 실제적 업적을 찬양하는 일환으로 기관차를 노래하였지만 그러나 그것에 생명이 주어졌는지는 의문입니다. *Whitman*보다는 오히려 현대에 와서 *Hart Crane*이 바로 그의 시 가운데 기계의 신비를 창조하려고 한 사람이었습니다. 그의 장시 *The Bridge*(1930) 속에서 그는 미국의 기계문명을 하나의 서사시로 구성하려고 하였던 것입니다. 자연의 신비와 기계를 관련시키고 일상생활을 도시와 지하철, 대륙횡단열차, 비행기 등과 밀접하게 관련시킴으로써 새로운 생명체를 창조하려고 하였던 것입니다. 여기에 비로소 기계시의 개념이 형성되는 것입니다. 기계시는 비단 *Hart*

*Crane*에 그치는 것이 아닙니다. 아름다운 생명체로서 시화한 *Stephen Spender* 또한 다른 의미에서 기계시의 개념 형성에 이바지한 사람이라 할 것입니다.

(2) 기계시의 실제적 분석

기계시의 예는 구조를 아름답게 형상화한 전기 *Spender*의 *The Express*가 가장 적절한 것 같습니다. 이 시는 불과 27행으로 되어 있는 *Free verse*입니다. 그러면서도 기계의 목소리, 기계의 동작, 기계의 체온, 기계의 광채 또 생명체로서의 기계의 환희, 나아가서 기계의 생명적 가치를 지니고 있습니다. 이 시는 이렇게 시작합니다.

> After the first powerful, plain menifesto
> The black statement of pistons, without more fuss
> But gliding like a queen, she leaves the station.

> (힘차고 뚜렷한 첫 선언
> 피스톤의 새까만 진술이 있는 뒤에
> 더 서두르지도 않고 여왕처럼 미끄러져 급행열차는 역을 떠난다.)

이 서두의 행 속에 p, k, t음과 같은 파열음과 f, s음의 마찰음이 섞여서 기관차의 출발하는 시동의 호흡을 잘 표현하고 있습니다.

> Without bowing and with restrained unconcern
> She passes the houses which humbly crowd outside,
> The gasworks, and at last the heavy page
> Of death, printed by gravestones in the cemetery.

(머리도 수그리지 않고 모르는 척 늠름하게
초라하게 다가서는 집들과
가스공장과 드디어 묘지의 비석으로
인쇄된 음침한 죽음의 폐지를 지나간다.)

이 시행은 급행열차가 도시의 교외로 미끄러져서 공장과 묘지 등을 지나
가는데 속력 때문에 생기는 부득이한 긴장감을 강조하고 있습니다.

Beyond the town, there lies the open country
Where, gathering speed, she acquires mystery,
The luminous self-possession of ships on ocean.

(거리 저편엔 망망한 시골이 펼쳐 있다.
거기서 속력을 내며 그는 신비를 얻고
대해에 든 배들의 눈부신 무게를 갖는다.)

급행열차는 이제 넓은 벌판에 진입하게 되어 마음껏 속력을 내게 됩니다.
그리하여 장애물 없이 유유히 항해하는 대양의 기선에 비유함으로써 흥겨운
속력의 신비경에 도달하는 것입니다.

It is now she begins to sing-at first quite low
Then loud, and at last with a jazzy madness-
The song of her whistle screaming at curving,
Of deafening tunnel, brakes, in numerable bolts
And always light, aerial, underneath,
Retreats elate metre of her wheels.

(이 때다 그가 노래하기 시작한 것은

처음엔 아주 낮게, 다음에는 높게
마침낸 쟈스처럼 미쳐서
구비마다 소리치는 기적의 노래
귀막히는 터널, 브레이크, 수 없는 못의 노래
그리고는 가볍게 바람처럼 쇠바퀴의 드높은 노래는 흘러간다.)

　이 작품의 *climax*인 이 부분에서 눈에 보이는 것으로부터 소리로 전환하는 효과, 특히 *jazzy madness*가 보이는 결정으로 집중되는 그림과 소리의 일치된 율동, 둔탁한 중력을 가지면서도 공기와 같이 가볍고 경쾌하기 짝이 없는 기계의 음악을 들을 수 있는 것입니다. 현대의 기계문명만이 빚어낼 수 있는 금속의 풍격 속에서 느끼는 야성적인 행복, 즉 속력 가운데서 포함되는 신기한 회열을 갖게 되는 것입니다.

　기계는 아무도 어쩌지 못하는 속력으로 달리고 있습니다. 이제 인간의 도구가 아니고 하나의 생명체가 되어 자기의 개성을 갖는 것입니다. 인간의 주장에서 보면 이 속력은 분명히 인간과 다른 또 하나의 생명체인 것입니다.

Steaming through metal landscape on her lines,
She plunges new ears of white happiness,
Where speed throws up strange shapes, broad
And parallels clean like trajectories from guns.
(철길 금속의 풍경 속을 김을 내며 지나
사나운 행복의 새 시대에 뛰어든다.
거기서 속력은 이상한 모양의 넓고 균형 잡힌
대포 강철처럼 선명한 평행선을 튕겨 올린다.)

　이제 기계는 인간의 한계를 벗어나고 인간의 시야에서 하나의 기이한 형체로서 추상화되어 버리는 것입니다.

At last, further than Edinburgh or Rome

Beyond the crest of the world, she reaches right

Where only a low stream-line brightness

Of phosphorus on the tossing hills is light

(드디어 에딘버러 또는 로마보다도 멀리

세계의 꼭대기를 지나

넘노는 언덕 낮은 인(燐)빛 유선(有線)의

빛만이 흰 밤에 닿는다.)

*Edinburgh*나 *Rome*이 상징하는 인간의 모든 역사와 영광까지를 초월하여
기계는 이제 인간과는 관계없는 하나의 광명에 불과합니다.

Ah, like a comet through flame, she moves entranced,

Wrapt in her music no bird song, no nor bough

Breakin with honey buds, shall ever equal

(아아, 불꽃을 뚫고 오는 별찌처럼

어떠한 새의 노래

달콤한 새순이 트는 노래도

가히 알 수도 없고 피할 수도 없는 그의 음악에 취한 듯

급행열차는 달리고 있다.)

하나의 혜성처럼 스스로 도취하여 어떤 하늘의 새의 노래도 어떤 새싹의
노래도 비길 수 없는 스스로의 기계의 노래에 쌓인 것입니다.

(3) 기계시의 비판

*Hart Crane*이나 *Stephen Spender*가 시도한 기계시대의 이러한 신화화의 노력
은 대략 두 가지 방향에서 비판이 되고 있습니다. 하나는 기계는 추악한 것이

며 시는 언제나 아름다운 것을 대상으로 하지 않으면 안 된다는 것이요, 또 하나는 기계시는 인간정신, 즉 인간의 신념을 상실케 한다는 것입니다. 기계문명과 그것에 대한 인간의 부적응은 사실상 현대시의 주요한 주제인 것이요, 더구나 산업혁명 이후의 세계는 그 가치관에 있어서 예술가의 적의에 봉착하고 있었던 것이 사실이었습니다. 이러한 기계문명에 대한 적의는 그것을 비단 시가 주제로 하고 있을 뿐 아니라 현대인의 감성 자체가 그런 것 같습니다. 그리하여 아직도 기계문명은 그들에 의하여 회의되거나 부정되고 있는 듯합니다. 가령 히로시마에 원자탄이 낙하되었을 때 *H. G. Wells*는 평생의 기계문명에 대한 긍정적 태도를 완전히 버린다고 선언하였습니다. *Wells*에게 *Lord of Dynamos*는 이제 *Devil of Dynamos*가 된 것입니다. *The Express*의 분석에서 보아온 것처럼 그렇게 기계에 대한 숙의를 가졌던 *Stephen Spender*까지도 기계의 시동은 인간이 가동시켰어도 그것의 정지는 인간 이상의 것이 되었다고 개탄하고 우리가 추구하는 것은 기계문명이 아니라 예술적 본질이라고 말하고 있는 것입니다. 그리고 *Hart Crane*은 자살함으로써 기계의 신화가 사실은 *Icarus* 신화의 운명에 불과하다는 것을 말하고 있는 듯합니다.

(4) 기계시의 옹호

이 기계문명에 대한 현대 시인의 거역은 *Newtonism*에 대한 *Romanticism*의 거역에 견줄 만할는지 모릅니다. 전기 *Spender*의 이야기는 또 이것을 암시하고 있을는지도 모릅니다. 그러나 기계는 본질적으로 악일 수 없는 것입니다. 단지 그것을 이용한 의지가 악일뿐입니다. 물론 기계는 인간을 노예화할 가능성을 가지고 있습니다. 그러나 인간이 그 생활에서 대상으로 하고 있는 것은 무엇이나 인간을 노예화할 가능성을 가지고 있는 것입니다. 또 불의 발견으로부터 오늘날 우주의 탐사에 이르기까지 생각하면 어느 하나도 신을 모독하지 아니한 것은 없는 것입니다. 그러면서도 인간은 오늘날까지 그 발명을 이용하면서 생활해오고 있는 것이 아닌가 말입니다. 기계가 악한 것은 융통성이 없는 기계, 즉 인간의 상상력이 결여한 기계의 이용이 나쁠 뿐입니다.

이 가정의 악은 시에 있어서 보다 현대의 창조적인 건축가에 의해서 극복되고 있습니다. 그들은 일찍이 수공업시대의 장인이 자기의 손 안에 들어 있는 도구에 대하여 느꼈던 것과 똑같은 친밀감으로 기계화의 과정 속에 들어가 기계를 표현력이 풍부한 것으로 하고 있는 것입니다. 이러한 경우에 우리는 예술의 기계화 또는 기계의 예술화를 같이 볼 수 있는 것입니다. 이와 같이 기계적 수단과 예술과의 이상적 관계가 성립될 때 산업혁명 이후의 세계가 갖는 가치관과 예술가의 그것은 일치될 수 있는 것이고 *Newtonism*에 대한 *Romanticism*의 거역이라기보다는 무한히 관조해 나갈 과학문명과 정신적 균형을 유지할 수 있고, 나아가 과학문명을 통제할 수 있는 것이라 생각합니다.

또 하나는 그것이 시의 영역을 확대시킬 수 있다는 것입니다. 지금까지 경험해 온 인간의 생활 속에서 시의 포용력이 제한될 수 없다는 것은 벌써 *Eliot*이 실험한 바입니다. 단지 쏟아지는 기계문명의 *Sense data* 즉 감각적 자료를 우리가 어떻게 소화하여 그것을 시화할 수 있는 것인가 하는 시인의 역량, 다시 말하자면 시인의 상상력의 힘에 그 성패 여부는 달려 있습니다.

3. 기계시에 대한 결론적 견해

*Shelley*가 그의 시론 *A Defense of Poetry*에서 시란 *metaphor*라고 단정했던 것은 여기 우리의 기계시의 옹호를 위해서도 좋은 교훈이 된 듯합니다.

*metaphor*란 상호 이질적인 것을 융화시킴으로써 하나의 이미지를 형성하는 시적 방법일 것입니다. 기계와 시가 과거의 역사상 생각에 있어서 이질적이었던 것은 사실입니다. 그러나 오늘날 기계가 생활화되고 있는 현대에 있어서 기계와 생활의 반응으로서 시가 어떤 초점에서 일치되어야 한다는 것은 두말할 나위가 없습니다.

우리는 수화무교(水火無交)라는 말을 쓰고 있습니다. 또는 빙탄불상병(氷炭不相竝)이라고 말도 쓰고 있습니다. 그러나 오늘날 이 말이 얼마나 비과학적이고 나아가 비생활적인가 하는 것은 두말할 것이 없습니다. 가령 코크스나 무연탄에 가열공기를 통하여 가열한 다음 수증기를 보내면 탄소와 물이 반응하여 주로 일산화탄소와 수소 혼합기체가 생기는 것입니다.

$$C + H_2O = CO + H_2$$

즉, 수소, 일산화탄소, 메탄은 가연성이고 불을 붙이면 파란 불꽃을 내며 잘 타고 발연성이 큰 것입니다. 물과 불이 같이 우리의 생활에 있어서 필요한 요소이기 때문에 불과 물이 합하는 또 하나의 초점이 인간에게 필요한 것입니다. 이 인간의 필요를 과학이 담당하고 있는 것이 아닌가 합니다.

어느 평가가 *Rudyard Kipling*의 시를 보고 젊은 세대를 고무시켰을 뿐이라고 한 이야기는 *Kipling*의 기계에 대한 시가 젊은이에게 더욱 큰 관심을 불러일으켰다는 이야기가 되겠습니다. 기계에 대한 열의가 *Spender*에게도 특히 젊었을 적의 것이었다는 것을 감안할 적에 상상력이 풍부하고 피곤을 모르는 젊음이야말로 기계의 주인이 아닌가 그렇게 생각됩니다.

출전: 『트임의 미학』, 사사연, 1998.

시적 진실인 나의 야성(野性)

나의 '시 삼백을 일언이폐지(詩三百一言以蔽之)'하면 그것은 야성(野性)이다. 이는 곧 원시 그리고 짐승 또는 익은 것이 아닌 생것과 같은 단순하고 원색적 공감 위에 자리 잡고 있다. 이것은 나의 시가 근본적으로 문명 비평의 입장을 취하고 있다는 의미이기도 하다. 가령 내가 스스로 대표작으로 자선하는 시「불도오자」, 「흑인고수 루이의 북」, 「촛불」(시집, 『흑인고수 루이의 북』, 1965), 「용설란」, 「두개골」, 「사월에 우리가 기대하였던 것은」(시집, 『연가Ⅰ. Ⅱ. 기타』, 1972), 「나의 비교」, 「고향에 가서 엿판이나 질거나」, 「나이야가라 폭포」(시집, 『이방에서 노자를 읽다』, 1986), 「기승전결」(시집, 『기승전결』, 1991), 「새」(시집, 『백의 세계를 보는 하나의 눈』, 1994), 「일편단심」(시집, 『파안대소』, 2002), 「나는 디오니소스의 거시기다」, 「고산고수」(시집, 『나는 디오니소스의 거시기다』, 2005), 「산하山下」(시집, 『산하山下』, 2010) 등 이 시들을 보면 바로 그것이 '야성적 이미지'로 쓰인 것임을 알 수 있다. 나의 시 가운데 '사회의식' 또한 인간의 야성적 자유에 대한 억압에 저항하는 것이었다. 또한 시집, 『아름다운 가난』이나 『세기말 길들이기』 등에 나온 고향에 대한 회상이나 자연친화적이고 도가적인 나의 서구 비판적 시풍 또한 인간의 본질적 야성의 또 다른 표현방식이었다. 이 시집 『가난에 대하여』도 그렇다.

나의 생애 가운데 가장 먼저 나를 지배한 사람은 나의 가친이었다. 가친은 자(字)가 학로(學魯)로 시골훈장이었고 또 400편의 한시를 남겼는데 그의 시는 예술이라기보다는 생활의 기록이었고 두보를 모방한 기승전결에 충실하였다. 그러나 가친의 행동양식과 사고방식은 철저하게 생활 중심적이었고 시인이라기보다 생활인이었다. 가문을 생각하고 자식 욕심이 많고 가족중심이었다. 그런 아버지에게 나는 당신 욕심에 차지 않은 늘 미흡한 자식이었다. 나는 타고난 기질로 심신이 허약하였고 당신에게 신뢰를 주지 못했다. 그 어린 아이를 네 살이 되자 가친은 당신의 사랑에 가두었다. 거처를 같이 한 것이다. 그것은 당신의 독특한 자녀교육 방식이었겠지만 그러나 그것은 나의 정서 불안으로 이어졌다.

내가 가지고 있는 가장 오랜 기억은 무속과 관계가 있다. 나는 이유 없이 늘 아팠다. 요즘 같으면 아동 심리학에서 그것을 설명할 수 있을 것이다. 하루는 몹시 머리가 아팠는데 나는 마당 한 가운데 덕석 위에 어머니와 같이 누웠고 동네 사람들이 소시랑(삼발곡괭이)이며 삽을 들고 주위를 돌면서 '잘구재'를 외쳐 댔다. 잡귀를 쫓는 무속이다. 어머니의 말에 의하면 나의 생명의 불빛은 늘 가물거렸고 그래서 불안하였는데 내가 아프면 어머니는 언제나 무속에 매달렸다. 새벽에 일어나 남보다 빨리 물을 길어와 뒤안 장광에 정한수를 올려놓고 나의 회복을 위하여 주문을 외웠는데 그것은 나의 안녕과 관계가 있었다. 어머니의 그런 정성으로 내가 살아남았을 것으로 믿고 있다.

어렸을 적의 나의 기억은 시집 『아름다운 가난』(1996)에 고스란히 들어 있다. 그러나 그 시집은 '신 절구'라는 특이한 보편적 미학에 의하여 고안된 것으로 나의 진정에 대하여 정직하지 못했다. 사실상 어린 나의 불안은 심각한 것이었고 요즘 같으면 정신치료가 필요한 상황이었다. 그런 질환을 앓고 있는 아이가 아버지의 욕심으로 미숙한 상태에서 무리하게 학교에 입학하게 되었다. 따라서 나의 초등학교 생활은 미숙아가 겪은 고통과 관계가 있다. 지금 도 기억나는 것은 초등학교 1학년 첫 학기가 끝난 날 선생님은 성적표를 나눠 주시면서 석차를 외우게 하셨다. 학부형들이 대개는 문맹이었기 때문에 성적 표 내용을 다만 석차로 파악하는 현상에 대처한 것이다. 그리고 그것을 아이 들에게 외도록 하셨다. 그리고 그 여부를 확인한 과정에서 불행히 나와 같이 앉은 친구가 지명되었다. 그는 자기의 숫자를 잊어버렸다. 당연히 그 옆에 앉 은 내가 지명되었다. 나는 나의 숫자를 기억하고 있었다. 그리고 선생님에게 분명한 발음으로 71이라는 숫자를 외웠다. 학급 정원 80명 가운데 1학년 1학 기 석차가 71등이었던 것이다. 아버지는 그 성적표를 보고 실망하는 기색이 역력하였다. 나는 지금도 아버지가 실망한 그 표정을 잘 기억하고 있다.

　나는 완전히 그 불안에서 벗어나지 못한 가운데 초등학교를 마쳤다. 1944 년 중학교에 들어갔지만 나의 불행은 새로운 환경에서 계속되었다. 1학년 때 기숙사에서나 학급에서 이유 없이 도시아이들의 왕따에 늘 시달렸다. 왕 따는 그때도 사춘기의 소년에게 심각하였다. 나는 그런 상황에 대처할 적응 력을 훈련받지 못했던 것이다. 나의 불행은 친구들 때문만이 아니었다. 나에 게는 혼자서 노는 버릇의 자유도 허락되지 않았다. 일제 말이라 그런 개성은 죄악시되었다. 단체생활이 엄격하였고 우리는 학업보다는 근로동원에 내몰 렸고 비행장 건설에 흙 나르기로, 무등산 장작 나르기, 숯가마 나르기 등에 동원되었다. 사실상 학교는 노동 장소로 학습은 거의 하지 않는 이름뿐이었 을 뿐, 그런 상황에서 독서할 수 있는 분위기도 아니었다.

　그러다가 해방을 맞았는데 해방 후 새로운 시대에 대한 기대는 컸다. 무엇 인가 순수하고 솔직한 기운이 충만하였고 밝은 희망이 일고 있었다. 나는 내 가 경험한 가장 이상적인 시대를 해방 직후 몇 년 동안의 그 시기였다고 생 각하고 있다. 그러나 그것은 짧은 기간이었다. 내가 다닌 광주 서중은 특히 정치적인 현장으로 바뀌었고 혼란과 갈등의 장이 되었다. 일본 제대 출신의 선배들이 선생으로 들어섰는데 그들은 대부분 이상적이고 진보적이어서 그 영향으로 학생들은 많이 좌경되었다. 우리들은 우익학생과 끊임없이 갈등하였고 데모가 그치지 않았고 학생 간 폭력이 난무하였다. 나는 태생이 감상적이고 의심이 많은 아이로 혼자 노는 아이였다. 그러나 새로운 변화에 관심이 많고 떠돌로 자유를 찾는 아이였고 핑크빛 보헤미안이었다. 말하자면 문학 소년이었다.

그러나 그런 문학 소년을 우익학생들은 좌익으로 의심하였고 그 때문에 불러다가 잘 구타하였다. 그러나 나는 그들의 구타 이유와 달리 사실은 무고한 아이였다. 다만 새로운 변화에 호기심이 있었고 그래서 잘 남의 눈에 띄었다. 거기에 나를 받쳐줄 사람이 없었다. 주위에 좋은 충고자를 만나지 못한 탓에 나의 타고난 문학적 기질은 훈련되지 못했고 나의 독서는 체계가 없었다. 다만 당시의 경향에 따라 정치적인 이론서를 읽었고 비슷한 것으로 믿고 바이런이나 셸리, 하이네 그리고 월트 휘트먼의 번역시에 매달렸다. 나의 시가 많이 사설적인 까닭은 정상적인 문학수업을 받지 못했기 때문이다. 나의 문학 수업은 스승이 없는 독학수준으로 일관성이 없었다. 고삐가 없고 방향이 일정하지 않은 야성적인 것이었다. 이것은 반문화적이고 저항적인 경향이기도 하다.

한국전쟁이 얼마나 부조리했는가는 어느 쪽이건 자기편을 아무리 미화하여도 거짓이다. 전쟁 때 나는 20살이었다. 어느 쪽이건 좋은 도구로 쓰일 불행한 나이였다. 징병 1기로 소집을 기다리다가 인공을 만났고 인공치하에서는 영어 책을 본다는 이유로 강변에 끌려가 죽을 뻔했고 수복 후 인공치하에서 너무 멀쩡했다는 이유로 죽을 뻔했다. 그러다가 고향 초등학교 교사가 되었는데 그때 나는 비로소 안정을 얻고 정착하였다. 열심히 가르친 좋은 선생이었다. 지금 생각하면 그것이 나의 천직이었던 것이다. 거기서 자기의 갈 길을 찾아야 했다. 일찍 시인이 될 수도 있었다. 그러나 휴전되면서 나는 사표도 내지 않고 거길 도망쳐 무작정 서울로 갔다. 서울이라는 새로운 가능성에 대한 나의 도전에 희망이 있다고 믿었다. 그러나 나에게 서울은 희망의 땅이 아니었다. 아무도 없는 또 다른 들판에 불과하였다. 실내외 온도 영하 16도의 겨울을 겪어야 했고 학비를 마련해야 했고 숙식을 해결해야 했다.

그러나 그 불안 속에서 그를 극복하게 한 정신적 계기가 있었다. 불도우자(불도저)라는 괴물과 조우한 것이다. 1954년 봄 고려대학 서관을 짓기 위하여 정지작업을 하는 미군 불도우자를 생전 처음 보면서 나는 크게 감동하였다. 평생 지게나 소와 같이 자란 나는 불도우자를 보면서 무서운 힘을 보았고 나의 심층에 용솟음치는 야성을 발견하였다. 거기에서 정답을 보았다. 나라나 겨레가 무력하여 외세로 전쟁을 겪었다고 믿었기 때문에 나는 무서운 힘을 가진 불도우자에서 그 무력을 탈출할 수 있는 힘을 보았다. 나는 3개월 동안 불도우자의 작업 현장에 매료되었다. 그리고 시 「불도오자」를 쓴 것이다. 이는 나의 처녀작이자 대표작이 되었고 그에 대한 창작 과정은 나의 평론집 『백지와 기계의 시학』의 중요한 부분이다.

내가 중학교 때 감명 깊게 읽은 책 가운데 김기림의 『시의 이해』가 있다. 그 속에서 나는 영국시인 스티븐 스펜더의 시 「급행열차」를 만났다. 그 박력과 리듬, 무서운 초인간적 힘과 낭만, 그리고 서정에 감동했었다. 그리고 그 만남이 평생 나의 시와 학문의 방향에 영향을 미쳤다. 그 때문에 대학에서 영문학과를 선택하였고 그에 대한 이해를 넓히면서, 그는 학문으로 또는 시 쓰기로 평생 나의 가까운 벗이 되었다. 훌륭한 영문학자요 나의 시적 기질에 주목한 나의 스승 이호근 교수는 내가 스펜더를 공부하고 싶다고 말씀드렸더니 엘리엇이나 오든보다 스펜더가 더 호감이 가는 시인이라고 말씀하시면서 나의 의도에 동의하셨다.

그래서 나의 석사학위 논문은 스티븐 스펜더의 시에 대한 연구가 되었다. 그땐 유학하기도 어려웠고 자료도 구하기 힘들고 해서 본격적으로 외국문학을 공부하기에는 여건이 좋지 않았다. 그런 속에서 한정된 그의 시와 산문을 읽었고 번역하였고 그와 함께 W. H. 오든에 매달리면서 또 한편으로 시를 썼는데 그 시풍은 많이 스펜더적이라는 평을 받는다. 나의 첫 시집 『흑인고수 루이의 북』은 서정적이고 낭만적이고 단순하고 원시동경의 야성적이고 동물적 힘을 추구하는 정서를 반영한 기계에 대한 시가 있고 사회에 대한 보헤미안적 호소가 있다. 이것은 나의 첫 시집을 위하여 서문을 쓴 조지훈 선생이 지적한 바다.

1972년 나는 지훈의 친구 박목월을 만나 그분의 배려로 제2시집 『연가 Ⅰ. Ⅱ. 기타』를 냈다. 그 속에 「신지구론」이나 「사월에 우리가 기대하였던 것은」 등 기계나 사회의식에 대한 초기 시적 집착이 없지 않지만 그러나 이 시집은 불행하게 초기의 야성적이고 참신한 기운을 잃고 그 대신 「용설란」이라든지 「두개골」에서 보인 울안에 갇힌 짐승 같은 안정적이고 지적인 소시민적인 관심의 표현이었다. 나의 소시민적 관심은 사회활동으로 이어졌다. 그 후 15년 동안 나는 시집을 내지 못했다. 나의 70년대는 『현대시학』 등을 통하여 「백지시」 등 너무 기발한 지적 유희에 매달리고 소시집을 내는 등 시 발표가 없지 않았지만은 시 쓰는 일보다 사람을 찾아다녔고 행사를 찾아다녔다. 세상을 만만하게 여기는 오만에 길들은 것이다.

이 때문에 나는 1980년 '서울의 봄'에 학생들의 비판의 대상이 되었다. 나를 비판한 학생들이 옳았다. 그래서 나는 나에게 '서울의 봄'이 지훈보다 더 큰 스승이라고 생각한다. 그러나 나는 나의 어떤 경험도 나를 형성한 그 일부분이란 신념을 가지고 있다. 사실상 학생들의 비판은 나를 새로운 극복으로 이끈 길잡이와 연결되었다. 나의 경험에 새로운 계기를 마련한 것이다. 80년대 거의 절반을 나는 외국에 유학하였다. 그것은 유배나 망명과 같은 고독한 시기였지만 그러나 그 시기에 책을 읽었고 시를 썼고 번역을 하였고 책을 냈다. 그 80년대에 영국이나 미국 등 현장에서 영국시인 특히 W. H. 오든과 스펜더 등 1930년대 주요 시인들을 연구할 수 있었다. 나의 저서『1930년대 영시 연구』,『오든 번역시집』,『스펜더 번역시집』 등이 그것이다. 나의 시집『이방에서 노자를 읽다』,『기승전결』,『백의 세계를 보는 하나의 눈』 또한 나의 80년대에 쓴 시를 모은 것이다.

80년대에 회복한 나의 학문에 대한 열정은 한편 나의 창의력을 울안에 가두었다. 시를 안이한 틀에 맞추기 시작한 것이다. 나의 시를 가두고 오히려 안이하게 한 그 틀이 기승전결이다. 그 울안의 안정 속에서 나는 너무 쉽게 너무 많이 썼다. 그것이 시집『기승전결』과『백의 세계를 보는 하나의 눈』으로 이어졌다. 틀의 안정감은 나의 학문과 창작활동을 자연스럽게 1990년대로 이어갔다. 그 중간에 정년퇴임이 있었지만 나의 정년퇴임은 나의 시 창작이나 학문 연구에 걸림돌이 되지 못했다. 정년직후 16권으로 된 전집을 냈고 이어 1년 미국 에모리 대학에 유학하면서 포스트모더니즘에 대한 문학이론을 공부하였다. 포스트모더니즘에 대한 나의 호기심은 나의 파격적인 신 절구 시집『아름다운 가난』(1996)으로 나타났다. 그리고 그 파격은 다시 시집『세기말 길들이기』(1999)로 이어진다. 그것은 나의 평론집『트임의 미학』의 주요한 내용이다.

1990년대는 나의 60대로 나를 완성시키는 10년이었다. 그러나 나의 90년대는 너무 기승전결에 매달린 10년이기도 하다. 시는 기승전결을 의식하면서 제작되었다. 생명력이 약화된 위기를 만난 것이다. 나는 기승전결에서 자기를 해방시킬 필요가 있었다. 그래서 나는 산문을 쓰고 그 틀을 깨려 했으나 이 일은 쉽지 않았다. 그 고민은 시집,『북창서재』와『파안대소』속에 잘 나타나 있다. 그러나 끊임없이 새로운 것을 추구하는 나의 타고난 보헤미안적 기질은 마침내 나의 깊은 심층에 숨어 있는 원시적 야성을 깨웠다. 그것이 2005년 시집『나는 디오니소스의 거시기다』이다. 나는 이 문명비평적인 시집에서 마음껏 원시적 야성을 발휘하였다. 나는 집요하게 나를 세뇌시킨 기승전결에서 탈출할 수 있었고 이 탈출은 가장 파격적이고 가장 야성적이고 자기 파괴적이면서 문화비평적인 싸움이었다. 그 싸움에서 나는 내가 이긴 것으로 믿고 있다.

나는『나는 디오니소스의 거시기다』가 평생 야성을 찾는 나의 예술을 대표했으면 한다. 그러나 나는 아직도 끊임없이 안이한 문화의 유혹을 받고 있으며 이것은 늘 생활에 대한 실용성과 교차하면서 나의 시적 진실성을 위협하고 있다. 나의 자연 나이는 공자도 누리지 못한 80이지만 그러나 나의 시적 시간을 결코 그 끝부분에 다 있지 않다. 물론 현실적 한계는 늘 나를 춘하추동, 즉 춘추, 세월, 즉 기승전결로 계산하려 하고 있는 것도 사실이다. 기승전결을 간략하게 줄이면 시작과 끝이 된다. T. S. 엘리엇의 시「사 사중주」의 첫 구절은 '시작은 끝이요 끝은 시작이다'로 시작되고 있다. 이것은 엘리엇이 힌두교의 직관으로 배운 것으로 짐작된다. 나는 가끔 나의 끝을 의식하고 있다. 이것은 힌두교의 가르침으로 풀어보자면 내가 어떤 출발점에 서 있는 것이 되기도 한다. 그 출발점이 원시적 야성이기를 나는 바란다. 나는 이 길이 나를 오래 살리는 길이라고 믿고 있다. 야성 즉 그 생명력으로 나의 과거와 현재 그리고 미래를 하나의 카오스 속에 뒤섞으면서 그것이 하나의 예술로 기억되기를 나는 바란다.

출전:『가난에 대하여』, 문학들, 2011.

저작연보

1930. 06. 16. 광주광역시 출생

1954. 05. 시 「불도오자」 창작

1957. 03. 고려대학교 영어영문학과 졸업

1965. 07. 제1시집 『흑인고수 루이의 북』

1968. 05. 전남대학교 문리대 영어영문학과 전임강사

1971. 06. 제2시집 『연가 Ⅰ. Ⅱ. 기타』

1986. 10. 제3시집 『이방에서 노자를 읽다』

1987. 09. 시론집 『백지와 기계의 시학』

1989. 08. 제4시집(영문시집) 『Selected Poems of Bom Dae-Soon』

1993. 05. 제5시집 『기승전결』

1994. 05. 제6시집 『백의 세계를 보는 하나의 눈』

1994. 09. 제7시집 『유아원에서』, 『범대순전집』 전16권 중 7권 형태로 발간. 시론집 『백지와 기계의 시학』(전집8권) 시론집 『현대시론고』(전집9권) 연구서 『1930년대 영시 연구』(전집10권) 번역서 『현대영미시론』(전집11권) 역시집 『스티븐 스펜더 시집』(전집12권) 역시집 『W. H. 오든 시집』(전집13권) 수상록 『잡초고』(전집14권) 『범대순 서간집』(전집15권) 『일기초, 연보, 화집, 범대순론 고』(전집16권)

1996. 05. 제8시집 『아름다운 가난』(절구시집)

1997. 03. 제9시집 『세기말 길들이기』(절구시집)

1998. 05. 평론집 『트임의 미학』

1999. 11. 제10시집 『북창서재』(산문시집)

1999. 12. 에세이집 『우리에게 아름다움은 무엇인가』, 『범대순전집』증보판
  (17-21권) 중 21권 형태로 발간.
2002. 04. 제11시집 『파안대소』(전집22권)
2003. 12. 에세이집 『눈이 내리면 산에 간다』(전집23권)
2005. 08. 제12시집 『나는 디오니소스의 거시氣다』(전집24권)
2010. 12. 제13시집 『산하』(전집25권)
2011. 11. 제14시집 『가난에 대하여』(전집26권)
2013. 10. 제15시집 『무등산』(전집27권)
2014. 05. 21. 타계
2015. 05. 제16시집 『백년』(전집28권)
2015. 05. 산문집 『문림소요』(전3권), 『범대순논총』

범대순의 시와 시론

| 초판 1쇄 인쇄일 | 2017년 12월 26일 |
| 초판 1쇄 발행일 | 2017년 12월 31일 |

지은이	김동근 외
펴낸이	정진이
편집장	김효은
편집/디자인	우정민 박재원
마케팅	정찬용
영업관리	한선희 우민지
책임편집	정구형
인쇄처	국학인쇄사
펴낸곳	국학자료원 새미(주)

등록일 2005 03 15 제 406-3240000251002005000008 호
경기도 파주시 소라지로 228-2 (송촌동 579-4)
Tel 442-4623 Fax 6499-3082
www.kookhak.co.kr
kookhak2001@hanmail.net

| ISBN | 979-11-88499-27-4 *93810 |
| 가격 | 28,000원 |